日将锦绣

李子燕

著

吉林人民出版社

出 品 人：常　宏
选题策划：吴文阁
统　　筹：张文君　王　斌
责任编辑：葛　琳

图书在版编目（ＣＩＰ）数据

日将锦绣 / 李子燕著 . -- 长春：吉林人民出版社，
2023.8
　ISBN 978-7-206-20427-2

　Ⅰ . ①日… Ⅱ . ①李… Ⅲ . ①长篇小说 - 中国 - 当代
Ⅳ . ① I247.5

中国国家版本馆 CIP 数据核字 (2023) 第 188981 号

日将锦绣
RI JIANG JINXIU

著　　者：李子燕
装帧设计：周　源
出版发行：吉林人民出版社
　　　　　（长春市人民大街 7548 号　邮政编码：130022）
咨询电话：0431-85378007
印　　刷：吉林省优视印务有限公司
开　　本：787mm×1092mm　　1/16
印　　张：18.5
字　　数：260 千字
标准书号：ISBN 978-7-206-20427-2
版　　次：2023 年 8 月第 1 版
印　　次：2023 年 8 月第 1 次印刷
定　　价：50.00 元

目 录

引 言

初夏的屋檐下，刘堇推开万宝山小屋的门，仿佛听到外婆在说："小堇，我想你了！"

满眼的晨曦，蒲公英飞得比榆叶梅还高，空气中弥漫着花香，吸引着她信步向前，走向那片摇曳的花海。虽然在很多村民的心中，这座万宝山犹如一座孤岛，但在刘堇的心里，此处是绝美的人间仙境。外婆说过，孤独只是一种感觉，心有所属的人，永远不会孤单。

山间小屋，犹如她撒下的种子，从倔强的黑土里生长出来。除了必要的外出，刘堇没有离开过。熬过隆冬，从乍暖还寒，到气温回升，她也把自己的心愿种在这里，马不停蹄地忙碌着。晨昏过后，是期待，南来北往的，皆是过客。女儿回来的时候，刘堇最是开心。

花和树，总是最妩媚。刘堇的梦，在低调中张扬，配合着她的所有心境，丰盈着她的无数日子。夏日的蝉，叫声密集，紧张而焦躁，一大早就交织着说不完的事。刘堇的心，突然被搅乱，昨晚梳理好的讲座稿，竟一个字也记不起来，耳畔回荡的，只有风中的蝉鸣。

关于刘堇去高校讲课的事，伙伴们众说纷纭。石头嘿嘿地笑，瓮声瓮气地说："给讲课费才最重要。"麻雀觉得石头庸俗，叽叽喳喳地说："闪亮登场才最重要。"泥鳅的思想格局高，煞有介事地说："刘堇代表的是整座万宝山，展示新时代农民气质最重要……"

俯身向前，与花朵相拥，刘堇努力地平静心绪，思考，到底什么最重要？沿着时光的脉络，最先想到的，永远是外婆。外婆温柔，精神矍铄，一想到她的眼睛，就如望见了深蓝夜空里的星星，背景永远是神秘的万宝山。

或许，她讲座的第一课，当从万宝山说起……

第一章　初闻七色堇

传说，有一种魔力，有时候像种子一样落地生根，只是何时何境、在哪里着陆的问题。

万宝山有"山神"，还有七色堇，这就是一个传说，最原始的出处已无迹可寻。刘堇第一次听到这个传说，是来自她的外婆。很多年后，刘堇还记着外婆讲述时那神秘的模样，轻言细语，只怕声音稍微大些，就会惊扰那座神奇的山，就会惊跑那朵奇异的花。

外婆所说的万宝山，位于村庄东南部，长得并不险峻挺拔，只是一个比较大的土丘，甚至连石头都很稀少。山上的植被有十多种，五角枫、椴树、落叶松、桦树、白皮柳、榆树等，还有一些低矮的灌木、随处可见的青草和无名的野花。除了野兔和鸟禽多一些，据说偶尔还有狼出没，不远处的"淹死狼沟"即由此得名。其他，与平地差别不大。不过，松辽平原实在太平坦，令这个土丘脱颖而出，远远地就能看见，加之"山神"与"宝藏"的传说，因而得名"万宝山"。外婆所在的村庄，因这座山而有了名气，被唤作"万宝屯"；周边方圆几十里，也沾了山的灵气，被统称为"万宝山一带"。至于山上是否有"神仙"，是否有"万"多宝贝，祖祖辈辈的万宝屯人，从不曾怀疑过，也不曾深究过，似乎有与无只是山的事，只要"山神"还在，就能护佑一方平安，护佑他们日出而作，日入而息的生活。

刘堇也学着外婆的模样，轻言细语地问有啥宝贝？外婆眯起杏核眼，冲着光亮引一根彩线，说既不是黄灿灿的金子，也不是白花花的银子，而是美丽的七色堇。彩线的细影在外婆高高的鼻梁上晃动着，引了几次后，彩线终于穿过针眼，外婆也如释重负。轻轻刮一下刘堇高挺的小鼻子，外婆的声音无限爱怜："你名字的堇啊，就是那个堇。"于是，刘堇被逗得咯咯笑，眼睛眯成一条弯弯的缝儿，那个传说从此便有了神圣的味道，在她心里生成了一份特别的牵挂。她期待有朝一日能遇到"山神"，遇到与她同名的奇妙之花。

1967 年是一个平年。羊年春节将至，人人期盼三阳开泰，而万宝山的冬天格外的冷，偶尔还会出现罕见的大雾，令人措手不及。

凛冽的西北风是雪花的伴侣，呼啸着刮起一个个烟柱，雪花在烟柱中乱飞。树皮被刮裂了，开裂的伤口呈纵向剥皮状；地面上的雪也被刮起来了，刚被烟柱卷起来，又被风甩到地上；人们的脸也被刮皱了，仿佛用淡干墨涂染出的山石纹理，长短不一、深浅不等的裂隙里，诉说着一种剧烈的疼痛。无边的原野里，雪越下越大，越积越厚，深的地方能没过腿肚子。背风的地方，像一堵雪墙；而裸露在风口的地方，雪被吹得到处跑，几株衰草不小心露出脑袋，立刻被风吹得四处摇晃，脆弱地贴紧某个大树的根，惊慌失措地喘息着。

早晨，外婆第一个被冻醒，满玻璃的窗花开得密密麻麻，大树啊、高山啊，排成各种形状，生怕太阳光挤进这简陋的屋子。外婆的动作很轻、很柔，梦中的小刘堇睡得正香甜，脸蛋被冻得冰凉。外婆帮她把被子向上拉一下，尽量让她呼出的热气再返回脸上，又把她的衣服都放进被窝里暖着，等一会儿把炕烧热，把饭做好，再叫刘堇起床，棉裤棉袄就都是热乎的了。然后，外婆裹上一条旧格子围巾，轻手轻脚地下地，撩起旧麻袋片做成的门帘子，走出东屋，来到厨房。厨房里，清冷的锅灶，结了冰碴儿的水缸，冻成冰坨的鸡槽子，挤在一团瑟瑟发抖的母鸡，都催促着外婆快点儿生火，好增加一些温度来缓阳。

东北特有的冒烟雪，常常封住各家各户的门。外婆担心地推了几下，门不太费力就开了，一股寒风瞬间扑来，她的脸和手被风哨咬着。不过，外婆不怕风也不怕冷，却最怕那些或薄或厚的雾，因为雾让她既看不清楚远方，也看不清楚近处，她只能用脚尖试探着，用双手摸索着。

外婆惊喜地发现，今天竟然没有雾！走进院子，她看见太阳正从万宝山顶上探出头来，照亮了山上素净的白裙子，照亮了板着坚硬面孔的淹死狼沟。村子里的一切都亮堂堂的，雪地上，几串或深或浅的脚印，说明有跟外婆一样不怕冷的人，已经开始了一天的劳作。哈！要过年了，雾也知道让老百姓过个敞亮年。哈……外婆双手捂着嘴哈着气，开心地跺了几下脚，心情立刻晴朗起来。万宝山顶那久违的阳光，照进了她的心里。

打理完一家人的早饭，外婆又分别给东西屋装好火盆。看着玻璃上的窗花一点点湿润，消融掉了，外婆这才有机会喘口气。

回到自己住的东屋，外婆开始给刘堇"辞旧迎新"：先用热水给刘堇洗头洗脚，再扎上两根羊角辫儿，绑上两片红绫子。没钱做新衣服，外婆早就把刘堇的旧棉袄拆洗干净，烤干后连夜缝好。没钱买新彩线，外婆就找来旧白线，在左大襟上绣了一只小白兔，用红纽扣做眼睛。红色的旧袄配上白色的兔子，很醒目也很漂亮，属兔的刘堇喜欢得咯咯直笑，不停地用小手摸来摸去。外婆说不能总摸，小心把兔子毛弄脏了。刘堇很听话，果然不再摸了，只是低着头，笑呵呵地瞧着小兔子。

这时，舅舅张林撩开门帘子，抱着女儿彩凤走进来，说把孩子搁这一会儿，他要出去清扫积雪。彩凤属虎，比刘堇大一岁，个头也比刘堇高点儿，只是头发不如刘堇的又浓又黑，明眼人一瞧就知道，那是遗传了妈妈赵美荣的黄头发基因。这会儿，彩凤手里攥着两块糖，嘴里还含着一块，右侧腮帮鼓鼓的，从头到脚都是新的：两根羊角辫儿，扎着鲜艳的粉绫子；脸上扑了红胭脂，额头上点了吉祥的红点；豆绿色的新棉袄，点缀着黄色的小花；蓝色的新棉裤，蓬松的样子显得很暖和。刘堇见张林抱着彩凤，就伸出胳膊也要让舅舅抱，张林根本没有理会她，赶紧把彩凤放到炕上，甩过头出去干活了。刘堇的嘴唇哆嗦了两下，有些小委屈地望着厚厚的门帘，不明白舅舅为什么只抱彩凤，而不肯抱她。外婆看在眼里，暗暗叹了口气。

彩凤年纪还小，不懂得大人的想法，反正她喜欢跟刘堇玩儿。一来，因为刘堇特别听话，什么事都依着她；二来，此刻正值寒冷的冬天，小孩子不能出去玩，在屋里能有个玩伴，是一件非常开心的事。彩凤眼睛不大，但眼神特别尖，脚尖刚一沾炕，立刻发现了刘堇身上的小白兔，她风一样扑过去，摁住窗台边的刘堇，兴奋地叫道："小白兔！小白兔！快给我抱抱……"

刘堇毫无防备，身子瞬间一歪，脑袋"乒"的一声磕到窗台上，惊吓、委屈、疼痛，百感交集的情绪一拥而上，她"哇"的一声哭了起来。外婆大惊失色，赶紧放下手里的活计，连鞋都没来得及脱，迅速爬上炕拉开彩凤，仔仔细细地检查刘堇的后脑勺，真担心一个寸劲儿，把可怜的孩子磕个好歹，怎么向自己的闺女交代呢？外婆颤抖着双手，反复检查几遍，终于暗暗松了口气，幸好泥抹的窗台很是破旧，失去了最初的坚角，因此刘堇的头只磕了个大包，并没有造成可怕的流血事件。"不哭不哭！摸摸毛，没吓着；摸摸耳，吓一会儿……"外婆抱起刘堇，然后捋起自己的衣袖轻轻揉着："揉啊揉，揉大包，大包没了变小包，小包没了就好了……"

"咋的了彩凤？谁欺负你了，快告诉娘！"门帘子"呼"地一下被撞开，赵美荣人还没进来，大嗓门就已经"冲"了进来，同时裹挟着一股寒气。赵美荣是彩凤的亲娘，张林的老婆，刘堇的舅妈。

"妹妹有小白兔，不给我！"彩凤其实也感觉委屈，奶奶刚刚二话不说就把她推开，结果那只到手的兔子就跑掉了。现在奶奶紧紧地抱着刘堇，刘堇紧紧地抱着兔子，她已经无从下手了。

听到有兔子，赵美荣眼前一亮，眼睛下意识地四处踅摸起来。因为这段日子，"兔子"成了赵美荣的心病，吃饭睡觉都念念不忘，以至于连她自己都起了疑心，常常摸着自己的肚子瞎琢磨，是不是怀了第二胎呢?

俗话说:"飞禽莫如鸪,走兽莫如兔。"万宝山一带的村民都知道,这小小的兔子可不简单,浑身上下都是宝。这句话在赵美荣心里根深蒂固,她原计划挺完美的:过年吃顿兔子肉,煲点兔子汤,兔毛还可以给彩凤做棉袄领,肯定暖和。过完小年后,她就开始催促张林去打兔子,可是张林很不争气,去了几次都空手而归。赵美荣询问原因,张林的理由很干脆——天冷,风大,兔子少。赵美荣气得直骂,张林则躺在炕梢不吭声,就是不肯再去捕猎了。赵美荣骂得口干舌燥,就气哼哼地摔上门,去找大哥赵光荣告状。赵光荣是生产队长,逢年过节总有人来送礼,赵美荣到大哥家从不见外,没少往自家拿东西。听了妹妹的讲述,赵光荣拿烟袋锅磕几下炕沿,轻轻咳嗽了两声,说这事真不能怪张林窝囊,今年天气异常,至今还没有来送兔子的,他忍不住悄悄问过"王瘸子",答案也是"天冷,兔子少"。赵美荣白了白眼,撇了撇嘴,因为她认识"王瘸子",小伙子是大队派来的看林人,人长得倒不碍碜,就是自小右腿不好使,走路一瘸一拐的,在她眼中就是一个没用的人,可婆婆却把他视为"山神",实在令人匪夷所思。赵光荣很疼爱这个妹妹,每次家中有好吃的,都不忘与她分享,见妹妹情绪低落,赶紧从柜子里抓出一大把糖块,让她带给外甥女彩凤。赵美荣剥开一块糖塞进嘴里,随手把糖纸扔到地上,甜味瞬间覆盖住张林的"窝囊",临走前她转移了话题,提醒大哥吓唬吓唬"王瘸子",免得村民只知道"山神王栓柱",而不知赵光荣才是真正的"山大王"。

"娘⋯⋯娘⋯⋯,你快来!兔子在妹妹的怀里,不在柜底下⋯⋯"见赵美荣弯着腰在柜底下趔摸,彩凤急得直跺脚,边哭边纠正。赵美荣闻言站直了身子,眯了眯三角眼,随即像发现了新大陆一般又瞪圆眼睛,直扑向炕里的刘堇。

外婆下意识地抱紧刘堇。刘堇如受惊的小兔子,忘记了后脑勺的疼痛,迅速把头埋进了外婆的怀里⋯⋯

多年后，刘堇已经记不太清楚棉袄上的小白兔是怎样被扯碎的；也记不太清楚，外婆和舅妈之间争吵的内容。她的脑海中，只有一幅模糊的画面：一个令人瑟瑟发抖的冬晨，一场久违的冒烟雪，一铺乱七八糟的土炕，一个张牙舞爪的女人，一只翻跟头的烟笸箩。于是，过年的记忆，再也抹不去这些痕迹，细数那些纠缠不清的渴望与恐惧，其根源也追溯到这个除夕。

记忆中，外婆家那铺土炕，原本是简陋而整洁的。

刘堇喜欢外婆家那铺大炕，不仅是用来睡觉，还能取暖。冬天到了，炕面上很少放东西，被子都要叠整齐垛到炕柜上，以使炕面尽可能散热，屋子才能更暖和一些。炕席是用高粱秸秆编的，越使用越有亮光，不过没有苇席柔软舒适。外婆心心念念，想着啥时候有闲钱了，也换一张新苇席，跟赵美荣炕上那个一样的。无奈今年遇到多事之秋，外婆的愿望又落空了，只好用温水和着草木灰，仔细地擦拭旧炕席上的污渍，直到露出柔软的乳黄色。小刘堇蹲在旁边，觉得草木灰很好玩，也学着外婆的样子，拿着一小块布头，轻轻地蘸一下，擦一下，然后冲着渐渐变洁净的炕席，呵呵呵地乐一会儿。

长大后，刘堇还时常回忆起当时的画面，想起那对祖孙干活的样子，忍不住嘴角上扬，会心一笑。偶尔衣服沾上油类脏物，她还会使用草木灰清洗，别人都笑话她太老土了，可她就是喜欢这种"土"，喜欢在每一个细节里，回忆那段有外婆的时光。至于草木灰为何能洗净衣物，外婆讲不出个所以然，只说是老辈人流传下来的洗涤剂，比猪胰子还好用呢！小时候的刘堇，觉得猪胰子更好玩，那滑溜溜的感觉比草木灰亲切，可惜外婆不让她随便玩，只能早晨洗脸时才用一下，随后就赶紧收起来，像是生怕被耗子偷吃了似的。于是，用猪胰子洗脸、洗手，成了小刘堇睁开眼睛的第一个盼望。

炕席擦洗干净了，可上面破旧的地方很丑陋，还需要修整一番。外婆想了想，从柜子里取出一个线笸箩——线笸箩不是用线编织的，是外婆挑选粗细均匀的柳条，精心编制的装针线的盛器。外婆又想了想，从柜中再找出一个包袱，褪了色的红仿佛是时光的烙印。准备停当，她便盘腿坐到炕上，从线笸箩里翻出一些针头线脑，从旧包袱里挑拣出很小的布头；接着，在席子上破旧的地方比比画画，嘴里还不停地叨念着，这个适合做绿叶，那个适合做树干，嗯……光有叶子不行，得再找一片红花瓣儿。小刘堇觉得很有趣，就学着外婆的模样，先在包袱里翻翻找找，她最喜欢带颜色的布头，红的、绿的、黄的、蓝的，还有星星点点的小花布，然后铺到炕席上比画着，模仿外婆的语气叨念着："这个是绿叶，这个是树干，这个是红花瓣儿……"听着小刘堇稚嫩的童音，外婆不由得停下手中的动作，呆呆地望着那两只小手，心中一阵一阵酸楚：自己可以缝缝补补、粘粘绣绣，让破旧的炕席不再丑陋，把补丁绣成有意思的装饰，却没有能力"缝补"孩子的命运，没有能力让那双残手得到"粘绣"，恢复天使般的完整美丽！唉……

小刘堇不懂外婆心中的苦，也不知道"魔力"一词的概念。望着炕席变美了，她的心里开始萌生"神奇"的感觉，忍不住跑到外婆身边，轻轻掀开那双粗糙的大手，想看看里面藏着什么东西。外婆含着泪笑了，在小刘堇的鼻子上轻轻刮一下，说这是刺绣，不是变戏法，等她长大了，也教她绣花、绣草、绣太阳……

偏巧，祖孙俩的对话飘出了破门帘，被厨房里的赵美荣听见了。赵美荣的冷嘲热讽总是不失时机，脱口而出的话也总是直中要害："'秃爪子'绣花——天下奇闻啊！"

刘堇刚刚5岁，根本听不懂舅妈的话外音，只顾掰着外婆的手指玩。45岁的外婆却如锥钻心，下意识地攥紧刘堇的小手，恨恨地咬紧了下唇，真想狠狠地回敬儿媳妇两句。可是转念一想，又只能默默地忍住，外孙女天真无邪，尚不懂"秃爪子"的意思，若是当着她的面贸然争论，无异捅破了窗户纸，刘堇的心头就会蒙上一层阴影，从此除了自卑和痛苦，还会有无忧无虑的笑容吗？那样的画面，不是外婆想看到的。

偏巧，赵美荣的话被彩凤听到了。小孩子心地单纯，捕捉到的关键词是"秃爪子"的谐音，以为是在大舅家吃的兔爪子，彩凤欣喜若狂，连蹦带跳地大喊起来："娘，兔爪子在哪儿？我想啃，我要吃！"

赵美荣笑得花枝乱颤，走回自己的西屋，故意挤着三角眼逗彩凤："哈哈哈，'秃爪子'在刘堇手里，你去啃吧，快去啃吧！哈哈哈，哈哈……"

彩凤信以为真，立刻从西屋炕上跳下来，光着小脚丫穿过中间的厨房，直奔东屋火炕而来。外婆微微抬了抬头，可望向彩凤的眼神有些冰冷。唉，谁不爱自己的亲孙女？实在是儿媳妇的做法令人心生寒意啊。彩凤努力抬起小腿，扳住炕沿就爬上了炕，她一门心思在刘堇身上，根本没觉察奶奶是否欢迎，一面嚷嚷着，一面扑向刘堇："快给我兔爪子！我要啃兔爪子！"

外婆适时伸出了胳膊，拦住自己的孙女。彩凤急得跺着脚，扯着嗓门喊赵美荣："娘——奶奶不给我兔爪子。娘，快来帮我！娘——"

赵美荣斜卧在自己的炕头，笑声依然没有停止："哈哈哈！彩凤，想啃兔爪子就自己抢，你的手不是全科的嘛，又不是天生的'秃爪子'，怕啥？抢就是啦！"

张林正在炕梢卷纸烟，实在有些听不下去了，就低声制止道："你说的叫什么话？"

赵美荣瞪了张林一眼，音调反而更高了："我说的是人话，咋的了？"

张林不敢吭声了，把没卷完的纸烟扔进烟笸箩，立刻趿拉着鞋来到东屋，想把彩凤抱回去。谁知道彩凤却不依不饶，对张林又打又挠，连蹬带踹，嚷嚷着非要吃兔爪子。张林打也不是，骂也不是，只能在炕沿与女儿对峙，彩凤挣扎中踹到了炕沿，右脚的大拇指崴了一下，顿时疼得哇哇大哭起来。张林没看到她踢伤脚趾，只觉得女儿太任性，竟然跟赵美荣一样撒泼，因此气不打一处来，抬起手在她屁股上拍了一下，警告她别再闹腾了。

"娘，我爹打我——娘，快救命啊！"彩凤所有的委屈和疼痛，都汇聚在这一声嘶喊中，透过简陋的窗棂，传到了赵美荣的西屋，也飘飘忽忽地传到了外面。

听到女儿被打，赵美荣再也躺不住了，趿拉着鞋跑过来，经过中间厨房的时候，顺手拎了烧火棍，冲到东屋就砸到张林身上："窝囊玩意儿，干啥打我闺女？"烧火棍的力道很足，张林这次是真被打疼了，于是抢过烧火棍，气势汹汹地做出还击的架势，质问赵美荣还有完没完。

赵美荣一点儿也不害怕，因为她太了解张林了。张林天性木讷，更多地继承了张父的基因，再加上是张家的长孙独苗，从小被长辈宠溺，胆小怕事，却又死心眼儿，常常"一条道儿跑到黑，不撞南墙不回头"。优点也不是没有，比如，身材魁梧、浓眉大眼，虽然没有什么创意想法，不过跟张父一样，是经管庄稼的行家里手。赵美荣比张林大三岁，从小就被张林的大眼睛吸引，等再大点儿就一路狂追，最终以"女大三、抱金砖"的姿态，如愿以偿地成了张家媳妇。张林惧怕赵美荣的娘家人，向来对赵美荣唯命是从，借他个胆儿也不敢真动手，所以赵美荣才会不依不饶，骂出一些不干不净的话："张林，你有种，动我一根手指试试？你要是不敢动手，就不是你娘生的！"

或许，张林做人有些窝囊，心里的底线一直被赵美荣践踏，但此情此景他忽然意识到，当着自己娘的面被"骂娘"，实在是这世上最窝囊的事。因此，在赵美荣步步紧逼，主动把脸送到他的眼皮底下，不停地谩骂和示威之际，张林终于抬起了手——虽然力度不够大，响声也不够脆，但毕竟完成了第一次反击，给了赵美荣第一个耳光。

赵美荣被打蒙了，愣愣地张着嘴巴，捂着脸，虽然不是很疼，但完全出乎意料。或者说，这种意外导致的心痛，比脸疼更令她难以接受。仿佛一座火山即将爆发，张林顿时感受到巨大的压力，他的双腿一个劲儿地颤抖着，不知道如何才能挽回冲动的后果。两个人愣愣地僵持着，赵美荣还没来得及怒吼，彩凤的哭声却越来越大："我的脚趾要掉了，好疼啊——疼死我了！娘啊——"

赵美荣终于缓过神来，发现女儿的脚趾又红又肿，额头滚落着豆大的汗珠，说明孩子不是装的，此刻是真疼得不轻。赵美荣的心揪在了一起，气急败坏地推搡着张林："你还傻愣着干什么？再不去看大夫，闺女也要变成'秃爪子'啦！"张林意识到问题的严重性，顾不得是否被"骂娘"，赶紧抱起彩凤就往外跑，赵美荣的呵斥声紧随其后："窝囊废，你给我站住！数九寒天的，想把闺女冻死啊？快——给凤儿裹上被子……"

外婆很担心彩凤，想跟过去看看，但最终忍住了，没有说一句话，任凭儿子、儿媳一顿折腾，直到他们的身影冲出院门，直到赵美荣的大嗓门渐渐远去。外婆就那样静静地坐着，静静地望着外孙女，静静地过滤着忧伤，彩凤是爹娘手心里的宝，而刘堇谁来疼呢？她不愿再想下去，拿起针和线，继续在炕席上补着、绣着，哄着刘堇说话："堇啊，只有把心里的花绣出来，别人才不会说三道四！"

小刘堇似懂非懂，声音惊恐未定："嗯呢。"多年以后，当她绣出第一朵花，才终于明白了这句话的含义。

记忆中，外婆做的烟笸箩很稳，原本是不会翻跟头的。

说起来，外婆的手可真巧，什么样的笸箩都会编，形状有圆有方，笸箩帮深浅不一，其用途也各不相同：大的笸箩直径有锅那么大，用来盛粮食谷物；小的笸箩只有碗那么大，放在炕上盛烟末，冬季跟火盆摆在一块，来人去客都用得着。小刘堇对那个烟笸箩非常上心，常常趁外婆不注意就好奇地摆弄，结果把烟笸箩弄翻了。烟末溅起来，呛得鼻涕一把泪一把，以后再闻到烟味，就条件反射地直咳嗽。如此几次，外婆索性把烟笸箩收起来，一来她本人不抽烟；二来她也讨厌烟味，认为吸烟对身体不好。

就因为这个，赵美荣讥讽这一老一小太矫情，说女儿彩凤就不怕烟味，每次去赵光荣家，都会抱着赵光荣的老烟袋吸两口，吞云吐雾，像模像样。外婆懒得跟儿媳妇理论，只能趁赵美荣不在家，背地里跟张林唠叨："怎么能让小孩子抽烟呢？那烟袋杆子、烟袋锅子、烟袋嘴里，日积月累的烟袋油多恶心人，对小孩子身体不好。再说了，万一上瘾怎么办？"张林则不以为意，拿出随身携带的烟口袋，边卷纸烟边说："那是人家大舅稀罕彩凤，否则人家的烟袋锅是不让别人碰的。"外婆不认为那是真稀罕："寻思寻思吧，你平时抽这破旱烟，那烟袋油子进肺子里得多可怕？"张林瞅瞅手里的烟卷，再瞅瞅被熏黄的手指，觉得娘说得似乎有些道理，可是觉得很为难："那也没办法，我又不能阻止赵光荣，否则人家就不稀罕彩凤了。"外婆气得直摇头，儿子活得如此窝囊，当娘的还能说什么呢？

外婆一赌气，翻出刚刚收起来的烟笸箩，将烟沫直接倒进茅房里。张林发现后，说不要可以给他，为什么丢掉？外婆不吭声，自顾自地干活。张林喃喃地说："我的烟笸箩帮正好磨坏了，想要这个替补。"外婆边洗刷烟笸箩边摇头："小堇稀罕这玩意儿，洗干净了，给她当玩具。"张林嘟囔了一句："就知道刘堇，刘堇！"外婆抬起头，瞪了儿子一眼："当舅舅的不疼外甥女，姥姥不能不爱！"张林不爱听了，赌气似的嘟囔道："赵光荣给彩凤吸烟袋，不对；我没给刘堇吸烟袋，咋也不对？"外婆瞪圆了眼睛，拍了拍胸脯："对与不对都在这儿，自己寻思吧。"见到母亲瞪圆的双眼，张林不敢再顶嘴了，叼着烟卷走出家门，上万宝山找王栓柱打扑克去了。外婆瞅着儿子的背影，无力地叹了口气。

梦寐以求的烟笸箩成了玩具，可把小刘堇乐坏了。她坐在炕上，翻过来倒过去地玩，一会儿，往里面装点儿东西，把烟笸箩当成储物箱；一会儿，又把东西倒空，再侧立起来，当车轮，从炕头轱辘到炕梢。无论哪种玩法，都充满刺激和乐趣，逗得自己"咯咯咯"地笑个不停。

然而只半天的工夫，刘堇就"乐极生悲"了——打喷嚏、流眼泪，偶尔还咳嗽两声。外婆摸摸她的额头，并无发热症状，样子也不像是感冒。最后，目光落到那个烟笸箩上，拿起来闻闻，上面果然有残存的烟味，外婆干脆把烟笸箩扔掉了。刘堇一边打喷嚏，一边哭着要烟笸箩，外婆怎么也哄不好，就答应干完活儿，有时间再给她编个新的。刘堇听懂了外婆的话，终于乖乖地坐回到炕上，边玩其他玩具边等待，时不时喊一声"外婆"，提醒一下烟笸箩的事。

外婆终于忙完了，找来新的柳条，浸泡了一个晚上，泡得足够柔软了，就坐在炕沿边的地上，认真地编笸箩。只见她左手掰起柔韧洁白的柳条，拿着绳槌的右手飞快地缠绕，像织毛衣一样，绳槌来回往复绞缠，柳条在手指间左右翻飞，灵活的手指在柳条间上下翻动，手中的麻绳均匀地勒紧柳条。

在编的过程中，外婆要一直弯着身子编条拉线，结角子、做茬子、缠沿子，等到最后，一根根柳条被绳子牢牢固定住，渐渐地能看出笸箩的雏形了，小刘堇高兴得蹦起来。外婆笑眯眯地望着她，说再耐心等一等，编筐编篓贵在收口，还差"拉腮收帮"最后一道工序呢。

说话间，外婆已经拿起剪刀，进行仔细的修剪，这时发现指端有一根倒戗刺，就随手剪掉了，然后继续修剪笸箩的边。由于长年干各种农活儿，外婆的手变得很粗糙了，掌心留下了一层厚厚的老茧，每当要刺绣的时候，她必须像浸泡柳条一样，先用热水把手泡软，再用剪子把老茧尽量清除干净，这才安心地动绣线，免得硬茧伤害绣线，影响刺绣的整体效果。"笸箩玩具"终于完工了，洁白光亮，质地细密，造型圆润，比外婆以前编的大簸箕、大笸箩都好看，简直可以称为"小工艺品"。

刘堇那个乐啊，抱着烟笸箩，在炕上又跑又跳，像得了个宝贝似的。外婆担心她摔倒，就哄着她安静下来，教她往烟笸箩里装玩具。其实仔细数数，除了四枚羊嘎拉哈，再加上几粒小石子、几个千纸鹤、几只纸青蛙，刘堇并没有什么像样的玩具。

不过，这四枚羊嘎拉哈可有年头了，是外婆小时候玩过的，后来刘堇娘也玩过，经过无数次摩擦，上面被磨得无比光滑。

外婆说，羊嘎拉哈又叫"羊拐"，是羊后腿的膝盖骨，共有四个面，正面像人的肚脐眼叫"坑儿"，背面像胖人的肚皮叫"背儿"，侧面像人的耳朵叫"轮儿"，还有一侧什么都不像就叫"针儿"。玩的时候，以四个为一副，再配一个小口袋，高高抛起的口袋落到炕上前，通过翻"针儿""轮儿""坑儿""背儿"，谁先得满一百分谁赢。还可以抓起四样，空中抛接在手背上，翻转过来，一个不掉的就算赢。

相传，女真人有让孩子们抓玩野兽髌骨嘎拉哈的习俗。这个游戏的技巧，口袋要抛得高，抓的速度要快，需要手、脑、眼并用。外婆是玩嘎拉哈的能手，有些许空闲，就教刘堇玩。孩子的手指不全，无法同时抓起四样，那又有什么关系呢？一个一个地来，翻"针儿""轮儿""坑儿""背儿"，残缺的小手同样能逐一完成。能否像金兀术那样麻利，外婆并不敢奢求，只求训练刘堇的反应速度，让四根手指尽可能地灵活，慢慢再熟能生巧。

外婆的良苦用心，小刘堇还不能体会，她只知道四枚羊嘎拉哈很有趣，因此特别珍爱。此刻有了专门盛玩具的笸箩，她又爱屋及乌，连笸箩一起视为宝贝，轻易不许人碰。

直到长大以后，生活颠沛流离，她自己无依无靠之际，也没有丢弃笸箩和羊嘎拉哈。是生活让她渐渐明白，无论哪种编织，其实都是一种工艺，需要有耐心和慧心；是编织让她懂得，无论哪种生活，都需要热心和爱心，最后才能成就"匠心"。

那年除夕，赵美荣的怒火熊熊，把烟笸箩"烧"得翻了跟头，羊嘎拉哈也东倒西歪。刘堇眼睁睁看着一切，除了哭，无能为力。

而外婆，就那样面无表情地坐在炕上，紧紧地抱着小刘堇。多年后回忆起那个画面，刘堇才读懂了外婆的倔强，外婆不是没有表情，她的表情淌在心里，那是泪水凝聚成的河流，一声声地呼唤着远在天国的女儿……

外婆的女儿名叫张萍，也就是刘堇的亲娘，张林唯一的亲妹妹。

张萍比哥哥小两岁，中等身材。她更多地继承了外婆的基因，杏核眼睛，高鼻梁，温和恬静，说话前先微笑。平日里，她不喜欢嘻嘻哈哈，更不愿意家长里短地扯闲话。

赵美荣刚嫁过来那会儿，最喜欢捉弄这个小姑子，一起干活儿的时候，故意开点儿带"色"的玩笑，作为旁听者的张萍立刻无地自容，逃也似的躲到稍远的地方，埋着头继续干活儿。

赵美荣则笑得前仰后合，骂她是"假正经"。张萍假装没听见，从来不跟嫂子争论。一来，自己比嫂子小，应该学会适当礼让；二来，难以启齿，为这样无聊的事争论，实在是不值得。

不仅对嫂子如此，张萍对村里人也非常温和，从没跟谁红过脸。再加上绣了一手好云锦，屋里屋外干净利落，人人都夸她贤惠，将来谁家娶了谁家有福。

十七八岁时，媒婆陆续上门了，礼金也都相当可观，羡慕得赵美荣什么似的，后悔当初结婚有些草率，彩礼没几个也就罢了，自己娘家还倒贴不少，实在是赔了夫人又折兵。

媒婆瞅一眼外婆，再瞅一眼赵美荣的肚子，然后心照不宣地笑着。

面对媒婆的样子，外婆只觉得很尴尬，脸上讪讪的，又不好跟儿媳妇计较。唉，当初赵美荣"奉子成婚"的事，那真是闹得沸沸扬扬，十里八村谁不知道？可是婚后发现，她不但没怀孕，还因为宫寒等妇科问题，四处寻医问药进行调理，这才在一年多以后，好歹迎来了彩凤的降生。俗话说"好事不出门，坏事传千里"，尽管外婆没对任何人讲过，但消息早就像长了翅膀一样不胫而走，成为人们茶余饭后的谈资。

关于儿子的婚事，外婆不愿再想下去，尽管她打心眼儿里反对，阻止了一年又一年，却阻止不了"生米煮成熟饭"的事实。如今女儿大了，她可要把住定盘星。媒婆提的那些男方，外婆基本都了解，也仔细筛选考量过，整体上还都说得过去。

外婆的观点很明确：男方家是正经过日子的人家，不一定是有钱的大户人家，至少生活条件不能太差，男孩也得正直、勤快、有思想。

她拿眼睛询问女儿的意见，可是张萍就像没看见似的，稳稳当当地坐在炕梢，用后背对着媒婆，自顾自地穿针引线，全神贯注地绣着花花草草。

媒婆拿胳膊肘，指向张萍的背影。

外婆无奈，只好硬着头皮再次询问。

张萍头也不回，回了一句话："我不想嫁人！"

外婆不再言语，默默地把媒婆送了出去。

赵美荣见此情景，气得直戳张萍的脊梁骨，想说什么狠话，又自觉是对牛弹琴，拍拍屁股也走了。

晚上，月亮躲进云层睡觉了，只有风在呼呼地刮着窗棂。趁着月黑风高，外婆低声跟女儿说悄悄话，谈婚论嫁乃人之常情，哪儿有女子不出嫁的呢？想出家当尼姑，那可不行啊！

张萍也没睡着，趁着月黑风高，仗着胆子，跟娘讲出了心里话——她喜欢代课教师刘占东，刘占东也喜欢她。

知女莫若母，外婆其实早就有觉察，只是没有挑明。沉默片刻，一丝淡淡的哀伤在黑夜中蔓延，外婆提醒女儿："谁不知道，教师的地位多低下啊？在各行各业里，被排到了'第九'，仅次于'要饭的'……"

张萍声音轻柔，语气却非常坚定："地位不重要，得看人品。不然还叫啥'嫁人'？干脆叫'嫁钱'算了！"

外婆怔了怔，这话咋那么熟悉呢？恍惚间，她看见了待字闺中的自己。

曾经，她也这样声音轻柔；曾经，她也如此语气坚定。可长年累月的操劳，当初那个"自己"已经丢了，关于"嫁人"还是"嫁钱"的观点，也在不知不觉中动摇着。

话说老头儿在世的时候，确实老实巴交的很能干，待她也体贴呵护，可是家底实在太空了，穷得"叮当响"的日子，除了吃苦干活，就是受累养家，哪有什么安逸可言？她已经尝尽了艰辛，不愿意女儿再跟自己一样。

当然，外婆绝不会见钱眼开，更不愿意女儿只嫁给物质。

谁不知道，村东头孙大麻子的老婆，就是鲜活的例子：当初为了礼金嫁过来，结果卑微得当牛作马，一双小脚颤颤巍巍，没一天歇着的时候，不仅要屋里屋外操持家务，还要跟男人一样下地干活。如今40刚出头，腰累弯了，额头布满皱纹，就像60岁的老太太。而孙大麻子呢，吃喝嫖赌不说，稍有不顺心就动手打老婆，一脸的道德败坏样。

外婆对此非常不屑，偶尔遇到孙大麻子，也不愿意拿正眼瞅他。男人打女人，那是最没出息的表现，因此外婆下狠心要擦亮眼，绝不能找这样的姑爷。

还有一个悲惨的例子，就是村西头儿老王家二丫头。

两年前，由于家里反对"自由恋爱"，结果好端端的人说疯就疯了。

最初，她哭天抹泪，寻死觅活；后来，各种土方法治疗，不哭也不闹了，结果问题出来了——谁也不认识，谁问话也不回答，只知道唱二人转《回杯记》。

有时候，几天也不洗脸，蓬头垢面的，一句句地唱着"一只孤雁往南飞，一阵凄凉一阵悲。雁飞南北知寒暑，二哥赶考不知归。莫非说二哥你得中招为驸马，你有了新情忘了旧情"，满腹幽怨。

有时候，一天梳几次头，逢人便说"奴家王兰英，许配张廷秀为妻，单等他得中回来再成亲事"，充满期待。

有时候，从村西头儿跑到村东头儿，不管路上有人没人，自顾自喊着："二哥他进京赶考一去六年整，人没回来信也没通。"

有时候,村里有些好事的男人闲得慌,会挑逗几句,假装自己是"张廷秀回来了",王二丫就会端详半天,继续唱着问:"你言说是我的二哥回家转,空口无凭我不认承。想当初我给你什么做定情物?"

如此认真地唱问,得到的答案却毫无底线,属于村野男人的粗俗之言,令乡村的马路上尘土飞扬,惊得树上的鸟儿四下离散。当然,王二丫不明白什么是不怀好意。短短两年,一个原本很不错的姑娘,硬生生变成大家嘴里的"王二姐思夫"。

外婆不敢再想下去,她使劲眨眨眼睛,把人不人鬼不鬼的"王二丫"先屏蔽掉。思来想去,又仿佛早就有答案了。婚嫁是女人一生最重要的坎儿,未来的日子很漫长,绝不能第一步就迈错啊。最起码,穷过富过,都得像"人"一样活着不是?

既然选姑爷有了大方向,外婆就不再纠结,开始琢磨代课教师刘占东。按理说,小伙子还真不错,体格虽不如张林健壮,但有文化、有礼貌,还有上进心;如果家境再富裕点儿,那还真挑不出啥毛病来。唉,啥事咋就没个十全十美呢?

话又说回来,赵美荣不嫌张林穷,死乞白赖嫁过来,这也是难能可贵的了,所以基于这一点,外婆才会偶尔容忍她的无理取闹。赵美荣跟张林对上眼儿了,那女儿跟刘占东对上眼儿,又有什么不能理解的呢?缘分这东西没人能说得清啊,有时候月老也偷懒,像现在这样躲进云层不出来,谁知道红绳的那端牵的是谁。谁又知道,哪个人是对的,哪个人是错的呢!

就像自己的老伴儿,信誓旦旦与自己白头偕老,可走着走着不也嫌累得慌,先一步去"那边"躲清静了吗?老伴儿活着的时候,谁不羡慕他们,可如今,中年丧夫的痛,拖儿带女的累,孤枕难眠的苦,能算好吗?外婆自己也没有答案。唯一能确认的是,老伴儿活着时的那些好,才支撑着她咬牙活着,拉扯一双儿女奔个盼头。

"明儿把刘占东叫来,唠唠嗑。"说这句话的时候,外婆的语气很平和，又仿佛是一种鼓励，似乎终于放下了一块石头。

张萍一阵欣喜和感激，忍不住伸出胳膊，环住身边的亲娘，如果月亮没有躲进云层，定会偷窥到她脸上那两朵红云，还有眸中那宝石般璀璨的星星。

外婆也搂住了女儿，有多久没这样相依相偎了，她泪眼模糊了。都说女儿是娘的"小棉袄"，可近在咫尺的娘儿俩，每晚有各种干不完的活儿，等到忙完后都疲惫不堪，根本就没有恰当的情境说贴心话。

是的，外婆虽然是农村妇女，也没见过大世面，但骨子里，莫名地有一种文艺情怀，认为倾心的交流是需要氛围的，有些话必须在恰当的场合、恰当的人面前说。当然，普通村妇认为这是"矫情"，包括儿媳妇赵美荣也不理解。幸好，女儿张萍明白这样的心境。

夜，更静了，娘儿俩安享着这份温馨。明天，刘占东即将上门，爱情之花如果真的要绽放，外婆真心祈祷：女儿会采撷到世上最芬芳的那一朵。

19岁的张萍，也是这么想的。

刘占东原本不是万宝屯人。他比张萍大5岁，1939年6月出生于县城。

那一年，刚刚废除"保甲制"，实行"街村制"。那一年，县里成立了高等学校。那一年，还建立了县医院。刘家那间不起眼的小土房，距离学校和县医院都不远。

刘占东不是遗腹子，但几乎没跟父亲生活过，因此对父亲的印象很模糊。

当时，伪政权设立"满洲劳工协会"，全县500多人被抓劳工押到蛟河、敦化、密山去服苦役，其中就包括刘占东的父亲。作为一名苦役的幸存者，刘父以后的几年更是尝尽苦头，参加过哈尔滨至大连公路县内段的施工、陶赖昭至榆树铁路的修筑，还被日伪"开拓团"抓到青山堡河滩开水田。

九死一生的苦役生涯，刘父以惊人的毅力挺过来了，人们都说他苦尽甘来，终于可以过"老婆孩子热炕头"的日子了。谁料想1945年4月，伪警务科成立"特搜班"，搜集抗日活动情报，逮捕有抗日思想、言论者，刘占东的父亲又被抓去了，怀疑他说过日伪"开拓团"的坏话。这一去，就再也没能回来，刚满5岁的刘占东，从此失去了父亲。

日伪"开拓团"还想抓相关的刘家人，幸亏好心人相助，刘占东母子得以逃命，几经辗转躲到了万宝屯亲戚家，等风头过后才悄悄地回县城住。

刘占东对父亲的记忆，最清晰的来源是刘母的泪水。每到逢年过节，刘母都会边烧纸边唠叨，说如果再坚持一年半载，就能等到日本人无条件投降，就能看到整个县城解放，一家三口再也不用阴阳两隔。刘占东其实更难过，除了自己的父亲，不知还有多少人没有等到这一天！那么等到的人怎么办？答案只有一个：好好珍惜现在的生活。

刘占东能够上学读书，完全是刘母的功劳。

当初高等学校成立时，刘母就羡慕得不得了，虽不懂得《孟母三迁》的故事，却知道读书肯定没错。眼见着刘占东已经11岁，眼见着高等学校合并成吉北联中，教育正走向正规化，刘母心里那个急啊！可是，家里太穷，砸锅卖铁也不值几个钱，怎么办呢？

刘母咬咬牙，决定为刘父申评"烈士"。但是刘父既没参加过抗日战争，也没参加过老爷岭战斗，所以经历再坎坷也不能定为"烈士"。刘母一改常态，各种哭诉，各种乞求，说刘父没功劳肯定有苦劳，贡献肯定多少有点儿吧？评不上"烈士"就评不上吧，可自己家是清清白白的贫农，那贫农的孩子不也是主人吗？只要儿子能公费上学，政府让她做啥她都愿意……

最终，刘母用"摆事实、讲道理"的方式，换来了儿子公费上小学的机会。刘占东很争气，天生就是读书的料儿，科科成绩优异，把刘母乐得直烧香磕头，祈盼儿子顺利考入中学，考上大学，早日谋个好差事，出人头地光宗耀祖。

然而，刘母怎么也没想到的是，儿子刚考上梦寐以求的高中，就赶上了"大跃进"，紧接着，全国进入"三年经济困难时期"，许多地方的城乡居民出现了水肿病，患肝炎和妇女病的人数也在增加——刘母就是其中一个。

刘母离世后，刘占东备受打击，像无根的稻草一样无依无靠，更无力支付学费和住宿费。这时，"知识青年上山下乡"的口号很响亮，刘占东眼见求学之路渺茫，便响应"下乡"号召，到万宝山小学当了一名代课教师。

农村的物质生活贫乏，教师的工资标准很低，他这个没毕业的高中生，每个月只有18元工资，交学校8元钱伙食费，勉强维持生计，说起来真让人心酸。

可是，刘占东并不因为穷酸而没了自尊，也不因为这个"卑微"的职业而失去对事业的热爱，因为他觉得农村的精神世界很富有。刘占东教一年级到三年级语文、数学，兼任一个班的班主任。每个班的学生有40人。白天辛苦教学，晚上住在学校宿舍，在那盏昏暗的煤油灯下批改作业。家徒四壁，冬冷夏热，若赶上连续几天下雨，棚顶就遭殃了。后来按上级的安排，除了课内教学外，有时还要到各生产队去扫盲，辅导农民群众学习毛主席语录。每年的寒假和暑假，他还要跟农民一块积肥料、割麦子，"支农"，伙食费自己开支。时间长了，各生产队社员都认识了这位和蔼亲切的小刘老师，隔三岔五有人请他给孩子起名字，让刘占东感到特别欣慰。文化令他得到了尊重，朴素的民风让他的心安静了下来。

尤其是认识张萍之后，第一次品尝到爱情的滋味，刘占东那颗几近荒芜的心立刻活泛了，脸上的笑容也越来越多了。

两个有缘人的相识，总会有一些浪漫的色彩，张萍和刘占东的邂逅，也不算很平常。

那是一个凉爽的夏日午后，树下坐着一些乘凉的人，有的人揉着肚子嘀咕着，刚吃完饭怎么又饿了？有的人则端个大水瓢，大口大口地喝着水充饥。张萍则安静地坐在自家门外，她跟她娘一样闲不住，东拼西凑找来一些针头线脑，在树荫下绣着花鸟鱼虫。树荫很大，同时罩住一簇簇扫帚梅花，细碎的叶片点缀着深粉浅白的各色花瓣，映衬着张萍白皙的脸庞。

此时，刘占东正从学校走出来。连续多日用稀饭充饥，他细长的腿显得更细，身材也显得更像"电线杆"了。今天，他有些头晕目眩，掂量着口袋里所剩无几的钱，心中两个刘占东不知不觉打了起来：一个说挺挺吧，多喝点儿水再睡一觉，就不饿了；另一个说人是铁，饭是钢，再挺就前腔塌后腔，人也要成面片了……

刘占东突然意识到生命的重要性，或者说身体的重要性，立刻眼睛一亮冲出校门，直奔村里的供销社。那时候的供销社，简直是个神奇的地方，小到一根针、一块糖，大到生产用具，几乎应有尽有，即使是趴在高高的柜台玻璃外多看几眼，也是一件高兴的事。可是如今物资匮乏，供销社里异常冷清，有钱也不一定买到想要的东西，不过刘占东想买口干粮，应该还是有的。

张萍绣着绣着，仿佛那些花鸟鱼虫都活了似的，忍不住笑出了声。

张萍轻声浅笑的时候，刘占东正好从她身边路过。

是谁在笑话他怕饿吗？刘占东不由得停下脚步，这才发现路边树下的张萍。

在县城读过书的刘占东，多少也算见过世面，那些在县城读书的女学生不知道吸引多少男学生的眼球，即使像刘占东这样一心攻读的穷学子，也忍不住多看几眼。而此刻的张萍，不仅没有乡野丫头的粗鄙，而且由于那身粗布衣裳，更显俏丽端庄，气质上绝不输给那些女学生。刘占东暗暗思忖，这是谁家的城里亲戚？会不会是自己的某个校友？

正在刺绣的张萍，感觉到有一双眼睛在凝视自己，下意识地抬头看了一眼，心忍不住乱跳起来，绣针也趁机刺破了她的手指，一滴血落到绣布上。张萍赶紧把手指放进嘴里吮吸，免得继续流血。她早就知道这位男代课老师，只是从来没有近距离接触过。张萍喜欢有文化的人，更何况刘占东看上去还挺面善的，因此微笑着冲他点了点头，话没出口，但眼神分明在问候"刘老师好"。

刘占东不由得脸红了。可能是饥饿带来的幻觉，也可能是被太阳晃花了眼睛，反正他感觉张萍的微笑是缥缈的，让他想起很多诗情画意。

他一直自认书读了不少，但此情此景搜肠刮肚，觅不到一句非常合适的诗句，张萍既不是国色天香，也不是沉鱼落雁，就是让人感觉非常美好。如果一定要拿什么做个比喻，或许那丛扫帚梅花更贴切吧——秆细瓣小，看上去弱不禁风的样子，可风越狂，它身越挺；雨越大，它叶越翠；太阳越暴晒，它开得越灿烂。

刘占东知道，扫帚梅花是随处可见的植物，在路旁、田埂、溪岸都能自生，他们学校的校园里也有很多。那粉色的花，像少女般的俏丽；那深粉色的，像少妇的成熟；那深紫色的，如老妪般庄重；那白色的，令人联想到女性的纯洁和善良……

花影与人影在眼前晃动，刘占东的思路渐渐清晰，终于捕捉到了意象物，脱口而出一首《咏扫帚梅》：

纤枝细叶护娇梅，白衬红粉熠熠辉。
蝶萦蜂绕飘香气，绿树荫浓绣花蕊。
风来妖媚翩翩笑，雨落何惧滚滚雷。
扫去烦忧结伴开，格物致知梦相随。

后来，这首诗，被张萍一针一线绣到了手帕上。
后来，这方手帕，被刘占东珍藏在了衣兜里。

后来，就有了外婆与张萍"月黑风高"时的对话。

后来，就有了穷姑爷刘占东初登丈母娘家门。

1963年农历三月初八，小刘堇出生了，成为张萍和刘占东爱情的"结晶"。只是万万没想到，这个"结晶"并非像水晶那般完美，她患有先天手指不全症，两只手均只有拇指和食指，俗称"秃爪子"。

十里八村都知道了这个"怪胎"，有好事者纷纷前来看热闹，或表达真诚的同情，或留下幸灾乐祸的"安慰"。

初为人母的张萍受不了这个打击，得了严重的产后抑郁症，每日吮吸着女儿的小手，以泪洗面。

而刘占东上课的时候，也遇到过尴尬的情形，常常被学生突然提问："'秃爪子'什么样？是妖精吗？"刘占东生气也不是，反击也不是，很是无奈。

关于爹娘的长相，刘堇丝毫没有印象。关于爹娘是否爱她，刘堇也没有印象，不过外婆肯定地说——爹娘非常疼爱她。

刘堇愿意相信外婆的话。

关于那首《咏扫帚梅》的诗歌，那方绣着诗歌的手帕，她也都是听外婆描述的，由于外婆讲的次数多，刘堇很快就把那首诗记住了。所以，她懂事起就对扫帚梅特别偏爱，感觉娘就坐在花丛里冲她笑。

每次讲着讲着，外婆就特别难过和遗憾，怪张萍和刘占东连张合影也没留下，害得外孙女对父母没印象。

那时候对农村人来说，照相是一件奢侈的事，一是只有县城才有照相馆，二是照相费用不便宜。两个人结婚之后曾去照相馆照了一张合影。两人望着这张合影，憧憬着明天幸福的生活……

"唉，可惜那唯一的照片，也没了……"外婆望着墙上的相框，无奈地叹息着。

小刘堇慢慢长大了，也懂得了追问："咋没的呢？哪儿去了？"

外婆摸摸她的头，欲言又止。然后，再摸摸她的头："等你长大了，外婆再讲给你听。"

外婆不想让刘堇幼小的心灵埋下阴影，可是其他人却不那么想，比如，舅妈赵美荣。原本无忧无虑的童年时光，在赵美荣等的嘴里，被推移到1966年，刘堇小小的心灵被激荡起一层又一层忧伤的浪花。

故事的开始，赵美荣是这样说的："……1966年是有史以来春节最早的一年，除夕恰逢大寒，那才叫个冷啊。因为冷，就得闰三月，你这个小'秃爪子'竟然要过两个生日，你外婆傻啦吧唧地说有福气。屁话！就是屁话！你过两个生日不打紧，一下子把你爹娘过没了……所以说，你天生就是个'扫把星'，'秃爪子'，害人精！"

后来，又有一些好事的村民，有意无意地续讲这个故事，把零星的时光碎片传递给刘堇，让她自己去拼凑。在大家的各种表情、各种语调中，刘堇终于似懂非懂地理出了个来龙去脉：

刘占东每天坚守在工作岗位上，给学生上课。然而到了七月上，学校就全部停课了，要统一跟随县里的大部队，去北京参加"革命"。张萍帮他收拾好行李卷，夫妻依依不舍地告别。

刘占东与大部队风餐露宿，开始的时候意气风发，大有周游全国的雄心壮志；可是步行几百里来到吉林市后，已经是人人都筋疲力尽了。刘占东瘦弱的身体更是支撑不住了。同行的人为他端来水，担心他病倒了，无法去北京。

刘占东虽然有气无力，但仍然对北京有无限憧憬："必须去啊！这次能到北京交流学习，机会多难得啊！其实，我想做一名大记者，写作发表文章……"说完这句话，刘占东就迷迷糊糊地睡着了。

结果第二天，他们被告知不必去北京了，因为去北京的人已经太多了，大部队必须直接原路返回。刘占东很失落，步履维艰，强撑着回到万宝屯，大病了一场。在张萍的细心照顾下，身心才一点点好起来。

然而，好景不长，一场阴云席卷而来——刘占东"想当记者"的话，被举报到了相关部门，于是他被定为"宣扬资本主义名利思想"，在生产队的场院里被公开"批斗"。

一个简陋得不能再简陋的家，被翻了个底朝天，所有可疑物品都被上缴，最后被撕的撕、烧的烧、丢的丢、毁的毁。包括他们的结婚照，也在这场劫难中被毁掉了。

张萍原本由于刘堇的缺陷，就患有产后抑郁症，如今面对刘占东被迫害，整个人顿时崩溃了。外婆把张萍和刘堇接回家中照顾，赵美荣的条件是，张萍必须与刘占东划清界限，否则不许进张家半步。外婆以死相逼，张林哭着抢下她手中的菜刀，给赵美荣跪下了，才算容下了张萍母女。

刘占东后来被带到县城，据说要去原来住的地方找更多"罪证"，"批斗"才能更彻底。被关进牛棚的刘占东万念俱灰，认为自己不能再连累张萍和女儿了，于是在一个夜晚选择了自杀。

张萍在张林的陪伴下，去县城见刘占东最后一面，结果痛哭过后，一口气没上来，也离开了这个令她伤心的世界……

张萍和刘占东以浪漫邂逅开始，以悲惨离世结束，留给世间的，除了一方带着诗歌的手帕，还有一个残疾女儿刘堇。

张萍和刘占东出事后，赵美荣更是颇有微词，认为是刘堇带来的"血光之灾"，才导致命运不济，家人受牵连。因此，怎么看刘堇都是眼中钉，肉中刺，叮嘱彩凤远离她，告诉张林千万不要抱她，免得沾上晦气，走霉运。

外婆多少有点儿文化，不像其他人那样迷信，可是面对命运的折磨，又找不到一个支撑自己活下去的理由，偶尔也会迷茫得不知所措。

见此情景，赵美荣就偷偷找来个算命先生，希望证明自己的论理是正确的，然后名正言顺地把刘堇送人。

外婆这次没跟赵美荣争辩。她掏出挂在裤腰上的钥匙，打开那个暗红色的老柜，拿出 10 个红皮鸡蛋做卦钱，高兴地把算命先生送走了。

赵美荣以为外婆被说动了，迫不及待地找来个破布包，准备收拾刘堇的破烂东西，尽快连人带东西送到孤儿院去。

外婆抢过孩子的衣物，淡然有力地说："谁若敢把小堇送走，我就跟谁一块死！"

赵美荣刚刚想反驳几句，张林赶紧拉她回到自己的房间："还瞎吵吵啥？老太太的脾气乡亲们都知道，那是轻易不说话，一旦说话就是根钉！"

赵美荣不由得打了个冷战，想想婆婆那张板着的脸，确实跟平常不太一样，因此也不再敢提送走刘堇的话题了。

其实赵美荣不知道，这次算命先生的到来，激励了外婆的生存斗志。一个对生活极度失望的农村妇女，在这个卦象里，看到了跟赵美荣不一样的东西，仿佛是抓住了一根稻草，那就是——希望！刘堇这只"山林之兔"，虽然有小小的残疾，但是"心里不空"，能有自己的想法，这是多么难得的事啊！

外婆并不知道"梦想"这个词，但她面对自己的儿子，知道一个人有头脑多么重要，只要刘堇不像张林那样，变成"蕹菜"和"窝囊废"，这就是"山神"保佑。至于能学成多少，外婆一时也琢磨不明白，成与不成都是后话，只要刘堇能好好活下去，将来学多少、成多少，又有什么关系呢？

所以，外婆选择信"命"了，至少这次，为了外孙女刘堇的未来，她愿意选择相信。至于"运"，外婆认为是可以后天改变的，从现在起培养刘堇学刺绣，将来咋也能挣口饭吃。不求刘堇大富大贵，只要自己能养活自己，她这辈子就不是"废人"了。

外婆笑了。她仿佛看到，命运已经化成一件具体的绣品，被刘堇攥在那双残缺的手中。

1970年春节过后，刘堇已经8岁了，很多事情变得似乎跟以前不太一样了。

那一年的历法很奇特，出现了立春、除夕、春节相连的现象。而且元宵节恰逢雨水，七夕节恰逢立秋，重阳节恰逢寒露。据万宝屯的老辈们说，这样的情况19年才能遇到一次。

那一年，我国成功发射了第一颗人造地球卫星。据广播里说，"东方红一号"卫星的成功发射，在中国航天史上具有划时代的意义，标志着继苏联、美国、法国、日本之后，中国成为世界上第五个用自制火箭发射国产卫星的国家，从此中国正式加入"太空俱乐部"。

"太空俱乐部"是什么样子？万宝屯的老辈们不知道，万宝屯的孩子们更不知道，只能靠天马行空的想象了。然而，知识和视野禁锢了思维，贫穷和偏僻限制了想象力，即使最聪明的孩子，也跳不出《西游记》中的那些画面，遨游太空最终被定性为"一个筋斗十万八千里"，可是再怎么折腾，也蹦不出如来佛的手掌心。

那一年的刘堇也很奇特，忽然有了荣辱感。据她后来回忆，起因来自她对"秃爪子"的认知。

在她的印象中，万宝屯人人都有小名，赵美荣第一次喊她"秃爪子"时，她天真地以为是自己的小名，还傻呵呵地笑呢。她小小的脑袋瓜也一直确信，人人都应该有小名，比如，舅舅叫"傻大林"，舅妈叫"大美荣"，小表姐叫"凤儿"，小表姐的大表哥叫"铁蛋"；又如，东院的男人叫"狗娃"，西院的大婶叫"翠花"，翠花的三个孩子叫"大牛、二牛、三牛"，后院的丫头叫"麻雀"；再如，村西头有个小子叫"石头"，村东头有个小子叫"泥鳅"。每次在路上见到，刘堇都觉得石头和泥鳅特别亲切。

不过长到8岁了，刘堇恍然大悟："秃爪子"是一种侮辱性的称呼，是嘲笑她的手是残疾的，跟别人的小名不一样。而外婆亲切地唤她"小堇"，那才是属于她的真正的小名。

所以，慢慢地，刘堇有了自己的小脾气，谁喊她"秃爪子"，她就恨恨地瞪谁一眼，以后再见着连瞅也不瞅一下。因为每一句"秃爪子"，都会在她的心上抓一下，特别难受。相反地，如果谁愿意喊她"小堇"，她就跟谁一起玩。比如，铁蛋总叫她"秃爪子"，她就讨厌对方。比如，麻雀、石头和泥鳅，就都称呼她"小堇"，所以，他们成了刘堇不可多得的小玩伴。

那一年的孩子们很奇特，除了上树、爬墙，还想出各种好玩的游戏，"打片技"就是其中一种。最初的片技是方形的，都是孩子们自己用纸叠的。

叠片技确实是个技术活儿，不能叠太松，否则打两下就散包了；也不能叠太紧，那样中间不透气，就没有张力。纸张选材也很重要，纸薄叠出来的就薄点儿，纸厚叠出来就厚点儿。太薄的，是经不起忽闪的，有时候袖子长了，甩起来一带风都能扇翻，所以这样的片技打起来主人就容易输；而太厚的片技，也是经不起风的；只有薄厚适中，还挺沉乎的片技，才最具有杀伤力，就像斗鸡比赛似的，有时候一张就能通杀所有人，赢一大摞各式各样的片技。当然，偶尔也会遇到特殊情况——谁的小薄片技赢了一张厚的，那就像过年吃饺子一样激动。当然，这样的情况极特殊，不是打得好，就是运气好。

一个乍暖还寒的晌午，石头和泥鳅相约打片技，让刘堇和麻雀当裁判。

他们先找了个背风向阳又土厚的地方，然后剪刀石头布确定顺序，结果是石头先，泥鳅后。

只见石头用脚划拉一堆土，泥鳅把片技放上去，接着，石头就抡圆了胳膊甩出去，使劲地打泥鳅那张片技。不料，劲儿使得太大了，非但没扇起泥鳅的片技，自己的倒是飘了出去，逗得大家捧腹大笑。

笑够了，泥鳅拾起自己的那个片技，煞有介事地对大家说："看着看着！打片技可是有技巧的，得有眼力，有心机，不能像石头似的不通窍！"

石头不屑一顾："别光吹牛，你打一个我看看！"

泥鳅毫不示弱，用力甩出自己的片技，结果尺度同样没掌握好，手指一下子杵到地上，疼得眼泪都掉下来了。

石头这回高兴了，幸灾乐祸地手舞足蹈着："哈哈，自作自受了吧？你想偷偷用手指翻我的片技，是不是？耍心眼儿，害自己！"

泥鳅的小心机被揭穿，自知理亏，便自嘲地做了个鬼脸，咧着嘴揉自己的手指。

这时，麻雀开始打圆场了："刚刚你俩都是小试牛刀，现在来真格的吧。"

刘堇担心泥鳅的手指，泥鳅无所谓地摆摆手："没事，没事，手指真要断了，正好跟你做伴了。嘻嘻嘻嘻……"

就这样，孩子们又都喜笑颜开了，游戏继续。

麻雀和刘堇蹲在旁边看他们打片技，时而跟着紧张地惊呼，时而忍俊不禁地窃笑。风中带着凉意，凉意里又似乎有些暖意，好亲切。日头一点一点向西移动，可是孩子们丝毫没感觉到时光的流逝。童年，应该就是这个样子。

然而，童年也有另一个样子，就像地上的片技，说翻脸就翻脸了。

石头和泥鳅玩着玩着，又因为泥鳅讲了一句玩笑话，石头不喜欢听，然后就争论起来，争着争着就撕扯起来。

刘堇在一旁怎么劝也劝不住，就用两根手指捏起片技，走到不远处的一处水泡子边，吓唬他们说："再不住手，就把片技扔进水里！"

两个男孩信以为真，一起冲过来抢片技，不料劲头儿过猛，把刘堇撞翻在地，片技齐刷刷地掉进了水泡子里。

石头和泥鳅心疼极了，恨恨地揪掉刘堇的红色头巾，骂她"秃爪子"，让她赔片技。

刘堇求助地望向麻雀，以为麻雀会站在自己这边，谁料麻雀也叽叽喳喳地帮腔："你那'秃爪子'啥也拿不住，干吗要多管闲事？哼，现在帮倒忙了吧，自作自受！"

刘堇非常伤心，她可以不在乎别人骂她"秃爪子"，甚至不在意舅妈的辱骂，可是没想到那么亲密的小伙伴，也会嘲笑她。友谊的小船翻了不要紧，重要的是自尊心受到严重伤害，让她的心拔凉。但是，又能怎么样呢？她一个人打不过两个男孩子，也抹不去麻雀嘲笑她的唾沫星子，更改变不了自己"秃爪子"的事实啊。

跑回家里，小刘堇蹲在炕沿边的地上，双手用力抓挠着炕墙，第一次放声痛哭，第一次那么讨厌自己的"秃爪子"。外婆吓坏了，跑过来抓住她的手，而那四根纤细的手指已经抓出血了，指尖里是和着血水的泥土……

外婆心疼地帮刘堇擦干眼泪，又帮她把手洗干净，然后找来几张旧草纸，教她叠片技。

外婆说这没什么难的，只不过是一种粗糙的儿童游戏罢了，只要刘堇肯动手，肯定比那些臭小子叠得更精致。

刘堇试了试，发现自己的四根手指果然足够用了。

外婆继续鼓励她多叠几个，而且是不同样式的，明天拿给石头和泥鳅看，向他们证明自己的实力。

刘堇终于破涕为笑了，问外婆以后还能跟石头和泥鳅一起玩吗？

外婆说："人生在世不能没有朋友，有的朋友是真情的，有的朋友是假意的，以后如果他们不再欺负你，就还继续玩吧。"

外婆出去抱柴火准备做晚饭了，叮嘱刘堇坐在炕上继续叠片技。

刘堇的小眉头一会儿舒展开，一会拧在一起，不确定石头和泥鳅见到这些片技，会不会继续跟她成为好朋友。

这时，彩凤跟赵美荣从大舅家回来，见到这么多好看的片技，就想据为己有。

刘堇自然不肯给。彩凤从兜里掏出一块糖，希望做交换，刘堇摇了摇头。

彩凤又拿出一块糖。

刘堇忍不住咽了口唾沫，但还是摇摇头。

彩凤生气了，又扑过来抢。

刘堇四根手指捂不住那么多片技，干脆猫下腰趴到片技上面保护着。

彩凤无计可施，只好眼珠一转哭闹起来："娘，娘，快过来，刘堇欺负我！"

赵美荣闻声就冲进东屋，见只有刘堇一个人，三角眼立刻瞪了起来，抡起巴掌就打在刘堇的后背上，嘴里骂骂咧咧："好你个小'秃爪子'，三天不打，上房揭瓦！"

多年后，每当看到谁抡起巴掌，刘堇都会不自觉地想起那一声怒骂，仿佛后背上还有个巴掌的脆响。赵美荣那一巴掌应该是很疼的，尤其面对的是一个单薄的孩子；那一巴掌肯定是很痛的，透过脊柱穿过心脏，流到每一处毛细血管里，再渗进刘堇的每一寸肌肤；那一巴掌之所以如此疼痛，是因为与小"秃爪子"同时发出，从而令刘堇的身心受到重创，久久不能愈合。

"我不是'秃爪子'，我的手啥都能干，啥——都——能——干！"刘堇声嘶力竭，直起身指着那些亲手叠的片技，护卫着自己的尊严，"这都是我自己叠的，我——自——己——"

赵美荣被吓了一跳，没想到刘堇敢跟自己吼叫，于是恼羞成怒，抬手又给了她胸脯一拳头："小'秃爪子'，骂你咋的了？你住我的、吃我的、喝我的，有人养没人管的'怪胎'，今天我就好好教训教训你！"

刘堇被打蒙了，只知道恨恨地盯着赵美荣看，不知道用什么话还击。彩凤见片技都露出来了，趁机抓起来就往门外跑，边跑还边气刘堇："哈哈，我把片技给石头和泥鳅送去，就说是我叠的，气死你，气死你！"

正在这当口，外婆抱柴火走进院门，听到彩凤的话就知道情况不妙："彩凤，给我站住！把片技还给小堇！"彩凤说什么也不肯还，一溜烟跑出院子，没了踪迹。

赵美荣听到婆婆的声音，连忙警告刘堇不许向婆婆告状，否则以后还收拾她。说完，"嘎嘎"地大笑着，扭着屁股回自己的西屋去了。

外婆原想去追彩凤，又担心屋里的刘堇，所以快步回到屋里，见刘堇不哭也不闹，就那样直愣愣地坐在炕沿，仿佛什么事也没发生过似的。再仔细看，那紧咬着的小嘴唇和紧攥的"拳头"，已经出卖了她的心事——刚刚，受了莫大的委屈，只是刘堇不想表达出来。当一个孩子不再因委屈而痛哭的时候，说明她长大了！

外婆气得忍无可忍，想去找赵美荣理论，然而就在转身的一刹那，只觉得一把刀在心头上剜了几下，疼得她打了个趔趄，紧接着有些头晕目眩，眼前一阵黑雾笼罩。她赶紧扶住炕沿，提醒自己慢慢坐下来，千万不能倒下，否则外孙女怎么办？

等到眼前终于恢复光明，外婆放弃了去西屋的念头，刚刚的眩晕太可怕了，而且这样的情况发生了不止一次，她不敢去看大夫，生怕查出个不好的病；更不敢以健康为代价，去挑战蛮不讲理的儿媳妇。

一把搂住可怜的刘堇，外婆缓缓地往炕里挪动身子，尽量让心情得到平复。可是那颗心啊，怎么会这么疼呢？是谁，插在那里一把刀？是谁，又搅动了几下？真是造孽啊，老天爷怎么如此残忍，"贪污"孩子的六根手指干什么呢？如果自己有个三长两短，可怜的小堇啊，未来的日子该怎么过？

小刘堇被动地躺着，并不知道外婆的心比她更疼，因为，她的心里也有一把刀，那是命运安插的一把无情刀，出生前斩断了她的六根手指，出生后还要不停地搅动，一点点斩断了她应有的快乐。刘堇没有头晕目眩，反而像开了天眼一般，看清了一种悲凉和冷漠，那是不应该属于8岁孩子的情绪。

还好，外婆的怀抱依然温暖。

只是，除了外婆，这世上她还能相信谁呢？

突然，"爹娘"二字出现在她的脑海中，刘堇从未像此刻这样希望有爹有娘，那样赵美荣就不会再骂自己有人生没人管了；那样彩凤再欺负自己，自己也可以找娘帮忙了，不至于再让外婆左右为难了……可是，为何自己偏偏没有爹娘呢？如果不能陪自己长大，为什么要把自己生下来？既然把自己生下来，为什么让自己变成"秃爪子"？

刘堇不知不觉地举起手，如果这样紧紧攥着拳头，多像一双完整的手啊！一点点伸开两个大拇指，就像在给谁"点赞"一样；再伸开两个食指，完全可以比成一个"圆"，或者一颗"心"。可是，到此为止了！她无法像彩凤那样甩出"兰花指"，也不能像麻雀那样做个"孔雀头"。她的世界只有两个"八"，像赵美荣经常说的那样，"巴巴结结不长久"！

"外婆，我这手有啥用呢？"刘堇喃喃着。

"当然有用啊，特别有用呢！"外婆的心神舒缓了一些，俯在刘堇耳边轻轻讲了起来："你这双小手可不一般，是带着'山神'的使命而来，能找到别人找不到的东西。"

"'山神'什么样子？要找什么东西？"

"呃——'山神'很善良。"外婆沉吟了一下，神情变得神秘兮兮，轻言细语道："要找七——色——堇！"

"啊——就是万宝山上的奇异花吗？"刘堇原本木呆呆的眼神，瞬间一亮，这个从记事起就听到的传说，总是让她充满好奇。"怎样才能找到它？"

"你先答应我，以后无论遇到什么事，都不能伤害自己……外婆就带你去找它！"外婆的声音更温柔了。

"好的，外婆。"眼前变得雾蒙蒙的，刘堇使劲眨了几下眼睛，努力擦去了一滴沉重的泪，"无论遇到什么事，我都不伤害自己"！

这是小刘堇对外婆的承诺，也是对自己一生的承诺。她还不明白太深的道理，但受到外婆的耳濡目染，她在潜意识里根植下一个信念：人要先好好爱自己，才能更好地爱生活。

第二章　初登万宝山

第一次带刘堇登上万宝山，外婆特意选择了她 8 岁生日那天，是有很深用意的：一来，回敬那些拿刘堇生日说事的人；二来，让刘堇对自己的生日重视起来，从而对自己的生命珍视起来。

农历的三月初八，对应的是阳春四月的中旬，清明节刚刚过去，绵绵细雨唤醒了东北黑土地。天空蔚蓝，大地广阔，春风和煦，艳阳高照。虽然谷雨还没到来，不过生产队的广播里早就说了，根据今年的墒情和农时，已经提前制定了春播指导意见，按照先岗地、后平地、再洼地的顺序，合理安排春耕，做到能抢一垄抢一垄，能抢一块抢一块，确保不误农时。

所以，按照以往的耕作程序，社员们已经用四五天的时间，先把去年留在土地里的作物茬子刨完了；现在正进入紧张的打垄阶段，要把旧垄翻成新垄，让土壤变得松软，如果温度回升到理想的程度，就要在谷雨时节把大田播种完。否则农时就得延后，小满前如果种不上，就啥也不赶趟了，那么靠天吃饭的社员们，一大年的指望也就要落空了。

万宝山作为地处松辽平原腹地的山岗，其海拔虽然不是最高，但天然林珍贵树种很多，比如，五角枫、椴树、落叶松、桦树、白皮柳、榆树等品种；有天然的蒿草、中药材等野生植被覆盖。除了植被，万宝山也有很多动物，东北兔、草兔、山狸子、松鼠、田鼠、野鸡、野鸭、猫头鹰等，据说还有凶狠的狼。

有一座山，等于拥有了宝藏，这话说得一点没错。

对于万宝山一带的村民来说，在食不果腹的年代，正是山上的野生动植物，成功帮助他们死里逃生。大家的目标，最初是那些能充饥的野菜，比如，蕨菜、马齿苋、荠荠菜、苦菜、小根蒜、黄花菜、小叶芹、鸭巴掌、柳蒿芽。野菜挖没了，又锁定那些能吃的树叶、树皮，当然，榆树钱更是被争抢的对象。后来，就是偷偷捕杀野生动物。当野生动物日渐稀少之际，有传言说遇见真狼了，还把打猎的人吃掉了，于是人心惶惶，不敢再轻易去打猎了。

近些年有新的说法，认为万宝山其实并没有狼，是"山神"发怒了，惩罚那些捕猎者；也有另一种说法，认为有人故意编造传言，目的是吓唬村民，想"独吞"山上的猎物。

自从王栓柱成为看山人后，有好事之人向他求证，他则振振有词地坚定了有狼之说，一是想证明自己胆子大，独自在山上连狼都不怕；二是"狐假虎威"，假借狼之名吓退欲偷山之人。至于是否真的有狼，至少目前王栓柱还没遇到过，山顶有瞭望塔，他每日登上瞭望塔，可以浏览万宝山全貌，尽可能地维护一方山林平安。

不过人们基于王栓柱的这份"证言"，对万宝山便增加了敬畏之心，不敢轻易去捕猎了；也由于这份"证言"，人们背后议论王栓柱瘸腿的同时，又不得不佩服他的勇气，常年独守山林而没被狼吃掉，一定有"山神"的护佑。

更有甚者，开玩笑说狼肯定有，但见到王栓柱一瘸一拐的，以为是遇到怪兽了，来不及发出"狼嚎"就被吓跑了——如此以讹传讹，不知何时何地出自何人之口，对这句话进行了"大反转"，天长日久地传播后，竟然赋予了王栓柱"山神"的气质。

外婆很喜欢这样的"反转"，她虽不是最初的"反转"者，但肯定是传播者之一。在去万宝山的路上，外婆跟刘堇边走边聊，心情前所未有的畅快。刘堇充满期待，问外婆这座山为啥叫万宝山，是因为有一万个宝贝吗？外婆清了清嗓子，很郑重地讲了关于山名的传说。

那是很久以前的事了。万宝山原是一块大平地，年年风调雨顺，六畜兴旺。

可是有一年夏天，一条巨蟒突然闯到此地，带来了狂风和雷电，大雨倾盆而泻，淹死狼沟顿时泛滥成灾，吞没了庄稼后，直奔村庄而来，来不及躲避的村民转眼就被洪水卷走了。

巨蟒还不甘心，追赶着四散逃命的老百姓。这时有一个小伙子突然出现，用非凡的智慧和魄力，将巨蟒封在一个大大的元宝钵里，再也不能出来害人。泛滥的洪水也自此退去，淹死狼沟又恢复了往常平静的模样。

村民跪在地上感谢那个小伙子，那个小伙子告诉大家，巨蟒已经修炼万年，如果在元宝钵上种树种花，就能唤醒那些万年灵力，长出最神奇的七色堇，永远护佑这一带人民的平安喜乐。

说完，小伙子就不见了。村民知道遇到了神仙，就按他的指点开始种植花草。

从此，在这块平原上"长"出了一座山，山上长了各种树和花，还有飞鸟野兽，人们根据山的形状和来历，叫它"万宝山"，并照小伙子的样子雕了石像，奉为"山神"。至于山里是否有一万种宝贝，没有人能说得清……

说话间，祖孙二人已经来到了半山坡。

放眼向上望，刘堇的眼睛瞬间亮了，感觉世界好神奇。因为一路走来，田野里是光秃秃的，而此刻的山上有浅绿的颜色，有一股扑面而来的春的气息。

外婆感叹说："经过一个寒冷的冬天，整座山已经活过来了。"

刘堇不明白："为什么说山活了？"

外婆指着远的近的植被，眼睛笑眯眯地有了神采。

刘菫不由得也笑了，外婆的眼睛就是"活"的哦，就像地上的小草睁开眼睛，一个个伸着懒腰，从刚解冻的泥土中钻了出来；就像树木的枝头，此时悄悄抽出的一丝新芽；就像最早盛开的映山红，正笑眯眯地含苞待放。

外婆精神抖擞，脸上洋溢着少有的喜悦之情，感觉年轻了许多。

刘菫被外婆的情绪感染了，摩拳擦掌跃跃欲试："外婆，元宝钵在哪儿啊？我想看看……"

外婆笑眯眯地回答："傻丫头，外婆不是告诉过你吗？这座山就是元宝钵，咱们就在元宝钵上走呢。"

刘菫恍然大悟地点点头，继续问："'山神'在哪？我能看到他吗？"

外婆肯定地回答："能，当然能！今天外婆带你来，就是要见见他。"

听说能见到"山神"，刘菫很开心，继续问："那么，七色菫在哪儿呢？我想找到它……"

外婆左望望，右瞧瞧："在哪儿……我也不知道，外婆就知道，你名字的菫……"

"我名字的菫，就是那个菫。"刘菫"咯咯咯"地笑起来，调皮地打断外婆的话，"而且，这是咱俩的秘密，不能告诉别人，否则宝贝就会吓跑喽。对吧，外婆？"

外婆亲昵地刮了一下刘菫的小鼻子。如果说春天让山"活"了，那么小刘菫的笑脸，则让外婆整个人都"活"了，外婆不由得鼻子一酸，眼睛就有些湿润。她不想让外孙女看到自己的眼泪，赶紧弯下腰假装寻找野菜，在一堆枯枝枯叶下，发现几株野菜，外婆蹲下身子，耐心地教刘菫如何区分：哪个是婆婆丁，哪个是荠荠菜，哪个是小根蒜。

刘菫瞪大眼睛认真地观察着，不无好奇地问："婆婆丁？是外婆种的钉子吗？"

外婆笑得险些岔了气："傻丫头，那可不是外婆种的钉子。城里人管它叫蒲公英，它的种子上有白色冠毛结成的绒球，花开后随风飘到新的地方孕育新生命。"

刘堇"哦"了一声，突然发现一株野菜跟其他的不一样。外婆熟悉各种野菜，一搭眼就知道是一株苣荬菜。这是地里最先出现的野菜，味道最好吃，它们翠绿而美丽，圆盘状排列的肥大叶片宛若绿色的菊花。东北人对野菜的酷爱，不仅是为了充饥，还因为野菜能清凉去火，吃上几株鲜亮的野菜，心情也会舒爽很多。

外婆记忆最深的，就是田野里颗粒无收的大饥荒年代，满眼枯黄之际，仔细观察就会发现在角角落落中、沟沟坎坎处，偶尔会隐藏着一抹又一抹诱人的绿色。那年月，能寻觅到星星点点的野菜，仿佛就看到了希望，拥有了让生命活下去的神奇力量。

外婆从筐里拿出一柄小刀，边给刘堇解说边示范动作，挖菜的时候一定要小心，把刀慢慢插入野菜根部的土中，轻轻一割，再顺着叶片稍稍用力一提，野菜就会轻轻松松地拿到手中了。刘堇模仿外婆的样子，小心翼翼地把野菜挖出来，然后放在身边的小筐里，愉悦之中带着一丝神圣感。

祖孙俩找找寻寻，不一会儿，小筐都要装满了。外婆直起身，捶了一下隐隐作痛的腰，多年劳碌落下的老毛病，腰过早地有些佝偻。

刘堇也学外婆的样子，捶打一下自己的"腰"。挖野菜的乐趣，让刘堇把"寻宝"的事忘到了脑后，此刻最期待的，是快点儿回家，然后用清冽的井水把野菜洗干净，蘸上一点儿外婆自制的大酱，放在嘴里一定特别鲜甜；若再狂吃一口大楂粥，简直就是世上最难得的美味了……

"谁呀，干啥呢？"

突然，一个男声从身后传来，语气虽然不严厉，但还是把刘堇吓得一哆嗦。转过身，只见一个男人向她们走来。这个男人叫王栓柱，万宝山的看林人，舅妈口中的"王瘸子"。他一瘸一拐走路的样子，让刘堇觉得很滑稽。

刘堇没想到的是，这样一个"滑稽人"，日后会跟她再有交集。纵是外婆也无法预见，此刻王栓柱的出现，竟是冥冥之中的一种安排。

王栓柱跟张林同龄，过完年已经 29 岁了。他出生的年代，小儿麻痹症几乎是所有家长的梦魇，伴随一场高烧而来的，可能就是终身的肢体残疾。王栓柱就是其中一例，因急性小儿麻痹症，右腿比左腿短很多，后足内翻，走路时右脚跟不能落地，严重跛足又引发了脊柱的弯曲畸形。

小时候，王栓柱生活在县城里，看到别的小朋友可以走，可以跳，他很羡慕。更令他羡慕的是别的孩子有爹有娘，有一个温暖的家庭，而他却没有。从记事起，王栓柱就是个孤儿，要感谢当时的孤儿院，收容了他这个带有残疾的弃婴。

逐渐长大的过程中，有两个穿着很整洁的中年男女，经常到孤儿院来捐赠钱物，每当这时，院长都把他叫过来。奇怪的是，那两个人不跟他说任何话，只是静静地望着他，女人的眼中似乎还有晶亮亮的东西闪动。过了好一会儿，男人会跟院长低声交流几句什么，院长频频地点头，对男人很尊敬的样子。然后，在王栓柱好奇的目光中，中年男女最后看他一眼，似乎有不舍，又似乎什么也没有，就离开了……

等他到了明白事理的年纪，这两个中年男女却再没出现过。确切地说，是王栓柱没再见到过，至于两个人是否来过孤儿院，不得而知。而院长则一如既往地照顾他，经常教他识一些字，学一些算术，还教他做人的道理。孤儿院的日子不好过时，王栓柱好歹能喝到稀粥，不至于到大街上去讨饭。因此，一瘸一拐的孤儿没被饿死，在那个年代实在也算是奇迹了。

等到王栓柱 20 岁刚出头时，已经能协助孤儿院做一些日常工作。突然有一天，院长递给他一封介绍信，推荐他到万宝山做看山护林人。临行前，院长叮嘱他要做一个老实本分的人，千万不要乱说话，避免祸从口出，一旦有人问什么，就"一问三不知"。至于原因，院长没说，王栓柱也琢磨不出来。多年后王栓柱才知晓原因，那段岁月院长他自身难保，却还在为王栓柱寻求一个出路。而那两个中年男女，俨然已成为记忆中的过客，王栓柱有时候也会梦到，醒来后却怅然若失，他怀疑那两个人的身份，怀疑他们是否真的出现过？

这些经历，到了万宝山之后，王栓柱再没对任何人提起过。有时候实在憋得慌，他就跟山说、跟树说、跟花儿说、跟小动物说。山上的生活虽然孤寂，但从小就在孤儿院长大的王栓柱已经不怕孤独了，更何况这里没有人嘲笑他的残疾，因此大部分时光，他很享受这种孤寂的生活。慢慢地，有山下的人来挖野菜，采蘑菇，打野兔……一回生二回熟，王栓柱渐渐结识了万宝山大队里的一些乡亲，生活也增添了很多人气。加之他老实本分，待人也诚恳，谁上山后遇到困难了，他都会伸手相助，因此乡亲们对他的印象还不错。逢年过节，几个婶子大娘做啥好吃的，也不忘给他带一些。刘堇的外婆，就是其中一个。

此刻，外婆一转身，看到是王栓柱，立刻热情地打招呼："栓柱啊，我是张婶。正要去找你呢，快过来，快过来……"

王栓柱显然跟外婆也很熟悉，脸上瞬间堆起了开心的笑意，一瘸一拐地"跑"过来，身体倾斜得更严重了。刘堇没注意到他阳光灿烂的笑容，只是紧张地瞪大眼睛，张大嘴巴，生怕他一不留神就摔倒，万一磕到哪棵树上，门牙就得粉碎。

"张婶，你咋来了？"在刘堇担忧的眼神中，王栓柱已经连蹦带跳地来到近前："我看山下牛马犁杖忙得热火朝天的，张婶咋不下地干活儿呢？"

外婆笑呵呵地点了点头："麦子种完了，格子昨儿刚踩完了，今儿这不才得了个空嘛。等谷雨时种完大田，还得踩格子啥的。"

外婆说的踩格子，刘堇还以为是她跟伙伴玩的游戏呢，后来她长大了参加劳动才明白，那是在无农业机械的年代，万宝山村民用的一种播种方法。春天种地，除了种苞米要靠人用锹挖坑点种外，其他作物如高粱、谷子、糜子、大豆等，都要靠牛马犁杖来耕种。一般都是一组四个人，一个来回种一根垄：去时马夫赶着马扶着犁，破开垄台，把翻出的土堆向垄沟；随后的两个人在埫土上走直线，后一个人要踩在前一个人的脚空儿里，把土踩实，这踩出的一溜脚印就叫"格子"；第四个人是负责点种的老农，用手把种子均匀地撒到"格子"上。等返回时，踩格子的人先走，在种子上又踩一遍；点种的人空走回来；最后，马夫赶着马扶着犁，从另一侧垄沟翻土盖上种子，这根垄就种完了。这样的过程，把上一年的垄台变成了垄沟，垄沟变成了垄台。农家肥是事先滤在垄沟里的，改垄后就在种子下面了。

如今王栓柱问起农活儿的事，外婆虽然双腿踩格子累得酸疼，但想到在新鲜的垄台上留下一道脚掌宽、溜直不断线的印迹，能助力土壤加快返润，避免大风把种子刮跑，帮助种子尽快发芽，她的心里就很有盼头。"一年之计在于春"，黑土地一望无际，地阔垄长，空气里飘浮着潮湿的马粪味的春天，还有那和煦阳光下脚踏实地地踩格子，对外婆乃至整个万宝山一带的人来说，意义非常重大。再向田垄望去，那一行行坚实的脚印就会被深深埋在黑土里，再也看不见了，而那一粒粒种子将破土而出，露出嫩绿的小苗，在春风中向人们招手，托起一年沉甸甸的丰收和希望……

"人人都夸张婶踩格子厉害！"王栓柱听到踩格子，由衷地向外婆竖起大拇指。不过他咽下了后半句话，可惜自己这条右腿，连只蚂蚁也踩不死，简直就是废人一个。

听到王栓柱夸奖外婆，小刘堇心情愉悦起来，感觉王栓柱不那么可怕了。

然而外婆却连连摆手，说别人比她踩得好。事实上，小刘堇不知道内情，外婆的脚小时候缠过足，虽然长大后按规定"放足"了，但还是没有正常人的脚大。按生产队的规定，只能挣2/3工分，叫"大半拉子"。不过，外婆又有些特殊，为了保持身体平衡，外婆会挂一根棍子，反而走得特直，步子又小，跟在别人后面，能把格子踩"严"，脚印搭着脚印不留间隙，踩成的格子非常好看。由于外婆人品好，人缘也好，为了照顾她，生产队给她记全工分。赵美荣说是她跟大哥求的情。外婆也不跟她掰扯，毕竟人家大哥是生产队长，多少有个人情也是可能的。因此，要人情就给呗，反正好歹年终结算，多挣点工分是真格的。

"张婶，你刚刚说要找我？啥事儿啊？"王栓柱问道。

"小堇今天过生日，你也沾沾喜气吧。"外婆从怀里掏出一个旧手帕，包着两个红皮鸡蛋，边说边递给王栓柱。"煮熟的，还有热乎气呢，快吃吧。"外婆说道。

"嘻嘻，那个……孩子过生日滚运，咋还有我的份呢？这事闹得……"王栓柱犹豫了一会儿，最后盛情难却，高兴地接过红皮鸡蛋，说道："呀！丫头一晃长这么高了？有六七岁了吧？"

"今年7岁整，8毛岁了。"外婆抚摸一下刘堇的头，"快叫大叔"。

刘堇动了动嘴唇，可是没叫出声。她的眼睛定格在王栓柱手里的鸡蛋上，不知道外婆啥时候学会变戏法了，从家出来的时候，外婆没说鸡蛋的事。平时，外婆把鸡蛋锁在柜子里，根本舍不得吃，总惦记拿到供销社卖掉，换些油盐酱醋。今天早晨，外婆从柜子里取出几个鸡蛋，煮熟后给刘堇两个，给彩凤一个，外婆自己没有。可是现在，怎么能给王栓柱呢？刘堇暗暗攥紧拳头，很想冲过去把鸡蛋抢回来，给外婆吃。

王栓柱哪明白刘堇的小心思？他的目光中也充满了爱怜："大眼睛长得真好看，像她娘……唉！她娘要活着，肯定稀罕这孩子，长得多好……"

"那个病折磨人啊，多亏了你帮助踅摸药引子，让她娘活着那会儿，少遭了不少罪……都是命，小堇跟你一样命苦，也都是无依无靠的人。"外婆眼神黯淡了一下，赶紧打住话题。"不说了，不说了，那个栓柱，快吃鸡蛋，还热乎呢。"

"好歹，这孩子有你疼着，我连外婆也没有……"王栓柱还是忍不住叹息了一句，然后转身带路。"张婶，等我一下，我给小堇弄点儿好玩意儿，这孩子一定稀罕。"

也不等外婆答话，王栓柱一瘸一拐地消失在树林中。刘堇拉着外婆的手，想问问这个"瘸子"大叔的事，又不知道怎么问；想说说鸡蛋的事，可鸡蛋已经让人家拿走了。所以小丫头就那样瞅着外婆，欲言又止。

外婆太了解这个外孙女了，就主动给她解释："别看这个大叔腿脚不好，心眼可好使了，对你娘帮助很多。外婆是舍不得吃鸡蛋，但咱们得知恩图报，这个大叔也没爹没娘，吃了咱们送的鸡蛋，就像有家人照顾一样，会很开心。你说对不对？"

刘堇听懂了外婆的话，使劲点了点头，小眉头一旦解开了，就对另一件事充满了期待："那他到底会弄点啥好玩意儿？他咋知道我会稀罕呢？"

"小堇，外婆告诉你啊，不管栓柱大叔弄来啥玩意儿，你都要说稀罕，即使心里不喜欢，也得表现出稀罕。"外婆帮她拍打掉身上的土，笑着说："记住，这是对人家心意的尊重。"

这是刘堇第一次听到"尊重"这个词，刘堇虽似懂非懂，却记得很扎实。所以，当王栓柱拎着装小白兔的笼子再次出现时，刘堇脱口而出："谢谢大叔！我太稀罕这只兔子了！"

听到这样的回答，王栓柱兴奋得手舞足蹈，跛足的身体显得更加倾斜。"前几天捡到的小白兔崽子，寻思养大了再放回林子里。丫头属兔的吧？我就说你肯定会稀罕吧，哈哈哈……"王栓柱的声音中充满孩子般的喜悦，仿佛是别人送给他礼物一样。

接过那个装小白兔的笼子，刘堇"咯咯咯"地笑出了声。这个礼物她是真的喜欢，以前外婆绣在她衣服上的小白兔，都是假的，如今拥有了一只真的小白兔，怎能不令人欣喜若狂？

外婆真诚地谢过王栓柱后，向他了解了一些幼兔的饲养方法，并按他指导的那样，挖了一些适合幼兔吃的嫩草，这才准备回家。

外婆想把小白兔笼子放在筐里，免得刘堇抱着累，或者抱不住弄掉了。可是刘堇爱不释手，说啥也不肯放筐里。后来王栓柱找来一根细绳，一头拴住笼子，另一头缠在刘堇的手腕上，这样就万无一失了。刘堇由衷地说："大叔真有办法！"王栓柱憨憨地嘿嘿一笑，挠了挠脑袋，一本正经地叮嘱刘堇："你是属兔的，千万不能吃兔子肉。你要好好养它，它就会好好陪你玩，记住了？"刘堇很认真地点头。

刘堇忘记了"寻宝"，也忘记了要见"山神"，高高兴兴地跟外婆下山去了。临到转弯处刘堇回了回头，看到王栓柱手舞足蹈地跟了两步，那张乐得开了花的脸上，两道眉毛又黑又浓，一双不大不小的眼睛很有神，整个人看起来挺和善。刘堇悄声告诉外婆，这个"滑稽男人"挺好玩，是个善良的大叔。外婆笑了，用童真的目光发现善良，用真诚的心灵感受善良，外孙女实在不虚此行。

只是刘堇尚小，还不懂这个理儿。

意外收获一只小白兔，刘堇的世界变得生动起来，暂时把寻找七色堇的事忘到了脑后。一路上蹦蹦跳跳，还不时哼几句自己随意编的儿歌，活泼得像一只可爱的小兔子。

回到家，彩凤和赵美荣都不在，张林去生产队犁地还没回来。外婆把兔笼放到地下的大柜旁边，底下还铺了一张柔软的牛皮纸，教刘堇怎样给兔子饮水和喂食。外婆告诉刘堇兔子胆小，不能轻易吓唬它，免得它被吓破胆发出喷气声，不但不跟她玩了，还有可能生气地咬她。刘堇边答应着，边抚摸小白兔的毛，尤其是它耳朵后面那一撮很软的毛，用两根手指轻轻地揉一下，软绵绵的。外婆见此情景，又赶紧警告她，兔子的表情语言一定要注意，一旦发出"咕咕"的叫声，就代表兔子很不满意，如果有人非要摸它或者抱它，它也可能会咬人。其实，外婆还有一句担忧的话没讲出口——万一那仅有的四根手指被咬坏，小刘堇的麻烦可就大了。

见刘堇确实记住了这些要领，外婆这才略感放心，躺在炕沿直直腰，歇歇脚，只觉得浑身酸疼。而刘堇一点儿也不觉得累，围着兔笼子转过来玩过去，一会儿给兔子饮点儿水，一会儿给兔子扔棵青草喂喂，开心得不得了。外婆看着外孙女，心中的各种感慨无处诉说，恍惚间，仿佛看见女儿张萍走了进来，外婆下意识地伸手去拉，却怎么也拉不到，急得打了个激灵！原来，竟然是一个短暂的白日梦。

怅然若失间，外婆心脏又疼了一下，牵着前胸后背一起疼。外婆不敢轻易动弹，暗暗做了个深呼吸，结果感觉呼吸都会痛。等啊等，终于等到疼痛缓解了，她才缓缓坐起来，让刘堇把屋门关好，免得小白兔跑掉。走出屋门，外婆又折了回来，叮嘱刘堇："如果这会儿彩凤回来了，你就跟她一起玩，不能不让她玩，因为你俩是姐妹，是亲人，知道吗？"刘堇爽快地答应着，外婆这才关上门，去后院抱柴火。

晚饭要烀大楂粥，黏楂子熬起来特别费时间。跟刘堇去登万宝山前，外婆就事先用水把楂子泡发了，使其充分吸水膨胀后，再下锅大火烧开，小火慢熬，直到绵软可口。大楂粥虽然口感粗糙，但是饱腹感极强，特别抗饿，所以干农活的时候，外婆经常做这个吃，万宝山的人都夸外婆做得好吃。今天，因为是刘堇的生日，外婆特意放了一小碗红芸豆，刘堇爱吃豆豆。

把大楂粥放进锅里慢慢熬着，外婆又去地窖里取了几个土豆。她计划打一大碗土豆泥，今天挖的婆婆丁、荠荠菜和小根蒜新鲜美味，木头槽里栽的小葱也绿油油的，如果配上土豆泥和芸豆大楂粥，吃起来才会更醇香厚重。开春了，沾沾刘堇生日的光，晚饭一筐的野菜都摆上桌，应该够全家人可劲地"造"了。想想傻儿子张林甩开膀子吃得香喷喷的样子，想想外孙女嘴巴上沾着饭粒的样子，外婆就觉得特别幸福……

"奶奶，奶奶，麻雀说看到刘堇有只小白兔，是真的吗？"前门被打开，彩凤像一只小鸟般飞进来，叽叽喳喳地叫着："刘堇，刘堇，兔子呢？"

"彩凤，彩凤，在这呢！栓柱大叔给我的，可好玩了！"刘堇推开东屋的门，热情地告诉彩凤，激动的心情溢于言表。好东西是需要与人分享的，那么快乐就加倍了。刘堇希望彩凤感受到这份快乐，因为外婆说，她们是姐妹，是亲人。

"大叔？呃……难道是那个'王瘸子'？"彩凤用左手食指指着刘堇的脸，煞有介事地惊呼起来："你怎么能管'王瘸子'叫大叔？他是个瘸子，叫什么大叔啊！"

刘堇说："那个……他看上去跟张林舅舅差不多大，应该叫大叔，外婆说那是一种尊重……"

彩凤用力推了一把刘堇，生气地说："你说什么呢？我爹腿又不瘸，你爹才跟瘸子差不多呢！"

刘堇一直用手把着门，希望彩凤进来，结果突然被推了一下，顿时闹了个趔趄，险些摔倒。外婆见状，赶紧劝她俩进屋玩兔子，别站在门口吵吵了。彩凤这才发现自己"跑题"了，冲刘堇冷哼了一声，然后大步跨过门槛，直奔兔笼子而去。

这真是一只精致的小白兔！两只竖起的长耳朵，纯洁无瑕的白毛，红红的眼睛长在脸的两侧，感觉视野很宽阔，仿佛能看到它自己的脊梁似的。最可爱的是那张三瓣嘴，简直就是它的标志性特征，呈倒过来的"丫"字形状，最中间是微微的粉红色。吃东西的时候，先是咧开上面的两瓣嘴，露出两颗大门牙，然后用牙齿紧紧地咬住食物吃，一动一动地非常有趣。

"快把笼子打开，我要抱抱！快点儿！"彩凤简直看呆了，半天才缓过神来，嚷嚷着让刘堇打开笼子。以前她在大舅家看到的兔子，都是别人送来的成兔，个头越大越肥壮，大舅就越高兴，对送礼者才会越关照。眼前这只断奶不久的幼兔，身体还没有成人的巴掌大，体重可能还不足一斤，像个小巧玲珑的瓷器玩具，怎么看怎么招人稀罕。

"我也想抱……可是栓柱大叔说，如果兔子不喜欢被人抱，就会咬人的。"刘堇既期待又为难，也很想把兔子直接抱到怀里，那毛茸茸的感觉，简直妙不可言。

"别跟我大叔长大叔短的，一个瘸子懂啥！我大舅家送礼的可多了，一米多长的大兔子我都敢抱，谁敢咬我一口？"彩凤夸张地用双手比画着，她其实并不清楚一米多长到底有多长，只是听大人讲过这个词，就随口形容了起来。

刘堇的目光跟随彩凤的双臂，划过一个很大的弧形，最后定格在彩凤的双手上。彩凤的手多漂亮啊！胖乎乎的像刚刚出锅的馒头似的，手背上还有四个深深的小坑；掌心有点儿圆，横竖交错着几条弯曲的纹路，白嫩的手指腹儿中间凸了出来，一枚枚粉红色的指甲，看得出来她营养充足，身体壮实。下意识地，刘堇把自己的手缩到身后，悄悄地咽了一下羡慕的口水，自己要是有一双这样完美无缺的手，那么该多好啊！

"你被疯狗咬了吗？直什么眼啊！"彩凤见刘堇直愣愣的样子，火气就有点儿压不住了，如果知道刘堇在羡慕她的手，估计她的语气会是另外一种。"你不开拉倒，我自己开！"

王栓柱做的这个简易兔笼子，并不是什么高科技，因此笼门并不难开。彩凤蹲下身子，三下五除二就把笼门打开了，然后伸手抓住兔子耳朵就往外拖，笼子不大兔子很小，几乎是眨眼的工夫，小白兔已经被彩凤拎了出来。小白兔突然受到惊吓，耳朵又被抓疼了，动物生存的本能，促使它用后爪奋力攀到彩凤的手上，三瓣嘴里发出了咯咯的咬牙声，同时还伴有喷气声。刘堇突然想起外婆的叮嘱，兔子发出这样的声音说明兔子很不开心，或者很害怕，或者很痛楚，那么接下来很可能就要咬人了。

"彩凤快放下，兔子要咬人了！"刘堇急得四根手指挥舞着，想把兔子接过来，又不确定到底应该怎么做。

"胆小鬼,这个小不点儿……啊——"彩凤得意的话还没说完,突然声嘶力竭地尖叫起来:"啊——好疼啊——疼死我了——"

随后,"啪"的一声,小白兔被摔到了地上,也发出了一声类似于老鼠的尖叫。刘堇也尖叫一声,赶紧捧起小白兔,心疼得直咧嘴:"你为什么摔它?它这么丁点儿大,会摔死的……"

外婆正在厨房削土豆皮,锅里的大楂粥已经隐隐飘出香味,突然听到两声尖叫,她吓得一哆嗦,险些削到手指。扔下手里的土豆,外婆迅速回到东屋,只见彩凤举着右手坐在地上跺脚,鲜血顺着那胖胖的指尖滑下来,白馒头似的手已经露出一大片红色。

外婆明白了,肯定是那只小白兔惹的祸。外婆把彩凤抱到炕上,告诉她不许哭,否则越哭越疼,彩凤果然被唬住了,眼泪噼里啪啦地掉,憋屈着不敢再大喊大叫。外婆喊刘堇,赶紧把兔子放回笼子里,别再被咬着。

刘堇被外婆严厉的声音吓到了,战战兢兢地把兔子送回笼子,兔子缩着身子瑟瑟发抖,证明它至少还活着。

刘堇来到炕沿边,这时外婆已经从赵美荣的屋里翻出肥皂,在彩凤的伤口上反复地涂抹,再用干净的冷水边挤血边冲洗,希望起到快速消毒的效果。看到彩凤流血的手指,刘堇这才意识到问题的严重性,彩凤的手指会不会断掉啊?

十分钟左右,血终于慢慢止住了,外婆见伤口不是很深,暗暗舒了一口气,安慰两个孩子,现在先消毒杀菌,等结了疤后注意别碰水,过几天就好了。

得知手指不会断,两个小女孩也各自舒了口气,彩凤抽了抽鼻子,刘堇帮她擦了擦脸上的泪水……

"大楂粥竟然能糊锅,这都是干啥吃的?"突然,一声女高音伴着重重的摔门声,打破了东屋片刻的宁静,随后是锅盖被扔到锅台上的声音,锅铲气急败坏抢锅的声音。一阵阵焦煳味和着大楂粥的香味,透过不太严实的门挤了进来，原来外婆只顾着彩凤，把做饭的事忘到了九霄云外。

"娘，我的手啊，呜呜——"俗话说得好，孩子怕见娘，没事也会哭三场，更何况此刻确实受伤了呢！刚刚短暂地不哭不闹，只是不得已的镇定罢了，其实彩凤的内心是非常压抑的，还在恐惧和委屈着，赵美荣的声音让她找到了安全感，因为彩凤非常清楚：所有人都说疼她，其实只有娘最宠爱她了。

于是，赵美荣拎着锅铲出现在东屋。看到炕上的水盆、肥皂、泪流满面的女儿，再看看柜角的那只兔笼子，什么都明白了。怒火在赵美荣的双眼中跳跃，像灶膛里的火呼呼地燃烧着，她直扑向瑟瑟发抖的刘堇。

刘堇感觉自己就像屋檐上的冰凌子，再多的解释和逃避都是徒劳，她只能闭上眼睛，等待被烈火烤化的那一刻。

刘堇8岁生日的遭遇，成了她一生的黑色记忆，以至于她从此惧怕万宝山，再也不提"寻宝"的事了。

刘堇只记得，赵美荣的铁铲挥向她头顶的瞬间，眼前出现了一张硕大的黑幕，上面有很多颗星星在闪烁。紧接着，一条红色的河流缓缓出现在星河里，流到唇边，变成又咸又腥的味道。耳边，隐约有外婆的惊呼声，有赵美荣的咒骂声，有彩凤的哭声，还有小白兔的惨叫声……渐渐地，另一种巨大的声响，覆盖住了所有声音——那是她轰然倒在地上，发出"砰"的一声。

红色河流，比彩凤手上流的血还要多，刘堇眼前的世界，被涂抹成了灼人的红色。可是，刘堇的哭声没有彩凤大，因为她正逐渐失去痛感，最后眼睛一闭，昏了过去。

那么，后来究竟发生了什么事呢？

当刘堇再睁开眼睛时，星星还在夜幕中眨眼睛，不过这次是真的星星，原来天已经黑了。刘堇转动眼珠，看到炕沿上放着一盏旧马灯，透明玻璃罩里发出诱人的光。这是张林夜出时才用的灯，外婆平时为了节省煤油，舍不得让它停留在锅台或屋角，所以对于小刘堇来说，马灯一直有一种神奇的色彩。灯光映红了外婆的眼睛，零零碎碎的话语和叹息，轻飘飘地向耳朵挤来，刘堇努力整理这些信息，慢慢还原了事情的经过。

当时，赵美荣见彩凤手指受伤，小题大做，认为这是一场阴谋——刘堇自己是"秃爪子"，就弄来个兔子让彩凤也断手指。

外婆解释说都是意外，而且已经用肥皂水消毒，没啥事。

赵美荣立刻大发雷霆，认为外婆不稀罕彩凤，用肥皂水消毒就是草菅人命，屯东头老陈家那男的被狗咬了一口，不就得了狂犬病死掉了吗？

外婆摇了摇头，老陈家那男的是被疯狗咬伤的；而这只小白兔是王栓柱给的，既不是疯狗，又没被疯狗咬过，咋就能无缘无故得狂犬病呢？

赵美荣一听王栓柱的名字，更是气不打一处来："哼！哼！哼！一个'秃爪子'还不够，竟然又来个'王瘸子'，你们勾搭连环，到底打的什么歪主意？这个家以后还能有好吗？"

外婆脸色严肃，语气加重了些："赵美荣，我忍你很久了！这是咱们的家事，跟人家栓柱有啥关系？你不要胡搅蛮缠，像疯狗似的乱咬人！"

赵美荣气得挥舞着铁铲，在外婆面前比画："别栓柱长栓柱短的，那就是个瘸子，怎么感觉你里外不分，叫得比亲生儿子还亲呢？老太太你看清楚，他是能给你养老，还是能给你送终？最后，还不得是你那个傻儿子？"

被儿媳妇这样数落，外婆还真是第一次，想到"养儿防老"这四个字，她很想抢过赵美荣的铁铲，在对方的脑袋上用力敲两下，震醒这个恶毒的儿媳妇，让她懂得什么是善良，什么是孝顺，什么是做人——

可身体却是不争气，总在最关键的时候与她作对，右手刚刚高高举起，却累得心脏传来一阵剧烈的绞痛，瞬时汗珠爬上额间，浑身软绵绵的毫无力气。外婆知道，自己又被气犯病了，她强打精神扶住炕沿，控制自己的情绪不要再激动，她并不怕死，只是怕在刘堇成年前被气死。

见外婆气得脸色惨白，摇摇晃晃险些摔倒，刘堇心里很悲愤，比自己被骂"秃爪子"还难受。她紧攥四根手指，脸色涨得通红，鼓足勇气冲赵美荣大喊："你这个坏人，为什么欺负外婆？兔子是栓柱大叔给我的，笼子是彩凤自己打开的，跟外婆没关系！"

赵美荣终于找到了出气口，一句"坏人"让她的脸变成了紫色，拿着铁铲的手也直哆嗦，可见火气烧得更旺了："好你个'秃爪子'，竟然敢骂我是坏人？是这个老太婆教的，还是那个'王瘸子'教的？竟然敢骂我是坏人……"

刘堇毫不示弱，据理力争："谁也没教我，你本来就是个坏人！坏人！"

赵美荣手中的铁铲再也控制不住，带着怒火，狠狠地落在刘堇的小脑袋瓜上："小'秃爪子'，让你嘴硬！今天让你看看，到底什么是坏人！"

"啊——"刘堇发出凄惨的叫声。

外婆愤怒的声音："赵美荣，你这个泼妇……怎么下得了手？"

彩凤惊恐地哭喊着："娘，刘堇死了——呜呜……"

紧接着，"砰"的一声，刘堇倒地，昏迷不醒。

外婆刚缓过来的心神又悬了起来，原本苍白的脸色顿如纸灰，眼前明明能看到光亮，为何却如黑暗降临般恐怖？她想再次抬起手，至少打赵美荣两下，也算给小刘堇出出气，可是刘堇头上殷红的鲜血映入眼帘，让她心惊肉跳，连打人的力气都没有了——救命！此刻最该做的，是救外孙女的命！

绕开挡在面前的赵美荣，外婆颤巍巍地跑出家门，颤巍巍地去找大夫，一路上遇到很多人，都被外婆的样子吓到了，"救命，救命"的喃喃声，显得那么无助和悲哀。

好心人似乎明白了些什么，便不再追问缘由，担心她颤抖的双腿无力支撑身体，就主动过来帮忙，先是扶着她的胳膊，最后是架着她的双臂，陪着她奔向大夫家。

大夫终于来到了张家，手忙脚乱地给刘堇包扎后，伤口的血仍然止不住，透过绷带隐隐地流着。外婆求大夫再想想办法，大夫摇头，束手无策，意思是"尽力了，生死由命吧"。

外婆急火攻心，吐了一口鲜血，大夫赶紧施针用药，总算脱离了危险。

大夫说了几句安慰话，离开了。

村民说了一些安慰话，散去了。

外婆瞅着昏迷不醒的刘堇流泪，她虽然没学过医，但知道人身体的血量是有数的，即便老驴老马的身板，也禁不住血流不止，更何况一个小丫头呢，什么是"生死由命"，刘堇的身体残缺已经是不公平，为何还要夺人性命？外婆不愿意就此认命，她不能眼睁睁地看着孩子血流干，不能眼睁睁让一个生命停止呼吸。

绝不能干等着！绝不能干等着！

都说万宝山有"山神"护佑，那么她就要赌一把，看看传说到底是不是骗人的。听老辈说过无数次，山上有一种"不死草"，其全草烧成灰涂抹，有止血、收敛、消炎等神奇功效，也叫"还阳草"。只是，这种植物多生于向阳山坡或岩石上，它的根系能自动脱离土壤，借助风力到处滚动，一旦遇到没有水分的地方或不下雨，它就会一直随风到处流浪。因此，在这个乍暖还寒的夜晚，枯枝和新叶交叠的山上，要想快速找到干燥的"不死草"，也不是容易的事。

幸好，有这盏破旧的马灯，以一束不被风吹灭的光源，照亮了外婆上山的道路。

幸好，有这盏破旧的马灯，在树影婆娑的山林中，让王栓柱一眼就发现了外婆的身影，第一时间跑过来相助。

幸好，有这盏破旧的马灯，让王栓柱蹒跚的脚步变得有了方向，引领着外婆一路攀登，很快找寻到了"不死草"。

幸好，有这盏破旧的马灯，让外婆顺着这束不被风吹灭的光源，如神助一般有了力气，以百米冲刺的速度跑下山，争分夺秒地把药草烧成灰，小心翼翼地敷到刘堇的伤口上。

幸好，有这盏破旧的马灯，唤醒了刘堇休克的神经，照亮了她的生命……

马灯与山的故事，在外婆的叙述中，所有的艰难都轻描淡写。

刘堇的目光有些模糊，努力锁定那盏旧马灯，充满无限的感恩。对于死的定义，小刘堇还不能理解很深；但对于生的向往，她从来没犹疑过。

曾经有多少次，舅妈赵美荣明里暗里骂她是"克星"。曾经有多少次，她出去找小伙伴玩，听到村民当面或背后戳戳点点，说她一双"秃爪子"就是个坑人命，拖累外婆一生，活着也是遭罪，不会有啥好日子过……

大家深一句浅一句，或旁敲侧击，或口无遮拦，都表达一个意思：生，对刘堇的意义不大，甚至完全没有意义；只有选择早"死"，才是她最好的归宿。尽管耳边有这么多非议，但刘堇都选择了忽略不计，换句话说，她更愿意"生"——因为有外婆在，她觉得活着的每一天，都是很有意思的，那为什么要死呢？

"外婆，我是死了，还是活着呢？"刘堇声音微弱，有些幽怨地问道。

"或许，呃……是到鬼门关走了一遭，多亏栓柱大叔帮助，外婆才能捡回你一条小命。"昏黄的灯光下，外婆很像一位世事洞明的哲人，讲出令她自己都惊艳的哲理，"从生到死，可以很漫长，也能在霎时间。世人都愿意说起生，都刻意逃避死，因为死不是个好词，意味着离别。但逃避也没什么用，谁都得有面对死的时候，如果说你刚刚'死'了一回，那也是为了让你更好地'活'着。外孙女啊，你懂了吗？老话说了，好死不如赖活着，命就一条，活着才有希望"。

生命走到第 48 个年头，外婆已经多次面对生离死别，送走了父母和公婆，送走了恩爱的丈夫，送走了贴心的女儿和女婿。每一次生死的关口，对于逝者便是与世隔绝了，而对于还活着的外婆来说，都会在心上狠狠地剜一刀，留下一道深深的伤疤。

"死亡不是永别，忘记才是。"但对于外婆而言，那些离去的至亲至爱，又如何说忘就能忘得了呢？只能任由时光慢慢流逝，让伤疤逐渐变得麻木，能不揭开的时候尽量别揭开罢了。不管怎么说，日子还得往前走；不论刘堇是否理解，都希望她能好好活下去。

"外婆，彩凤的手没事吧？"确定自己还活着，刘堇的底气足了一些，声音里的幽怨顿时少了很多，开始有精力关心其他事情了。

"没事了。在咱们乡下，被小猫小狗咬伤挠伤是常事，用肥皂水消毒最管用。大夫又给彩凤消炎了，啥事也没有。"外婆轻描淡写地讲着，有意省略了背后发生的很多内容。

比如，刘堇倒地昏迷后，赵美荣连问都不问，只顾抱着彩凤跑回赵光荣家。

比如，张林回来后，对昏迷不醒的刘堇漠不关心，外婆让他去万宝山采药，他却阴沉着脸，一脚踢翻兔笼子，说能活就活，能死就死，跟他没关系……

亲情如此淡漠，外婆只顾着外孙女的命，还没来得及去责备，而那些细节印在心上，如冷箭般"嗖嗖嗖"地射过来，令人心寒心碎。然而，她能告诉刘堇吗？不能！哀莫大于心死，外婆必须努力保护这个可怜的孩子，至少让她的心"活"着。

刘堇没有看到那些冷箭，确认彩凤的小胖手没事，她真心感到安慰，声音也轻松了许多："外婆，小白兔呢？我想看看！"

外婆怔了怔。小白兔死于张林的脚下，如此的真相多么残忍啊，唉，还是先不说吧："那个……等你伤好了，咱们上万宝山，找栓柱大叔再要一只……"

刘堇听懂了，眼神瞬间黯淡下来，自己活着，可爱的小白兔却死了，原来"死"离"生"这么近。唉，如果小白兔还在万宝山上，就不会死于非命了。

"小堇，别难过。外婆刚不是说了吗？从生到死，可以很漫长，也能在霎时间，对人是这个理儿，对动物和植物也一样。就像铁锅里那些糊了的大糙粥，洗干净后又焉了的山野菜，削了一半已经变黑的土豆……它们用自己的'死'，让吃了的人获得了'生'，所以就没啥难过的了。"外婆试着安慰刘堇，但又知道，这样的解释很牵强，连她自己都说服不了，更何况有点儿执拗的小刘堇呢。

奇怪的是，刘堇并没有执拗于小白兔的死，甚至没问其具体的死因，只是像外婆那样叹息了一声："唉，从生到死，可以很漫长，也能在霎时间。我不难过，外婆也别难过。明天，您正式教我刺绣吧，绣出来的小白兔，就永远也死不了了……"

刘堇的一声叹息，落到外婆的心坎上，又是一道伤痛，疼得喉咙上下蠕动着，却发不出一个字，只能一个劲儿地点头。外婆颤抖着自己粗糙的大手，攥住刘堇残缺的小手，放到那盏破旧的马灯前，仔细地端详着，仿佛在破译其中的奥秘，也仿佛在寻找一种力量。

灯光恍惚，外婆的思绪远远近近，却越发清晰。大半辈子了，她总是用淡泊于世的心态，和谁都不争，但命运总是与她争，带走了一个又一个亲人。眼下，她靠这束马灯的微光，争回了外孙女一条小命，接下来的日子，就攥紧这双小手，共同烤着生命之火取暖。

总有一天，这束光是要枯萎的，说明自己也要老去了；但愿那时，刘堇的双手已经长大，有能力重新把这束光点亮，让它永远都不会熄灭。

生日风波后，赵美荣正式宣布：东屋和西屋从此独立开伙，各吃各的。外婆尽管很失落，但也愿意接受。换一种角度看，少做三口人的挑剔饭，她也省了不少劲儿，少操不少心。儿大不由娘，张林挺不起腰杆儿，当娘的能说个啥？不过，对刘堇受伤的事得有个说法，外婆郑重其事地坐下来，把儿子媳妇痛骂了一顿，说以后谁要敢再伤害刘堇，她真的会与之拼命。至于家产，外婆什么也没争，如果真要"争"什么，她只想跟命运去争。赵美荣为了尽快摆脱这一老一小，一反常态假装忍气吞声，没有回击外婆一句。张林也唯唯诺诺，答应以后不再招惹刘堇，但求相安无事……

就这样，东屋西屋从此走一个大门，过两家的日子，井水不犯河水。

生日那天的风波后，刘堇近半个月才恢复元气，头顶留下两厘米长的一道疤，很久很久也不长头发。好在女孩头发长，不容易发现。头发不长，不等于时光停滞不动，转眼4个多月过去了，刘堇就像一棵小树苗，历经从初春到初秋的转变，心智已经成熟了很多。

每个清晨，刘堇都安静而沉默。

外婆早起出去抱柴火了，她就赶紧揉揉惺忪的眼睛，一轱辘爬起来，自己穿好衣服梳好头，叠好被褥扫好炕。

外婆抱柴火回来，她就到厨房里帮着生火，给外婆拿盆洗碗打下手。外婆不用她帮忙，她也不听。

外婆去侍弄小菜园子，她就跟在外婆屁股后忙活，发现四根手指其实也不赖：地里有些枯枝萎叶，用两根手指完全能清理干净。刨坑的时候用小锄头，一下刨得不够深，那就多刨几下。撒菜籽的时候，两根手指想捏两粒，绝不会带出三粒。培土的时候更没问题，掌握好脚的力度轻轻踢土，而她的脚没缺憾。浇水的时候，手指的力量不太够，瓢里可以少舀些水，大不了多舀几次呗。

外婆心疼地帮刘堇擦汗，欣慰地夸她："我的外孙女真能干！"

西屋已经吃完早饭，彩凤叽叽喳喳上学去了，偶尔与刘堇碰面，或者视而不见，或者扮个鬼脸。赵美荣撂下碗筷，跟张林去生产队干活了，对东屋的娘儿俩完全忽略。

外婆叮嘱刘堇看家，然后三步并作两步，也匆匆赶去生产队劳动，挣到工分才能生存下来。转眼间，三小间茅草屋，一个不太大的院落，变成了刘堇一个人的世界。

刘堇很享受这份清静。她不再惦记出去玩，而是按外婆教的针法和技巧，全神贯注地练习刺绣。偶尔，麻雀、石头和泥鳅也会来找她，刘堇这才会放下手里的活儿，跟他们欻嘎拉哈，帮石头和泥鳅叠片技。之所以这样，是因为她最擅长这两样游戏，欻嘎拉哈至少能与他们打个平手，叠片技又快又精致。受过伤的心灵，总会慢慢形成自我保护的意识，刘堇不希望在游戏的过程中，再受到不必要的嘲笑和伤害。那样的玩伴，她宁愿不要。

每个傍晚，彩凤放学回来后，都会趴在东屋的窗台张望，实在忍不住了，就问刘堇在干什么？

刘堇头也不抬，扬扬手中的绣布，有时候回答一句，有时候干脆什么也不说。

彩凤心情好的时候，会再继续询问她绣啥呢；遇到心情不顺的时候，就会冷嘲热讽，笑话刘堇绣得像"蜘蛛爬"，啥破玩意儿。"蜘蛛爬"是班主任形容彩凤字体时，批评她写的字太难看，太潦草，乱七八糟的样子。

刘堇有时候假装没听见，有时候会抬头瞪彩凤一眼。有几次，赵美荣发现彩凤趴在东屋的窗台，就张牙舞爪地把她拎走，警告彩凤远离"扫把星"，免得再招惹到"不干净的东西"。

六月到了，暖暖的阳光照亮了百花的眼睛，外婆家门前那棵大树下，一簇簇扫帚梅又开出粉的、白的、红的花。

望着那些扫帚梅，刘堇突然就出神了，想起了关于爹娘的故事，想起了爹给娘写的诗句，想起了娘绣的手帕。于是，刘堇第一次真切地想爹娘了，想那两个赐予她生命的人，想象他们到底长什么样子。

不是外婆不够好，外婆对她好得不能再好了，然而，世上有一种爱，谁也替代不了，那就是父母的爱。很奇怪的，对父母隔着时空的思念，透过摇曳的扫帚梅变得越来越强烈，令刘堇更加羡慕彩凤，渴望能像彩凤那样，坐在爹的马车上，依偎在娘的怀抱里……

不过，刘堇不敢把心事告诉外婆，她怕外婆难过。

七月清凉的雨水，淋湿了刘堇的眼睛，望着那簇扫帚梅，孤寂的心也似乎得到了灌溉，有一些东西开始活泛起来。雨停了，彩虹挂在天空。一群放暑假的孩子路过，嬉笑声飘进刘堇的耳朵，勾起了她对上学的渴望。

不过，刘堇不敢告诉外婆，上学要交学费，她不想让外婆为难。

突然有一天，外婆翻出一条破裤子，比比画画，裁裁剪剪，缝缝补补，不大一会儿变出了一个新书包。

刘堇疑惑地看着外婆，难道彩凤的书包坏了？

外婆故意卖关子，彩凤的书包是新花布的，人家可不稀罕咱这个旧裤腿哦。

刘堇不由得心跳加快了，怯怯地用食指指着自己的小鼻子，难道是给自己的？

外婆慈祥地笑着点头："我的小外孙女，也要上学喽！"

刘堇还是不敢相信这是真的。她自己悄悄计算过，每学期要交学费，还要买学习用的铅笔、橡皮、作业本……外婆没有钱，怎么办？

外婆却说，那都不是事，鸡蛋换的钱应该够交学费了，铅笔、橡皮、作业本慢慢想办法。反正学一定得上，书一定得念，否则无异于"睁眼瞎"，这一世就等于白活了。

欢呼！

雀跃！

刘堇抱住外婆喜极而泣。

外婆拍拍刘堇的小手，鼓励地说："咱这个书包不鲜艳，你得用自己的小巧手，把它变得漂亮点儿，让同学们都眼馋。"

刘堇歪着头想了想："呃……那就绣个活生生的小白兔，再绣个胡萝卜！"

说干就干！

可是绣小白兔需要很多白色的绣线，家里的旧白线不够，怎么办呢？

外婆告诉她别急，等哪天货郎来了，用鸡蛋多换点儿，肯定不耽误绣书包。

货郎是万宝山一带流动的风景，货郎手摇拨浪鼓走村串户，很受村民欢迎。每当村头传来拨浪鼓"咚咚咚"的声音时，大人和孩子脸上都会露出开心的笑容，争先恐后往货郎跟前跑，供销社不能满足的需求，往往能在货郎的杂货担上收获惊喜。

刘堇的一颗心长草了，耳朵竖得长长的，生怕错过外面的一点儿声音；有时候还会产生错觉，仿佛听到"咚咚咚"的拨浪鼓的声音，可是跑到大道上一看，根本没有货郎的影儿。

外婆笑着安慰她，该来的时候，货郎自然会来，算一下时间，估摸着明天就该到了。

刘堇小眉头还是紧拧着，不无担忧地说："万一货郎生病了呢？万一货郎家里有事呢？万一货郎不记得万宝山的路怎么办？"

外婆又笑着安慰她，那就会有另一个货郎出现，他们是做走村生意的，很守时，地点记得也牢，这样生意才做得长久。

刘堇点点头，但耳朵依然不敢放松，万一外婆记错了日子，货郎提前到了呢？

又盼了两天，日思夜想的拨浪鼓声终于传来了，同时还伴随着货郎的歌声："咚咚咚、锵锵锵……拨浪锣鼓，响连天，货郎走村串户把货卖；大姑娘小媳妇用了我的香脂，聪明又美丽，都能找个好郎君；孩子用了我的铅笔和本子，个个都当状元郎；针线顶针样样全，不用跑路送到家门前。"

刘堇第一时间就听到了，立刻喊外婆快拿鸡蛋，外婆让她先去，说自己随后就到。

刘堇跑出院门的时候，货郎正巧停在外婆家门外的大树下，用草帽给自己扇了几下凉，再使劲地摇几下拨浪鼓。刘堇说不出的惊喜，脸蛋被树旁的扫帚梅映得粉嘟嘟的，洋溢着无限喜悦。

以前，她跟其他孩子一样，关注的是水果糖啦，辫线发夹之类的。今天就完全不同了，她的目光掠过那些诱人的零食和玩具，挑选着百宝箱里的针头线脑，盘算着绣小白兔和胡萝卜需要几种彩线，每种彩线的数量，最后可能要消耗几个鸡蛋。也不知道外婆柜子里的鸡蛋，够不够换这些绣线，万一不够，小白兔可就绣不成了。

围观的人越聚越多，声音也越发嘈杂。刘堇聚精会神地寻找着绣线，结果被人群拥来挤去，她本能地伸出手，努力想抓住什么稳住身体。幸好，在摔倒前的最后一刹那，她抓到了一只胳膊！

"'秃爪子'，你干什么？"突然一声怒骂，同时一个拳头飞过来，重重地砸到刘堇的两根手指上。"要馋就自己买，干吗抢我的！"

"啊——"刘堇疼得大声惊呼，缓过神来才看清，自己怎么这么倒霉，惹到了彩凤的表哥铁蛋。

此刻的铁蛋像一堵墙，虎视眈眈地杵在刘堇面前，右手拿着一把糖果，左手攥着随时准备抡起的拳头。这个11岁的男孩，爹是生产队长，从小养尊处优，被养成了大家口中的"螃蟹"。

按理说，刘堇与铁蛋没有直接关系，但彩凤是他们共同的表亲，那么他们就有了间接关系。都说是亲三分向，但赵美荣对刘堇的敌视，村民对刘堇的歧视，铁蛋自然没理由对刘堇友好。只不过，之前都是言语上的，而今天因为意外，瞬间演变成了肢体上的"冲击"。

刘堇的脸一下子红了，为自己辩白："我没抢……我没馋……"

铁蛋看着身边的几个孩子。那几个孩子都是铁蛋的"兄弟"，平时唯铁蛋之命是从，此刻心领神会，异口同声地为铁蛋作证："'秃爪子'别嘴硬了，你就是想抢铁蛋的糖果！赶紧跪下道歉！"

周围挑物品的大人，这时才注意到两个孩子的争端。有的大人没放在心上，孩子吵架常有的事，挑自己的东西最重要；有想讨好生产队长的，说万宝山是风水宝地，谁抢东西也不行；也有好事者，不压事反而挑事，怂恿刘堇上去挠铁蛋，看看"秃爪子"挠人是几道印……

哄笑声，咒骂声，声声入耳如刀，刘堇被击垮了！试想，大人尚且都难以承受，更何况一个 8 岁的孩子？羞辱感夹杂着恐惧感，铺天盖地席卷而来，刘堇的泪水夺眶而出。这到底是为什么？大人和孩子，男人和女人，看似都不是"鬼怪"，为什么都视她为敌？她没有勇气再辩解，只能在心里质问，只想马上跑回去找外婆，从此就躲在外婆的怀里，再也不要看到任何人，因为他们都是"鬼怪"。

可是铁蛋和人群织成了一张大网，根本不给她跑出去的缝隙，刘堇只能声嘶力竭地喊："外婆，救我！外婆——快来救我——"

"咚咚咚、锵锵锵……拨浪锣鼓，响连天，欺负可怜小丫头，算什么英雄好汉！"突然一声唱曲，在刘堇的哭喊中响起来，像是伴奏，更像是鸣不平。"咚咚咚、锵锵锵……小丫头不馋糖来不馋果，想买绣线我送上前。"

刘堇愣住了，这日思夜想的货郎啊，唱的歌跟以前不一样，怎么像是在给自己喊冤？

"喂，货郎，你唱的歌咋跟以前不一样，怎么像是在给谁喊冤呢？"有人提出同样的疑问，刘堇认识，那是石头的爹。

"这人心都是肉长的，谁活着都不易，何苦为难一个小丫头啊！"货郎说着，摇了两下拨浪鼓，接着吆喝起来，以转移大家的注意力。"咚咚咚、锵锵锵……送货不怕路途远，快快卖完回家转，再来还得十多天。"

果然，围观者听说货郎还得十天后再来，立刻收回注意力，专心挑选自己想要的东西。铁蛋见没有了围观者，自觉没趣，这时一个"兄

"弟"低声告诉他，刘堇的外婆正从院子里出来了，铁蛋见势不妙，赶紧挤出人群溜掉了。

刘堇慢慢止住了哭喊，一颗被践踏得粉碎的心，似乎随着那柄拨浪鼓的摇动，正在一点点地被牵引着，重新拼凑到一起。

如果说，外婆的爱，让她感觉生活挺有意思；王栓柱的小白兔，让她懂得感恩；那么，货郎的"拔刀相助"，则让她有理由相信：这个世上还是很友善的。哪怕很陌生，哪怕很微薄，但至少是一种温暖。

万宝山小学坐落在村庄的西北角，离外婆家大概有 15 分钟的路程。万宝屯所属的大队，一共有七个生产队，孩子们从四面八方而来，都聚集在这里读书。1970 年初，本着"学制要缩短，教育要革命"的理念，开始将小学六年制改为五年制。同年 9 月，刘堇终于如愿以偿，成为万宝山小学一年级二班的学生。

学校条件很差，两排连脊的低矮草房，冬天寒冷，夏天漏雨。每间教室都有一块破旧的黑板，两摞土坯上架块木板做课桌，学生自带小板凳，没有的就站着听课。

班主任是新来的田老师，三十多岁的年纪，戴着一副黑框近视镜，梳着两根长长的麻花辫子。第一天上课，她站在黑板前，一身草绿色旧女军装，两个胳膊肘的位置，打了两块小补丁，彰显着艰苦朴素，跟广播中的歌曲很配："勤俭是咱的好传统呀，社会主义建设离不了，离不了……"泥鳅则很调皮，在背后小声嘀咕着顺口溜："新三年，旧三年，缝缝补补又三年……"

刘堇的目光，则被田老师的黄挎包吸引住了，上面绣着"为人民服务"。

多年后，刘堇在电影院里才明白——每个时代都有独特的时尚标签，当年自己"暗恋"的黄挎包，最后成为电影中不可或缺的怀旧道具。而田老师的黄挎包，装载着青春、激情和梦想，在万宝山一带，引领了一个稚嫩却充满活力的身影，传递出对美的追求。不久，彩凤和铁蛋各自背上了同款的书包，那是她当生产队长的大舅帮着趿摸的，令孩子们艳羡不已。

刘堇也羡慕，但只能"暗恋"。

其实她的书包也很奇特的，上面那只栩栩如生的小白兔，也同样吸引人。再说了，如果有黄挎包的料子，那么绣上"为人民服务"五个红字，对她来说还是难事吗？书包再漂亮，如果学习不好也没用，比如，彩凤和铁蛋，如果不是生产队长的面子，本学期他俩是要留级的。这样想着，刘堇的心情就平静了，必须好好学习，才能天天向上。

翻开小白兔书包，里面跟教室一样简陋：一个牛皮纸裁剪的作业本，一个用硬纸壳粘的文具盒。文具盒里，几支铅笔头，一块旧橡皮，一把旧小刀，都是彩凤用完扔掉的。

不过，全班一共只有三把小刀，所以刘堇的小刀虽然旧，还是成为孩子们争相借用的宝贝。那些一寸左右的铅笔头，刘堇的两根手指实在握不住，外婆就想了个办法：找来粗细适合的高粱秸，扒去外面那层坚硬的皮，在乳白色的软秆上钻出一个小洞，铅笔头正好固定到里面。这样，铅笔头戴上长长的"帽子"，刘堇再写字的时候，就感觉舒服多了。

田老师不太喜欢笑，因此"武装裹身"的她，跟整个万宝山一带的村民都不一样，那种不怒自威的神情更令孩子们敬畏。

她给孩子们讲了一些应该遵守的纪律后，又按个头高矮排列座位，刘堇和麻雀是同桌，坐在第三排，石头和泥鳅一张桌，坐在刘堇后面。

学校老师少，一天下来，田老师很辛苦，除了教语文、数学，还要教体育、劳动。每周三下午，安排一节画画课，因为田老师擅长画画，画什么像什么。音乐课暂时没有安排，据说田老师五音不全，啥时候遇到会唱歌的老师，啥时候再上音乐课。

刘堇最喜欢语文课，记生字特别快，读音准，组词造句都很正确，田老师经常让她领读课文。

麻雀最喜欢数学课，加减法张口就来，田老师让她每天负责点名。

石头最喜欢劳动课，值日、大扫除、清理操场，浑身有使不完的劲儿，田老师让他做了劳动委员。

泥鳅最喜欢体育课，跑步、做操、跳远，脚底下像有弹簧似的，轻轻松松就超过别人了，所以体育课的口哨由他吹，"立正稍息原地踏步走"，也由他负责喊口令。

刘堇也很喜欢画画课，每周三早晨刚睁开眼睛，心中就充满了期待。

但纸张那么金贵，孩子们往哪儿画呢？

石头想到最轻松的办法——左耳听了右耳冒，反正也没地方画，听了也白听。

麻雀则悄悄地在课桌上画，然后再用橡皮擦掉。

泥鳅胆子大，四处寻找老师扔掉的粉笔头，偶尔发现一截，就如获至宝，在门板上、土墙上画，结果画着画着粉笔头用完了，一副"天才之作"过几天就会被雨水冲得一干二净。

刘堇不那样瞎忙活，上课的时候，只管注意听讲，观察田老师起笔落笔的每个细节，能记在心里的都记在心里，害怕记不准的，就记在作业本上。等到下课后，她就去操场上找块平坦的地面，拿根树枝以地为纸，爱怎么画怎么画，啥时候自己觉得画得像了，她才握紧珍贵的铅笔头，认真地画到牛皮纸张上。

最初的一段日子，田老师手忙脚乱，对孩子们的了解并不多，没有发现刘堇的手与其他孩子不同。一个月后做总结，发现全班40个孩子，刘堇的作业本最整洁，书写也最端正，尤其画的画最像回事，草是有生机的，花是有层次的，鸟的眼睛是活的。每位老师都偏爱成绩好的学生，田老师也不例外，觉得应该好好表扬一下刘堇。

在一个周三的下午，田老师开了第一次班会，展示了刘堇的作业本和两张画，并奖励她两本崭新的作业本，鼓励大家向她学习。

所有的孩子都惊呆了，包括刘堇自己。

是在做梦吗？不然为什么教室如此安静？没有人说话，没有人翻书本，没有人窃窃私语，没有人吃吃地嘲笑，除了老师温润如玉的声音，教室里只剩下一片静谧，仿佛绣花针掉到地上，都能听见似的——这样的情境，不是梦，又是什么？

"刘堇，刘堇，别愣着，老师叫你上讲台，赶紧的！"麻雀用力推着她的胳膊，叽叽喳喳的声音在她耳边响起，打破了这份静谧。

"到——"刘堇一激灵，赶紧起立，却又觉得双腿发软，怎么也迈不动步。老师叫自己上讲台干什么，要用教棍打自己吗？

"刘堇，过来，快过来领奖啊。"田老师在讲台上向刘堇招手，声音里透出一丝麦芽糖的甜味，像微风拂过细柳后，棉絮飘飞般柔软。

刘堇努力让自己镇定下来，大脑却木然一片，一时缓不过神来——领奖对她来说，是入学后才学到的新鲜词汇，具体什么意思，她还不太明白。

多年后，刘堇已经不记得，自己是如何机械地抬起双腿，机械地登上了讲台。她只记得，田老师拉着她的衣袖，帮她捋了一下刘海儿，整了一下衣襟。田老师的手放下后，不是拿讲桌上的教棍，而是端起两本崭新的作业本，页面白白净净的，跟课本一样透着芬芳。多少次，她趴在供销社的柜台上，垂涎三尺地巴望着的那些本子，此刻离自己这样近，刘堇真怕一伸手，梦就醒了……

"同学们，给刘堇点儿掌声吧。刘堇，表现不错，再接再厉。"田老师第一次摘下严肃的面具，冲全班同学亲切地笑了，这笑容立刻燃爆了同学们的热情，掌声涌动，夹杂着麻雀、石头和泥鳅由衷的欢呼声。

刘堇终于确认，自己被表扬了。她感激地看着田老师，鼓足勇气抬起双臂，伸出四根手指，庄重地去接受平生第一次"奖励"。

"你得把手张开——"田老师话一出口就后悔了，可是发现收不回来了。她的眉头慢慢聚拢起来，这孩子怎么回事？

刘堇像触电了一样，下意识地撤回了双手，两本正在交接的作业本，

"啪"地一下掉到了讲台上,变成了凌乱的造型,正如刘堇突然凌乱的心,正如教室里突然凌乱的秩序。

"老师,她的手就那样,张不开!"

"老师,她一共就四根手指!"

"天啊,老师,你竟然不知道她是'秃爪子'?"

"老师,她天生是'怪胎',跟咱们不一样!"

完了!完了!完了!

刘堇只觉得脑袋轰鸣,她瞬间被抛到一个黑色漩涡之中,黑暗,冰冷,刀尖,刺痛。

她想找个地缝儿钻进去,可是简陋的教室此刻却如此坚固,任由惊涛骇浪拍打,也没有倒塌。她双腿不听使唤,无法支配自己转身逃跑,只能痛苦地闭上眼睛,努力地捂住耳朵,不想被黑色浪花冲击耳朵。

可是,另一种声音却从心底飘出来,俨然是赵美荣的冷嘲热讽:"'秃爪子',你爹刘占东被批斗时,就是你此刻这个样子,独自站在前面,台下的都是围观者。你爹没挺住,带走了你娘;你这小样还挺啥,干脆直接带走你外婆,一了百了。"

"安静!安静!安静!"是教棍击打讲桌的声音,伴随着田老师的三声厉喝,同学们暂时恢复了平静。

"刘堇,来,睁开眼睛。"一双大手,覆盖在她的小手上。那是一双女性的手,不同于外婆的粗糙,不同于赵美荣的无情,而是细腻光滑柔软温暖,还有淡淡的清香。

刘堇不由自主地睁开眼。一双眼睛,凝视着她的眼睛。那是女性的目光,不同于外婆的慈爱,不同于赵美荣的冷酷,而是和煦如秋阳,闪耀着一种刘堇很喜欢但又说不明白的光芒。

"来,牵着老师的手。"田老师鼓励着刘堇,并且伸出左手强调道:"不是把手给我,是牵着我。"

"给"和"牵"有什么不同吗?刘堇忐忑不安地伸出右手,用拇指和食指拉住田老师的左手，生怕田老师像赵美荣那样，一个反手就甩给她一巴掌，再一个反手就是一拳头。

然而，一切都跟以前不一样。田老师跟赵美荣，也不一样。只见田老师缓缓举起了互相牵着的手，神情凝重地质问同学们："今天我很震惊，没想到那么工整的作业、那么形象的图画，都来自这样一双单薄的小手……现在，请大家反省一下自己，是否比刘堇做得更好？如果没有，那么再问一下自己，有什么理由让你们如此高声地嘲笑她？"

班级里鸦雀无声，同学们显然被田老师的问题震住了，这是他们从来没思考过的。其实不难理解，也很容易消化。比如，麻雀就理解了，她想起刘堇欻嘎拉哈比自己厉害，在这点上，肯定不如刘堇。石头和泥鳅也理解了，刘堇叠片技是高手，不服不行。

"大家再看看我和刘堇的手。我们现在是牵着，而不是我拉着她，为什么？"田老师见同学们进入思考状态，很满意，继续说道："这是平等。咱们的班是一个集体，在这个集体里人人平等，谁也不许嘲笑刘堇，明白吗？"

"明白！"

"明白！"

"明白！"

刘堇的泪水什么时候滑落的，她一点儿也没注意到。

她只知道，在学校里，她通过学习知识，感受到了一个不一样的世界，触摸到了一种叫"平等"的东西。那东西具体是什么，她解释不清楚，可能是田老师眼神里的内容，可能是田老师手心里的温度，可能是此刻教室里的氛围。

也可能，是其他的什么。

总之，这东西很神奇，豁然开启了刘堇的心灵之门，激励她好好学习，热爱生活。

日子，不紧不慢，每年三百多天。万宝山的村民日出而作，日入而息，在季节的更替中，循环着春耕、夏耘、秋收、冬藏。但上学后的刘堇，感觉日子过得飞快，每个季节都色彩缤纷，不是简单的季节更替，也不是单纯的年龄和身高的增长。

一年级时的农忙假非常隆重。

全校师生集体放假半个月，每家每户都像上了发条的机器，田里、地里到处是忙碌的身影，村里白天很难看到人影。田老师放假的时候说，秋收是事关一家人生计的头等大事，关系到来年的口粮、孩子的学费、家里大件的添置、娶媳妇的彩礼、过年的年货。

望着金黄的庄稼，刘堇第一次认识到秋收的意义，所以除了帮外婆看好家、喂好猪，她也想做些力所能及的劳动。可生产队嫌她年纪小碍事，怎么办呢？

刘堇想了个好主意，跟小伙伴们组成了劳动队，去收割完的地里，挖老鼠洞捡粮食。挖老鼠洞也有门道，开始他们不懂，突然钻出一只大老鼠，把刘堇和麻雀吓得又惊又叫。

石头和泥鳅胆子大，慢慢摸索着窍门，有时候从一个老鼠洞里，能挖出两三捧黄豆粒，孩子们开心得又蹦又跳。

后来，他们又开始挖豆根和高粱根，石头和泥鳅负责挖，刘堇和麻雀负责捡，有了这些好引柴，冬天的教室就不那么冻手了。

二年级时的寒假特别有意思。

从前的刘堇是那样落寞，一到冬天就躲在屋子里，欻嘎拉哈或者绣花。孩子们在外面打出溜滑，嬉闹声时不时传进来，她会忍不住拿起火盆里的烙铁，放在窗花上小心翼翼地"化"出一块透明玻璃，羡慕地望着窗外，却不敢贸然参与。

上学后的刘堇变勇敢了，戴上外婆亲手做的棉手闷子，跟石头、泥鳅和麻雀一起，去淹死狼沟厚厚的冰面上打出溜滑，一起玩抽冰嘎。

麻雀负责教刘堇打出溜滑，在平地的冰道上向前滑，需要先助跑后滑行，助跑速度越快距离越长，滑行的距离也越长。麻雀叽叽喳喳地示范着，两只脚一前一后错开位置，千万不能像立正似的并拢到一起，那样不仅容易摔屁墩，弄不好还会磕到脑袋，把人磕傻也说不定。

刘堇谨慎地模仿着，两三次以后就能轻松地滑行很远，这回她放心了：原来打出溜滑，跟几根手指无关哦，拥有双脚就可以任意去丈量。

石头和泥鳅自称抽冰嘎高手，争先恐后给刘堇当老师，指导她把缨鞭绕在冰嘎的凹刻处，放在冰上轻轻一甩，并不时地抽打，冰嘎就会飞转起来。

这回需要用到双手，刘堇有些紧张，学得也很认真。

石头嘿嘿地笑着，示范性地做出一个抽冰嘎的动作，样子虽然笨笨的，但冰嘎转的时间很长。

泥鳅也不甘示弱，伸伸胳膊甩甩腿，说自己是体育委员，那么在做体育运动的时候，必须注意"热身运动"。

石头讥笑他臭嘚瑟，有本事在"转"上见。

只见泥鳅把冰嘎稳稳地放到冰面上，缨鞭甩出一声口哨似的声响，冰嘎飞转的速度不亚于石头的冰嘎，转的时间也更长。

石头不服气，还想比拼一下，刘堇赶紧制止他们，免得再发生不必要的争吵。

这回轮到刘堇了，泥鳅得意地摆出姿势，让刘堇模仿，刘堇照样子轻轻一甩，再照样子一挥手臂，冰嘎果然飞转了起来。望着旋转的冰嘎，望着宽阔的冰面，刘堇笑得喷出两朵鼻涕花。原来，冰面上如此洁净广阔！原来，抽冰嘎这么有趣，两根手指也能旋转出完美的弧线！原来，是自己封闭了自己，错过了那么多银白色的童话世界……

三年级时的春天很有诗意。

清明前后，田老师就带领他们去万宝山踏青。

刘堇很好奇，为什么叫踏青呢？

田老师说，这种节令性的民俗活动，其实在我国有着悠久的历史，是远古农耕祭祀的迎春习俗。"春，出也，万物之出也。"踏青，就是给心情换一个率性自然的春装，以崇山为峨冠，以云霞为纱巾，以莽原为衣袂，以溪流为缀线，在大自然的舞台上，踩醒一季春天的心事，唤醒一个个充满生机的生命……

土生土长的农村孩子，犹如懵懵懂懂的小花，被如此诗意的语言洗礼后，刘堇忽然觉得神清气爽，仿佛整个万宝山都变美了。

8岁生日的那场风波后，刘堇和外婆都心照不宣，再没上过万宝山，也不提见"山神"和"寻宝"的事，甚至不轻易提起王栓柱。但是此刻，诗意的种子在心中萌动，令刘堇激动不已，她忽然有一种冲动，想跑去告诉王栓柱——她又来了！她忽然想告诉王栓柱——能生活在万宝山的怀抱里，"放春三月观于野"，是多么诗情画意的事！

只是，他能听明白吗？

嗨，不管了，能否听明白不要紧，重要的是得告诉他。

只是，去哪找他呢？上次是他自己"蹦"出来的，这次会不会也突然"钻"出来呢？

这样胡思乱想着，她就东张西望地踅摸起来，快到半山腰的时候，刘堇一回头，发现王栓柱还站当年的位置，那不大不小的眼睛依然有神，笑容依然和善。不过，这次他没有一瘸一拐、歪歪斜斜地跑过来，而是站在原地不动，右手举着一只兔笼子，示意让她过去。

刘堇惊喜地跑过去，对王栓柱喊了声"栓柱大叔"，就只顾着看小白兔了，她满眼满脸写着欢喜，那些诗情画意都抛到了九霄云外。

其实在瞭望台上，王栓柱早就看到她了，这只小白兔就是给刘堇的。本来，他一直想再送一只，只是外婆拦着，怕再生事端。

刘堇高兴地接过礼物，感觉栓柱大叔的笑容真好，万宝山的春天真美。

四年级的暑假热情四射。

那个夏天，万宝山一带通电了，家家户户晚上可以点电灯了！人们奔走相告，跟过年一样庆祝。生产队长赵光荣叼着大烟袋，乐得满大街转悠，作为村里的一把手，他比社员们更高兴。

后来，赵光荣跑了好几次公社，好说歹说磨破了嘴皮，总算给万宝山争取到放映露天电影的机会。这可是万宝山"惊天动地"的喜事！村民们早就听说，县城有电灯、电话、电影院，可是除了赵光荣，谁也没有机会和能力，悠闲地到县城看一场电影啊。

电影究竟是啥玩意儿呢？人们猜测着，早早收工回家做饭，早早把凳子搬到生产队的场院里占位置。酷暑难耐,三伏天的傍晚依然闷热，太阳像是知道万宝山的喜事一样，落山了也不肯减少温度，不知疲倦地撩拨人们的汗腺，害得人人汗流浃背。

刘堇跟外婆来到场院的时候，那里已经聚集了很多男女老少，她们选择一个不太起眼的地方坐下。老人们挥动着硬纸扇，孩子们围着人群追逐打闹，大姑娘、小媳妇头发梳得油滴滴的，身上散发着雪花膏的香味，每张脸都露出开心的笑容。

过了一会儿，赵光荣领着几个青年人走来，赵美荣领着彩凤和铁蛋，跟在赵光荣后面走进人群，坐到了前排最好的位置，昂着头扇着扇子，悠然自得的模样。赵光荣指挥其中两人在场院中间的位置，固定好两根竹竿，竹竿顶部系上一块又宽又大的白色幕布。

在人们好奇的目光中，放电影的人终于来了，把电影机小心翼翼地摆好，一点点调试好放映的角度，稳稳地将投射光线映射到白色幕布上。这时，人群越聚越多，原来是附近几个村子的人也来观看电影了。

电影开始了，《卖花姑娘》的片名一出现，刘堇激动地攥住外婆的手，因为田老师曾经说过这个名字，据说是一部朝鲜电影，"比《苦菜花》还要苦",牵动了无数观众的心。影片中的花妮父亲早亡，哥哥入狱，母亲得了重病，妹妹瞎了眼睛，为了买药给妈妈治病，花妮每天上山采花去卖，承受着沉重的压力。

"卖花哟，有蔷薇，还有金达莱……"这凄婉动人的台词，引起人群哭声一片。刘堇也潸然泪下，情不自禁地依偎到外婆怀里，与彩凤相比，自己是有点儿苦；可是跟花妮相比，自己有慈祥的外婆，还能上学读书，多么幸福啊！

没有对比，就没有伤害；没有对比，就不懂得珍惜。

在春夏秋冬的更替中，一晃四五年过去了，万宝山一带发生了很多新鲜事，刘堇也渐渐明白了很多新道理。她不再纠结自己的四根手指，因为她发现，只要想做，很多问题都不是问题。

田老师夸刘堇是读书的料，鼓励她一定加油，越是身体有缺陷，越要比别人努力，用知识改变命运，将来考个好学校，分配个正式工作，就能体面地生活……

这些话，刘堇以前没听过，但句句落在耳朵里，铭心刻骨，一种想冲破某种"牢笼"的欲望，令她热血沸腾，浑身充满力量。

加油！

加油！

加油！

刘堇攥紧自己特殊的拳头，把田老师的话讲给外婆听，两只眼睛熠熠生辉。

外婆被刘堇的眼神感染了，那里有一种劲头，有了这种劲头的人，就啥都压不倒了。外婆想起自己小时候，如果不是发生意外，也可能会学有所成，在县城过"体面"的生活。唉，自己的人生是有遗憾的，那就不能让外孙女再有遗憾。

粗糙的大手攥紧刘堇的小拳头，外婆声音哽咽："只要小堇愿意读书，外婆就会一直供下去。"

莫名其妙地，外婆甚至想起赵美荣找人给刘堇算的命，"多学少成，勤俭兴家，小有名声"——外孙女是读书的料，"眼不空"，这比啥都强，将来真错不了啊。

日子，不紧不慢，每天照样二十四个小时。鸡叫第一遍，外婆悄悄爬起来做早饭。听到外婆的做饭声，刘堇也赶紧起床，打扫房间，收拾小菜园，喂鸡鸭，能在上学前帮外婆做的，她都会争分夺秒地做完。

穿戴整齐，背上书包，走出院门的时候，刘堇习惯在那棵大树旁停一停，不是为了乘凉，而是看那些扫帚梅花。看着这些花，就像隔空在跟爹娘说话。

向西走，第一户是翠花婶的家，院门口光秃秃的。再经过十多户人家后，一条土路被踩得很平坦，指引着刘堇向右转弯。只要转过去，就能看到一大片绿油油的土豆秧，正随风滚出一层层绿浪，星星点点的土豆花次第开放，苍白的、淡紫的、浅红的，细细碎碎，没有扫帚梅好看，却能孕育出一个个诱人的大土豆。

沿着土豆地径直走啊走，有一条东西走向的宽阔马路，提醒刘堇需要左转弯了。刘堇最喜欢这段路了，左侧是绿浪般的土豆地，右侧是一垄一垄的小麦、高粱、黄豆、苞米，每走一步，都会想起田老师说的"踏着大自然的足音"。

刘堇一垄一垄地数着，大概数到第 90 垄的时候，就能看到万宝山小学了。这里，有一片属于她的土壤，校园里那些扫帚梅花，也是她种下的。刘堇期待着快点儿小学毕业，快点儿走向更远、更缤纷的地方。

第三章　骤然风波起

多年后，刘堇想寻找一把掸子，清扫心窗上长满的青苔。可是，扫着扫着，一道道伤痕若隐若现。犹如一朵朵扫帚梅花，白的、粉的、淡紫色的，在她崎岖的心路上摇曳。

上学时，当她读到"摇曳碧云斜"，就觉得"摇曳"这个词很美好，某种东西在风中轻轻地摆荡着，优哉游哉地享受着慢时光。长大后，她认为"摇曳"其实很凄苦，因为"山月不知心里事，水风空落眼前花"，那是孤独无助后，一条最幽深的雨巷，无情的山月、水风、落花和碧云，都被摇出万般悲戚和哀伤，一如她七零八落的心。

作为新中国农村的一角，1978 年的万宝山一带，一切百废待兴。面朝黄土背朝天的村民，根本无法预见，这一年会成为时代的一个重要拐点，无数个体命运的轨迹自此改变，处处都充满了希望。

那年冬天，雪落得特别早，家家户户赶紧糊窗户缝儿。

赵美荣的西屋，窗户纸很讲究，清一色用的报纸条，那是从赵光荣家拿的报纸裁的，远远看上去整洁美观。西屋里的棚和墙，也清一色用报纸粘贴了一遍，赵美荣说报纸比蓝色"窝纸"白净，还显得有文化。

剩下几张报纸，张林小声嘀咕，给东屋炕墙糊一下，垛被子的地方总能干净些。

赵美荣冷哼一声，把报纸一条条裁成卷烟纸，让张林用这个卷烟，抽起来烟味更浓更冲，还不辣嗓子。

张林气得翻白眼，真想把那些纸扔进灶坑里烧掉，但最终没敢。

赵美荣瞪了他一眼："不愿意待，滚！"

张林说："滚就滚，谁稀罕你咋的！"

说完，甩门走了。后来，赵美荣问他去哪了，张林说，到万宝山找"王瘸子"了。

赵美荣讥笑道："也就'王瘸子'能收容你，否则，你连滚都没地方去！"

张林也不吭声，默默地卷好纸烟，吧嗒吧嗒抽起来。

外婆也熬了半锅糨糊，翻出以前攒的牛皮纸。自从刘堇读初中后，老师要求用统一的作业本，所以外婆才舍得用牛皮纸糊窗户缝儿。

她先把大张纸均匀地裁成纸条，把窗户缝儿严严实实地糊上，所有漏风的地方，一层纸不解决问题，就再找来旧布头多糊几层。看着虽然"花里胡哨"，但保暖系数高，不冻着刘堇就好。

外婆心心念念了好几年，想换一张轻软的苇席，再把棚顶吊上蓝色的"窝纸"，有条件的话，墙也得糊一下了。可是年年念叨，年年也没能实现——每每攒下几个鸡蛋，总是不够分配，最大的支出项目，就是刘堇的学杂费，眼见着刘堇都比外婆高了，不吃好的不穿好的也行，咋也不能让孩子露着吧？村里没供初中学生的家庭，日子都有所好转，比如，麻雀、石头和泥鳅，都是"半拉子"农民，能挣生产队的工分了。唯独外婆，一分钱掰成两半花，东屋数年如一日，土地、土墙、土炕、土锅台，用赵美荣的话——土得掉渣！

那年冬天，刘堇正在读初三。西北风呼呼地刮着，隔三岔五来一场冒烟雪，一个烟柱过后，就是"咬"人的寒冷。但是刘堇跟外婆一样，不怕风也不怕雪，只要没有迷雾遮住眼睛，就挡不住她的求学路。

万宝山一带没有中学，刘堇以优异的成绩小学毕业，只能到公社中学读书。每日往返步行30里路，在这春日泥泞、夏日多雨、秋日庄稼没踝、冬日多雪的乡路上，花草树木记住了她瘦弱的身影。与她同期考上的同学，由于各种原因陆续辍学了，只有她还坚持着。

每天傍晚，外婆在村口焦急地张望，直到牵起她那只残缺的小手，一颗悬着的心才放下；每天早上，外婆把精心准备的饭盒，装进她的黄挎包，既心疼又欣慰，反复念叨一句话："吃得苦中苦，方为人上人。"外婆的腰更佝偻了，头上添了很多白发，皱纹密布的脸更显苍老，令人不忍直视。刘堇鼻子一酸，赶紧挎上黄挎包，匆匆跟外婆道别。不能像以前那样帮外婆干活了，刘堇心生愧疚。

院门外的大树旁，那簇扫帚梅花，开了又谢，谢了又开。

花开的时候，刘堇匆匆走过，伸手抚摸一下这些花儿，忙碌的求学路，已经没有闲暇时间让她多看看这些花儿了。

花谢的时候，她依然要一路向东，再向东，沿着被无数双脚踩过的土路，途经5个村庄，可能遇到很多的人，去追寻一种叫作"未来"的东西。

未来是什么？

田老师把黄挎包奖励给她的时候，曾经这样解释："未来，是从现在往后的时间，是将来的美好光景。它是一个时刻，也可以是一个时间段。任何事物都有未来。对未来的思考和创造，为我们指引光明和方向，走一条不曾重复的奇迹之路。"

听到这段话，刘堇在心中，把田老师定位为"思想家"，否则怎么会懂得如此深奥的道理？否则怎么会句句充满哲思，令听者精神抖擞？

转眼来到了腊八节。民谚说"腊七腊八冻掉下巴"，果然如此，这一天异常寒冷。

望着窗户上厚厚的窗花，外婆心绪不宁，一个小丫头冰天雪地地跋涉，实在令人不放心啊："小堇，要不，请一天假吧，这大雪窠子……"

刘堇连忙摆手，打断外婆的话："马上期末考试了，可不能耽误课。过了腊八就是年，放寒假就好了。"

外婆无奈地摇头，默默地给刘堇端来腊八粥，又剥了两只红皮鸡蛋，叮嘱刘堇趁热吃，小心别烫着。

刘堇稀里呼噜喝粥的时候，外婆又赶紧去装饭盒，昨天特意包的酸菜馅饺子，今早熬粥时给刘堇蒸上了，中午在学校的炉子上热一下，就能吃一顿香喷喷的午饭了。腊八也是节，穷过富过，外婆很讲究仪式感。

临出门的时候，外婆又拉住刘堇，帮她把围巾再裹得严实点儿，外面那么烈的风，千万别冻伤脸和脚。

刘堇抱了抱外婆，赶紧说："没事，没事。其实哪年冬天都这么冷，我都习惯了。放心吧，亲爱的外婆。"

刘堇说的是实话，东北的三九天，哪天都像腊八一样"凶狠"，想冻掉人的下巴，挺挺就过去了。刘堇已经掌握了走雪地的窍门：在雪少的地方，能跑就跑，这样身体和脚就暖和了；在雪多的地方，要高抬腿轻放脚，免得陷进雪窠子里；在顶风的时候，如果确信前面没有危险，完全可以脸冲后面"倒"着走，棉袄棉裤虽然不是很厚，毕竟要比脸皮扛风"咬"啊。

如果说，当初上小学的15分钟，是一种诗意浪漫的旅途，那么，如今上中学的15里路，则是考验毅力和挑战自我的征程——刘堇愿意为了未来，认真地在雪地上踏出深深的脚窝，等再回头看的时候，那脚窝里折射出的落日余晖，会带给她另一种力量……

"小堇，文具盒里有两毛钱，午休的时候买串糖葫芦。"在院门外那棵大树下，外婆终于不情愿地松开了刘堇的胳膊，叮咛声伴着外孙女远行的脚步。"今儿过节，别舍不得，买一个，啊！"

刘堇答应了一声，没敢回头，大步向前跑去，泪水迎着一股寒风滑了一半，便冻结在唇边。

其实，何须回头，外婆就像那棵老树，常年穿着那身青黑色的褂子，春秋直接穿在身上，脏了洗洗，冬天塞进一层旧棉花，就变成了抵御风雪的棉衣；头上那块旧得不能再旧的格子头巾，再怎么包裹，也遮不住她满头的白发了；裤腿绑着一圈腿带，免得冷风往里钻，可是风还是打透那层单薄的棉裤，令她瑟瑟发抖。

刘堇知道外婆老了，不像年轻时那样抗冻了。每每在雪地上奔跑，刘堇常有这样的幻想，那些白雪如果能变成雪白的棉花，该多好！

曾经有几次，刘堇也想过退学，像麻雀那样挣工分，日子多少能好过些，外婆就不至于这么辛苦。可是，听到她这样的想法，外婆第一次严厉地骂了她，骂她没出息，如果真不上学了，外婆就不再要她了。看着刘堇委屈地哭泣，外婆的语气才缓和了许多，讲了很多过去的事，包括她爹和她娘，还有外婆自己。

刘堇听得很认真，在一段段痛苦的家族史中，她明白了外婆为什么活得如此与世无争，又为何如此执拗。其实，这两者并不矛盾：与世无争，是因为外婆不屑与谁争；执拗，是因为外婆不服输，活得不甘心。

"人活一口气，这口气没了，跟死了还有啥两样？"外婆说到动情处，双眉紧锁，眉心那道"川"字形的皱纹很深，写着很多复杂的酸甜苦辣。刘堇轻轻抬起手，想为外婆抚平那个"川"，却发现无能为力……

就这样跑着，走着，想着，刘堇比往天更快到了学校。上课的时候，外婆站在树下的样子，总是挥之不去；中午吃着饺子，她也有些心绪不宁，仿佛听到外婆在叮嘱她慢点儿吃，别咬到腮帮子；下午自习课，她写着写着就溜号了，在课桌上画来画去，画的俨然就是树下的外婆；终于等到下课铃响，刘堇心里更像长了草，迫不及待地冲出校门，跑到路边买了一串糖葫芦。

每年冬天，孩子们最喜欢吃的零食，当数糖葫芦了，酸酸甜甜的山楂串成串，既好吃又好看。偶尔外婆会给刘堇买一串，刘堇让外婆也吃一个，外婆说自己不喜欢吃。其实，谁能不喜欢吃呢？外婆是舍不得。今天过腊八节，刘堇要把这串糖葫芦送给外婆，看着她都吃掉。想到外婆左推右闪的样子，刘堇忍不住笑了起来，加快了回家的步伐。

乡间土路弯弯，5个村庄，陌生且熟悉。

刘堇边跑边走，近了，近了——前面，已经隐隐约约看到高高的万宝山了。

外婆说，万宝山上不仅有"山神"，还有一种宝贝叫七色堇，嘻嘻，就是刘堇的堇。这几年上学太忙了，根本没时间去"寻宝"，七色堇到底什么样子呢？嗯，等初中毕业后，一定拉着外婆再去"寻宝"，再拜一下"山神"，否则将来要去县城读高中，就更没有时间了。

再转一个弯，就是万宝屯了。

到了村口，就能看到外婆家那棵老树。

快点儿，再快点！外婆在村口一定等得着急了，嘻嘻，要不要把糖葫芦先藏起来，给她个惊喜呢？

到了！我的万宝山，我的万宝屯！

转过最后一道弯，刘堇充满期待地扑向村口，却没有看到外婆熟悉的身影。

怎么回事？

虽然刘堇不由得加快步伐，但脚步像坠了铅球一般沉重，因为她发现——外婆家门口那棵老树下，寒冬腊月天，莫名地聚集了很多人……

记忆中，冬天外婆家的院子，就像一幅静止的水墨画。

院门口那棵老树，灰黑色的手臂上面总是落满了雪。高矮不齐的黑色木头栅栏，围出一个相对独立的院落。中间的木头门大开着，通往正屋的甬路上，交错着很多乱七八糟的脚印，有大人的，有小孩子的，有小狗的。

草房还是那三小间，墙面上有粗细不一的裂纹，看来开春又要抹墙了。西屋的房檐下，拴着几串红辣椒，还有几吊金黄的苞米，配上报纸糊的窗户缝，很是清晰醒目。东屋窗台上，绑着一个草编的鸡窝，耐心地等着开春后，母鸡到里面下蛋。房顶上，厚厚的积雪里嵌着两个墨色烟囱，有时沉默不语，有时飘出缕缕炊烟。

而今天，外婆家的院子，一切很是不同，刘堇忐忑不安地靠近着。栅栏旁边，或趴着，或倚着高矮胖瘦的人。院门前后，一个个伸长的脖子像长颈鹿，一只只竖起的耳朵像大灰兔。前门虚掩着，却掩不住围观者的目光，隐约晃动的身影与时高时低的说话声，透过门缝儿挤出来，似乎要带走屋子里最后的一丝热气。

刘堇顿时心头一颤，大有"黑云压城城欲摧"之感，到底发生了什么事情？外婆呢？外婆呢？

第一个发现刘堇的，是憨厚的石头爹。

在这个村子里，有少数的几个人对刘堇有些同情，其中就包括石头爹。别人都嘲笑刘堇"秃爪子"，甚至顺着赵美荣的话，以封建迷信的角度定位刘堇，认为她是"妨"爹娘的怪胎。石头爹一次也没笑话过，偶尔跟外婆聊天，也大多是宽慰之言，虽没有惊天之语，却绝对朴实无华。石头能成为刘堇的小伙伴，也是受他爹的影响。

此刻见刘堇顶风冒雪回来，石头爹欲言又止，眼神中充满了复杂的内容，包括心疼。随即，指挥大伙儿闪出一条道，让刘堇顺利走过去。

人群明明知道，刘堇是这个家的成员，应该让她顺利过去，却因猎奇的心理作怪，极不情愿地向后挪动脚步，生怕退得步子大一点点，就会错过什么事似的。

就这样，在大家的"簇拥"下，刘堇高一脚低一脚地挪移着，自家几米长的院落，走得比15里的雪窠子路还难。

耳边，议论纷纷：有的人说，"秃爪子"越长越俊了，真是女大十八变；有的人说，这孩子学习可好了，全校前十名；有的人说，学习好也不能当饭吃，看把她外婆拖累得成啥样儿了；有的人说，去年国家恢复高考了，没准这孩子有出息，她外婆能跟着享清福；有的人说，大学收"秃爪子"吗？她那两只"秃爪子"，恐怕都报不了考……

刘堇几乎是挣扎着，终于逃离一片"人海"，奔向外婆那间简陋的屋子。多年后，回想起那片"唾沫星子"，她还会苦笑，无论何时何地，自己都能成功吸引人群的注意力，也实在称得上"魅力无限"，自带"粉丝团"了……

推开那道虚掩的前门，刘堇愣在了门外。狭窄的厨房里，杵着很多人，锅碗瓢盆、油盐酱醋和柴火堆、鸡笼子，被这些黑影遮得看不见了，除了灰色的、黑色的、蓝色的裤腿子，满眼就剩下各种或新或旧，或大或小的乌拉鞋。有几双过分的乌拉鞋，甚至蹲在锅台上，趴在墙上的小窗口往里张望着。

"闪开，让我过去！外婆，你在哪儿？外婆！"刘堇突然很愤怒，她用自己的四根手指，奋力推搡眼前的黑影，希望挤出一条通道，快点儿见到外婆。在心里，她已经骂了无数遍，这些人要干什么？没啥事儿不回家做饭，凭什么挤到外婆家？黑压压的，像乌鸦一样讨厌！

屋里的人群，似乎比院门口的有素质，在刘堇的怒吼中，自觉地让出一条缝儿，因为身后实在不能再退了——再退，就掉进水缸里了！

东屋的房门大开着，外婆新缝的麻袋片子门帘，此刻也被好事者热情地撩了起来。屋里也挤满了人，炕沿上"奓拉"着长短不齐的腿。

外婆被挤到了靠窗台的炕里，头发有些凌乱，松弛的眼皮低垂着，像是盯着那张旧炕席，又像是盯着她自己的破袜子。袜子上又磨出新洞了，外婆还没来得及缝补，打算再糊弄几天，过年也换一双新袜子穿。

"外婆，外婆！"

终于见到外婆，或者说看到外婆还"活着"，刘堇的一颗心略略放下了，泪水夺眶而出。其实潜意识里，大树下那黑压压的人群，令她产生了强烈的不祥之感，真害怕外婆像村西头的宋老太太那样，前天还在搓绳子纳鞋底，昨天一大早，就无缘无故地离开了人世，只留给世界一片唏嘘感叹。

"没死人呢，'秃爪子'你号丧呢！这一家子算是没好了，赶紧给老娘闭嘴！"赵美荣歇斯底里的喊声，伴着噼里啪啦砸镜子的声音，令在场的人都是一哆嗦，外婆的嘴角也哆嗦了一下。

刘堇惊恐地转身，然后望着那些镜子的碎片，呆若木鸡。

柜子上的那面大镜子，是外婆屋里唯一能照人的镜子，水银特别好，照人清晰又漂亮，是外婆结婚时的嫁妆。此刻，它载着几十年的岁月，哗啦一下从大柜上落下来，最终掉到了凹凸不平的地上，奇形怪状的碎片东倒西歪，不甘心地发挥着本能，从各个角度反映出屋里的百态，映照着张牙舞爪的赵美荣，映出墙角瑟瑟发抖的张林，映出耀武扬威的赵光荣。

赵光荣从来不登门，此刻拎着马鞭想干什么？

张林虽说窝囊没主见，但跪在地上还是头一次，那双膝盖是为谁而屈的？

赵美荣向来无理取闹惯了，但敢砸外婆心爱的东西，也是前所未有的，导火索是什么？

外婆为人是很宽容，但总是有底线的，今儿屋里屋外这么多人围观，外婆没有只语片言，是有什么苦衷？

还有，彩凤呢？家里发生这么大的事，彩凤怎么能袖手旁观？

"我的那个天啊，叫我怎么活呀？丢人现眼挨千刀的，没良心啊，没良心！"赵美荣见没人敢接茬儿，继续撒泼谩骂着："想当初我一个黄花大闺女，南北二屯说媒的都跑断腿儿了。可是我一不求彩礼，二不求富贵，死乞白赖嫁进你们张家门。你们大家评评理，我图个啥？不就图稀老张太太是个正经人，本本分分过日子吗？谁料想，一个'秃爪子'出世，啥都变了味道，姑娘成了疯子，姑爷成了'牛鬼蛇神'，儿子啊——呸！竟然敢'搞破鞋'了！"

在赵美荣的哭诉中，除了千篇一律的内容外，刘堇捕捉到一个新词——"搞破鞋"！刘堇的脸，刷地一下子，就有了发热的感觉，她不敢抬眼睛看任何人，因为在她的印象中，这个词很"不正经"。

万宝山什么都好，就是有个坏习惯，每当农闲的时候，很多村民实在没事干，就喜欢"扯闲话"。村庄本来就不大，100来户人家，有点什么消息，就会暗戳戳地围观，有的说成没的，好的说成坏的，添油加醋是轻的，恶意中伤是常事。很多时候，其实一丁点证据都没有，却编排人家有多么道德败坏，有多么蠢笨如猪，说得有鼻子有眼，好像目睹了一样。大家似乎在别人的不幸中，寻找一种刺激，产生难以名状的自豪感，于是，八卦就跟长了腿儿似的，最后传得面目全非。

村民只愿意关注眼前的事，有时候路上偶遇的工夫，吧嗒吧嗒嘴皮子，用看热闹的心理，把闲话再推向一个新高潮。比如，小时候，刘堇就曾听赵美荣跟别人扯过闲话：谁和谁因为一只南瓜骂架了，最后南瓜变面瓜了；张家女儿失恋了，很可能就变成"生无可恋"了；李家的女人谈婚论嫁，就是备了丰厚的嫁妆，上赶着也没人要……

这是刘堇第一次听到"搞破鞋"这个词，虽然不明白是什么意思，但赵美荣肆无忌惮地大骂，已经说明这个词很无耻。如今张林跪在墙角，刘堇立刻明白这个词的所指了——张林出轨了！只是，怎么可能呢？

在刘堇的印象中，张林就像老鼠怕猫一样，在赵美荣面前大气都不敢出，轻易不敢说不字；在很多原则问题上，他都不敢说不，令外婆既无奈又无语；在某种程度上，刘堇都有些瞧不起舅舅。更何况，赵美荣不仅自己蛮横，还有个生产队长大哥撑腰，万宝屯谁不对她高看一眼，那么，张林简直是吃了熊心豹胆，竟然敢做出越轨之事。

刘堇悄悄转动眼珠，视线落到张林跪着的角落，那双膝盖应该跪了有些时候，张林一边发抖，一边尽量用双手拄地，努力支撑着不摔倒。有几块镜子的碎渣近在咫尺，如果他一不小心，双手很可能扎出血。都说"可怜之人必有可恨之处"，刘堇惊讶之余，又很好奇，那个女方会是谁呢？

"哥，哥！你杵在那干什么？这个混蛋根本没拿你当回事，赶紧用鞭子抽死他！"赵美荣已经骂不动了，可是张林就像豆杵子似的，无论怎么哆嗦，就是不道歉。赵美荣没办法，只能向大哥求助。

"啪！啪！啪！"

折腾了一下午，赵光荣的耐心也被消磨尽了，如果张林不向妹妹道歉，他这个生产队长也下不来台。赵光荣抢起马鞭，在张林的身上狠狠地抽了三下，声声脆响。"你这个混蛋，还嘴硬？赶紧向美荣道歉！今天，我先抽你三鞭子！第一鞭，是替美荣抽的；第二鞭，是替彩凤抽的；第三鞭，是替我自己抽的。敢欺负我妹妹，就是没把我这个生产队长放眼里……再不道歉，我就抽死你！"

局面僵持着，鞭子声的回音，令屋子里的氛围凝重得可怕。

外婆依然坐在炕上，不抬头不抬眼，仿佛不认识地上的儿子，仿佛眼前的事与她无关。

刘堇很想看看，此时此刻的舅舅，会怎么做？如果真的不道歉，赵光荣还能杀人不成？如果赵光荣真想杀人，赵美荣能眼睁睁不管？赵美荣一旦拦着，那张林就死不了；张林死不了，赵光荣的这顿鞭子意义就不大；这顿鞭子失去意义，赵美荣的戏就白演；戏白演，张林以后还会怕赵美荣吗？所以说，赵美荣不应该把自己放在戏台上，引得全村人看热闹，莫不如跟张林私下解决，因为外婆说"家丑不外扬"，最终丢丑的，还是自家人。

"你这个挨千刀的！我不活了……"赵美荣见张林死不道歉，令她实实在在感到没脸见人，于是，右手拾起柜子上的一块镜渣，划向自己的左手腕。"我做鬼也不放过你！"

"血——傻妹子，你不要命了！"鲜血喷涌而出，赵光荣吓得扔掉马鞭，攥紧妹妹的手腕，冲身边的人大声喊："快，快拿布条，快！"

"哪儿有布条？快点儿止血！"

"赵美荣自杀了，张林你咋还不道歉？"

有一滴血溅落到刘堇的脸颊上，带着赵美荣的刚烈、任性，还有屈辱和怨恨。那一刻，刘堇突然很理解赵美荣，如果张林真"搞破鞋"了，赵美荣再怎么刁蛮，心灵也会受伤的。从这层意义上来说，张林应该道歉。刘堇掏出自己的花手帕，第一时间递给赵光荣。多年以后，刘堇还是觉得，自己应该这样做。

"对不起，我不是人，我错了。我改，我改还不行吗？"张林实在扛不住了，他抱住赵美荣的腿，在忏悔声中流下了两行泪，暂时平息了赵美荣的怒火。

人们陆续离开了。

赵光荣说，必须带妹妹回家"疗伤"，啥时候张林反省好了，再研究回不回来过日子。张林唯唯诺诺，缩回自己的西屋去了。彩凤还是没有回来，张林也没心思关心。

外婆的东屋，最终只剩下一地镜子的碎片。鲜红的血迹，已经混入那些泥泞中——那地面原本是干净的，可惜被乌拉鞋带进来的雪弄脏了。其实，雪原本是洁白的，是被东一脚西一脚，踩成了浑浊的泥。

刘堇没有去管那些泥。她爬上那铺冰凉的大炕，抱住那个缩成了雕塑的外婆，用只有两根手指的残手，轻轻拍着外婆的后背。外婆重重地"哼"了一声，那长长的尾音像一颗流星，划过几个世纪的疼痛。

刘堇从书包里取出那串糖葫芦，用手撸下一个山楂，递到外婆嘴边。一向坚不可摧的外婆，终于哭了，哭得像个孩子。刘堇搂住外婆，感觉自己有点儿像个大人了。

作为旁观者，刘堇除了担忧外婆，还弄不清各种利害关系。

同样，作为旁观者，刘堇没有猜到的是，另一个"当事人"竟然是翠花——那个住在外婆家西院，细眉细眼、弱不禁风的女子。

怎么会发生这样的事呢？

在接下来的日子里，刘堇从不同角落、不同人群的闲言碎语中，渐渐梳理出事情的来龙去脉。

翠花娘家姓孙，比赵美荣大5岁。刚嫁到万宝屯那几年，人情往来上很会处理，人缘也不错。不过，赵美荣不太待见她，因为她生了三个儿子，大儿子大牛今年18岁，两个小儿子分别叫二牛、三牛，是村里唯一的一对双胞胎，虎头虎脑的羡慕死个人。

村里有些人看不惯赵美荣，就有意无意地刺激她，夸翠花会生。这样的冷嘲热讽，让求子不得的赵美荣由嫉妒转为恨。有时候，隔着木栅栏碰见翠花，赵美荣总是仰着头，不屑一顾地走过，哪怕翠花好意与她打招呼，她也假装没听见。可是，那三个活蹦乱跳的小子却忽略不了，尤其那对双胞胎，长的一模一样，赵美荣多希望那是自己生的，左手抱一个，右手抱一个，使劲儿亲也亲不够。可是，那是人家的儿子！

一年三百六十五天，三个臭小子没有消停的时候，在木栅栏那边跑过来跳过去，男孩子特有的声音那么好听，无情地往赵美荣耳朵里钻。在赵美荣的骨子里，"儿子才是根"的观念根深蒂固，那三个臭小子的存在，时刻提醒她没生个儿子，张家还没有"接户口本的"。

最后，逼得赵美荣开始逃避，白天不愿意在家里待着。但晚上还是得回来睡觉。尤其是夏天的夜晚，月亮下赵美荣出来起夜，常常碰到三个赤条条的小黑影——三个臭小子边往木栅栏上撒尿，边放肆地嘻嘻哈哈，比谁的"射程"更高更远……赵美荣气得牙根疼，第二天就让张林和泥脱坯，在两家中间筑起一人多高的泥墙，从此"眼不见，心不烦"。

刘董小学毕业那年冬天，翠花的男人没日没夜地咯血，东挪西借很多钱也没治好，最后翠花成了年轻的寡妇。赵美荣那颗不平衡的心，瞬间一百八十度大转弯，有事没事，就在张林耳边念叨说，老天爷真的很公平，不能把啥好事都给一个人，已经给了翠花三个儿子，当然要带走她的男人。

见张林不哼也不哈的，赵美荣没好气地瞪他一眼，说："那个男人死了，好歹种下三个儿子，这辈子也算值了。你说说你这个没用的，啥时候争口气也有个儿子，让那些扯闲话的闭嘴，行不行啊？"

最初的时候，张林采取老方式啥也不说，让赵美荣的唠叨自生自灭。可是随着时间的推移，冬天转到夏天，张林的心变得跟天气一样焦灼，觉得赵美荣的话特别不舒服。

有一次，他忍不住反驳了一句："还不是你不好！"

赵美荣也不爱听了，抓起笤帚疙瘩撇向张林。俗话说："种瓜得瓜，种豆得豆！"

张林也来了劲儿了，捡起笤帚疙瘩摔到了地上，他比赵美荣更想要儿子，只是平时不敢讲出来罢了："你以为我不想要儿子？"

赵美荣气得直蹬炕席："嫌我不行，你有能力找别人！"

张林气得青筋暴起，攥紧了拳头想说："找就找，谁怕谁！"

不过，最后他没敢说出口，也没敢挥出拳头，无奈地摔上门出去了。

每次受了赵美荣的窝囊气，张林都习惯性地去万宝山，找王栓柱喝闷酒，扯闲篇，或者打牌。张林不是把王栓柱当哥们儿，只是觉得村里任何人都不可靠，都有可能出卖他，而他非讲出来不行，否则会被刁蛮的老婆气死。那么找来找去，王栓柱就成了最佳人选，因为没有人把他当朋友，想讲谁的闲话都没人听，换句话说，王栓柱基本没有传闲话的机会。而王栓柱性格所致，始终铭记"一问三不知"，凡事从不多言。就这样，天长日久的，两个性格不同、出发点不同的人，倒越来越像朋友了。只是这次上万宝山，张林做梦也没想到会碰见翠花。

万宝山盛夏的夜晚，树木郁郁葱葱，各种枝叶织成一张大伞，想遮住明晃晃的月亮，却遮不住一地的月光。

张林边爬山边看这美丽的夜景，心情略略舒缓了些，气也渐渐消了，就有些犹豫，是继续上山还是要调头回家。突然，一阵奇怪的声音传入耳畔，吸引着他的脚步和目光。在一棵大树下，令他"血脉偾张"的场面呈现在眼前，张林不由得张大嘴巴，惊呼声脱口而出："啊！翠——花？"

话刚出口，惊跑了月光，也把他自己吓了一跳，下意识地转过头，仿佛被撞上做坏事的是他。怎么办？张林第一个念头是——跑！他调转头，拼命地跑开了。

张林踏着月光，疲惫不堪地回到村子。路过翠花家大门口的时候，不由得想起那句"寡妇门前是非多"，他的脚步丝毫不敢停留，谁知道哪缕月光下，藏着一双窥探的眼睛呢？不过，他的心思却停在翠花的门前，蠢蠢欲动。

回到自己家，张林依然觉得精神恍惚。赵美荣躺在炕头，听见他回来，眼睛都懒得睁一下，直接喊了一句："有能耐走，就别死回来啊！"张林没吭声，只想睡觉。不料赵美荣不依不饶，一脚把他踹到炕梢："离老娘远点儿！"

大热的天，张林被踹得心头拔凉，突然连吵架的心情都没有了。他颓废地躺在属于自己的炕梢，脸冲着西墙——翠花家的方向，思绪开始臆想……

从此，张林有了心病。翠花和月光，像影子一样缠绕着他，怂恿他关注着翠花，怂恿他走进"寡妇"门。

在入冬糊窗户缝儿那天，夫妻俩又大吵了一架。张林再次被赵美荣气走后，绕着村后的小道，跑了一圈又一圈，想让北风把自己吹冷静点儿，可是谁曾想，那雪地白花花直晃眼睛，就像月光下……张林扇了自己两个耳光，却扇得心跳更快了，怎么也冷静不下来。

最后，张林不再挣扎了，顺着小道往回走，自家的后院清晰可见，可他的眼睛关注的却是翠花家。确认四下里没人后，张林迅速绕进翠花家后院，并躲过自家的"高墙"，成功推开翠花家的前门，穿过简陋冰冷的灶间，径直走进了翠花的屋子。

此时此刻，翠花正坐在炕梢纳鞋底，蓝底白碎花的棉袄包裹着羸弱的身体。听到门响，抬头瞅了一眼，见是张林，微微怔了一下，什么也没说。然后，拿着锥子，在头皮上轻轻滑一下，顺便捋了一下额前的刘海儿，低头继续干活。张林掀开里面的门帘，确认屋子里没有旁人，这才一屁股坐到炕沿上，直接以"万宝山"事件为要挟，说自己现在也想……。

翠花静静地听着，仿佛在听别人的事。其实对于张林的到来，她并不是很惊讶，因为那个男人比张林精明多了，利用"反侦查"的方式守在村口，当晚就发现了鬼鬼祟祟的张林。他可以确认：张林发现了树林里的翠花，但不一定知道男人是谁；麻烦早晚要出现，他们必须早做打算。今天，张林果然就来了，翠花暗暗佩服那个男人料事如神。

　　翠花抬眼瞄着张林，语气有些撒娇似的问："我可有三个儿子，你不怕他们撞见？"换在平时，张林当然害怕，不过今天他不怕，因为早晨糊窗户缝儿时，他隔着墙伸长了耳朵，听到翠花叮嘱三个儿子到亲戚家听话，坐席的时候别使劲儿搂，免得亲戚们生气。所以此刻，他才敢大咧咧地冲进来。

　　知道被张林关注，翠花心里很得意，因此故意逗他："你家'母老虎'可是出了名的，你不怕她知道？"

　　张林其实很害怕。不过今天，他不愿意想这个问题，既然来了，怎么也不能白来，否则将来讲出去，赵美荣更得瞧不起自己，认为自己是个窝囊废。其实，谁能讲这些事呢？借他个豹子胆，他也不敢讲给赵美荣听，但心理上斗斗气、示示威，总可以吧？如果说怕，倒是怕那个男人突然闯进来，那样可怎么收场啊？

　　"哈哈哈！放心吧，他不会来。"翠花忽然笑了，笑声里有些悲凉，有些怨恨："两个院子这么近，总能听到赵美荣侮辱我的话，讽刺你的话……其实，我早就想气死那只'母老虎'了！哈哈哈……"就这样，两个各怀心事的男女，达成了一致。

　　半个月后，腊月二十三小年，傍晚。狂风卷着雪花飘啊飘，万宝山白茫茫的，像要被卷到天上一样。突然，一阵刺耳的警笛声划破风雪，划破万宝山的一身银装，载着瑟瑟发抖的张林渐行渐远。最后，消失在另一片白茫茫里。

　　这警笛声，划破了所有人的心，第一个声嘶力竭的是赵美荣。当警车来到万宝屯，警察要给张林戴手铐，赵美荣像老母鸡一般挡在张林前面，顺手抡起灶坑旁边的烧火棍子，拼命护着自己的男人。警察警告她这是干扰办公，闹不好也把她抓起来，可是赵美荣不害怕，她一面挥舞着烧火棍子，一面让彩凤快去找赵光荣！彩凤吓傻了，听见娘的话，顾不得围头巾就冲出了家门，边跑边哭喊着："大舅，大舅——救命啊——"

到底什么情况呢？怎么就成了强奸罪呢？赵美荣死盯着警察，强奸罪三个字刺激得她眼睛冒火，恨不能立刻穿透西墙，冲到翠花家炕上把她撕碎！明明是她"搞破鞋"，怎么诬告张林强奸呢？

赵美荣完全不顾警察的横眉怒目，令在场的人都很震惊。多年后，当刘董长到赵美荣的年纪，感受到男女间的爱恨情仇，终于理解了那种悲愤和心痛。

自古以来，爱情都具有强烈的排他性，尤其之于女人，更要求情感的忠实度。而对于婚姻，更是不容亵渎和冒犯。或许，赵美荣很蛮横，对任何人都是一副高高在上的感觉，但不影响她有一颗少女心，不影响她对爱情的占有欲，不影响她对婚姻的保护欲。她没上过几年学，没读过什么浪漫的故事，但对爱情的憧憬并不少于有文化的人，选中张林就是缘于爱情的力量——爱情让她觉得无限美妙，即使穷日子也可以过得很美好。步入婚姻后，尽管柴米油盐，种种琐事，细细碎碎，但在家庭中的绝对主导地位，张林把她奉作"女王"的态度，让赵美荣很有优越感，因此对这个家的未来，依然保持着美好的向往。

赵美荣虽然长得并不漂亮，没有城市女人的花枝招展，却有乡村女人的粗犷豪放；没有文化女人的优雅非凡，却不失乡村女人的朴实气息。爱上张林，她要求他也爱她，没有花前月下灯红酒绿，但田间地头山坡树林也能表达爱意。嫁给张林，她抱定"嫁鸡随鸡，嫁狗随狗"的思想，不图彩礼富贵，只求他能死心塌地一心一意，绝不能朝三暮四。当然，她也偶尔会听男人们讲讲"黄段子"，偶尔自己也会讲讲"黄段子"，然后肆无忌惮地开怀大笑,笑得男人们都无地自容了,但赵美荣自认胸怀坦荡,她没有惺惺作态,没有偷鸡摸狗,所有的表达都发自内心。

一句话,赵美荣对情感的信条:爱上一个人就是一辈子。最不能容忍的,就是背地里的男盗女娼。

而如今,那个对情感无比忠贞的赵美荣,却败在了张林的出轨上。

作为一个女人,可以不当供销社售货员,只要手里有钱有票,想买什么就买什么;作为一名社员,可以不当女拖拉机手,只要哥哥当生产队长,她总是能干些轻巧活计儿,不用吃大苦挨大累;作为一个妻子,她必须当丈夫的"女王",在家庭中拥有至高无上的地位,否则跟孙大麻子媳妇有何区别?那样的人生,莫不如像王二丫那样疯掉,至少心里还装着一个叫爱情的东西……

可是,一切偏偏不如人愿,最怕什么就来什么,最恨什么就遇到什么,那个老实巴交的张林,竟然出轨了!赵美荣认为自己很可笑,她这么相信他,他却给自己来了个五雷轰顶。原来她追求的、显摆的、引以为傲的幸福美满,只是一个假象,自欺欺人的假象!接踵而至的感觉,就是无比的恶心,真想掏出张林的心看看,是黑心还是红心,或者根本就没良心!否则,为什么要如此伤她的心呢?

赵美荣也喝醉过,希望用酒精麻醉自我,酒醒后却越发凌乱,时而把张林的祖宗骂一顿,时而把翠花诅咒一番,时而自说自话,时而纠结得心碎,慢慢地,完全不知道应该怎么办了……

一念天堂,一念地狱。

爱情和家庭,是她最在乎的,而男人的心却在外面的天地,反过来让她心如刀割。赵美荣越是想不通,心里面越恨;越是恨,就越想报复。可是,怎么报复,才能抹去心中的伤痛呢?她再恨自己的丈夫,也不能杀了他;再对婚姻失望,也做不出离婚的决定。怎么办呢?最后,她只能把罪魁祸首,完全归结在翠花身上。

于是,腊八节开始,她采取多种方式,联合娘家人、村里的娘们姐妹,还有铁蛋和彩凤一群孩子，对翠花进行人身攻击。赵美荣恨不能把全村各家各户所有的屎盆子，都扣到翠花的头上，给翠花脖子上戴上大牌子，写上"破鞋头子"四个字，游街示众骂死她。好啊，既然不能游街，那就弄个牌子写上字，挂在翠花家房前屋后的木栅栏上。甚至，干脆直接写在木栅栏上，连牌子都免了，再加几只破得不能再破的鞋，看看她还怎么在人群中抬头。

对待翠花的三个儿子，铁蛋和彩凤也采取了措施。18岁的大牛提出跟铁蛋决斗，结果被铁蛋和几个小子打得鼻青脸肿，抹着头油的头发被生生揪下好几绺，两条溜直的腿差点儿折掉。

而这些情况，刘堇当时一无所知。她每天只顾着奔跑着去上学，忙碌着参加期末考试，憧憬着将来考个好学校，分配个好工作，将来给外婆好日子过。其实仔细想想，即使她了解这些情况，结局又能有什么改变呢？明知道赵美荣有些欺人太甚，明知道铁蛋和彩凤有些过分了，但她有资格去劝说吗？没有人会听她的话，只会怪她多管闲事。

刘堇也不知道，外婆为此操了多少心。面对这样的状况，外婆必须跟赵美荣谈，可赵美荣不听劝告，骂外婆胳膊肘往外拐，来不来就偏向翠花，难道真指望人家给你生孙子吗？

外婆气得哆嗦，就去找赵光荣晓之以理，说这样得理不饶人，小心把老实人逼成疯狗，反而对赵美荣不利。

可赵光荣不以为意，自己的妹妹受委屈了，翠花就应该受到惩罚，看看她能变成啥疯狗。外婆最后只能去骂儿子了，让他多给赵美荣赔不是，多说说软和话，千万别再这样折腾了，将来折腾出个啥事，后悔都来不及。

张林自知理亏，面对这种情况，话都不敢多说一句。

后来，翠花果然"狗急跳墙"了！

其实，对于自己名誉的侮辱，翠花早就有心理准备了，因为她确实跟人家男人搞到了一起，被骂也是自作自受。可是三个儿子受到了威胁，翠花无法再忍气吞声了，谁的孩子谁疼，她同样是当亲娘的，也有保护自己孩子的权利。所以，翠花直接去派出所报案，告张林强奸罪，目的不是让张林坐牢，而是逼赵美荣让步，同时换回一些应有的权益。

小年这一天，大家只知道：警车来了！翠花把张林告了！如果证据充分，张林属于强奸，弄不好要蹲 10 年大狱啊！

一个晴天霹雳！赵美荣无法接受，赵光荣也无法接受。怎么办？怎么办？

警察接过赵光荣递过来的烟，说要看原告是否撤诉，否则必须抓人。

赵光荣请求警察一定等等，他现在就去找原告讲情。

赵美荣说："哥，不能求那个……"赵光荣气得抽了妹妹一个耳光："都是你作的，赶紧闭嘴吧！"

赵光荣带人去了翠花家。

翠花让三个儿子去里屋，自己则坐在炕梢纳鞋底，任赵光荣嘴皮子说破了，眼皮也不撩，声也不吭。赵光荣急得想抽人，可是除了能打张林，此刻他谁也不能打。

同行的村干部站在赵光荣身后，此刻也都忍不住，劝翠花撤诉吧，都是村里人，以后有啥事都好商量。可翠花油盐不进，就是不理人。

见此情景，副生产队长急了。此人名叫袁城，中等身材，肥头大耳，眼神透着少有的精明，与赵光荣搭班子多年，工作能力也很强。只见他怒火中烧，抓起坤墙上的茶缸子，用力摔到地上，大声质问道："翠花，你不能得理不饶人，都是屯中住着，低头不见抬头见，把张林送进监狱对你有啥好处？你到底咋想的，说啊？"

完成一系列动作后，袁城下意识地瞄了瞄赵光荣，多年的工作关系，他已经养成了一个习惯——善于察言观色，凡事都要看顶头上司的反应。

翠花这才停下手中的针线，幽幽地说："第一个条件，赵美荣必须当着全村人的面，跪下给我赔礼道歉；第二个条件，赔我们娘四个精神损失费；第三个条件，让我大儿子去当兵。三个条件，差一个都不行！"

赵光荣瞪大了牛眼睛，指着翠花骂了一句："你——你竟然狮子大张口，还要精神损失费？还要让你儿子去当兵？你——你简直是疯狗！"

"是你问的，又不是我说的。不给，就让你妹夫去蹲10年大狱。赵美荣总嘲笑我是寡妇，这回让她尝尝守活寡的滋味！"翠花鼻子微微皱了皱，发出一声冷哼："还有啊，你儿子打我儿子的事，我还没考虑好告不告呢……据说，有污点的人，部队是不要的。"

赵光荣差点被气吐血。反了，逆天了！他突然想起外婆的话，疯狗咬人更冷酷，叨心叨肝啊。让赵美荣下跪，凭妹妹的脾气，将来还怎么抬头做人？赔那么多精神损失费，把张林的破草房卖掉也不值；让她儿子去当兵，那铁蛋怎么办？当兵的名额每年卡得很紧，铁蛋上学不行，必须送去当兵，将来退伍是有工作的，怎么能白白把名额给别人？可是不给，她竟然拿铁蛋的前途做威胁……

这时，副生产队长出面解围："赵队长，你先别生气，咱们现在了解到原告的意图，回去跟张林家商量一下，也听听警察的意见，然后再研究下一步吧。"

赵光荣也没别的办法，只好气哼哼地回到妹妹家。赵美荣听闻翠花的三个条件，恨不能一把火把翠花家烧掉，赵光荣瞪了她一眼，让她消停消停，现在已经是赔了夫人又折兵，还想把全家人都搭进去咋的？赵美荣咬定一句话："想让我下跪，门都没有！"

外婆在一旁听得一清二楚，那个翠花是算计好了，并非真想让张林坐牢，而是想要些物质和精神赔偿，再给赵美荣一个下马威。怎么办呢？赵美荣不能去下跪，她这个当娘的去吧。外婆默默地走出自家院子，来到翠花面前，"扑通"一声就跪下了——如果自己的膝盖，能换来儿子的自由，哪个当娘的都不在乎。翠花于心不忍，也跪到地上，说拿人心换自心，她是为了自己的三个儿子，请老太太别怪她……

可是最后，警笛声还是带走了张林，在外婆的心里划过深深的血痕。

外婆只觉得心脏被扎着绞着，疼啊，真疼啊，疼得她什么话也说不出来，想喊一声"儿啊——"，却发不出半点儿声响。

最后，外婆双腿麻木，已经无法支撑她颤抖的身躯，一下子瘫倒在雪地里。她挣扎着想爬起来，可是腿用不上力，胳膊也不听话，她只能哆嗦着双唇，望向白茫茫的路的尽头，在心里一遍遍地呼喊："儿啊——儿啊——我的傻儿啊——"

不管怎么说，张林是否有出息，是否犯了罪，都是她身上掉下来的肉，是她长久以来的希望啊。哪怕他不给予自己关怀，不给予自己温暖，但以前至少"在"那个屋里，每天都能见到他的人，听到他的声音，哪怕是生气，至少还有个出处；即使不愿意与她亲近，但毕竟有这个他在，就会感觉那个院子像个家。然而，往后的很长一段时光，儿子将从屋子里"蒸发"掉，在一个叫"牢狱"的地方去服刑，那将是怎样的一种生活呢？自己的傻儿子，能受得了那个罪吗？

外婆想挣扎着爬起来，可是发现自己的身体那么沉，像与雪地黏合到了一起，怎么也动不了。

见此情景，石头和麻雀几个人赶紧过来帮忙，七手八脚把外婆抬回到屋里，放到那张破旧的炕席上。大家有一句没一句地劝说着，外婆则目光呆滞地望着天棚，嘴唇哆嗦着，就是不说话。大家都心明镜似的，谁家摊上这事都糟心，蹲监狱可不是闹着玩的。

麻雀找来被子给外婆盖上，又冲了一碗白糖水，希望外婆快些暖暖身子，千万别病倒了。外婆还是啥也不说，目呆呆地躺着……

傍晚时分，刘堇举着奖状风风火火地跑回家。15 里的乡路，风雪交加的步伐，刘堇越跑越来劲儿，她只想快点回到家，把全年级第一名的喜讯告诉外婆。她甚至能想象得到,外婆一定会端着奖状瞅啊瞅啊,然后笑眯眯地说——这就是最好的春节礼物，我们小堇真了不起啊！

可是推开前门，冰冷的厨房里，却见麻雀在灶坑边烧火。

咦，麻雀怎么在这儿？外婆呢？刘堇立刻感到情况不妙，直接冲进东屋，看到外婆躺在破旧的炕席上，旁边放着一杯热水。

刘堇把奖状举给外婆看，可是外婆没有办法向她祝贺，只是咧着嘴哆嗦着，嘴角情不自禁地流着哈喇子。手中的奖状，掉到破旧的炕席上，黏着刘堇绝望的泪水。麻雀搂住了刘堇，却不知道如何安慰她。

刘堇怎么也没想到，腊八节的那股寒流，会在万宝山上空幽灵般盘旋，整个万宝山一带被笼罩在"风圈"里，而外婆家的小院子被刮到了风口浪尖。那"风圈"会越旋转越急速，越转越大，当事人、被害人、无辜者来不及躲避，纷纷被卷入其中，从此改变了人生的轨迹。

最令人想不到的，其实被改变人生的，除了外婆，还有刘堇。

一向坚强的外婆，精神彻底崩溃了，一夜之间，仅剩的少许黑发也变白了，像雪花包裹的万宝山顶，以一种无法改变的姿态，印在东屋破旧的炕席上。

更严重的是，强烈的刺激导致了脑卒中，外婆的身体彻底垮了下来——右侧身子不好使了，口眼歪斜，想说话也说不清楚，只能发出"呜呜哇哇"的怪叫，像是心中堵着什么，嗓子眼堵着什么。

刘堇焦急地把大夫请来，诊断结果是：半身不遂，也就是偏瘫。

刘堇求大夫救救外婆。

大夫边收拾药箱边摇头说："谁也没有办法了。唉，这么好个人，下半辈子就只能瘫在炕上，吃喝拉撒都不能自理了。"

刘堇跪在地上，请求大夫给开点儿药，怎么能连药方都不开呢？

大夫说："开药方也没用，如果不能配合针灸，还是白浪费药钱。"

刘堇说："那就针灸啊。"

大夫边摇头边开药方，说只有公社卫生院的大夫会针灸，但费用实在不便宜，前年冬天，大队书记的老丈母娘治过，可是人家出得起钱啊。

钱！对——钱！

刘堇送走大夫，然后跪在外婆的身边，讲出自己的意图后，解下挂在外婆裤腰上的钥匙。

外婆显然听懂了刘堇的话，"呜哇呜哇"地发出怪声，呆滞的眼神里分明说着："不买药，不针灸，别乱花钱，那是你的学费……"

刘堇想跟外婆解释，什么也没有看病重要，学费的事以后再说。可是，她的喉咙哽咽着，只怕一说话，就会忍不住号啕大哭。此时此刻，她不能再刺激外婆，唯一能做的，就是把眼泪咽回肚子里，然后跳下炕，打开柜子，寻找钱或者能换钱的东西。

从小到大，在刘堇的眼里，外婆的柜子跟万宝山一样神秘，每天都会被外婆锁着，从不轻易让外人打开，包括刘堇。

此刻，刘堇打开那把锁，轻轻地翻开掉了红漆的柜盖，颤抖着四根手指，小心翼翼地翻着这个"百宝箱"——箱子里实在太简陋了，没有金没有银，除了针线笸箩、鸡蛋笸箩、粉条笸箩，只有两个洗得发白的蓝色印花布包裹。

一个包裹里，工整地摆放着刘堇的作业本和奖状，旁边放着她下学期的学费；另一个包裹里，整齐地叠放着漂亮的绣品，一方纯白的手帕夹在中间，上面赫然绣着一簇美丽的扫帚梅花，旁边题着一首《咏扫帚梅》：

纤枝细叶护娇梅，白衬红粉熠熠辉。
蝶萦蜂绕飘香气，绿树荫浓绣花蕊。
风来妩媚翩翩笑，雨落何惧滚滚雷。
扫去烦忧结伴开，格物致知梦相随。

眼泪再也控制不住，刘堇紧紧地咬着下唇，在心里悲痛地喊了一声："娘啊——爹啊——你们为什么要抛下我，为什么如此狠心？"扫帚梅花在手帕上摇曳，刘堇的眼泪落在上面，却听不到一丝回响……

好吧，没有回响，那就算了，从小到大被人骂"秃爪子"时，爹娘不都是没有任何回响吗？那么此刻，还奢望什么奇迹呢？刘堇用袖子抹掉眼泪，又轻轻锁上柜子，把钥匙别在了自己的裤腰上。从此，将有很长一段时间，她要替外婆掌管这把钥匙，当这个家了。

刘堇把外婆托付给麻雀和石头，顶着寒风上路了。15里的乡路，显得跟以往大不相同，没有欢愉和憧憬，一个个雪窠子折射着太阳光，一下一下地煎熬着刘堇的心。她似乎想了很多，又似乎只有一个念头：一刻也等不得，必须为外婆治病。

公社卫生院的大门，令刘堇心里打怵，可她还是要勇敢地迈进去，因为那里有治好外婆的希望。

挂号，抓药，打听针灸的事。

大夫瞅瞅刘堇穷酸的打扮，又询问了一下家庭状况，然后一脸冷漠地说："想针灸必须住院，不能去万宝屯出诊。另外，针灸加住院的费用得先交，概不赊账；还有啊，眼瞅着春节放假了，不接收新患者，正月十五以后再说吧……"

刘堇拎着中药往回跑，路过学校门口的时候，忍不住停下了脚步。多么熟悉的校园啊，此刻师生都放假了，只有几只麻雀在安静的画面中跳跃。就在昨天，她捧着全年级第一的奖状离开；而明天呢，她还能有机会再踏进学校的大门吗？刘堇不敢再想下去，外婆在炕上等着她，其他的任何事，都没有时间想了！

再恋恋不舍，也要毅然决然转头。刘堇把视线从学校收回，向着万宝山的方向，疾步狂奔起来。

几年来经过的路啊，熟悉得不能再熟悉，闭着眼睛都知道，哪侧有几间房子，哪间房子高，哪间房子矮，哪间是青砖的，哪间是草房。

几百天踩过的求学路啊，熟悉得不能再熟悉，闭着眼睛都知道，哪里有转弯，哪里是上坡，哪里是下坡，哪里是平道，哪段有个坑，哪段有个坎儿，哪段路边开着摇曳的扫帚梅花。

可是，刘堇数得清路边的房子，却数不清外婆的白发；她能预见道路上的"弯"，却无法预见生活中无情的"坎儿"，无法预见张林在这个冬天挖下的"坑"……

想到张林，刘堇的心中有些难过。

从小到大，除了"舅舅"这个称谓，她在张林身上没有感受过丝毫温情，相反的，除了歧视，就是冷漠。来自陌生人的无视，刘堇无所谓，但来自舅舅的淡漠，她骨子里是在意的，只是她不讲出来，更不敢奢求什么。而如今，张林被带走了，刘堇突然意识到：在心里，她是把张林当作亲人的！在这个世界上，除了外婆，张林应该是她最亲的人了！按血缘关系，她与他是有扯不断的亲情的！

刘堇相信张林是自作自受，从那天亲眼看见他跪在地上，亲眼看见他被赵光荣鞭打，亲眼看见他向赵美荣求饶的那一刻，她就瞧不起张林。

可是，当普通的出轨变成了刑事上的"强奸罪"，无论如何她也接受不了，直觉告诉她，张林是被翠花"设计"了，成了冤大头。翠花怎么会这样做呢？刘堇边跑，边在脑海中回忆有关翠花的事，虽然说左邻右舍住着，但由于那堵高墙的阻隔，刘堇与翠花的接触并不多。偶尔上学路过她家门前，翠花看见她也没主动说过什么，或许骨子里，这个女人也歧视自己吧，所以她的三个儿子也不太友善，总骂自己"秃爪子"。

想到这里，刘堇突然想起一件事。暑假时，麻雀曾经说过，最讨厌翠花一家人了，尤其是翠花的大儿子，有两次抹了翠花的头油，堵在路口要跟麻雀搞对象，结果让麻雀给骂得"狗血喷头"。当时刘堇一门心思学习，对这些事左耳听右耳冒，根本就没放在心上。如今想来，刘堇觉得麻雀骂他是对的，翠花一家可能真不是善类，否则为什么要诬陷舅舅呢？诬陷别人，本身就是品德不好；破坏别人的家庭，更是道德败坏。就这样跑着跑着，刘堇开始有点儿同情赵美荣，至少在道德品格上，赵美荣比翠花和张林强得多。

只是此刻，赵美荣在干什么呢？张林的命运，可以说掌握在她手里了，那么对于翠花的三个条件，她会如何处理呢？如果不满足翠花，那么张林就要蹲监狱了，毕竟那是自己的亲舅舅啊，连着外婆的心，从个人情感上，或者对外婆的病情方面，张林还是不要坐牢的好。可是话又说回来，如果真满足了翠花，岂不是助纣为虐，长坏势力威风，灭好品德志气？今后莫说张林，莫说赵美荣，单单就是赵光荣，还有彩凤和铁蛋，也包括外婆和刘堇这些局外人，也会在人前觉得直不起腰，在心里觉得不平衡。

　　刘堇感觉自己的脚步，既飞快又沉重。在她还不成熟的意识里，试着对孰是孰非进行判断，结果越琢磨越没头绪。警察给的时间不多，三天之内翠花不撤诉，张林一时半会儿就回不来了，至于判多少年刑期，还要根据证据证词什么的定。反正，这个春节，外婆是见不到她儿子了……

　　踏着最后一抹夕阳，刘堇的脚步，回到了万宝山的土地上。那雪白的万宝山顶，像极了外婆的白发。刘堇想起了小时候，外婆牵着她的手，爬山"寻宝"的情景，那欢乐地挖野菜的画面，今后还会再有吗？万宝山的"山神"究竟什么模样，能护佑外婆逃过此劫吗？脸上好像有虫子在爬，刘堇伸手去抓，却原来是一滴泪水——在寒风中，已经冻成了冰珠……

　　外婆家的院子，依然是那个简朴的院落，三小间茅草房，两个大烟囱。

　　只是，院子里没有了外婆忙碌的身影。

　　窗台上的鸡窝，依然挂在那里，等着开春后母鸡的光顾，只是，外婆还能走过来拾鸡蛋吗？

　　货郎来的时候，外婆还能不能把柜子打开，用衣襟兜着几个红皮鸡蛋，去换五颜六色的绣线呢？

　　太阳光下，外婆还能眯起杏核眼，冲着光亮引一根彩线，说不是金灿灿的金子，也不是白花花的银子，而是美丽的七色堇吗？

那彩线的细影，还能不能在外婆高高的鼻梁上晃动着，当彩线终于穿过针眼，外婆如释重负地叹口气，然后轻轻刮一下她的小鼻子，无限爱怜地说："你名字的堇，就是那个堇。"

刘堇的视线再次模糊了，三间草房在眼前朦朦胧胧的，像被层层迷雾笼罩着。外婆最不喜欢雾了，外婆说，啥风啥浪都不怕，就怕大雾迷了眼睛，让人看不清前方的路。如今，张林被"大雾"迷了眼睛，掉进了他自己挖的坑，同时被摔成重伤的，却是可怜的外婆。

一步步向窗台走近，透过那挂满窗花的玻璃，她看到了躺在旧炕席上的外婆。小时候的冬天，外婆用火盆中的烙铁，在窗花上烫出一块天地，就能看到外面的世界了，于是小小的刘堇就笑了。如今，刘堇站在窗外，外婆躺在里面，要用什么样的"烙铁"，才能"烫"走这层迷雾，帮外婆早日脱离病魔，见到万宝山的太阳呢？

"小堇，你回来了？"麻雀眼尖，见到窗花后的刘堇，立刻捏着鼻子跑出来："快进屋啊，外婆好像屙了，好臭啊……"

刘堇离开窗前，快步走回屋子。掀开破门帘的一刹那，一股刺鼻的骚臭味，令刘堇差点儿呕出来，真正明白了"不能自理"是什么意思——外婆不仅不能走，不能说话，连大小便也失禁了！

刘堇心疼得想哭。以前，外婆多么干净利落，衣服可以旧，但不能脏；屋子可以简陋，但不能尘土飞扬；头发可以变白，但一定要梳得流光。可此刻"窝吃窝屙"，像个婴儿一样躺在屎尿堆里，外婆的心里一定难受极了……

刘堇咬着牙，把眼泪咽了回去，绝不能让外婆看到自己哭，免得她把"心疼"误会成"嫌弃"。接下来，怎么处理呢？脑海中浮现着小时候，外婆帮她清理"战场"的程序，刘堇边回忆，边轻车熟路般进行着：先找来一堆废纸，尽量搓得软一些，免得纸太硬划伤皮肤；又端来脸盆，调兑了温度适宜的水，太热容易烫伤，太冷容易感冒；想了想，又打开柜子,把猪胰子翻出来,有助于清除臭味;刚要上炕,又想到什么,光着脑瓜跑到外面,找来一块薄铁片,便于清理被褥上的污秽。一切准备就绪,刘堇这才爬上炕,准备清理外婆的"战场"。

可是,外婆"呜呜哇哇"地怪叫着,原本呆滞的眼睛里面,交织着羞愧、拒绝、自责、心疼、难过等多种情绪,分明是不忍心让年幼的外孙女帮她做这么"肮脏"的事。可是,刘堇不帮她,谁又能帮她呢?

"外婆,别怕……小堇在呢,小堇在呢!"刘堇冲外婆温柔地笑了,像极了小时候,外婆对她慈祥地笑,用右手的食指,轻轻地抚摸着外婆拧得深深的"川"字纹,继续温柔地说着:"还记得小时候,我特别爱拉肚子,裤子、褥子和被子都弄脏过,每次都吓得直哭,怕你打我……可是你从来没骂过我,从来不嫌弃。每一次,你总是先把我轻轻地擦净,再抱到温水里清洗;每次你总是说,小堇不怕,外婆在呢,有外婆你就不臭了。然后,我就不哭了,在你温柔的掌心里,一点点感受着水的温度,感受着猪胰子的光滑,慢慢地,身上果然干净了、不臭了。然后,我就笑了,而你则拍着我的小屁股念叨着,咋稀罕也稀罕不够。外婆啊,现在小堇长大了,而你爱拉肚子了,跟我小时候有什么两样吗?我知道这种滋味,身上一定特别不舒服。所以,外婆不怕,有小堇在呢。让我帮您清理干净,好吗?就像您当初帮我清理干净那样……"

外婆脸上两行浑浊的泪,慢慢化成了汪洋,眉心的"川"字,不再那样拧巴了;颤抖的双唇里,不再发出"呜呜哇哇"的声音;无法抬起的胳膊,也不再做无用的挣扎。面对生活残酷,面对外孙女的呵护,外婆只能用泪水妥协了。

其实,无须大夫告知,外婆的心里明镜似的,自己已经变成"废物"了,将成为外孙女的拖累,她都有死的心了。但是,能死吗?那个不争气的傻儿子没个结果,这个可怜的外孙女还未成年,她就这样走了,心中又有很多放不下。活着多难啊!如果人活着,不用吃喝拉撒,那该多好啊……

就这样，16岁的刘堇，从这个寒冬开始，走进了真正意义上的"生活"。

不过，她并不像外婆那样绝望，因为雪莱不是说："冬天来了，春天还会远吗？"一句简短的话，能从外国传到中国，说明很多人相信，那么她有什么理由不信呢？

十一届三中全会，令中国社会的变化，远远超出了人们的想象。而万宝山一带的普通村民，由于文化和视野的局限，只记住了自己经历的点滴往事，并未关注厚重而丰富的时代背景。其实，只要回头就会发现，个人生活的细节，无时无刻不与时代紧密交织，息息相关。万宝山一带虽然偏僻，但在这样的时代背景下，也发生了很多变化。

第一件事，田老师惊喜地接到了大学录取通知书，当三月的春风温柔地拂来，她就要去省城读梦寐以求的大学了。临别那天早晨，刘堇带上自己绣的一方手帕，和麻雀、石头、泥鳅一起赶到村口，给亲爱的田老师送行。村口聚集了很多学生和家长，听到刘堇的喊声，田老师眼含热泪穿过人群，紧紧地搂住刘堇。过了一会儿，田老师轻轻放开她，温柔地抚摸她的双手——那逐渐长大，却依然残缺的手，那原本应该握笔写字的手啊，如今有了几条浅浅的划痕，掌心也在不知不觉间生出了茧子！

田老师一阵阵心疼，不用细问也知道，一个怀揣梦想的初中生，在休学后的这段时光，如何变成了家庭的主力，为瘫痪在床的外婆撑起了一片天。田间地头，春耕、夏耘、秋收、冬藏，刘堇瘦弱的身影与村民一起忙碌，虽然挣的是"半拉子"工分，但她心地实在，出的力绝不比别人少。尤其是踩格子，完全继承了外婆的风范，走得挺直，踩得"严实"，脚印搭着脚印不留空隙，踩成的格子非常好看。唯一不同的是，外婆踩格子挣全工分，刘堇只能挣半个工分，赵美荣当着刘堇的面，不止一次这样说："'秃爪子''扫帚星'，妨死爹娘不够，还把舅舅妨到监狱去了，害得我守活寡……老太太炕屙炕尿，也是自作自受，死活你们自己受着，想让我讲情，哼！门都没有！"刘堇也不吭声。原本，她也没奢望赵美荣帮助，好歹靠自己的劳力吃饭，挣干的吃干的，挣稀的吃稀的，不让外婆饿着就行。

田老师泪眼模糊，想象着刘堇吃的苦受的累，一时找不到安慰她的话。轻轻抚摸着刘堇那双残手，田老师暗暗责备自己能力有限，不能给予刘堇物质上的资助，否则也能替小丫头分担一些生活重压。唯一能做的，就是把复习资料留给刘堇，鼓励她一定要坚强，休学期间也要坚持自学，等外婆康复了，就去读高中考大学……

"老师在省城等你，加油啊！"留下了这句充满期待和鼓励的话，田老师毅然转身，坐上远去的马车渐行渐远，随着春的脚步追逐梦想去了，也带走了刘堇精神上的依赖。

抱着那些沉甸甸的复习资料，刘堇有些喘不过气来，眼泪也跟着掉了下来。休学以后，每天除了照顾外婆的饮食起居，刘堇满脑子算计的，就是怎样在生产队多挣工分，怎样养鸡养猪增加副业收入，怎样在自己身上练习针灸，怎样帮助外婆按摩，怎样在万宝山上找到神奇的草药，怎样帮助外婆早日站起来……至于大学梦，则被她狠狠地压在心底，轻易不再碰触了——连温饱都是问题，岂敢再做梦呢？多年后，无数个失眠的夜晚，刘堇经常会想起田老师的话，想起那个酷爱读书的少女，想起曾经的大学梦。唉，只是时光飞逝，一切已枉然。

后来，翻翻日历，刘堇又无比感慨。那一年的春节是2月7日，而立春是2月4日，民间称"无春"。对于田老师来说，春天清新怡人，她成为恢复高考后的新大学生，意气风发。而对于刘堇来说，生活的寒冬一直未曾走远，"无春"这两个字，实在是太名副其实了。可是，遗憾并非意味着后悔，如果重新来过，刘堇还是选择休学，在家照顾生病的外婆。如果重新来过，她也同样选择相信雪莱"冬天"那句名言。是的，生活固然艰难，但她依然愿意艰难地活着。

第二件事，赵光荣"飞黄腾达"，夏天第一场大雨过后，他被提拔为大队书记,成为人人敬仰的大队干部。据说,升职的理由有很多,比如,他领导能力强,做事干练,口才表达好。有一次,省市组团来参观农耕,赵光荣发言时"出口成章",没有任何稿件,却讲得头头是道。全村多少人口、多少亩地、多少头牲畜;全年收入各是多少;平均分配到人头后,一个工分值多少钱,每个人每年挣多少钱,在全大队乃至全公社,万宝屯小队能占什么水平;等等。事无巨细,都精确到具体数据。相关领导纷纷点赞。赵光荣晋升为大队书记,万宝山一带7个生产队,统一归他管理。

另外,不知从什么时候起,村民背后开始有了闲话,说赵光荣升职,还有其他原因,譬如,在张林的案件问题上,赵光荣做到了"三大"——大公无私、大义凛然、大义灭亲。既没有偏袒妹夫张林,也没有助长翠花的无理取闹,一切均以法律为准绳。所以,相关部门和领导大为赞誉,这样的人,才是纯粹的人;这样的人当大队干部,才会坚持原则,才有利于万宝山一带的全面发展。

第三件事,县里被确定为全国机械化试点县,要招一些青年女子去培训。彩凤望着一元人民币上的"女拖拉机手",双眼再一次燃起了梦想的火焰,死活央求赵光荣想办法,一心要当女拖拉机手,为实现"农村耕地不用牛的美好蓝图"做贡献。最终,赵光荣用"走后门"的方式,托人弄了个假的初中毕业文凭,让彩凤顺利地去县里报到了。可是很快,彩凤要当女拖拉机手的兴奋就被困难冲淡了,全班那么多学员,只有她学历最低,文化最差,根本不明白什么是代数、什么是物理。第一堂课上,专家讲解拖拉机原理,别人都飞快地在本子上记录,只有她鸭子听雷。第一次,彩凤连哭的勇气都没有,就灰溜溜地卷起铺盖打了退堂鼓。几个月后,赵光荣听小道儿消息说:"当初有好几个学历造假的女生,听不懂课就借别人的笔记抄,晚上钻在被窝里看,蹲在路灯下背诵,有时干脆躲进厕所里学习……硬是凭着心里那股韧劲儿,顺利结业成了女拖拉机手。彩凤长叹一声,怪自己没那个命。"

赵美荣不甘心，又央求哥哥帮帮女儿。赵光荣在鞋底上磕着烟袋锅子，问彩凤想干啥，彩凤说想当供销社售货员。在统购统销的计划经济年代，供销社这个庞大的系统组织，经营范围包罗万象，是农村商品流通的主渠道，其独一无二的市场角色，造成了农村人心中"天堂"的形象。彩凤从小就想当售货员，能随心所欲地摆弄那些漂亮的布匹、香甜的糖果点心。于是，彩凤不久就上岗了，每天风吹不着、雨淋不着、太阳晒不着，比别人挣的工分还多，神气十足，皮肤都显得比原来白嫩了。

第四件事，秋天的时候，铁蛋当上了万宝屯生产队长。原本按赵光荣的设想，铁蛋成功通过春季征兵，到外地当了一名军人。当时送行的时候，赵光荣还摆了宴席，除了翠花一家，本屯的人都来祝贺了，因为在村民心中，当兵和考上大学几乎是同等光荣的事情，不仅有津贴，退伍后还安排工作，社会地位瞬间提高。赵光荣甚至憧憬着，儿子经过部队里的磨炼，立个几等功，获个什么奖，当个什么长，评个什么标兵……那全家的命运就都妥了。然而，铁蛋却没有他的名字那么坚强，根本吃不了部队的艰苦，当兵的新鲜感没支撑几天，就说啥也不想在部队待了。赵光荣是好说歹说，左安慰右安抚的，就差没给儿子跪下，铁蛋总算答应不当逃兵。赵光荣当上大队书记后，铁蛋发生了意外——在训练双杠时，腰椎三四节脊柱轻度移位，住了一段时间医院后，鉴于这样的身体，最终铁蛋被安排退伍，回万宝屯当生产队长了。

不过，欢迎新生产队长就任的同时，村民们闲下来没事，又开始窃窃私语，也不知是谁先传出来的："铁蛋很可能是故意摔的！"但到底是不是真的呢？大家瞅着膀大腰圆的铁蛋，谁也不敢当面去求证，只能背地里继续讨论，最后传得越来越像真的，就像全村人都在哪个部队哪个连队哪个班，甚至一起参加了哪次双杠训练，亲眼见到了铁蛋如何慢悠悠地上杠，如何瞅准机会一松手，如何龇牙咧嘴假装疼痛一样。关于那张诊断书，村民简直把嘴都撇到耳朵后了，说得更是有鼻子有眼，所谓"有钱能使鬼推磨",仿佛他们一直跟着赵光荣,怎样走进某个医院,怎样走到某个医生身边,怎样苦苦哀求,最后钱成功送出,诊断书自然想写啥写啥……同样的,没人敢当面去求证,只是在背后议论一番,过过嘴瘾,消化消化食儿罢了,再遇见赵光荣父子,都一口一个书记队长地叫着,生怕得罪这对父子。

第五件事,随着初冬的第一场雪,万宝屯"飘"来了一个新的男知青。自此,万宝山小学有了音乐课,并且堂堂课都"有声有色",校园里充满了活泼愉快的氛围。村民们狭隘的注意力,突然被某种东西唤醒,开始不自觉地从铁蛋的腰上,一点点转移到新的层面,开始追求新的精神生活,开始用"黑眼睛"去寻找"光明"。

慢慢地,刘堇听到许多关于这个男知青的事,比如,他叫路志勤,来自省城一家工厂,属于最后一批"收尾"知青。1977 年后恢复高考的时候,他正在读技校二年级。

当时,高他们一届的学长,因为已经进厂工作,被允许参加高考;而低于他们一届,刚入校半年的学弟们,也有资格参加高考。唯独他们这批在校生的身份,失去了报名的机会。

毕业后,他进工厂当工人,忽然有小道消息说,技校生必须入职服务两年,才能考学。在车间报到后,他从报上看到若干艺术院校提前招生的消息,心思立刻活了,因为上艺术院校,将来从事艺术工作,是他梦寐以求的事,因此,这小子豁出去了,毅然请了病假,全心全力备考。可是,由于缺少必要的复习资料,家里又没有艺术界的人脉,最后考分不理想,与文艺梦失之交臂了。

再后来,教育部果然宣布:技校和中专毕业生,两年内不能高考。路志勤要想报考全日制大学,不得不往后顺延七百多天。之所以下乡来到万宝山,是因为他又听到"内部消息":待业青年必须有下乡经历,才能拥有高考资格。

于是,路志勤到单位申请下乡。单位领导很惊讶,以为他吃错了药,发神经了呢！因为此时正值返城热，大批知青争先恐后盼着返城，谁能想到还有人愿意主动下乡呢？

路志勤不走寻常路，返城又能怎样呢？如果一辈子守在车床前，每日重复机械化的工作，跟待在农村有什么区别呢？他的目标是考大学，过理想中的文艺生活。

那个时间节点，知青下乡基本停止了，而取消下乡的正式文件还没到，领导见路志勤态度坚定，就来了个顺水推舟，成全了他的下乡梦，然后空出一个岗位，送给返城人员做人情，何乐而不为呢？

于是，手续办理出奇的顺利，路志勤瞒着家人，拎着印着"广阔天地·大有作为"的箱子，装了半箱子小说，还有两条毛巾和少量换洗衣物，就鸟悄儿地来到了万宝屯。

也就是说，路志勤到万宝屯教学，踩了个巧妙的时间差，目的是平稳"过渡"。只要接到大学录取通知书，立刻远走高飞；如果拼两年，实在考不上，他再申请返城，去做普通工人。反正，他是不会在农村扎根的，随时准备着离开，"挥一挥衣袖，不带走万宝山一片云彩"。

那么，什么是"过渡"呢？

村民们以前可能不明白，但如今大会小会上，赵光荣反复在讲，慢慢地村民们有点儿明白了。

铁蛋也遵照爹的"旨意"，在各家各户传达得很具体：农村要推行家庭联产承包责任制了，但在正式施行之前，必须把7个生产队的所有土地、账目等统筹清楚，再由大队按统一的标准和规则分配，"过渡"的意思，就是统筹需要的这段时期。

在两位干部的"谆谆教导"中，村民们总算听懂了，"过渡"就是事情由一个阶段，逐渐发展而转入另一个阶段。

所以换个角度来看，路志勤的"过渡"，就是由待业青年发展成大学生的阶段。虽然艺考失败，但他还是在不断地努力，不能像在省城里那样看电影，那就躺在被窝里读小说，尽可能地增长文学积累。包括在万宝山小学教音乐，也是在谋生的基础上，为艺考而进行的强化训练。

路志勤自己设计的"过渡"，原本是鸟悄儿进行的，没想惊动任何外人。谁料，无心插柳柳成荫，他的出现会在平地上掀起一层巨浪，颠覆了村民们的审美认知，引发了万宝山一带的躁动。

老的少的，男的女的，都在议论纷纷，日本电影《追捕》中的镜头，竟然在路志勤的身上出现了——那条上窄下宽的喇叭裤，被他"吹"进了封闭保守的万宝屯；那副黑乎乎的大墨镜，被他戴在了"活人"的眼睛上！

老辈们指指点点，摇头叹息，这样的打扮流里流气，伤风败俗。

可是，年轻人的看法则相反，无数女孩子被他吸引了眼球，比如，彩凤和麻雀；很多男孩子纷纷效仿，比如，泥鳅和铁蛋，还有大牛。与那些僵化、保守的"桶"裤相比，年轻人简直迷上了路志勤这种"奇装异服"，看似不合规矩、夸张叛逆，实际是逆风飞扬，向往一种开放和自由。

一天午后，刘堇给外婆按摩完双腿，又帮她翻了个身，尽量让她躺得舒服些。暖阳透过窗户，洒在外婆干瘪的身上，外婆再也不是风中挺拔的那棵树了，而像一只蜷缩着的猫咪，迷迷糊糊地睡着了。刘堇拿过线笸箩，麻利地穿针引线，由于前些天农活多，早就设计好的那个图案，此刻刚刚绣一半。她必须抓紧时间绣完，等货郎再来的时候，才能进行讨价还价，换回些生活必需品。

这时，一个人影从窗前走过，前门轻轻开合的声音过后，麻雀蹑手蹑脚地走进东屋。

刘堇示意麻雀坐下，麻雀神秘兮兮地摇头，爬上炕沿夺下了刘堇手里的绣线，硬拉着她出去看热闹。

来到了久违的万宝山小学，刘堇还顾不上感慨田老师的离开，就看到操场上围着一群人，彩凤和铁蛋都在。

麻雀叽叽喳喳地说："路志勤太厉害了，不光有能穿的喇叭裤，还有能唱歌的'双喇叭'，大家今天都跑到学校，就是来围观那台'双喇叭'的。"

后来，刘堇才知道，那个"双喇叭"叫录音机，比赵光荣家的收音机先进得多。

后来，每当听到邓丽君，刘堇都情不自禁地走神。她常常有这样的念头：如果当时她没有放下绣线，没有跟麻雀一起去学校，没有看到那台录音机，没有听到那首《甜蜜蜜》，或许，很多故事的情节和结局，就会有所不同吧？

只是，没有谁能先知先觉。一切是非恩怨，都是"后来"才知道。

俗话说，哪个男子不钟情，哪个少女不怀春？然而对于爱情，刘堇确实从来都没敢想过。以前年纪小，她只知道苦读书，真正的心无旁骛。如今，在繁重的劳动中，她渐渐出落成水灵灵的少女，却有意回避这两个字眼。因为她非常清楚，自己跟别人不一样，像赵美荣骂过的那样，她没有权利奢望什么，更何况世间最美妙的爱情呢？

可是，就在那个飘雪的冬日，一首《甜蜜蜜》唱开了她的心扉，而路志勤的微笑也"挤"了进去。从此，这个大她三岁的待业青年，令刘堇有些辗转反侧了。

其实，路志勤除了个头高大，长相并不是很英俊，在其他人眼中，或许只是那身时髦的打扮，令他显得出奇的俊朗。换句话说，吸引刘堇的，不是他的喇叭裤，也不是他的长头发，而是他脸上明朗的笑容。

那是一种怎样的笑容啊？除了想到阳光，刘堇还想到了水，想到了和风，想到了细雨。这种笑容，不同于外婆的慈祥，不同于田老师的温暖，不同于王栓柱的善良，不同于货郎的正义，也不同于麻雀、石头和泥鳅的真诚——那是一种浅浅的、淡定的、亲和的、若有似无的，不含任何杂质的纯真，又带着致命的磁场，彰显其内心世界的富饶与淳厚。

麻雀说，路志勤的眼睛是桃花眼，笑的时候眯成两道弯弯的月牙，简直要把人的魂勾走了。刘堇对此不置可否，她觉得用"桃花眼"形容路志勤，多少有些贬义了，因为他虽然满眼深情，但并非乱情；眼睛黑白分明，似醉非醉，但绝非游离不定。刘堇看到了那眼神背后的深思，看到了微笑背后的坚定。因此，她更愿意把那双眼睛，比喻成两汪"泉眼"——坦然和真实，折射出心灵澄澈的光华。

石头说，路志勤的歌声有点儿"娘"，唱起来让人浑身起鸡皮疙瘩，简直让人想呕吐。

麻雀抬手打了石头一拳，说他吃不到葡萄说葡萄酸，明显的嫉妒。

刘堇笑了，没有跟石头争辩。其实她知道，路志勤是为了模仿邓丽君的声音，当然就要变"娘娘腔"了。否则，从唇边的胡茬儿就可以看出，他其实挺阳刚的，唱男声歌曲也一定很棒，以后有机会，一定要去听听。不过，刘堇真心喜欢这首《甜蜜蜜》，喜欢那歌词中传达的情谊："甜蜜蜜，你笑得甜蜜蜜，好像花儿开在春风里。在哪里见过你，你的笑容这样熟悉，我一时想不起，啊，在梦里……"

是的，彼年那时，刘堇还没有机会阅读《红楼梦》，不知道林黛玉与贾宝玉初见时的惊艳，似曾相识的心动。但这段歌词，重重地敲击着她的心坎，字字句句传递着"似曾相识"之感——刘堇一时恍惚，或许真的曾经在梦里，见过这样的笑容。

彼年那时，乡村的青年人不懂什么是艺术，更不懂什么是诗歌。路志勤放完音乐，又在大家"再来一个"的呼声中，即兴朗诵了一首诗歌，是林徽因写的《你是人间的四月天》。

世上，怎么会有如此细腻柔丽的情愫？怎么会有如此轻盈优雅的诗篇？别人都在欢呼和鼓掌，只有刘堇傻傻地愣在那里，感觉自己的血液凝固了，不是被吓到，不是被冻到，而是被震惊到了！

多美好的意象啊，春风轻灵、明媚，多变的四月天，充满了爱、暖、希望，跟刚刚的那首音乐一样，轻轻拨动着刘堇少女的心弦。原本，她就喜欢春天，而在这个寒冬之际，她透过路志勤的朗诵，开始憧憬另一种"春"——爱情！

只可惜，当刘堇盯着路志勤的时候，对方并没有发现她炽烈的目光；只可惜小兔子在心头"咚咚咚"乱蹦的时候，他正被众多人围着，丝毫没有觉察角落里的她……

就在那个晚上，刘堇躺在外婆身边，辗转反侧。

外婆说过，当年爹和娘的相遇，就是在扫帚梅花畔，就是"一眼万年"。原来，这就是爱情的滋味！刘堇很想把自己驿动的心，讲给亲爱的外婆听，可是话到嘴边，几次都被她硬生生地咽了回去。从小到大，"秃爪子"三个字如影随形，她有什么资格去谈论诗歌，谈论一个才华横溢的男生呢？

好了，好了，刘堇啊刘堇，快睡吧！明天还要早起，一大堆活儿排在那里，哪有闲心寻思"桃花运"呢？睡吧，睡吧，你的人间四月天，就是身边的外婆，外婆在的日子，你才会有爱，有暖，有希望。所以，搂紧亲爱的外婆，睡吧，睡吧，其他的一切，与你无关……

然而，一觉醒来，刘堇却发现，心中的那个影子挥之不去了。干着干着活，就不由自主地走神，耳边响着的，不是歌曲，就是诗歌。她一边忐忑不安，怕自己陷入其中不能自拔；一边又自我安慰，自己迷上的只是歌曲和诗歌，而不是路志勤这个人。她自嘲地甩甩头，或许当时换个男生表演，比如，石头或泥鳅，没准她也会是这样的状态。

然后，顺着这个思路，刘堇又开始假想了：矮胖的石头穿着灰蓝色的衣服，憨态可掬地走到众人面前，可是一张口——哈哈，肯定满嘴东北大碴子味！天啊，刘堇被自己的想法逗笑了，当眼泪笑出来的时候，她忽然意外地发现：如果换成其他男生表演，她的反应，真的不一定会如此痴迷。

完了！完了！完了！

刘堇意识到问题的严重性了。怎么办？都怪那个麻雀，没事干什么叫自己去围观，绣品没完成不说，还闹得神魂颠倒的。刘堇放下手里的活，冲动地想去找麻雀说理，可是走到院门口，她又蓦地停住了脚步——自己这是干啥呢？麻雀作为好朋友，是想让自己散散心，长长见识，把事情怪在人家头上，无异于"狗咬吕洞宾，不识好人心"。唉，眼睛长在自己头上，心长在自己身上，实在怪不得麻雀。

所以说，要怪的话，只能怪那个路志勤，干什么不在省城老实待着，大老远地跑万宝屯来。来就来了吧，干什么非带个录音机。带就带吧，自己静静地听多好，干什么弄得像要开演唱会似的。唱就唱吧，干什么还要朗诵诗歌。那些围观的人，有几个能听懂诗歌的呢，还不是她这个"半拉文化人"倒霉，听懂了一首诗歌，然后得了一场病！不行，必须找他算账去！

刘堇攥紧自己的小拳头，经过翠花家的大门时，遇见大牛正走出来，刘堇目不斜视，昂首挺胸走了过去，背后只听得大牛"呸"了一口，似乎还骂了一句"秃爪子"。刘堇没心思跟大牛理论，她目标清晰地继续往前走，又经过十多户人家的大门，终于转弯了，她这才大步奔跑起来，怒气冲冲地奔向万宝山小学。

近了，近了，久违的母校，近了！

一种扑面而来的亲切感，让刘堇有些热泪盈眶。

最近也不知道怎么了，她常常会有想流泪的感觉，可能是田老师的远行，可能是自己不能上学的遗憾，总之离学校越近，她就越想落泪。

早在田老师离开之前，曾经强力推荐刘堇到学校当代课老师，语文或者绘画都可以。学校领导倒是没反对，可是上报给大队后，赵光荣没有批准。万宝山小学的代课教师，工资由大队统一支付，所以赵光荣有绝对的权力。刘堇知道，一定又是赵美荣背后鼓捣的。但田老师不知内情，还想极力争取一下，刘堇不想再惹纷争，毅然谢过田老师的好意，从此断绝了这个念头。

如今，田老师离开了，又来了一个路志勤，难道冥冥之中有一种缘分，让她与万宝山小学扯不断关系吗？

关系？关系！

想到这个词语，刘堇不禁打了个寒战，意外地联想到了张林和翠花的不正当关系。那么，她跑来找人家路志勤，想要干吗？非亲非故，非师非生，非敌非友，充其量，自己只是人家的一个听众罢了，有什么资格来兴师问罪？归根结底，心长在自己身上，让人家闯了进去，还不是怪自己没把住"心门"。如果真讲出来，只会贻笑大方，再次把外婆的院子推到风口浪尖，让万宝山一带再刮一次旋风，为人们茶余饭后，再增添一些新的佐料而已……

"喂，你好！"突然，一个充满磁性的男中音，打断了刘堇的胡思乱想："我好像在哪儿见过你？你叫什么名字？"

刘堇的心"突突突"地乱跳着，多么有辨识度的声音啊，不用回头也知道，说话的人就是路志勤，她此行要寻找的"罪魁祸首"。可是，目标已经自动送上门来，为何她不敢回头，不敢面对那双"泉眼"，把遭遇的"辗转反侧"讲出来？还有啊，他竟然说"好像在哪见过"，什么意思？单纯的客套话，还是跟歌里唱的那样——"似曾相识"？

"哦，我想起来了，那天学校的音乐公开课，你好像也来了。没错，就是这件红色的花棉袄，这个红色的格围巾……对了，你好像就在最右边的墙角，大家挡着你，不过，我记住了你的又粗又黑的大辫子。"路志勤努力回忆着。

刘堇蒙了，这个人竟然记得自己。怎么可能呢？当时，他明明没有正眼瞅过自己，怎么可能记得如此准确？对了，估计是因为别人都穿得比自己好，所以自己是"鸡立鹤群"，很容易被发现喽。好难堪啊，如果真是这个原因，还有什么好回头的呢，直接跑掉吧，凭自己"倒跑"的功夫，完全可以巧妙地躲过对方的视线，逃离万宝山小学，回到外婆的身边。或许，只有那里，才是安全的港湾，才不会被无端羞辱和耻笑……

"喂，你怎么了？难道我认错人了？不会吧？"路志勤显得有些沮丧，说道："我记得，当时朗诵诗歌，只有你没鼓掌。所以我很想知道，是我朗诵的不好吗？还是，你比他们更懂诗歌，或者说，你比我更懂艺术？"

刘堇慢慢缓过神来，背后一声声话语，说明自己不是在梦中。对方每说一句话，都带着"动人心魄"的气势，落在她颤抖的心房上，令她激动又害怕。"懂"这个字，多难得啊，他竟然能猜到自己没有鼓掌的原因。只是,他若知道自己的双手原本残缺，根本无法真正"鼓掌"，又会做何感想呢?

"对不起，可能真是我认错人了。"路志勤见刘堇迟迟不吭声，自觉没趣，离开前又自言自语地说："有机会，一定要认识一下那个女孩，问问到底是什么原因。"

"那个……是我……"刘堇不知道哪里来的勇气，话语突然脱口而出，吓了自己一跳，可是已经收不回来了。

"果然是你。太好了！"路志勤的声音转为惊喜。"我叫路志勤，你呢？"

"刘堇，外婆说，是七色堇的堇。"刘堇讲了自己的名字，同时讲出了外婆那段话，似乎是在为自己壮胆，又似乎是一种告白。"七色堇是一种神奇之花，外婆告诉我的，那是一个传说。外婆说，这是我们俩的秘密，不能告诉别人……"

"放心吧，我会替你跟外婆保守秘密的。不过，我没听说过七色堇，只知道三色堇是一种有名的早春花卉，花语是请思念我。"路志勤被逗笑了，笑容里带着一种阳光的味道。刘堇没有回头，但是闻到了，很暖，很透明，充满光亮，瞬间"抚摸"住了她娇羞的脸。"鲜艳的红色属火，代表思念；明丽的黄色属土，代表忧喜参半；高雅的紫色属暗，代表无条件的爱。这种花，在欧洲特别受少女喜爱。"

刘堇彻底被路志勤的话吸引了，不知不觉转过身来，盯着那双充满魅力的"泉眼",静静聆听着路志勤的解读。欧洲的少女？天啊，简直太神奇了，原来世界上真有三色堇——那么，外婆关于七色堇的传说，就不是传说了，应该也是真的！呃，既然三色堇有花语，那么七色堇的花语是什么呢？

"你到学校有事吗？"路志勤被刘堇盯得有些尴尬，搓着双手，有些不好意思地问："站在这里怪冷的，我要回去了……"

"我就是来找你……"刘堇脱口而出，说到一半赶紧调整内容，"那个，找你……呃，借诗集……就是你朗诵的那首诗，我想借，行吗？"

路志勤爽快地答应了，然后跑回宿舍去取诗集。

多年后，刘堇每每回忆起这个画面，还是会忍俊不禁。她不知道，那个少女刘堇，是如何鼓起勇气借诗集的。她只知道，当时的雪地很白，天上的云也很白，飘进了眼里，纯洁又干净。她能体会到喜欢一个人的感觉，就像那白雪，纯洁又干净。

第四章　猫脸笑真情

生命的历程，就像是写在水上的字，刘堇只想顺流而下，简单地活下去。

可是她不知道，"人生如逆旅，我亦是行人"。仅仅活着是不够的，还需要有阳光，自由，再加一点儿花的芬芳。她以旋转的姿势，靠近一棵开花的树，把所有的温柔，都投向了怦然心动，本以为不露痕迹，却羞涩满溢。就做那七色堇吧，只管绽放，不问流年碎影。

又到了一年一度的腊八节，天气跟以前一样寒冷，简直能"冻掉下巴"。但万宝屯的村民莫名地觉得，今年的节日氛围似乎跟以前有很大的不同，至于具体哪里不同，又说不清道不明。

刘堇猜不出其他人的想法，反正她有自己的明确观点："80 年代"这个词汇有一种希望，仿佛所有的不幸都已在 70 年代结束，而新的一切即将从这个"0"开始，从无到有，一点一点走到"1"，再慢慢地，慢慢地铺展开一幅美好的蓝图。

清晨起来，一股冷风令刘堇打了个冷战。她像当初外婆一样，蹑手蹑脚地起床，然后帮外婆掖好被子，再把外婆的衣服都捂到被窝里。

炕梢横七竖八的尿布，都是刘堇用柔软的旧布裁制的，夏天洗后晾到外面的晾衣绳上，冬天只能铺在热炕上，急用的时候就要用火盆烤干。经过昨晚的热炕，尿布基本上都干透了，刘堇整整齐齐地把它们叠好，统一放到外婆的褥子一侧。等一会儿，她会先把炕烧暖和了，把热腾腾的火盆端到炕上，再给外婆换尿布，穿衣服；然后再端来温水，帮外婆洗漱。

一晃两年了，刘堇已经养成了习惯，像照顾婴儿一样护理外婆，尽量让外婆的身下保持干爽舒适，一次也没有生过褥疮。

也有好心人劝说过，外婆每天躺在炕上，何必非得费事穿衣服呢？不如让外婆光着身子，褥子上铺个塑料布，上面再盖床旧被单，这样既节省穿衣服的时间，清理起污物来也方便。

可是刘堇不愿意那样做。

外婆是个要强的干净人，即使瘫了，既不能行动也不能说话，但外婆同样有羞耻之心。如果整天光着身子，自尊心会受到严重打击，用什么样的被单，也无法遮盖"裸体人"的耻辱。刘堇得让外婆"活"着，不仅仅是苟延残喘地活着，更重要的是精神上，像个相对挺立的人一样活着，那么白天穿衣服，就是最起码要做到的。

外婆依然言语不清，但她的耳朵好用，能听清刘堇的每一句话；眼神慢慢灵活了，能配合刘堇的每个问题，成为祖孙二人沟通的关键。

两年的时间下来，连麻雀和石头都习以为常了，外婆的眼神和肢体语言，透露着不同的生理密码，淋漓尽致地诠释着祖孙二人的约定，比如，"呜"一声，是想小便；"呜"两声，是想翻身；"呜"三声，是渴了；"呜"四声，是饿了；"呜"五声以上，是想大便。特殊情况，"哇"声就会出现了，也有"呜哇"同时发出的，多数是听到赵美荣骂人的声音，或者想到监狱里的儿子张林了，外婆偶尔想发泄一下情绪。

每当这时，刘堇都会迅速放下手中的活计，第一时间攥紧外婆的手，轻轻抚摸她额头上的"川"字纹，直到那阵阵"呜哇"声平息，直到那个"川"字纹不再扭曲。

当然了，外婆也有发"嗯"的时候，声音和眼神一样轻柔，刘堇知道，此刻的外婆心情是温暖的，一定是想起她的女儿张萍，也就是刘堇的娘了。

于是刘堇会心一笑，因为她正好也想娘了。解下裤腰上的钥匙，打开外婆的柜子，翻出娘绣的那方扫帚梅手帕，刘堇像端着一件宝贝似的，端端正正地举到外婆的眼前。那簇栩栩如生的扫帚梅花，令外婆浑浊的双眼顿时一亮，仿佛花的灵气进入她的身体，流经全身的经络，最后在她歪斜的嘴角停驻，划过一抹久违的笑意。

生病后，外婆很少笑，刘堇非常珍惜这段难得的时光，外婆同样珍惜。只听她再轻轻地"嗯"一声，然后连续眨三下眼睛，眼神就定格在窗户上不动了。刘堇明白，外婆又想坐起来，看看窗外那座万宝山了。

眼睛是心灵的窗口，这是刘堇与外婆的秘密约定：眼睛眨一下，想让刘堇拥抱一下；眼睛眨两下，想听刘堇的心事；眼睛眨三下，想看外面的万宝山。

于是，刘堇把手帕放下，用两手的四根手指攥紧褥子的两端，像驴子拉磨那样从炕沿转到窗台边，然后把外婆上半身扶起来，自己努力往前靠拢，让外婆倚在自己的身上；再用自己的头，尽量地抵住外婆的后脑勺，免得她无法控制身体而后仰。

窗外时明时暗，光线好的时候，基本都能看到远远的山顶。半坐半倚的外婆，见到外面的光线心情就激动，嘴角的哈喇子淌得更多了，眼神迷迷蒙蒙的，刘堇禁不住有些怀疑：外婆的角度和视力，是否真的能看到远方的山顶。

每当这时，外婆都会"呜哇嗯"，有满腹的内容想表达。刘堇从最初的猜谜，到现在已经能习惯性地解读了。外婆一定又在"讲"万宝山的传说，在讲那个不知名的"山神"，也讲那种与自己同名的花。

不过，外婆说不出话来了，刘堇就不厌其烦地帮外婆重复一遍，然后在她布满皱纹的鼻子上轻轻刮一下，说："我名字的堇，就是那个堇，对吧，外婆？"外婆不能像刘堇小时候那样，发出"咯咯咯"的笑声，只能一个劲地咧嘴笑，任由哈喇子顺着嘴角，淌到衣服的大襟上。

后来，外婆不甘心只听到这里了，继续"呜呜哇哇"地手舞足蹈，眼睛一会儿盯着刘堇，一会儿盯着窗外的山顶，一会儿又锁定在那块手帕上，最后定格在刘堇的双手上。刘堇只好试着猜啊猜，最后费了九牛二虎之力，终于把这四个内容串联到了一起：外婆鼓励刘堇好好绣花，有时间再去万宝山"寻宝"，任何时候都不要自卑，"山神"一定会保佑她的。

刘堇眼泪汪汪的，外婆心里依然有个明镜台，那里跟以前一样澄澈，透明，美好。

而最近，寒风整夜整夜吹着窗棂，外婆的精气神似乎被吹得凌乱了，与刘堇的互动沟通渐渐少了。刘堇心中充满了忧虑，每天都会抽出时间，用烙铁在窗花上烫出一片空地，然后扶着外婆看万宝山。外婆不再主动提问，只是静静地坐着，木呆呆地望着那块窗子，直到窗花继续把窗子蒙严实了，外婆也没什么太大反应。

刘堇很害怕，为什么外婆的眼神不再"亮"了？难道她不记得过去的事了？刘堇赶紧伸出食指尖，把那块窗子"烫"化，继续搂着外婆，不厌其烦地把前面的故事从头到尾讲一遍。外婆嘴角微微动两下，淌下一些哈喇子，眼神比之前更迷离，似乎有一种满足，又似乎只剩下遗憾和失落……

灶里的柴火红彤彤的，腊八粥的香味渐浓，慢慢地从铁锅里飘了出来。昨晚，刘堇就把各种粮食泡好了，还有红扑扑面嘟嘟的芸豆。想到外婆喝了腊八粥，心情或许能好起来，刘堇情不自禁地哼起了小调，外婆有了精气神，娘儿俩就开开心心地准备过春节了。

"喂，进屋，跟你说点儿事！"彩凤从西屋出来，听到刘堇在哼着歌曲，就忍不住停下脚步，眯着眼睛琢磨了一下，然后径直走向外婆的东屋。"快点儿的！"

听到彩凤叫自己，刘堇有些奇怪。

自从张林出事后，赵美荣跟彩凤虽然没搬走，但基本上与东屋没有任何交集了，即使在厨房、在院子里、在马路上、在田间地头、在供销社……总之，无论在哪儿巧遇了，她们都不会正眼瞅刘堇一下，更甭提说话了。实在迫不得已，必须有什么事要接触，赵美荣也连剜带瞪地，由"数落"开始，再由"数落"结束。至于彩凤，虽不像赵美荣那般过分，但多年来耳濡目染，她打骨子里轻视刘堇，再加上自以为是的售货员身份，早就把自己定为"上等人"，拉开了与"下等人"刘堇之间的姊妹距离。

此刻，彩凤双手插在衣兜里，远远地倚着外婆的大柜站着。她上身是一件天蓝色毛呢半大衣，下身穿一条棕红色喇叭裤，裤脚夸张地有一尺宽，真像个大喇叭口，拖在地上像扫帚似的，覆盖住脚上那双黑色半高跟皮鞋。两年来，她第一次走进这间屋子，炕上那个应该唤作奶奶的人，头发竟然全白了！是什么时候白的呢？彩凤忽然觉得，炕头那头白发太刺眼了，令她不敢直视。

用脚把灶边的柴火踢干净，刘堇撩开门帘，回到了东屋。此刻外婆脸朝着炕墙，似乎还没睡醒。刘堇轻轻放下门帘，目光瞅向彩凤，意思是有什么事？

"这个给你。"彩凤从大衣兜里掏出一个小瓶，冲着刘堇晃了晃，然后放到柜盖上，用居高临下的语气说："瞧瞧你那张脸，刚刚十七八岁，怎么像黄脸婆似的呢？"

刘堇认识那个瓶子，麻雀就有一瓶，黄色玻璃瓶身搭配银色铝盖，再加上商标，显得很洋气。里面是白色的雪花膏，清透细腻光滑，轻轻涂到脸上，就像窗外的雪花一样立刻融化，慢慢渗到皮肤里，脸色变得白皙透亮。有一次，麻雀给刘堇擦过，感觉皮肤的表面形成了一种神奇的薄膜，与外界干燥的空气隔离开来，一整天都感觉脸上很润滑，那淡淡的清香很好闻，害得刘堇第二天都舍不得洗脸。

"为什么？"刘堇收回目光。彩凤突然带来的礼物，并未令刘堇盲目地感动，俗话说拿人的手软，她需要弄清彩凤的真实目的。

"帮我绣个手帕。"彩凤无所谓地一撇嘴，伸出自己被喇叭裤覆盖住的脚，踢掉了她鞋底沾的柴火叶。"绣得好看的话，到时候，再给你一盒香粉。"

刘堇明白了，这算是"交易"，以化妆品换她的绣品。

这两年，刘堇几乎每晚都刺绣，花样都是她自己画的，绣品越来越成熟了，洋溢着她自己的个性主张。货郎每次来村里，都用物品换走几幅，还大声对村民们说："到了其他地方，偶尔遇到识货的人，就能卖上好价钱。"因此，刘堇在货郎的帮助下，增加了一份生活补贴。

万宝屯有人见到有赚钱机会，也想用绣品换钱，货郎带着绣品走了，过些天再来的时候，边退货边大声喊着，脑袋摇得像拨浪鼓似的："人家外面的人，只相中刘堇的手艺，其他的绣品一概不买！"被退货的村民一阵沮丧，甚至嫉妒刘堇。于是，货郎压低了声音，避免刘堇听见："一个'秃爪子'跟一个瘫外婆，就靠这些绣品活命呢，别人跟着争啥呀！"村民们听着在理，瞬间找到了优越感，也就不跟刘堇争了。多年后刘堇有些领悟，或许当年自己的绣品并没有那么好，只是善良的货郎在暗暗地帮助她罢了……

"咋的？嫌少啊？那再加一盒蛤蜊油。"彩凤见刘堇不吭声，以为她想讨价还价，就又主动加了价码。"瞧瞧你那双'秃爪子'，皮肤都吹皴了，赶紧抹点儿吧，免得划破绣线。"

"我不要这些玩意儿。"再次从表姐的口中听到"秃爪子"三个字，刘堇心中依然感觉难过，她咬了咬下嘴唇，把悲伤咽了回去，态度变得很平静。"想换我的绣品可以，需要用斜纹棉布或涤纶布料换。"

"什么？你疯了？"彩凤不由得提高音量，右手从衣兜里掏出来，指着刘堇质问："我来跟你说，是可怜你，知道不知道？真当你绣的东西是宝贝吗？竟然敢要布料！"

"小点儿声，别吵醒外婆。"刘堇躲开彩凤的手指，面无表情地转身掀开门帘，边说边往厨房走。"不换拉倒。腊八粥要糊了，我得起锅了……"

"回来，进来说……"彩凤气急败坏地把她拉住，紧张地瞅瞅对面西屋的门，伸手做了个"嘘"的姿势。"布料就布料！刚才你说什么颜色来着？不过事先说好了，只能做一件上衣，可不能再狮子大张口，想做一套衣服！"

"只做一件。你供销社柜台上，有一块深蓝色带碎花的布，外婆应该喜欢。"刘堇瞅了一眼炕头的外婆，心满意足地一笑，拿起柜盖上的雪花膏，还给彩凤。"这个，你拿回去。"

"少跟我来这套！我送出去的东西，从来不往回要！"彩凤这才明白，刘堇是想给炕上的奶奶做件新衣服，心头蓦地一热，瞪了刘堇一眼。"你留着擦吧，手上也擦点儿，别把我的手帕弄坏了！"

刘堇想了想，不再推辞，将来再给她绣点儿别的东西，算礼尚往来吧。"绣啥图案？"

彩凤的脸突然红了，支支吾吾地说："那个，我也说不清楚绣啥好……我是想送人的，具体图案得你帮我设计，不过我可警告你——必须保密。"

刘堇好奇心一下子来了，彩凤双颊上的红晕已经说明，手帕是要送给一个男孩子。看来，彩凤恋爱了！想到这个词语，刘堇的脸上不由得泛起了笑意，彩凤已经18周岁了，按万宝山一带的风俗，早就该有媒婆登门了。只是这两年疏于交流，彼此谁也不关心谁的近况。自己是会设计图案，但像这种情人间的信物，似乎应该针对当事人的年龄、性格、爱好、属相，甚至文化程度，当然名字也要参考一下，否则设计意图与对方相冲，那就适得其反了。

彩凤红着脸，羞答答地讲出一个名字："路志勤，就是那个……音乐老师。"

怎么会是那个人呢？刘堇耳边不由得响起《甜蜜蜜》的旋律，她有些瞠目结舌,表姐爱上了路志勤,那么这笔"交易",自己还要继续吗?

在刘堇的记忆中,外婆的绣工精细,图案秀丽,图必有意,意必吉祥。每次刺绣的时候,都会有意识地讲一些刺绣常识,让刘堇在不知不觉中了解到,这种历史悠久的民间传统艺术很不简单,可谓"玉指春风,妙手偶得",千万条彩线轻盈穿梭,便绣出诗意的华年,绣出生活的绚烂。

外婆出嫁前,在娘家是读过私塾的,所以她的每句话,都有别于普通的村妇。外婆说过,每件绣品都是有生命的,因为每个女子在刺绣的时候,心情都是温柔恬静的,神情都是安详的;每一个针孔,都渗透着聪慧和美好的愿望,都流淌着光阴的故事。外婆还说过,每一根绣线都是一丝情意,含蓄而美妙,虚实适宜,充满炽热的生命力。

以前刘堇尚小,听过了,记住了,但并不理解其中的深意。如今情窦初开,第一次"以情为线",绣出心中千千结,终于悟出了这些话的含义。问世间情为何物?或许,几十年前,外婆也曾像娘那样痴情,坐在闺阁的小窗前、屋檐下,为外公精心绣过荷包吧?或许,十几年前,娘也曾像她这样,既紧张又激动,为一件绣品反复构思,连续几夜难以入眠吧?

其实,对于刘堇来说,刺绣的过程并不难,难的是图案的设计。彩凤预定的是"定情物",那么要以何"物"为媒介,才能表达出独特的"情"呢?绣鸳鸯戏水,太俗气;绣并蒂莲,太普通;绣比翼鸟、红豆、连理枝……刘堇觉得都不合适,因为以前卖给货郎的,就是这类大众化的绣品,人人都能看懂的,就显得很没有意境。她要摆脱这些老套的图样,设计一款独一无二的、只可意会不可言传的图案,此生只绣给那个能读懂的人……

有史以来第一次,刘堇没有心疼纸张,画了一幅又一幅的草图,勾勒着想象中的三色堇的模样。结果,怎么画都觉得不像,因此她有点儿懊恼,早知道要帮彩凤绣手帕,当时真应该详细问问路志勤,三色堇究竟长什么样子。如今，单凭红、黄、紫三种颜色，就要设计栩栩如生的三色堇，实在有些难为人了。可是，她又不敢跑去询问。刘堇知道，这是属于彩凤的手帕，自己可以悄悄把自己的"情"绣在里面，却没有资格靠近现实中的"情"，更没有资格穿越到"情"的另一边。先天残缺的双手，注定自己失去了很多权利，与爱情隔着一方手帕的距离。

于是，刘堇失眠了。

如果外婆能说话，或许会给她一些提示，关于花草树木的灵感，外婆简直就像是个天才。

然而，外婆学会偷懒了，用"呜呜哇哇"简单的字符，敷衍着这个艰难的世界。刘堇只能自己琢磨，扫帚梅花属于娘和爹，不能随便"打扰"，那么在她的小小视野里，除了万宝山上的野花，比如，野红花、小刺盖、刺菜，实在找不到更好的原型了。

最后，刘堇换了个思路，采取逆向思维的方式，由花语入手，想象原花的形状、大小和结构。就这样在草纸上画着，想着，否定着；再想，再画……"思念、喜忧参半、无条件的爱"，在三个词汇的循环往复中，刘堇渐渐不能自拔了，她有些生自己的气——是谁研究的花语，让想象天马行空，无端地招惹了相思？

第三天的午后，一幅满意的图案，终于呈现在草纸上。刘堇兴奋地拿给外婆看，外婆日渐浑浊的双眼，竟然露出难得一见的神采，仿佛被注入了一种活力，瞪圆眼睛看了半天，然后又努力地眨了三下。刘堇太激动了，情不自禁地在外婆的额头上亲了一下。因为娘儿俩的约定，外婆眨三下眼睛，与万宝山有关，所以很显然，外婆认出了图案的原型，就是万宝山上的"猫脸花"。

之所以选择"猫脸花"，是因为花朵有三种颜色，对称地分布在五个花瓣上；而该花构成的图案，形同猫的两耳、两颊和一张嘴，非常生动活泼，你瞅着它的时候，仿佛它也在瞅着你，就像是想跟你说悄悄话似的。这俏皮的模样，让她想起了与路志勤的相遇，想起了他唱歌的样子，想起了他会说话的眼睛。她多么希望有一天，这个"猫脸"变成路志勤啊，再见到的时候，他也这么俏皮地盯着自己，渴望与自己说悄悄话。

要不要事先给彩凤看看呢？刘堇有些犹豫不决。

按理说，彩凤是买家，有权利事先看看图案的，只是刘堇心里很抵触，更准确地说，是一种酸溜溜的难受。同样喜欢一个男孩，她却不能像彩凤那样幸运，喜欢谁就勇敢地表达，她只能默默地躲在角落里，替别人一针一线地传情送意。

最初，刘堇第一个念头，真的想拒绝这笔"交易"，尽管彩凤不知道真相，可是她的心里很难过，一时接受不了这样的打击。刚刚尝到"喜欢"的滋味，就被"横刀夺爱"的感觉，莫名地充斥脑海之中，慢慢生出一种冰冷和无助。那一刻，"路志勤"三个字传进耳朵，她除了低下头转过身，假装逃到灶台边，蹲下身子继续烧火，一句话也说不出来，心情跟锅里的红芸豆一样，七零八落，面面的、软软的、碎碎的，失去了任何力气……

那天，彩凤把刘堇的不吭声，当成是默许了，为避免被赵美荣发现，她匆匆离开了外婆的东屋，踩着皮鞋、踢着喇叭裤，兴冲冲地推开前门，消失在刘堇的视线外。刘堇手中的铁勺子停了下来，一颗心像腊八粥一样杂乱无章。以前出售绣品时，总是纠结价格的高低，希望多换些生活必需品；而此刻，令她纠结的不是交易本身，而是自己刚刚的"喜欢"，谁承想同样的花样年华，自己的心竟然无处安放。

疼，很难过。很难过，却无奈。无奈，又不甘心。

"粥都糊了，还烧！干脆一把火把房子点着，省事！"赵美荣劈头盖脸的声音，伴着西屋的开门关门声，划破了柴火叶子的红光，直接砸到了刘堇的心上。

刘堇一激灵，刺鼻的焦煳味越来越浓，她赶紧把手中的柴火撤回来，又迅速揭开锅盖,处理那一锅被熬成"锅巴"的腊八粥。唉,怎么闹得呢?她暗自苦笑了一下,粥如此,好好的一个青春亦如此,已经被折磨成了绝望,最后咀嚼到的,是满嘴的苦涩。

"你说说,你一双'秃爪子',整天弄得跟精神病似的。"赵美荣闻着焦煳味,心中的火气越来越大,本来已经推开前门准备出去,结果又收住脚步,忍不住骂了几句闲话。"真整不明白,那个傻石头吃错了什么药,从小就跟你黏糊,相中你啥了呢?"

刘堇怔在原地,有点儿没听懂,哪个傻石头?从村头捋到村尾,跟自己接触最多的,也就是那几个小伙伴了,还能有谁呢?心中虽有疑惑,不过她没有问出口,一是不想跟赵美荣正面接触;二是赵美荣的话向来没头没脑,不必太在意。

见刘堇没有回应,赵美荣自觉无趣,恨恨地说了一句:"没时间跟你啰唆,还有重要的活等着我干呢!"说完,摔上门,出去了。

说这句话时,赵美荣的语气是无比自豪的。自从进入"过渡"以来,大队每天的工作异常繁忙,各种账目令大家焦头烂额,因此,负责队里伙食的赵美荣也很忙。当然,这样的忙碌是开心的,因为家里基本不用生火,娘儿俩每天都在集体蹭饭,既省事省钱省心,吃得还又饱又香,偶尔还能偷拿点东西,回家吃⋯⋯

此等肥差,赵美荣自然是不亦乐乎。更美的是,据说"过渡"结束后,要选妇女队长,赵美荣已经被定为第一人选。

当然,刘堇不知道这些情况。她更不知道,赵美荣此刻突然提到石头,也不是空穴来风。

事情的起因,是前些天有人给石头说媒。女方的条件与石头还很般配,彩礼也没多要,石头爹娘都很满意,可石头就是死活不同意。最后,石头爹急眼了,问为啥?石头吞吞吐吐地说,自己心中有人了。石头爹问是谁?石头不吭声,咋问也不说。石头爹气得要打他,他才瓮声瓮气地说:"还不是时候。到时候,就告诉你们了⋯⋯"

男大当婚，女大当嫁，为什么不是时候呢？屯里人脑洞大开，各种猜测呼之欲出：从小到大，与石头接触最多的女孩，只有麻雀和刘堇。如果是麻雀的话，石头应该没啥顾虑，双方家长关系很好，不可能反对。可是如今情况异常，石头不敢讲出口，那女方肯定是刘堇，"秃爪子"拖着个不能自理的外婆，男方躲还来不及呢，哪个家长能同意？

大家越分析越像，于是众口一词，闲话就这样来了。

然而，赵美荣却不认为是闲话。远的不说，单从外婆患病说起，石头就像自己外婆得病一样，有事没事就往刘堇家跑，屋里屋外抢着干活，那正常吗？还有最重要的一点，她经常冷眼旁观，石头看刘堇的眼神，跟看麻雀的不一样，那眼里是脉脉含情的，就像当初她看张林一样，所谓"情人眼里出西施"。因此，赵美荣长叹一声，觉得石头真傻。

赵美荣走了，刘堇终于舒了口气，又蹲在锅台边，闷闷地想心事。

唉，接下来的手帕怎么办呢？心里虽然不舒服，却改变不了彩凤喜欢路志勤的事实，即使自己不帮忙绣手帕，彩凤也会想其他办法，供销社柜台里五花八门的东西，也能作为礼物传递情意。再说了，即使彩凤不追求路志勤，迟早也会有别的女孩去追求。总之，唯独她没有资格。正如刚刚赵美荣的当头棒喝，她作为"秃爪子"，连朋友都不配拥有，何况爱情。

刘堇不禁在心里做着比较：路志勤收到哪种礼物，自己的心情会相对好一些？很显然，相比之下，退而求其次的选择，与其让彩凤送别的礼物，或者其他女孩送任何礼物，都不如让彩凤送自己绣的手帕。虽然，他不会知道手帕出于自己之手，但她愿意就这样暗恋着，自己知道就够了……

就这样左思右想，纠结着犹豫着，刘堇决定先不告诉彩凤。这样一个难得的机会，她要按自己心中的蓝图去刺绣，只要绣得漂亮，彩凤也就能接受了。

无论如何，外婆的认可才是最大的鼓励，刘堇赶紧翻箱倒柜，找出外婆最好的花撑子，最精致的绣针，还有以前精选的绣线，准备动工。一方手帕一亩田，刘堇开始用心"耕耘"，用绝妙的双面异彩绣法，让手帕的两面"开出"不同的三色堇，传递一份属于她的特殊情感。

每一针，每一线，刘堇都谨记外婆以前的教诲，丝毫不敢大意。

外婆说，刺绣主要是用线条来表现的，而丝理对表达物体的凹凸转折、刚阳向背具有关键作用，用线条的排列与植物的纤维组织生长方向一致，须随它们姿态的不同灵活运用，如花朵有正、反、俯、仰等不同姿势，要正确掌握花的纹理，绣出来的绣品才能栩栩如生。

她还要在手帕的适当位置，绣上《你是人间的四月天》中的几句诗，用丰富鲜艳的色彩，严谨的针法，完成一个虚实适宜、立体感强、平整光滑的绣品，献给今生第一个爱上的男人。她相信，他抚摸这方手帕的时候，会感觉到幸福，那样，她就会觉得幸福。

有人说，相信就是幸福。她相信，彩凤穿着喇叭裤奔向路志勤的时候，路志勤会为她手中的这块手帕惊艳，会认出那朵朵盛开的三色堇，会联想到曾经的一次遇见。她愿意相信，总有一天，他会知道她在思念他。她更愿意相信，他也会在某个时刻思念她……

彼年那时，刘堇的生活非常闭塞，她还不知道，三色堇是冰岛和波兰的国花；也不知道此花有"英国的花姿、美国的花径、德国的色彩"之美誉。她同样不知道，三色堇的别称就是"猫脸花"。

她只是以万宝山为基地，在脑海中反复搜索目标，最后锁定"猫脸花"为原型，设计出了具有意象的花朵。她只是通过路志勤的话，铭记住了其"花语"——请思念我。最后，以布为纸、以线当墨、以针做笔，让残缺但灵巧的四指飞动如蝶，把相思和爱恋化作密密的针脚，脉脉含情地缝制在绣布上，织出温柔的情愫，绽放细腻迷人的灵魂之花。

一针一线艺，一线一梦境。当三色堇落到手帕上，当手帕寄予了某种深情，刘堇才发现，外婆的话很有哲理：原来，世界上的每种东西都有生命，无论花朵，还是绣品。

路志勤说，欧洲的少女特别喜爱三色堇。其实，刘堇很想有机会，当面告诉路志勤：中国的少女也喜爱三色堇和它的花语，比如她。她很想告诉他：四根残指，隔开了万水千山，她只能绣一缕思念，长成相思花，愿花香随着风飘向他。

或许，无须告知。如此静默，如此思念，甚好。

在历史的长河中，有些年代很难忘记，对刘堇一样，对路志勤也一样。

路志勤有一个姐姐，父母都是省城的普通工人。路志勤从小印象最深的，是离家两百多米处，那户姓吴的人家，因为他家有一台黑白电视机，成为那个地方最时髦的娱乐节目。

吴家的男人，据说是个水平很高的技术人员，吴家小儿子跟路志勤同龄，经常让路志勤悄悄地帮着写作业，所以，路志勤有机会经常走进吴家大院。至于其他邻居就没这个待遇了，只有逢年过节，吴家才会欢迎他们去看电视；若是那几天，正赶上吴家男人心情好，还会给大家讲电视机的历史。以前中国还没有电视广播，国内也不能生产电视机，直到1958年，中国第一台黑白电视机才诞生，品名叫"北京牌"。

吴家那台黑白电视机，承载了路志勤美好的梦想，给他的生活带来很多欢乐。不过，路志勤对技术制造不感兴趣，最吸引他注意力的，是银屏上的图像和伴声，那准确形象展现了生活信息的方式，调动了他活跃的艺术细胞。虽然电视信号不好，视频质量差，"雪花"还很大，但只要按动按钮，能调"雪花"，孩子们就激动不已；偶尔没有图像了，吴家男人要弄半天，把天线挂得老高老高的，直到图像再次清晰了，路志勤就会跟吴家的小儿子一起，激动得又蹦又跳。

而每次由于贪恋电视节目，回家的时候晚饭都吃过了，父母会骂他几句，姐姐则会暗暗给他使眼色，示意他别顶嘴，免得屁股挨掸子。路志勤心领神会，低着头瞅自己的脚丫子，任父母骂够了，知趣地溜回房间，狼吞虎咽吃着姐姐偷偷留给他的馒头。

吃完馒头，姐姐就无限期待地坐到他旁边，听他讲电视上的内容，讲那些精彩和好玩的镜头，兴致压不住的时候，他还会学着故事里的人物，惟妙惟肖地模仿声音和动作，表情丰富得像个小丑，姐姐被逗得前仰后合的，有时候甚至笑到肚子疼，或者笑到流眼泪。

神奇的艺术，就这样在路志勤的心灵扎了根。通过电视，他了解到国内外的风土人情，大开眼界，业余生活更加丰富多彩。有时候吴家电视机坏了，他感觉比自己生病还难受，整日里坐立不安，上课也心神恍惚，眼前都是那个9寸的黑白电视，还有那一片片折磨人的"雪花"。

渐渐长大后，他才有了自知之明，自己每日赖在吴家，女主人其实是不太欢迎的。所以他说服自己要管住双腿，不要总打扰人家休息，只能隔三岔五去"解馋"一次。心里则幻想着，什么时候自己家也能有一台电视机呢？那样，坐着看，躺着看，歪着看，站着看……爱怎么看就怎么看，不会再麻烦别人了。

看到路志勤抓耳挠腮的样子，姐姐就想了个办法：一是看书，二是看电影。

对于看书，父母倒是支持，书店有免费看书区，不用花钱就能收获知识，还能让路志勤收收心，好事一桩。偶尔，父母还会买回几本小人书，姐弟俩争着看，再一起像模仿电视节目那样，声情并茂地表演。

而对于看电影，父母认为是"败家"，柴米油盐酱醋茶，样样都得算计着花，月月钱不够用，怎么可能给他买电影票？所以，直到姐姐成了纺织女工，每月偷偷塞给他一些零花钱，路志勤才实现了隔三岔五看电影的愿望。

当路志勤蓄起长发、戴上墨镜、穿上喇叭裤的时候，父母把出嫁的姐姐找回来，一家四口开了个严肃的家庭会议。父亲认为，路志勤不务正业，应该每日按部就班地工作，以一身洗得发白的工作服为荣耀，而不是流里流气的奇装异服。

父亲最后清了清嗓子，说："你也老大不小了，别寻思那些不着四六的事了。厂子里如果有中意的女工，赶紧处个对象吧。如果没有，就让你妈托媒人相个亲，早点儿成家立业生孩子，你的心被拴住了，也就不野马似的瞎折腾了。记住，日子是要脚踏实地地过，一步一个脚印地走……"

路志勤听不下去了，郑重其事地表明态度——放弃现在的工作，到火热的农村去备考，未来要当一名艺术家。

那一天，父亲被他气得火冒三丈，来不及找鸡毛掸子，脱掉脚上的棉鞋，狠狠地砸到路志勤的头上。

母亲第一次没有拦着，只顾坐在旁边"嘤嘤"地哭泣。

父母认为，路志勤的文化水平并不高，而高考就像是一座独木桥，千人万人都挤在上面，通知书凭什么落到路志勤身上？多少农村人羡慕城里的工人，他却要放弃这"铁饭碗"，跑到穷乡僻壤去当知青，考什么虚无缥缈的艺术院校。简直是疯了！到时候名落孙山，闹得个"竹篮打水一场空"，工人也当不了，难道真要在农村待一辈子不成？哼，很可能不是一辈子的事，只怕子子孙孙都被牵累，过面朝黄土背朝天的日子！

路志勤努力地说服父母，恢复高考给了人们机会，怎么着也得试试，不然谁能证明他不行呢？

姐姐也在旁边帮腔，说一旦考上大学，身价就提高了一个层次，就业机会自然更好，赚钱自然也更多了。弟弟出息了，父母的脸上也有光彩，一家人也更有盼头。

父亲的脸色依然铁青，不过语气略有缓和："考大学不是不可以，但干吗非得辞职？很多人半工半读，至少能给自己留条退路……"

路志勤打断父亲的话，讲出了自己的决心："我的文化底子薄，如果不能全力以赴备考，那么将来考不上，或者不能进入理想的大学，一生都会有遗憾的。与其那样遗憾，不如放开手脚，无退路地搏一次。"

最终，父亲被儿子打动了，沉吟片刻，选了个折中的办法："艺术能当饭吃吗？要考，就考理工科，做高端技术人才！"

路志勤还想跟父亲辩论，姐姐在旁边又暗暗使眼色，示意他见好就收，其他问题，来日方长……

就这样，路志勤以"奋不顾身"的方式，来到了闭塞的万宝屯。

漫漫数百里风雪路，他一不怕冷，二不怕苦，充满艺术热情的双眼，看到的不是落后，而是无限的希望。只是他没想到，自己的突然造访，会给这个朴素的小村子，带来了无法预料的浪漫。更没想到的是，一场"花事"慢慢上演，他还没来得及成为艺术家，就被"编剧"成了故事的男主角……

彩凤突然闯进路志勤的宿舍，是在一个安静的星期天中午，校园只有更夫和路志勤两个人。

那时，窗外的阳光正暖，透过玻璃洒进来，落到火炕上的行李上，行李旁边的书上铺满了金光。地中央的火炉子，是用土坯或砖砌成的那种，为了在中午节省燃料，此刻的火苗属于休眠状态。炉盖上一把旧水壶，壶嘴隐约冒着些许热气，证明炉中火并没有熄灭。炉膛底下有一些灰，上面躺着几个刚刚烧好的土豆，表皮被烤成炭褐色，显得又脆又蜷缩。

那一刻，路志勤正蹲在火炉旁，手中拿着一个焦黄的土豆，上面放着一块腌制的红辣椒，两片咸菜，混合在一起色彩醒目，香味氤氲，空气中散发着诱人的味道。

"我叫彩凤，公开课那天，咱们见过。今年18岁，还没订婚。"彩凤的黑皮鞋从门槛迈进来，一步步向火炉靠近，皮鞋的边缘沾着一些雪，正在渐渐融化。

路志勤咀嚼的动作不由得停了下来，作为省城来的"喇叭裤"男孩，竟然也被这样的开场白惊到了。"还没订婚"四个字，实在有些过于唐突，那隐含的话外音显而易见，尤其是在两个适龄的青年男女之间。

路志勤并非不懂感情，之所以至今没谈对象，只是因为他心气儿比较高，用他母亲的话说是被文艺害的！

或许母亲说得对，有文化的人大多心思多，尤其他读的很多小说，看的很多电影，难免有谈情说爱的画面，因此路志勤的情感萌芽挺早的。不过，萌芽不等于就要行动，就像看电视不一定会修电视机一样，路志勤的热情和激情蠢蠢欲动，但在自己工作的小工厂里，女工们几乎是一个模子里出来的，除了埋头干活务实工作，没有一个像小说中那样，优雅迷人温婉浪漫的。

母亲像所有家长一样，看到他闲下来一会儿，就立刻拉住他唠叨对象的事。路志勤被逼烦了，说不能随便找个人就结婚，至少得有共同语言、共同爱好、共同志趣，没有爱情的婚姻，他宁可不要。母亲警告他以后不许再看小说，免得误了终身。

"路志勤，跟你说话呢！"彩凤的黑皮鞋，停在路志勤的脚边，喇叭裤脚险些扫到炉灰上，她又赶紧稍稍后撤了一点儿。"路志勤，你聋了吗？"

"你好，欢迎，欢迎……"不吭声，实在是有失礼貌，路志勤慢慢抬起头，仰视着彩凤两道审视的目光。"要不要，尝尝烤土豆？"

彩凤眉头皱了皱，瞟了一眼他手里的土豆，语气有些软绵绵地撒娇："这么大个活人站在你面前，还不能让你把土豆放下呀？"

路志勤有些不好意思了，读了那么多小说，背过那么多诗歌，却没学会怎么应对女孩子。他讪讪地站起身，手里的土豆一时不知怎么处理，放下吧，一会就回生了；继续吃吧，似乎对来者不尊重。

说心里话，今天的土豆烤得外脆里嫩，再配上辣椒和咸菜，简直是难得的美味佳肴。在物资贫乏的万宝屯，路志勤唯一的愿望，就是吃饱、睡好、学习好，早日考上梦想的大学。至于感情问题，在省城，他遵循宁缺毋滥的原则；现在到了万宝屯，也不能因为生活枯燥单调，就随便拿感情的事填充。因为他相信：总有一个懂他的女孩，会在未来的某个地方等着他，一起共浴浪漫爱河。对直白的彩凤，他至少目前没有丝毫心动，因此，香喷喷的土豆显然更重要一些。

"我知道你是文化人，瞧不上我。不过没关系，那是你的想法，不影响我喜欢你。"彩凤完全继承了赵美荣的直爽，不喜欢绕弯子，说道："正式自我介绍一下：我叫张彩凤，大队书记赵光荣是我大舅；生产队长铁蛋是我表哥；我娘赵美荣，马上就要当妇女队长了；我在供销社上班，工作自由轻松。"

路志勤点了点头，怪不得这样"横冲直撞"，原来在万宝山一带，她是"皇亲国戚"。但这些标签，也仅仅是标签而已，又能怎么样呢？想当初，他刚进工厂那会儿，车间主任的千金标签大不大？还不是主动约他看电影，还不是被他拒绝了。因为他提醒自己：要找的是恋爱对象，不是找对象的亲戚。

"能放录音机听听吗？那天的歌，真好听。"彩凤的目光，落到那台旧的双喇叭录音机上，脚步也移动到放录音机的课桌旁。"等过完年，铁蛋我俩儿要去城里，也买一台。"

路志勤连忙说："今天停电了，放不了。"

"农村就这点不好，以前没电的时候，点油灯和蜡烛，也不觉得不方便。可是偏偏通电了，又要按时按点按日子供电，说停电就停电，你有多少钱也买不到。"彩凤有些懊恼，抚摸着录音机抱怨。"所以说，还是城里好啊，净享受新鲜玩意儿。"

"那个，你若没啥事……"路志勤板着脸，不想听彩凤说这些无聊的话，有意下逐客令。

"有事，当然有事！"彩凤有点儿急了，自觉说话有点儿跑题，赶紧打断对方的逐客令，迅速从衣兜里掏出一个精致的纸盒，面带娇羞地递过去："我亲手给你绣的手帕，看看喜欢不？"

路志勤怔住了。眼前这个女孩，竟然如此直白，令他措手不及。

手帕代表什么，他太清楚了，怎能草率地交出"爱情"？举了举双手，他做出了明确的拒绝姿势："那个，算了吧，我不能接受。"

彩凤没有仔细研究"接"与"接受"的区别。看到路志勤的左手，还捏着那半个土豆；右手刚刚剥过土豆皮，显得脏兮兮的，确实不方便接。因此，彩凤不但没生气，反而谅解地一笑，两只细长的眼睛漾起了柔波："哈哈，没事，没事。瞧你脏的……嘻嘻，我打开，你用眼睛看就行。"

说话间，彩凤已经迅速打开纸盒，露出一块方方正正的白手帕。她小心翼翼地取出手帕，轻轻拎住两个角，将一幅栩栩如生的三色堇，展示在路志勤的面前，几何构图合理，色彩清晰明丽，针法均衡有度，立体感极强。而且手帕的两面，花的姿态各不相同，颜色也各异，都跟真的一样。

路志勤手中的半个土豆，"叭"的一声滑落到地上，摔成了碎末，红辣椒块与绿韭菜叶，像红花绿叶一样装点在上面。路志勤惊讶地瞪大了眼睛，那三朵颜色分明的花，令他怦然心动；上面娟秀的字迹，直抵他心灵最柔软的部分，轻轻诉说着温情——"你是爱，是暖，是希望。你是人间四月天"。

"如此绝妙的绣品，真的……是你绣的？"路志勤终于缓过神来，想伸手去抚摸，又怕自己的双手弄脏手帕，所以只能反复地搓着手，神情复杂地盯着彩凤，寻求心中的答案。

彩凤瞬间心花怒放，双眸荡漾着两波秋水。哈哈，真是功夫不负有心人啊！一米八的路志勤，此刻反应如此强烈，说明刘董的绣艺实在了得。爱情究竟是什么？彩凤说不清楚，不过她确信:只要精心设计，没有得不到的东西，包括爱情。

当然，她不是傻瓜，从路志勤之前的态度，就能看出他内心的嫌弃和戒备。谁让人家是城里人呢？看来，像娘当初追求爹那样，采取"霸王硬上弓"是不可行的，那样只会让对方更反感，自己就一点儿机会也没有了。

俗话说,心急吃不了热豆腐,反正他一时走不了,那来个"欲擒故纵"吧,他问什么也不回答,好好吊吊他的胃口,哈哈!这就是好事多磨,慢慢煮,慢慢炖,就算他的心是石头做的,我也要磨出一条缝儿,让他睁大眼睛看看,我彩凤绝对是他的良配……

美滋滋地算计着,彩凤眯了眯眼睛,扼制着心中如火的热情,然后果断地挥了挥手,不顾路志勤的满脸疑惑,毅然转身,离开了那间屋子。

一路上,彩凤为自己的计划,连连鼓掌。初战告捷,特别想与人分享喜悦,可惜不能对任何人说,尤其是不敢让赵美荣知道,否则非得把事情搞砸不可。赵美荣的婚姻失败,自己可不想走她的老路,幸福要握在自己手里才行。

可是不与人分享,又实在憋得慌,所以她决定:好好犒劳一下刘堇。多亏那双"秃爪子",帮自己敲开了爱情的大门。

春节过后,赵美荣的心情前所未有的明朗,大嗓门笑得比鞭炮还响,她正风风火火地张罗备料,要盖三间全砖大瓦房。地基选在村西头最后一趟街,离外婆的老房子有半里地,反而离大队办公室很近,与身后的万宝山小学隔着一大片土豆地,遥遥相望。

万宝屯的房子,除了赵光荣等少数几家是底下砖、上面土坯、房顶青瓦的"起脊房",或者前面贴砖、后面土坯的"一面青",剩下的基本都是土坯茅草房。

村民们早就听说,已经有个别富裕的村子,出现了越来越多的全砖瓦房了,实在令人眼热得不得了。赵光荣为了安抚民心,不止一次在广播里说,"过渡"阶段有很多任务,将来会有很多新变化、新目标——建立万宝屯自己的砖厂,就是其中一个。村民们在广播下面,激动得自发地鼓掌,翘首以待。

如今，砖厂的事还没落实，赵美荣却要盖全村第一个砖房了，这消息立刻轰动了全村。

村民们当着她的面，自是说着羡慕恭维的话，有个别人胆子大的，询问一下砖厂的事。赵美荣也不回避，说听领导们的意思，已经在稳步推进中，快了，大家的好日子快到了！村民们半信半疑，背后便嘀咕起了闲话，看赵美荣意气风发的样子，估计盖房子的砖不用花钱，可能是哪个砖厂老板给的，目的是在万宝屯打开销路。

渐渐地，闲话又变了味道，由砖厂、砖房转移到人的身上。

有的人说，据说张林在狱中表现良好，被减刑半年，夏天就要回来了。

有的人说，表现好不好谁也不知道，肯定是赵光荣"使劲"了，不然别人咋没减刑？

有的人说，不管咋的，老张太太总算把儿子盼回来了，这一瘫就是两年多，实在苦了那"秃爪子"丫头。

也有的人直咂嘴，说那"秃爪子"丫头真能干，屋里屋外干净利索，地里的活儿也很麻利，还能绣那么好看的花儿。唉，就是命太不好，否则张罗给保个媒，好歹也算成就一户人家。

此话一出，立刻有人坚决反对，说不要咸吃萝卜淡操心了，再好也是个"秃爪子"，谁要娶回家，万一遗传生一窝"秃爪子"怎么办？

于是，人们面面相觑，这遗传的事谁也不专业，谁也没有发言权。

一阵唏嘘感叹后，村民又把刘蕫的话题放下，扯回到轻松的话题上——张林与翠花。

张林因为翠花蹲了大牢，回来后难免会有各种摩擦，至于是好摩擦还是坏摩擦，谁也不敢保证。赵美荣也算是有先见之明，趁早搬离是非之地，否则再出点儿什么破烂事，就真要令人笑掉大牙了。

人们哄堂大笑，然后又有人摇头发表见解，张林再怎么没记性，也不会再琢磨翠花了，都说一日夫妻百日恩，翠花却反咬一口，毒蛇心不能惹。

有人假装很威武，说自己若是张林，出狱后第一件事，就是把翠花除掉，以雪前耻。

于是，另一种声音出来警告:杀人是要犯死罪的，张林若是聪明人，就该消停地过日子，人生短短几十年，别再穷折腾了……

闲话并不闲，像是长了飞毛腿一样，很快就传到赵美荣的耳朵里。

赵美荣自然很生气。其实，张林被捕后，她就料到这样的结果了。在路上，偶尔遇到翠花，恨不能张开血盆大口，把对方撕成碎片。最让她愤愤不平的是，丑事是翠花和张林一起做的，可最后的结果，却只有张林一个人入狱，因此赵美荣很不明白，法律为什么不把翠花也判刑？凭什么让她作恶后，还能逍遥法外？

然而，气归气，恨归恨，赵美荣无处说理，只能提醒自己消消气，至少表面上耀武扬威，不能让外人看笑话。归根结底，她活在别人的议论里，而她最怕的，也是别人嚼舌根子，那样，老赵家的脸还往哪搁？

如今，闲话又出来了，赵美荣的心火又冒了出来。

考虑再三，她强压怒火，对告密者做出如下解释:之所以急着盖房子，是因为想给彩凤招上门女婿。眼瞅着，彩凤都十八大九了，孩子倒是不着急嫁人，当娘的可不能没正事。俗话说，量女配夫，自己家就一个宝贝女儿，如今把一切都置办好，什么彩礼也不要。目的只有一个，给彩凤寻到可心的"爱情"，只盼着小两口恩恩爱爱，小日子红红火火。

告密者闻言，哈喇子险些掉下来。如此天上掉馅饼的婚事，只恨自己家儿子太小，否则一定上门求亲，倒插门又有什么关系呢？白捡一个媳妇不说，关键是儿子坐享其成，不费吹灰之力，就能住上亮堂堂的全砖大瓦房。如果将来命好，还能借上赵光荣的光，那儿子就飞黄腾达了……

既无比艳羡，又无比遗憾，告密者突然想起一件事，吞吞吐吐地试探道："那个，路老师人不错，长得俊又有文化，好像……"

赵美荣脸色一冷，打断了对方的话："城里人又怎么样？长得越好越不靠谱，整天流里流气的，看着就不像好玩意儿！再说了，人家是来'过渡'的，早晚要回去的，跟咱们有什么关系？"

赵美荣脱口而出的，都是真心话，她瞧不上路志勤，最主要的原因，就是觉得他跟张林一样，不是个踏实靠谱的男人。她这辈子瞎了眼睛，被男人的外貌蒙骗，绝不能让彩凤吃亏。还有更大的隐患，万一哪天路志勤返城了，自己闺女咋办？退一步说，如果能跟着一起去，倒是件好事；如果不能跟着去，岂不就得离婚？赵美荣最接受不了的，就是这一点，所以路志勤再吸引人，也不在她的考虑范围内。

告密者见赵美荣态度坚决，就把彩凤与路志勤的小道消息，硬生生地咽了回去，无事生非惹对方讨厌，毕竟不是好事。于是，告密者改了口风，一面夸赵美荣豪爽，一面眼红她的富贵。

赵美荣终于找到心理平衡，胸中的气也彻底消散了，随手递给告密者一袋糖果。

告密者拎着糖果离开，脸上笑开了花，一路上成为大喇叭，逢人便夸赵美荣好，赵家的大瓦房漂亮。很快，消息不胫而走：张彩凤悬瓦房招亲啦！谁家儿子多，或娶不起媳妇的，或者想攀权贵的，赶快去"嫁给豪门"，从此改变一穷二白的命运，甚至可能鸡犬升天。

不久，彩凤招亲的消息在万宝山一带也传开了，上门说媒的络绎不绝，一来奔着三间全砖大瓦房，二来奔着现任大队书记赵光荣，三来奔着彩凤售货员的工作。至于人品——赵美荣是否飞扬跋扈，张林是否作奸犯科，张彩凤是否刁蛮任性，皆可忽略不计。

每次送走媒婆，赵美荣都会冷笑一阵。这冷笑中，有得意，有不屑，有悲哀，也有无奈，更多的是慨叹——钱和权真是好东西啊！

她心里明镜似的，人们如此上赶着，究竟图的是什么。不过，社会就是如此现实，人往高处走，水往低处流，谁不知道享清福，背靠大树好乘凉呢？

唉，也就自己倒霉，瞎了眼睛，嫁给了尿包张林。一辈子窝囊着，那也就认了，没想到他竟敢出轨，实在对不起自己的爱。罢罢罢，一寻思起来就怒火中烧，这也是当初为什么狠心，非送他去监狱的原因。

自己这辈子毁了，赵美荣意难平，所以在女儿的婚事上，一定要擦亮眼睛。男人嘛，丑点儿俊点儿都在其次，最重要的是人品，对待感情一定要专一，千万不能有花花肠子！如果谁敢对不起女儿，她会跟对方拼命……

刘堇不经常出门，但彩凤招亲的事很大，也传到了她的耳朵里，她的心情跟着起起伏伏。关于张林要提前出狱的事，在悄悄跟彩凤确认后，刘堇很高兴，第一时间告诉了外婆。不过，刘堇没说赵美荣盖房的事。

外婆静静地听着，没有"呜呜哇哇"地说话，只是双唇颤抖着，眼睛似乎在看着刘堇，又似乎透过她的头发，穿透棚顶穿透时空，看到了从狱中走出来的张林。良久，良久，外婆才长叹一声，落下两行浑浊的泪，好像在说："总算有盼头了，我的傻儿子！"

人逢喜事精神爽，病中的外婆也一样。从那天起，她的精神突然有所好转，说话的次数增多了，饭量也增加了一些，像是要故意多吃，让身体健康起来。

刘堇很开心，暂时把彩凤的事放下，每日尽可能帮外婆按摩针灸，变着花样做些吃着顺口的。她还告诉外婆，等清明过后天气变暖了，就带外婆出去晒太阳。

外婆听到这句话，眼睛使劲眨了三下，不住地"呜呜哇哇"，表达着什么。

刘堇认真地点点头，答应外婆："好好好，咱们一起去寻宝。"

外婆开心地笑了，额头的皱纹密密麻麻的。

刘堇透过外婆的笑容，终于明白了精神力量的重要性，或许舅舅张林回来以后，外婆就能奇迹般站起来了，像从前那样房前屋后地忙碌着，做这个家永远不倒的大树……

中午时分，阳光实在太好了，还没用刘堇张口，麻雀和石头就跑来帮忙，把外婆抬到院子里晒太阳。刘堇由衷地感谢自己的小伙伴，非亲非故，却一如既往地关心自己。如果没有这几个好伙伴，刘堇真不知道，自己会变得多么无助。

如果说，小时候跟在外婆身后侍弄小园时，刘堇觉得自己的手很能干，没什么活儿能难得倒她，那么，当外婆倒下后，她独自撑起这个家，才发现四根手指确实太薄弱了，很多事情力不从心。比如，抱外婆晒太阳这件事，就一直困扰着她。外婆的身子虽然瘦得皮包骨头，却显得跟木头一样沉重，不仅失去了配合的能力，关键的时候还会"捣乱"，不是僵硬就是抽搐，刘堇的四根手指实在无法掌控。万一失误，就会把外婆摔到地上，刘堇不敢想象那样的后果。

暂时放下春心萌动，刘堇每天认真地穿针引线，把注意力都扑在外婆身上。

但是，情一旦有了讯息，有的人就会被牵引，想放也放不下——那就是当事人路志勤。

路志勤第一次拜访外婆家，是清明节过后不久，一个温暖如夏的午后。

那一刻，燕子正在屋檐下衔泥筑巢，春风轻柔地拂着细柳，阳光暖融融的，抚摸着外婆熟睡的脸庞，小院里朴素又恬静。

外婆躺在木头椅子上，这个椅子是石头爹帮着做的，刘堇在上面铺上一床厚褥子，很舒服。

刘堇倚在外婆身旁，拿着花撑子，一针一线地刺绣着，心里盘算着：货郎又快来了，得换一块的确良布料，给外婆做一件夏天穿的衬衣。等舅舅回来的时候，外婆一定会焕然一新，日子也会焕然一新了……

"刘堇？"轻柔得如风似雾的声音，像是怕再大一点点，就会惊醒沉睡的外婆。"刘堇,是你吗?"

绣花针如刺,蓦地扎了指尖,刘堇循声望去,下意识地一哆嗦。

白日梦吧?明晃晃的春光里,从院门款款走来的身影,正是她日思夜想的路志勤。

怎么可能呢?刘堇大脑飞快地旋转,第一个反应,对方是来找彩凤的,因为彩凤说,那块手帕成功地敲开了路志勤的心门。可是,彩凤白天在供销社上班,他不应该来家里,而应该去供销社啊。或者,到赵美荣的房基地看看,那三间大瓦房,没准就是为他准备的……

想到这里,刘堇心里竟然有些酸楚。都说"有娘的孩子像块宝",彩凤不就是鲜活的例子吗?从小到大,吃的、穿的、用的、玩的,样样都是村里最好的。如今谈婚论嫁了,赵美荣又给她准备了最好的婚房,选择了最好的郎君,往后,再生几个最好的娃,那小日子啊,应该也是全村最好的……

不!胡思乱想什么呢?刘堇晃了晃脑袋,闭了闭眼睛。一定是日光太强,晒花了视线。以前外婆就叮嘱过她,不要在太暗的地方看书,也不要在太强的光线下刺绣,否则是会伤眼睛的,就像外婆那样,时而雾蒙蒙的,看不清东西。

唉,最近这是怎么了?每次刺绣时,都会想到三色堇,一想到三色堇,就会想到他,怎么办呢?难怪王二丫会疯,原来,喜欢一个的人滋味,真的很折磨人啊!脑海中,王二丫的样子,又一次让刘堇惊恐。

她闭着眼睛,不敢睁开,自言自语着:"只是这人间四月天啊,燕子在梁间呢喃,这暖,这希望啊……"

"我相信,那手帕一定是你绣的。"又一缕温润如雨的声音,已经近在耳畔,阳光被一个影子遮住,那是路志勤高大的身形。

刘堇惊慌地睁开眼睛,感觉到了一个男人炽烈的目光。真的是他,真的是他!

他就那样微笑着,站在她的面前,眼神如初见那日般深情,微笑如初见那日般亲近。

他的嘴唇在一张一翕，说什么呢？手帕？天啊，他果然知道手帕的事了？他是怎么知道的？彩凤不可能告诉他的。

想到这里，刘堇像做错了事的孩子，脸"刷"地一下子红了，就像桃花飘落到双颊。"你……我……听不懂……"刘堇不敢再瞅他，低下头，却一眼望见他的喇叭裤，像两个大喇叭一样，张扬地摆在她的面前。

"三色堇，我只对一个人讲过。人间四月天，我相信，没人比你更懂。"路志勤声音笃定，丝毫没有因为刘堇的窘迫，想要放过她的意思。

"不是的，不是的……你别误会……"刘堇胡乱分辨着，彩凤那天自信满满，说很快就会"拿"下路志勤，可是路志勤突然来说这些，是什么意思呢？

路志勤的声音，依然在耳边响着："我没有误会，因为麻雀说，万宝山一带最了不起的刺绣，只有一个人能绣得出来。万宝屯最懂文化的人，是她最亲密的朋友。能将文化与绣品融合在一起的，再也找不出第二个人了。"

麻雀？一个彩凤就够了，怎么又扯上麻雀了呢？刘堇的头埋得更低了，双眼死盯着花撑子下面的手，反复捏着自己的四根手指。这个快嘴快舌的麻雀，从小到大就叽叽喳喳的，总也改不掉臭毛病。唉，怎么办？彩凤是买主，想骗路志勤说手帕是她自己绣的，如今被麻雀泄密了，她一定会暴跳如雷。自己是很喜欢路志勤，甚至希望有一天，他能猜到是自己绣的。可是，没想到他猜得这么快。事情变得有点儿复杂了，现在这个尴尬的局面，如何处理才好呢？

路志勤见她沉默，又小心翼翼地说："麻雀还说，石头、泥鳅你们一起长大，比亲兄弟姐妹还亲，真让人羡慕。所以……我也想跟你……们做朋友，可以吗？"

跟我们做朋友？刘堇仔细琢磨这句话，心情略略平静了些，原来是自己想多了，看来他独自来下乡，肯定很孤单，想找几个小伙伴，也很正常。想明白这些，她终于开口说话了，可还是不敢抬头："麻雀……真这么说的？是啊，是啊，他们三个对我最好，胜似亲人……"

"我也会对你好的，跟他们一样！"路志勤脱口而出，心意表达得很急切。

刘堇的心"怦"地一下，不知道为什么，对方说"跟他们一样"时，她却分明感觉，有一些"不一样"，这是为什么呢？她赶紧又摇了摇头，想甩掉自己的胡思乱想。

"怎么，你不愿意跟我做朋友？"路志勤误会了，以为她摇头是在拒绝。

"那个，不是……我们从小玩到大，可你不是……你怎么可能……"刘堇语无伦次，自己也不知道要说什么。

"怎么不可能？他们是老朋友，我就是新朋友呗，人这一辈子，会交很多朋友的。"路志勤轻松地笑了，觉得刘堇的反应很可爱。

刘堇没来由地叹了口气，蹭着自己的双脚："唉，也对……"

见她那个样子，路志勤忍俊不禁："既然我说得对，那就抬起头来说话吧。"

刘堇这次没有抗拒，下意识地抬起头，却不敢直视对方的眼睛："你说得没错，有朋友，真的很好。我外婆生病后，多亏了麻雀他们……我喜欢他们，外婆也喜欢……"

"麻雀说，外婆人特别好。"路志勤真诚地说，目光从刘堇身上移开，落到外婆的白发上。"接受我这个朋友吧，我会跟他们一样，帮你照顾外婆的。"

刘堇的心，又被温柔地打动。虽不敢奢望爱情，但不能拒绝友情。而且事实证明，真挚的友情是存在的，所以，她还顾忌什么呢？

"可是，彩凤……"话一出口，刘堇自己吓了一跳，说好了不用顾忌，为何要提彩凤呢？

"彩凤怎么了？"路志勤微微蹙了蹙眉，旋即想起手帕的事，赶紧解释。"你千万别误会，手帕是她一厢情愿，我跟她连朋友都不是！"

一厢情愿？听到这四个字，刘堇莫名地有些窃喜，嘴角划过好看的弧线。原来彩凤在说谎。那天，彩凤犒劳她的雪花膏，看来最好不要动，得时刻准备着被索要回去。

"你笑什么呢？"路志勤看到刘堇的微笑，有些好奇。

"啊？没笑，没笑……"刘堇脸"腾"地红了，生怕被对方看透心思，赶紧没话找话，把话题岔开。"那个，你看阳光多暖和。我突然想起以前，外婆没生病的时候，带我去山上找七色堇，特别开心……"

"过几天，是你的生日，要不咱们一起……陪外婆去万宝山吧。"路志勤凝视着刘堇的笑容，忍不住抬起手，很自然地抚摸了一下她的黑头发。这个简陋的农村小院，让他感觉既亲切又陌生，眼前这个面容清秀的女孩，让他既喜欢又心疼。

刘堇怔住了，一时忘记躲开那温柔的手掌。每天忙碌，她已经忘记生日的事了。不用问，又是麻雀透露的。只是刘堇想不明白，路志勤是怎么认识麻雀的呢？麻雀为什么口无遮拦，连生日的事都告诉他呢？

其实她不知道，对于她家的情况，麻雀是应说尽说，包括她的出生，她的爹娘，她的外婆，她的舅舅，她的求学路，她如今艰难的生活。当然，还有她的残手，以及带着灵感的刺绣。当然，还有她的善良，她的心思细腻，她的喜怒哀乐。

很久以后，刘堇才知道：路志勤心思缜密，以了解历届学生情况为名，明目张胆地通过校长得到了刘堇班级的学生名单；接着又通过分析，利用排除法，锁定了麻雀、泥鳅和石头；最后，他决定放弃两个男生，询问与刘堇亲密无间的麻雀。之所以这样做，是因为路志勤有所顾忌，不想引起校长的关注，闹出一些复杂的事情。

那么，为什么要大费周折去了解刘堇呢？路志勤当时的想法很简单，真的只是出于好奇，单纯地想了解一下。毕竟，在这样的穷乡僻壤，遇到一个蕙质兰心的女孩，一种特别的眼神，一次特别的邂逅，一方特别的手帕，一种难以释怀的情愫……总之，是一件意外又美好的事。

如果刘堇是个健全人，或许路志勤在打听之后，并不会有什么行动，因为他非常清楚，自己来万宝山不是寻找爱情，而是要备考读大学的。可是偏偏，刘堇那样与众不同，那样令人怜惜，那样令人放不下，让他想到了"同情"这个词。

是的，他认为自己很同情刘堇，而且刘堇值得同情。当"同情"成为一种概念，路志勤的心就变得越来越柔软，终于找到了走近刘堇的理由。所以，在麻雀的指引下，路志勤在春暖花开的正午，大胆地闯进了外婆家的院子。

进院之前，他并不知道，能为刘堇做些什么。他只是想，自己是城里来的健全人，一定要像朋友那样，在力所能及的范围内，多帮助这个可怜的农村女孩。

进院之后，他更加坚定，必须为刘堇做点儿什么。哪怕像大哥哥那样，只是抚摸她的头，真诚地说一句："人和人之间最美好的，是用我的本真，碰触你的本真。"

刘堇低着头，甜蜜的泪水顺着绯红的脸颊，悄然跌落到绣布上。那滴答声似有若无，轻轻地扣动她的心扉，宛如一树一树花开的声音。

刘堇 18 岁生日那天，阳光出奇的火热明亮，仿佛要穿透云层，直接送来热情的夏天。

脸上映着的红晕，是独属于这个季节的希望，在刘堇的心海里孕育，犹如万物复苏般生动。那份喜悦的暖流，不仅来自阳光，更源于美好的情愫。刘堇做梦也没想到，路志勤竟然履行了承诺，特意跑来为她过生日，跟伙伴们一起抬着外婆，爬上了万宝山。

久违的万宝山，久违的季节。天空还是那么蔚蓝，大地还是那么广阔，路途依然并不遥远，山也并不太高，可是之于刘堇，却恍如隔世，一晃已是十年之久。8 岁那年的生日，很多细节历历在目，令刘堇感慨万千，当年外婆身姿矫健，是她生命中的太阳伞；现在外婆病魔缠身，犹如风雨中的枯叶，需要她细心照顾，用生命来保护。

一路上，外婆比刘堇更感慨，眼神变得灵活起来，无奈言语不畅，只能安静地想心事。从小到大，万宝山在她的心中，是神一般的存在，至今她一直坚信：只要山在，希望就在，一切就会好起来。生病的日子，在窗前遥望万宝山，即使视线越来越蒙眬，甚至什么也看不清楚，心里却越来越通透，仿佛世界就在眼前，支撑着她用力活着，认真盼着，舍不得闭上眼睛……

此次登山，外婆其实很矛盾，既担心给孩子们添麻烦，又盼望着到山上看看。具体想看什么呢，她也说不太明白。这么多年，她对万宝山最熟悉不过了，没生病前，不知道爬过多少次，哪里有什么树、哪棵树下开什么花，看或不看，都长在她心里。

不过，最后外婆还是来了。或许她想要的，就是那熟悉的感觉，一草一木的深情，还有看山人王栓柱。以前每次上山，她都会给他带两个鸡蛋，那孩子命苦啊，孤苦伶仃的，不仅没人疼惜，还经常被人嘲笑。人生在世，图个啥？外婆讲不出大道理，只是固执地认为：穷过富过，活的就是个念想。所以，她像妈妈一样牵挂王栓柱，希望他心存念想，能够认真地活着……

想到这里，外婆突然"呜呜哇哇"地叫起来，双手不听使唤地乱舞着，努力比画出两个圆形，双眼则盯着刘堇，脸上写满了急切之情。

路志勤不明所以，麻雀也没猜到，泥鳅和石头更是一头雾水。

不过刘堇笑了，赶紧从包里取出鸡蛋，告诉外婆，她早就准备好了，到了山上，就送给栓柱叔叔。外婆咧开嘴笑了，最懂她心思的，永远是可爱的外孙女。可惜啊，这么好的孩子，命苦得让人心疼，原以为能陪着她长大，谁承想自己竟然成了她的负担。唉，对不起这孩子啊……

"外婆快看，你最喜欢的婆婆丁菜！"刘堇一边说着，一边俯下身，拿出提前准备好的小刀，挖出两棵鲜嫩的蒲公英。

外婆很开心，伸手去接蒲公英，可惜手抖得拿不稳，菜直接往地上掉，路志勤手疾眼快，一把接住了两棵菜，又小心翼翼地放进外婆的掌心。

只是一眨眼的事，但刘堇看在眼里，喜在心上，她觉得，路志勤对外婆好，比对她好还幸福。

麻雀叽叽喳喳，一面夸路志勤反应灵敏，一面讥笑石头和泥鳅反应迟钝。

石头哼哧了两声，又挠挠脑袋，说蒲公英本就长在地上，即使掉到地上，也不会像鸡蛋一样碎掉，又有何大惊小怪的呢？

泥鳅哈哈大笑，夸石头言之有理，即使碎掉也无所谓，大不了再挖新菜，有什么了不起的呢？

麻雀气得直跺脚，她讲的是"手疾眼快"，是应对突发事件的能力，对方却强词夺理，故意偷换概念，不承认自己有多笨，实在是不可救药。

刘堇被逗得忍俊不禁，看着这三个小伙伴，他们一起陪着自己长大，如今个头跟成人一样，性格却依然纯真可爱。有朋友的日子，苦中就有了甜滋味，就像万宝山，因为他们的到来，就有了快乐的味道。

路志勤则讪讪地，既觉得二人的话有道理，又听出某种弦外音，在婆婆丁与鸡蛋的切换之间，隐约透露出一丝不友好。不过，他很快就调整心绪，大家都是同龄人，又都是刘堇的朋友，深一句浅一句的玩笑，怎么能斤斤计较呢？

"张婶！小堇！张婶，小堇……"突然，树林深处，传来一声声热切的呼唤。

众人循声望去，只见狭窄的林中小路上，跑来一个倾斜的身影，不用细看也能猜到——王栓柱来了。刘堇开心地朝那个身影挥挥手，热情地喊了一句"栓柱大叔"。麻雀赶紧指挥大家加速，抬着外婆快走几步，过去与王栓柱汇合。

初次见到王栓柱，路志勤满眼惊奇，忍不住打量着这个"怪人"。他能感受到，大家对栓柱的亲切，以及栓柱对大家的友好，不过他不明白，这组年龄有差别、身份有差别的三代人，是如何成为好朋友的？于是，他又多打量了一下栓柱的腿，心里顿时升起一个词语——同情。他确信，同情是一种力量，能够联结善良人的情感。于是，他又偷偷看了看刘堇的手，心中的同情更深了一层。

王栓柱满脸笑容，仿佛眼前这群人带来的是阳光雨露，让他瞬间变得年轻挺拔，拉着外婆的手时，双眸里竟然有泪光在闪动。外婆的心里明镜似的，这孩子对大家有多亲，在山上就有多孤独。只怪自己无能，不能像从前那样健步如飞，随时能过来关心他。

刘堇读懂了外婆的自责，赶紧取出两个鸡蛋，微笑着递给王栓柱："外婆千叮咛，万嘱咐，一定要带给你。"

王栓柱的脸微微地红了，小心翼翼接过鸡蛋，眼里有点点泪花，脸上绽放出孩子般的笑容。

在山上，其实也能吃到鸡蛋，可那只是单纯的食物，不蕴含任何情感。他确实太孤独了，骨子里的倔强，掩饰不住对亲情的渴望。外婆生病后，他几乎陷入绝望，因为他知道，世上唯一牵挂他的人，再也不能上山来看他了。但他在绝望之余，心中还有些许希望，毕竟外婆还活着，每天站在瞭望楼上，遥望山下的村庄，他又会心生一丝温暖，因为他知道，外婆上不上山，对他的关心都一直在……

王栓柱嗫嚅着，无法轻易说出"谢谢"，这两个字太单薄了，不足以承载情感的力量。呵呵地傻笑半天，他突然像想起什么似的，赶紧把鸡蛋放进左手，然后把右手伸进口袋，摸出一样东西，吞吞吐吐地说："那个……小堇，生日快乐……"

刘堇定眼一看，栓柱大叔右手拎着一串风铃——18只草编的小兔子风铃，每个铜钱大小，下面缀着五彩珠，风儿一吹，清脆作响，可爱极了。

外婆显然很惊讶，怎么也没想到，一晃十年了，王栓柱竟然记得刘堇的生日，还准备了如此精致的礼物。她眼中也有泪花，蓦地想起儿子张林，作为刘堇的亲舅舅，如果能像栓柱般体贴，那么刘堇也不至于那么苦。可惜，恨铁不成钢啊，儿子太不争气……

而刘堇惊讶之余，更多的是感动。接过那串草兔子风铃，忍不住细细打量眼前这个人：他的头发有些凌乱，衣衫有些破旧，双手有些粗糙，眉眼却依然清澈，笑容与十年前一样友善。站在大树旁边，身材没有路志勤高大，体格没有石头魁梧，身手不如泥鳅敏捷，可是自成风格，瘦弱里有种亲切感，怎么看，都觉得很踏实。她忽然想，如果这个人是亲叔叔，该多好啊……

麻雀羡慕之余，更替刘堇高兴，叽叽喳喳地指挥大家，赶紧找个合适的地方，尽量把外婆放在阳光下，然后围着外婆坐下，正式为刘堇庆祝生日。

泥鳅和石头被感染了，觉得也应该来个仪式感，可惜事先没准备礼物，就跑到树根底下，挖来几根婆婆丁，调皮地送给刘堇，异口同声地说："生日快乐！"

大家被逗得哈哈大笑，连外婆也甩掉忧伤，乐得合不拢嘴。刘堇笑得前仰后合，自从外婆生病后，她还是第一次无拘无束，开怀大笑。

路志勤显得很内敛，那串草兔子风铃很意外，然而确实很可爱，见刘堇如此高兴，他也跟着开心。生日是重要的日子，他一来与大家不熟，因此不想跟大家起哄；二来他有私心，只想找个机会，单独与刘堇相处，并对她真诚地说祝福。

不过，他想安静，有人却不愿意，石头和泥鳅互换眼色，一个劲儿地催他献礼物。路志勤拗不过去，只好当着众人的面，向刘堇献歌一曲。只见他双眸充满深情，声音如润物的春雨，清透甜美阳光温柔，《甜蜜蜜》的歌词细腻，引得大家纷纷鼓掌，就连外婆也情绪高涨，都像十八岁少女一般，手舞足蹈地跟着喝彩。

有那么一瞬间，仿佛万宝山都在歌唱，刘堇的心海，充满了甜蜜与幸福。她心里很清楚，路志勤此时唱这首歌，是别有深意的，犹如娓娓道来的情书，让她害羞，更让她欣喜……

终于，路志勤找到机会，与刘堇远离了人群，走在寻找七色堇的路上。

山路并不漫长，在绕来绕去的循环中，两个人的手，悄悄地牵到了一起。刘堇的心怦怦跳，脸红到了脖子根，不敢看身旁的路志勤，又忍不住偷偷瞄他的身影。

路志勤也一样紧张，他没有时间考虑，这样的牵手，距离"同情"有多远；也没时间思考，那只"怪"手有何不同，只是觉得掌心贴着掌心，指尖如微刺，划起心海深处的激情澎湃……

走啊走，可惜没找到七色堇。

路志勤突然俯下身，采了很多三色堇，红的热烈，黄的温柔，紫的深沉，深情地捧到刘堇的面前。山风拂过，三色堇微微点头，仿佛在赞许地说："真好！这花的芬芳！"

刘堇的脸颊，被那些"猫脸"映得通红，低头含羞的笑容，比三色堇更令人心动。心跳加快，一个声音提醒她——赶紧逃跑，这是幻境，浪漫不属于她；而另一个声音又拉扯着她——不要当逃兵，既然是幻境，幻想一下又何妨？

路志勤凝视着刘堇，感受着她起伏的心跳，实在情不自禁，在她的额头上留下了一个轻吻。

这个吻，到底意味着什么？当年的他，来不及细想，只觉得渴望那样做，也应该那样做。多年以后，夜深人静之时，他经常忆起那一幕，细细思量后，依然会心存感恩，认为是彼此间最好的礼物，值得用一生去回味……

这个吻，究竟意味着什么？当年的刘堇，也来不及细想，只觉得很甜蜜，既喜悦又恐惧。多年以后，她读到《小王子》，被里面的话深深触动："我始终认为一个人，可以很天真简单地活下去，必是身边无数人，用更大的代价守护而来的。"

回想起18岁生日，那天的万宝山，身边的人真全啊——有最爱她的外婆，有最呵护她的栓柱大叔，有她最喜欢的路志勤，有她最要好的伙伴。一生最难得的，是那份真情真意。所以，每当万宝山入梦来，她都想沉醉其中，永远不再醒来。

第五章　嫁作何人妇

刘堇也曾有过彷徨，心无所依。如果成长注定是疼痛，那么她宁愿永远活在小时候，山河星月，稚嫩纯真，不必刻意靠近某个方向；当然，也不必刻意修炼某种能力，超越某些限制，忘掉某些事物。

如果注定在最美的年华，会遇见一个人，她宁愿犯一个错。随着时间的流逝，慢慢变枯黄，但依然叶脉清晰。心似双丝网，中有千千结。她一针一线地绣啊，却没有任何办法，重新编织那些若即若离的心结。

盛夏时节，白云飘浮。大自然执起妙笔泼墨点翠，万宝山上林茂花香，委婉的虫鸣鸟叫，合奏着一曲森林梦幻曲。山下良田千顷，一片片被风吹得高低起伏，一派丰收在望的壮观景象，将夏秋的过渡长卷缓缓拉开。

舅舅张林，一脸沧桑。他衣衫破旧，眉头锁成万宝山的形状，双目忧郁无神，胡须罩着脸庞。归乡的路如此漫长，他踏着一层层绿浪，回到了既爱又恨的万宝屯，回到了白发苍苍的外婆身边。

此时此刻，赵美荣的新房子即将竣工，热火朝天的场面，令全屯人羡慕不已。她叉着腰，时而嘎嘎地大笑，时而指手画脚，一刻也舍不得离开房基地，仿佛不知道张林的归来一样。

其实，她这是外强中干，表面的光鲜亮丽，掩饰不住心乱如麻。

张林坐牢这些年，有多少个夜晚，她以泪洗面，愤恨难平之后，不得不承认：自己是想念张林的，甚至想去监狱接他，打他一顿，再搂着他哭一通。

可是，赵光荣告诉她，千万不能失掉身份，必须给张林一个报复，也做给好事的村民看看——对于背叛自己的男人，赵美荣要有姿态，那就是"绝不原谅"！如此一来，张林出狱后，就会小心些，村民也会更尊重她。

赵美荣知道，这次哥哥说的都对，再怎么想张林，也不能自掉身价，否则会被所有人看不起。罢了，脚上的泡是自己走出来的，张林自作自受，活该！因此，任心里多凌乱，她也咬着牙，没去接张林。

作为女儿，彩凤倒是无所谓，也没想做给谁看。她打心眼里瞧不起张林，一直以有这样的爹为耻，因此，张林回来不回来，跟她没一毛钱关系。

赵美荣想说服女儿，好歹也得去个人，象征性地接一接。或者，在村东头的老树下站着，张林看到后，心情也会不一样的。彩凤冷哼一声，认为没必要，一如既往地守在供销社，对于张林的回归，丝毫没有热情和欢迎。

张林自知理亏，不能埋怨老婆，更不能怪孩子。监狱里的日子，那是他应该受的罪，如果有可能，他绝不会再犯错，可惜一切都晚了，他有什么脸要求家人原谅呢？

他甚至想过，再也不回万宝屯了，到一个没人认识的地方，那样就没人笑话他了。可，他只是想想而已，真正走出监狱大门的那一刻，他还是最想回家。即使老婆孩子不要他了，他还有娘——那个从小到大，把他当成宝贝的娘啊，一定不会不要他……

恐惧、忐忑、愧疚、期待、失望、悲伤。

他心潮起伏，一步一步走向万宝屯，体验着什么是"近乡情更怯"，那种被嫌弃和被遗忘的感觉，令他无地自容。每向前迈一步，都要在心底挣扎一次——逃离吧，万宝屯不要你了！不！我要回家，我不能逃……

感谢村口的老树，笼罩着外甥女刘堇的身影。那个善良的孩子，用楚楚可怜的笑容，让他体会到亲情的温暖，也给了他回家的勇气，热泪盈眶地走进熟悉的院子。

说熟悉，又很陌生，张林心里一阵痛楚，从小到大依恋的家，此刻为何变了模样？

西屋是他的小家，原本的温馨早已不再，此刻面目全非，能搬走的东西，都被赵美荣搬走了。张林不知道赵美荣盖了新房，只道是自己入狱后，她弃这个家而去。那么女儿呢？难道也不要这个家了吗？

鼻子一酸，眼泪掉了下来，张林赶紧转移目光，望向家中的小园。幸好，小园还在，能让他忆起那些温馨的时光。

在狱中的两年多时间，他日思夜想的，不是老婆，不是女儿，也不是翠花，而是小时候家里的小园。那时候的天总是那么蓝，水总是那么清，一群孩子夏天打鸟、摸鱼、游泳，冬天滑冰车、打陀螺、转兜圈，自由自在，虽然顽皮得总挨骂，却无忧无虑。那时候的乡间小路，从村东头到村西头，不知被他们踩了多少遍，留下多少欢声笑语。

那时的母亲多勤快啊，在房屋前面、院子中间，用土坯围出几块空地，再用柳枝交叉插到土坯上面，形成半天然的"帐子"，防止小鸡小鸭跳进去啄食蔬菜。小园里，有张林喜欢的沙果树，秋天的时候，沉甸甸的果实直把树枝压弯，时常坠落于地面，或金黄色，或全红色，或全黄色，甘甜中透着淡淡的酸味，又脆又爽口，直到刷牙的时候，才发现牙被酸倒了。

小园里，有母亲喜欢的茄子、豆角、黄瓜、西红柿、辣椒。最靠四周的地方，还种上几株向日葵，或者玉米，下面攀缘着的，是圆圆的大南瓜和瘦长的西葫芦。

夏季的小园就是乐园，是最丰盈而美丽的向往，小葱蘸大酱的醇香，一次次走进张林的梦里，醒来后却发现枕头湿了一片。小时候的张林非常馋嘴，常常果蔬刚要熟的时候，就跑到园子里物色。看中某个要熟的，不论黄瓜还是西红柿，抑或紫溜溜的茄子，他都会留下记号，伺机再过来偷偷摘走。母亲也不揭穿他，早选出可以吃的，洗干净后放在阴凉处，等张林和张萍午睡起来吃，生津止渴，解暑降温。

那种母亲的味道，自从结婚后，已经多久没尝过了？狱中的张林，想掉眼泪。

妹妹张萍跟张林不一样，从不偷吃，她喜欢种扫帚梅花，还迷恋那些不太实用的菇葫儿。未成熟的菇葫儿是绿色的，张萍可懂窍门了，轻轻撕开外面的皮，揪住里面的肉果用力拔，就能把里面全部掏空。她再将这个空心球吹鼓，开口向外放入嘴中，用牙轻咬就能吱吱作响，非常好玩。

还有一种苦菇葫儿，鲜艳的橙红色叶子，包裹着橙红色的果实，张林吃了一个，感觉苦得像黄连，张萍幸灾乐祸地说："谁让你馋嘴呢？只有经过霜打之后，苦菇葫儿才能甜起来。"

多可爱的妹妹啊！多难忘的童年啊！

守在母亲身边的张林，满腹的忏悔，却不知从何说起，眼泪落到了母亲的白发上，他赶紧用力擦了擦眼睛。记不清从几岁开始，他就疏远了母亲，总以为自己长大了，不用再依偎在母亲身边。两年半的分别，张林才真正意识到，母亲已经老了，妹妹也已经不在了。那些他不曾珍惜的过往，再也回不去了……

"舅，这黑星星多好，你要不要……喂给外婆吃？"刘堇从小园里回来，筐箩里装着两根顶花带刺的黄瓜，两个红彤彤的大柿子，还有两串紫幽幽的黑星星。

张林刚刚擦干净的眼泪，又夺眶而出。这种野生的小玩意儿，在小园里、田野里、小路边，到处都是，开出星星点点的小白花，给他带来过多少快乐。

记得小时候，他跟母亲走进小园锄草时，母亲都会特意把黑星星秧留下来，等到果实成熟了摘给他吃。未成熟的果实是绿色的，成熟之后就变成紫色的了，一嘟噜一嘟噜剔透发亮，挂在枝杈上，撸下两串儿放到嘴里，沁人心脾。有一次，张林吃得太多了，手指、嘴唇和舌头都被染紫了，然后扮成鬼的模样，突然跳到张萍面前，结果把妹妹吓得哇哇大哭，气得母亲打了他一巴掌……

刘堇之所以这样做，是希望外婆能得到儿子的关怀，从而拥有更多活下去的力量。

张林虽然窝囊，但并不傻，当然明白刘堇的苦心。他拿起一串黑星星，小心翼翼地摘下一颗，轻轻地放到外婆的唇边："娘，黑星星，甜，吃一颗。"

外婆颤抖着张开嘴，泪眼里漾着笑，没有表现出一丝苦涩和责备，只有欣慰。好歹，他也是自己的儿子，只要瞅着，只要在身边坐着，就胜过千言万语。一颗黑星星，像被注入了魔力，外婆竟然挣扎着双臂，说了一个非常含糊，但刘堇能分辨得清的"坐"字。

刘堇激动地放下筐箩，跳到炕上抱下来两个枕头，迅速堆放到炕墙一侧，然后跟张林一起把外婆扶起来，倚在枕头上半躺半坐着。

刘堇拿来梳子，递给张林。

张林心领神会，温柔地帮母亲梳理着白发。不料，手一摸到头发才知道，原来不仅是凌乱，母亲满头的白发，已经稀疏得像一蓬蓑草，却还是不甘心似的，争先恐后地随着梳子掉落下来。

刘堇悄悄接过那些头发，放到之前专门装头发的筐箩里，免得外婆看到了难过。回过身的时候，张林正帮外婆整理着衣服——这件新"的确良"衬衣，刘堇赶在张林回来前，就替外婆换上了。

第一次穿这么舒适的衣服，外婆非常开心。看到张林这个自发的动作，看到外婆满脸安详的幸福，刘堇的心里更是高兴。

"大家快点儿，快点儿！"大门外，赵美荣的大嗓门老远就飘进来，打破了东屋难得的温馨恬静。"等把仓房盖完，我就能搬家了。"

刘堇和张林对视了一眼，外婆显然也听到了，"呜呜哇哇"地说了很多，那既紧张又忧虑的眼神，分明是在询问张林："你回来了，你老婆知道吧？她要搬家，搬哪儿去啊？是不是不跟你过了，要离婚吗？"

张林不知道如何回答母亲，赵美荣盖新房他知道，刘堇已经告诉他了。至于是不是要离婚，他却猜不出赵美荣的意思。他只能攥紧母亲的手，低声安慰着："放心吧，啥事都没有，她盖新房子了，放心吧，是好事……好事……"

外婆把目光移向刘堇，似乎是验证张林的话。刘堇强笑着点点头："是好事，三间全砖大瓦房，彩凤说可漂亮了。"

外婆略略舒了口气，不再"呜呜哇哇"了。虽然儿子搬走，自己会觉得"闪"了一下子，但咋也好过蹲监狱的日子，都在一个村里，想见就能见。只要两口子不离婚，一家三口还是全科的，就比啥都强。

这时，赵美荣已经带领五个村民走进院子，径直走向西屋的窗子前。有一个眼尖的村民，看到坐在东屋炕沿上的张林，便走过来趴到窗台上，跟张林打招呼："天啊，这不是大林子吗？我还以为眼睛花了呢，啥时候回来的？"

话音刚落，立刻招来了其他几个村民，大家趴在窗台上一阵惊呼，有的说张林瘦了，有的说张林头发长了，有的说他胡子该刮了；有的问监狱里怎么样，待够没有啊；有的调侃说，张林真牛，坐牢回来就能住三间大瓦房，过神仙般的日子……

大家七嘴八舌，像看耍猴的一样兴奋。

张林尴尬至极，在监狱里想象过八百次这样的场面，但此刻真正来临，还是令他无地自容。他不愿意看这些熟悉的面孔，不愿意听这些冷嘲热讽，可是又不能发脾气，只好背向窗台瞅着地面，除了后悔，还是后悔。

"你们都闭嘴，赶紧过来干活！过来，过来，看看这根檩子行不行？"赵美荣也不爱听，但她知道，必须得有这个过程，等村民们的"热乎劲儿"过去了，闲话自然就淡下来了，她再安慰张林也不迟。

听到号令，村民们一哄而散，到西屋那边研究檩子去了。

张林心头一震，不由自主地望向刘堇——什么檩子？难道盖房子的材料，在家里放着吗？

刘堇更是一脸狐疑，摇着头沉思着，这院子她再熟悉不过，每一寸泥土每一根草，她都跟外婆一样心中有数。那么，除了用来支撑房顶的结实木头，根本没有什么像样的木材，能被称为"檩子"了。

"难道，要拆房子？"刘堇脱口而出，一脸惊恐地指着棚顶，声音哆哆嗦嗦带着哭腔。"天啊，那这个房子……岂不是要塌了？"

外婆也听得差不多了，"呜呜哇哇"地开始乱叫，那只病情轻的胳膊竟然抬了起来，指着窗户外面，吐出两个含糊不清的字："不——行——哇哇——"

张林终于缓过神来，"腾"地站起身，大步冲出房门，声音如雷般咆哮着奔向赵美荣："你要干什么？"

两年多了，终于再见到自己的男人，爱恨交织的感觉。看着让赵美荣心头一软。张林瘦了整整一圈，原来高大魁梧的身材，变成了弱不禁风的麻秆儿；原本英俊的脸庞，如今胡子拉碴布满沧桑，令人心疼。唉，赵美荣一阵难过，咬着牙在心里说——回来就好，回来就好，你受的苦，掉的肉，未来的日子我帮你慢慢补回来，只要你听话，不再伤我的心，咱俩就再好好过……

可是表面上，她必须死撑着，不能表现出一点儿心慈面软，让村民们笑话自己没出息。所以，赵美荣扭过头，不再瞅张林，继续指挥几个村民架梯子，拆檩子。

新房子那边万事俱备，谁知盖仓房时才发现，还缺一根檩子。如果现在去外地采购，来来回回既耽误时间又浪费钱；若是到万宝山砍伐，去年刚刚设立植树节，赵光荣作为大队干部，肯定不能随便违反制度。所以，赵美荣听取了村民的建议，采取"拆东墙补西墙"的方式，回原来的旧房上选结实的檩子，然后盖到新的仓房上，省时、省钱、省事、省心。

"我看看谁敢拆！"张林见赵美荣一意孤行，立刻抄起窗台边的一把铁锹，挥舞着保护自己的房子。"拆了檩子，东屋的娘儿俩怎么办？"

"我拆的是自己的西屋，跟东屋有什么关系？"赵美荣皱着眉头，看来不跟张林解释清楚，还真不行。"闪开！别耽误正事，天黑前得把活儿干完，不然你帮我付工钱啊？"

"少跟我废话！谁敢拆房子，今天我就砍死谁！"张林继续挥动着铁锹，疯狂地怒吼着，像是在对赵美荣控诉，更像是对自己前半生的讨伐，一字一句令人动容："我帮别人盖过房子，知道檩子是房屋的重要结构，更知道它和整个房屋是息息相关的。像这样土坯结构的茅草房，本身就是很不坚固的建筑，如果拆掉西屋的檩子，中间的房架就会吃重很多，从而影响东屋檩子的承受力。整个房子虽然不能立刻倒塌，但天长日久也会变形，说不准哪阵暴雨袭来，哪阵狂风卷来，房子就会摇摇欲坠，最后再也无法支撑下去了。从小到大，我只知道索取，什么也没给过我娘，如果现在，连唯一的房子都被夺走，我张林还是人吗？简直连畜生都不如啊……"

赵美荣被张林的话震住了。

村民们被张林的话震住了。

所有人的目光都那么凝重，从张林的身上一点一点叹息着，最后落在那三小间茅草屋上。

在人们的传统观念中，房子就是家，无论草房还是砖房，只要能遮风挡雨，只要有娘在，那个家就是港湾。村民们瞬间都站在了张林的立场，拿人心比自心，谁没有个老的时候呢？赵美荣此刻拆房子的举动，确实有些大逆不道了……

"外婆，外婆，你醒醒！外婆啊——舅舅，外婆不行了——"

突然，刘堇撕心裂肺地哭喊，划破了院子里的剑拔弩张，张林脸色惨白，惊恐地喊着"娘"，他像疯了一样跑回屋子。赵美荣也愣在当场，感觉情势不妙，不知是应该进屋，还是应该离开。

刘堇的哭喊在延续，声声不舍里透着怨恨，刺痛着几代人的心房，刺痛了葱郁的夏天。连天上的乌云也被刺痛，引来了滚滚雷声，万宝山呜咽不止，为饱经苦难的外婆鸣不平。

细雨无声，犹如刘堇的心在滴血。

外婆的葬礼，简化得令人心碎。刘堇倾尽所有，也无力置办寿衣和棺木，只好求助石头爹和麻雀娘。两家人都很善良，对外婆也很尊重，不仅自家借了钱，还发动一些善良的村民，帮助刘堇张罗葬礼，让可怜的外婆入土为安。

然而，外婆入土了，就真的能安吗？

刘堇比任何人都清楚，去了另一个世界的外婆，实在是太累了，只不过是换了一种方式，惦记着这人世间的亲人。整理外婆的遗物，没有任何值钱的物件，可是刘堇什么也舍不得烧掉，因为那些破旧的物件上，是亲人留下的痕迹，是亲情漂染的岁月。

刘堇一面流泪，一面细心地整理着。除了按照当地风俗，必须烧给逝者的东西，免得外婆在那边挨饿受冻的，剩下的大小东西，她都认真包裹起来。外婆的爱是支撑，有了这些温暖的见证，往后的余生，她才能有勇气活下去……

麻雀非常体贴，担心刘堇孤独和害怕，就暂时搬过来和她同住，日夜陪伴左右，拉着刘堇说话，做手工，希望她早日振作起来。

石头不善言辞，不知道如何安慰刘堇，只能用行动表达关心，每天徘徊在院门口，看到麻雀从屋子出来了，他就会走进去，抢着干这干那。偶尔，还会从家里偷拿些食物，让麻雀做给刘堇吃，说精神受了打击，身体绝不能再垮掉。

屋里屋外的活计，基本都让麻雀和石头干了，泥鳅也不争抢，干脆动用嘴皮子，讲点儿东家长西家短的事。他的口才真的很厉害，无论话题扯多远，最后总能很好地扣到主题：逝者已去，活着的人，还要继续活着，这才对得起外婆的爱。

好朋友的陪伴，让人无比感动。而路志勤的陪伴，又与其他人不同，让刘堇温暖的同时，又透过苦涩的泪水，捕捉到一丝甜蜜的影子。

路志勤既不跟石头抢活干，也不跟泥鳅争口才。他每次来，都会给刘堇辅导文化课，鼓励她好好努力，未来如果国家政策调整，或许她也能有考大学的机会，即使不能上大学，至少可以考代课教师，靠文化来养活自己。

刘堇学得很认真，来自精神的鼓励，让她重新燃起对生活的希望。而且，路志勤很懂浪漫，每次都会摘一些野花，放到外婆供桌上的玻璃瓶里。那个玻璃瓶，原来装的是黄桃罐头，对于外婆、路志勤和刘堇，都有着特殊的纪念意义。

外婆在世时，非常节俭，什么好东西也不舍得吃。有一次，刘堇听货郎说，吃黄桃罐头能"免灾"，就忙着赶刺绣换钱，想给外婆换一瓶黄桃罐头，让外婆早日康复。路志勤知道，这不过是货郎的营销手段罢了，但是，看到刘堇眼神中的期待，他又不忍心揭穿。其实想想，人生在世，不就是活个希望吗？于是，他节省出钱，特意跑到乡里的供销社，给外婆买来了黄桃罐头。

刘堇永远忘不了，外婆吃黄桃罐头时，那笑眯眯的模样，就像小孩子第一次吃糖果，皱纹里都洋溢着幸福。当然，外婆不知道"免灾"的事，她品尝到的幸福，是外孙女的反哺，是人间的亲情。其实，刘堇上过学，并非真的迷信。她心心念念换黄桃罐头，也是想借此机会，让外婆尝到人间美好。那一刻，刘堇忽然愿意相信，"免灾"的传说是真的，那样外婆就一生康健，再无忧患了……

黄桃罐头吃完后，刘堇用清水把玻璃瓶洗净，舍不得放到灶台上装食盐，而是放到屋里的窗台上，当作花瓶，装点外婆病榻上的生活。其实，还有一个小甜蜜，刘堇不敢对任何人讲——那个玻璃瓶仿佛就是路志勤，看着它和里面的花，犹如他一直在身旁……

对于玻璃瓶和花，麻雀倒是很理解，外婆生前喜欢花，那么这对她是最好的祭奠。

可石头就不同了，有事没事，就跟泥鳅嘀咕，认为这是穷讲究，花再怎么美又能咋的？能让外婆死而复生吗？

泥鳅则不以为意，如果能换来刘堇的好心情，那就尽情地摘呗，反正夏天的花遍地都是，开在外面还是开在屋里，没什么区别。

石头又不同意了，开在外面，那花就一直开着；摘到瓶子里，很快就枯萎了，有什么用？

泥鳅眨巴眨巴眼睛，说无论在哪，本质是一样的，因为花的最终结局，不都是枯萎吗？

石头豁然开朗，一拍大腿："所以说，花瓶就是个穷摆设，不如劈点儿柴火，打扫院子，多实用！"

麻雀听到了，有时候忍不住，就会跟他们理论一番，说摆设和实用的都得有，那样生活才有意思。有时候听烦了，就把他们俩赶出院子，担心给刘堇添堵。

院子那么小，夏风透过敞开的窗子，早就把大家的话传进了屋子，刘堇怎么会听不到呢？不过，她并不闹心，反而觉得有了这些声音家里会好点，否则，没有外婆的家，不仅是家徒四壁，更是空荡无所依，缺乏生气。

这样的讨论，路志勤也听到过，因为石头从来不背着他，甚至故意当着他的面说。路志勤则我行我素，一直保持沉默，他骨子里的文艺范儿，纵观整个万宝山一带，有几人能懂？更何况，无须他人懂，只要刘堇能懂，这些花的存在，就有了足够的意义。

除了鲜花，路志勤也悄悄送来"实惠"的，比如，姐姐来看他，除了带来父母的责骂，也带来父母捎来的物品。他前脚送走姐姐，后脚就把食物分给刘堇。姐姐很疼爱弟弟，拆了自己的红围脖，亲手织了件毛背心，说如果今年考不上，还得在农村过冬，千万要注意保暖。

他感激姐姐，可更心疼刘堇，于是就送给了她。

面对这些礼物，刘堇自然是感到温暖的，但还是很有选择地接受，吃的可以共享，而那件毛背心，她无论如何不能接受。在那个物资匮乏的年代，这件背心承载的，是路志勤沉甸甸的亲情，她有什么理由抢夺呢？

正是这些爱和温暖，让刘堇一点点振作起来，她开始好好吃饭，好好做家务。夜深人静的时候，甚至悄悄想着，等还完饥荒，就攒钱买些新毛线，给路志勤织条围脖，给石头、麻雀、泥鳅各织一副手套，算作温暖牌的回馈……

是啊，逝者入土，真的就能安生了吗？

面对外婆的葬礼，不仅刘堇如此追问，背地里，村民们也是议论纷纷。

这次，几乎众口一词：作为儿子，张林无力为亲娘养老送终，实在令人发指！作为儿媳妇，赵美荣不参加婆婆的葬礼，实在令人不齿！作为亲孙女，张彩凤不参加奶奶的葬礼，实在令人心寒！

张林不是傻瓜，自然看得出村民眼中的嫌弃，不！是鄙视！他分明感觉到，每一双盯向他的目光，都带着刀子，喷着烈火，恨不能直接把他抛进坟墓，去给娘陪葬。

其实，他何尝不恨自己，不嫌弃自己，不鄙视自己呢？作为儿子，除了亲手为娘的坟填些土，其余的，他什么也做不了。坐牢数年，他身无分文，无法给娘买上好的寿衣，也无法置办上好的棺木，这是他的不孝。更令他无地自容的是，娘的突然离世，与老婆赵美荣有关。

起初，他恨极了赵美荣，认为她是杀死娘的刽子手，拎着菜刀要与之拼命。全村人跟在后面，有幸灾乐祸的，有窃窃私语的，也有好言相劝的。张林跟疯了一样，发誓要除掉赵美荣这个害人精。

谁知，面对张林的虎视眈眈，赵美荣竟然面无惧色，隔着劝架的人群破口大骂："张林，你这个窝囊废，凭什么来跟我凶？当初如果你不出轨，能坐牢吗？你娘能瘫吗？坐牢就坐牢吧，为什么不干脆坐到底？为什么还有脸出狱？如果你不出来，你娘能乐极生悲，一下子咽气吗？说一千，道一万，是你娘活该，摊上你这个不肖子！所以，你才是罪犯，你才是刽子手，是你亲手把你娘送进了坟墓！"

赵美荣字字诛心，如五雷轰顶，如万箭穿心，张林顿时被击倒，"哐当"一声，菜刀掉落，划破了张林的粗布鞋面，在脚背上切出一道口子，鲜血涌出，刺人眼目。

赵美荣见状，心头一紧，有很想拨开人群跑过去看看的冲动。最后，她咬牙忍住了，无论承不承认，对于婆婆的死，她都难辞其咎，张林恨自己也是应该的。俗话说，冲动是魔鬼，她还不想死，所以离张林的菜刀远点儿，才是正确的选择。至于张林，路是他自己走的，真要就此变成了瘸子，那也是活该！

血流得令人心惊，村民们七嘴八舌，有一脸担心的，有幸灾乐祸的，各种心态都有。最后，村民的目光纷纷投向赵美荣，毕竟人家是两口子，救还是不救？怎么救？还是让人家自己处理为好。

赵美荣被瞅得心慌，正在不知所措之际，女儿彩凤终于出现了。

彩凤一脸冷冰冰，仿佛跟所有人都有仇似的，大喊一声："看什么看？都闪开！"

这个声音很有效，人群自动闪开，彩凤慢悠悠地走向张林，眼神没有一丝关切，仿佛是看着陌生人："敢拎菜刀了，看来这牢没白坐啊！咋样，是回家包扎，还是在这等死？"

张林的面部抽搐了几下，仿佛泄了气的皮球，瞬间瘫坐在地。如果说，赵美荣的辱骂，是让他反省的利箭，彩凤的无情，则是击垮他的子弹。他忽然真正清醒：他是个没娘的孩子了，再也没有人包容他，疼爱他，老婆和女儿形同陌路……

"彩凤，快带张叔去包扎吧！"随着一阵"咚咚咚"的奔跑声，路志勤挤过人群，焦急地蹲下身后，放下手中的一束野花，然后仔细察看张林的伤势。

"不用你多管闲事,走开……"彩凤怔了一下,本能地抗拒着,语气却不再生硬,隐约透出一丝赌气的成分——周围那么多人围观,为何偏偏是他呢?难道,这就是缘分?

对于彩凤的态度,路志勤并不在意,依然认真检查张林的脚,担心伤到大动脉。

本来,他的心情极兴奋,因为教育局刚刚通知,他的高考成绩非常好,超过分数线很大一截,按照往年的录取经验,只要"下乡"评价没问题,他肯定能进入理想的大学。这实在是天大的喜讯,所以他激动地摘了很多花,想第一时间与刘堇分享。结果,路遇这场风波。伤者如果是别人,他或许不会停下脚步,但张林是刘堇的亲舅,他做不到袖手旁观。

赵美荣透过人群,也观察着张林的脚伤,听见路志勤说问题不大,终于暗暗松了口气。还好,还好,事情总算没闹得更大,否则那家伙成了残废,哼,自己可不照顾他!

想到这里,赵美荣冲着人群大喊:"赶紧出来两个人,把他背回老张家去,别在这里丢人现眼了!"

有人很聪明,所谓听音听细节,赵美荣用的是"背回去",而不是"扶回去",那么对张林的态度,似乎有一丝缓和。于是,拍赵美荣马屁的,眼馋赵美荣的三间大瓦房的,立时就有几个人应声而动,争先恐后地来到张林身边,抢着要把他背上背。

看着如此戏剧化的情景,路志勤的嘴角露出不屑,只可惜地上那束花,被大家踩得七零八落,然后又碾碎在泥土里。原本的好心情,瞬间都被破坏掉了,路志勤有些沮丧。

这时,彩凤靠近他,质问道:"那花,送谁的?"

路志勤皱了皱眉,指着远去的人群,答非所问:"那个被背走的人,更需要你关心吧？"

彩凤冷哼一声："我问你话呢，少转移话题！"

路志勤懒得理她，转身往学校的方向走，此时众目睽睽，更有彩凤盯着自己，他实在不适合走进外婆家的院子。内心深处，他拎得很清楚：对刘董再关心，也要保持"朋友"的距离，免得引起村民非议，更不能让彩凤因爱生恨。彩凤不可怕，可怕的是她舅舅赵光荣。俗话说，县官不如"现管"，他的表现优劣等级评价都在赵光荣一念之间，绝不能因小失大，耽误美好的大学梦……

望着远去的路志勤，彩凤心里特别不是滋味。从冬到夏，爱情之路竟然毫无进展，令她难堪、难受加难过，真是有苦说不出。对于"招亲"闹剧，她"事不关己，高高挂起"，任由赵美荣自编、自导、自演，好歹都是一出戏，她才不想做傀儡。

虽然年纪小，但家庭的屡次变故，让彩凤的心肠越来越硬，轻易不会为谁而痛苦。即使在路志勤这件事上，她也由最初的热情，变得慵懒了起来，心血来潮时，就跑过去追求一下；受打击了，就高傲地冷却一下。

到底什么是感情，什么是婚姻？她原本还在认真思考，谁知张林出狱后，娘竟然用最残酷的方式，将奶奶逼上绝路，成了十里八村的笑谈。彩凤顿时觉得心灰意冷，开始恨母亲的无情，也恨这个世间的嘲笑。奶奶出殡那天，她想去送行，可是她怕自己控制不住眼泪，怕自己在人群中流泪，怕听到人群中的耻笑和责骂……

外表有多冷酷，内心就有多脆弱。遇到不争气的父母，她只能学着长大，学着把自己包裹起硬硬的壳，不让任何人伤害自己。她提醒自己：无论是亲情还是爱情，强扭的瓜都不会甜。

那么，甜在哪呢？真的会是路志勤吗？彩凤无数次扪心自问，却始终没有答案。唯一确定的是，至少暂时，她不想动用舅舅，那种绑架来的婚姻，宁可不要。

喜悦的风，吹过万宝山，随之而来的一封挂号信，改变了路志勤的命运。从此，他将告别万宝山，成为某名牌大学的学生，开启崭新的生活。

然而，他离开之后，刘堇怎么办呢？想到刘堇，他的内心百感交集，有往昔相处的甜蜜，有即将分离的不舍，也有对未来的惶恐。

因为，他很清楚眼前的情况：大学生其实也是学生，虽然上学有些许补贴，但更多的时候，是需要家庭经济支持的。也就是说，至少四年时间，他是没有经济收入的，要想帮助刘堇，几乎不可能。那么，怎么办呢？刘堇那么弱小，背了那么多外债，如何生活下去呢？

突然，他脑海中灵光一闪：自己离开后，学校正好缺老师，刘堇既有文化又有素养，实在是最好的人选。于是，他跑到供销社买了四样礼物，匆匆来到赵光荣家。一是答谢；二是求助，为刘堇求条出路。

听完路志勤的来意，赵光荣敲了敲烟袋锅，瞄了一眼桌子上的礼物，立刻满口应承了下来："大侄子啊，放心吧！你将来大学毕业，也得当领导。领导是啥？那就是父母官，就得替老百姓分忧，你说是不？再说刘堇那丫头，身世确实可怜，你推荐她当代课教师，我举双手赞成，放心吧，谁也不能攀比。这事就这么办了，也算咱们给后辈造福了……"

赵光荣如此一番慷慨陈词，听得路志勤肃然起敬，暗怪自己之前短见，没有跟赵光荣多接触，险些错过了身边的"父母官"。心中的石头落了地，他激动得起身抱拳，替刘堇信誓旦旦，将来绝忘不了这份恩情。

赵光荣哈哈大笑，送路志勤离开的时候，突然问了一句："大侄子，能告诉我，你为什么这么关心刘堇吗？"

路志勤怔了一下，然后巧妙地回答："您不是说了吗？她确实很可怜，能帮助她，也算造福了……"

说完，逃也似的走出赵家大门，仿佛再多留下一刻，就会被赵光荣看穿。而内心深处，又涌上深深的自责，为什么要这样说呢？刘堇是很可怜，但帮助她，是发自内心的愿意，是希望她能快乐，而非什么"积德"。或者，至少告诉赵光荣，他与刘堇是朋友，就像石头和泥鳅一样。可是，自己为什么不敢讲出来呢？

收到路志勤的礼物，赵光荣很高兴。路志勤虽不是本地人，但毕竟与万宝山有关联，赵光荣也想沾沾喜气，就让赵美荣做了一桌饭菜，把村里有头有脸的人召集到大队，为路志勤举杯欢送。

赵光荣的话很直白，希望路志勤将来升官发财了，不要忘记这片土地，也不要忘记这里的乡亲。大家随声附和，有羡慕的，有真心祝福的，气氛很热烈。

路志勤被感染了，站起身举起酒杯，真诚感谢赵光荣，然后一饮而尽。

他心里明镜似的，对于他这个"异类"，这片土地谈不上友好，就像他在工厂上班一样。当然，也并非不友好，除了好奇他的"奇装异服"，并没有人刻意攻击他，也没有人伤害他，跟他当工人时一样，彼此的情绪都是正常的，不冷不热，不远不近，既不过多关注，也不无理取闹。或许这样，才是最好的结果吧。没有惹是生非，才能全身而退。

"路老师，祝贺你一飞冲天，金榜题名啊！"彩凤端着酒杯，走到路志勤身边。作为"皇亲国戚"，她第一时间得知欢送宴的事，不必帮赵美荣做饭，也有资格来到酒桌旁。

"谢谢！"路志勤礼貌地道谢，没有任何废话，内心却有些忐忑不安。此刻到了最紧要关头，彩凤偏偏在此刻出现，不会出什么麻烦吧？

"我舅舅说，不要忘记这里的乡亲，那你，能记住我吗？"彩凤的眼神有些幽怨，不顾众目睽睽，传达着心中的爱慕和期待。

赵光荣皱了皱眉，旋即舒展眉心，暗说外甥女有眼光，若真的攀上了路志勤这个高枝，将来没准自己也能跟着沾光，于是哈哈大笑起来：

"哈哈哈，路老师，我外甥女问你话，怎么不回答啊？"

连铁蛋那么笨拙，也听出了赵光荣话里有话，便跟着起哄："路老师忘了谁，也不能忘了彩凤，她可是我们万宝山一带的'山花'，连你们城里的姑娘也比不上！"

有好事者，干脆直接拍赵光荣的马屁，揭开了那层窗户纸："大家快看看，路老师与彩凤多般配，简直是郎才女貌，天造地设的一对！"

众人听闻，都跟着笑了起来，各种应和声、夸赞声，仿佛要掀开房顶，在万宝山上空翻滚似的。铁蛋觉得还不过瘾，就又起了个"高调"，嚷嚷着让他们二人喝"交杯酒"。周围的人更开心了，纷纷鼓掌打节拍，希望看到最热闹的一幕。

彩凤的脸颊泛着红晕，双目含情，却不言语，就那样在喧闹声中，盯着路志勤。只有她自己清楚，此种场合做出此种举动，是需要多大的勇气。今天对路志勤来说，是关键时刻，而对彩凤来说，又何尝不是呢？在犹豫和纠结中，时光匆匆而过，一晃人家考上大学，即将离开万宝屯，她才发现：原以为唾手可得的爱情，竟然被她蹉跎了！

她有自尊，可是又不甘心。所以，悄悄饮了一杯酒，她来到了大队，借着酒劲壮胆，向路志勤"逼宫"。无论结果如何，至少不能留下遗憾！

路志勤很尴尬，甚至有羞辱感，觉得自己就是一个小丑，被观众恣意地取笑，完全没有了尊严。他如坐针毡，恨不能直接推开彩凤，冲出大队的大门，骄傲地跑回学校，拎着行李返回城里。然而，他无法迈动脚步，因此只能忍耐着，用沉默做出无声的反抗。

双方僵持着，气氛慢慢变得很微妙，大家面面相觑，猜不出谁能让步，如何打破这僵局，最后结果走向何方。赵光荣的脸色也暗了下来，按他的设想，无论真心还是假意，路志勤都应该识相点儿，在此刻给足赵家面子。否则，就是不识好歹，不给彩凤面子，就是打他赵光荣的脸。

其实，路志勤也在做思想斗争：如果赵光荣真借题发挥，他该怎么办呢？按说自己有理，怕只怕横生枝节，影响正常上大学。莫不如选择"逢场作戏"，然后远走高飞，至于能不能记住彩凤，那还不是自己说了算？

"嚷嚷什么呢？瞎起什么哄？都消停点儿！"正在这时，赵美荣手拿铁铲，敲着铁盆走进来，大声制止了乱哄哄的局面。"说好了是欢送会，彩凤你瞎掺和啥？赶紧回家，赶紧！"

众人闻声，果然安静了下来。赵光荣很在意这个妹妹，所以也没吭声，毕竟闺女是人家的，应该听听妹妹的想法。

彩凤瞪了赵美荣一眼，觉得她是多管闲事："我这也是欢送，你才是瞎掺和……"

赵美荣也不理彩凤，放下手中的盆和铲子，端起桌上的一杯酒，对路志勤举杯："来，喝杯欢送酒，你走你的阳关道，彩凤走她的独木桥！我家的三间大瓦房，只有真心对我闺女的人，才配得上！"

路志勤怔住了，印象中最恶的赵美荣，竟然是解围之人，实在是不可思议。旋即他有些明白了，也没有什么费解的，或许遇到张林那样的丈夫，她一定是被伤透了心，所以才会做此决定。

彩凤气得直跺脚，只能向赵光荣求救："大舅，你快说说她，凭什么管我的事？"

赵光荣也很困惑："妹妹，路老师一表人才，如今又考上名牌大学了，将来可是要飞黄腾达的，你到底是怎么想的？"

赵美荣微微一笑，有些不屑，有些无奈，也有些凄楚："最怕的就是一表人才！你瞧瞧，他满眼泛桃花，能是省油的灯吗？将来有多飞黄腾达，就得有多拈花惹草。更何况，彩凤入不了人家的眼，强扭的瓜不甜，生绑到一起，有啥用呢？"

听她这么一说，大家纷纷转头，目光聚焦到路志勤的眼睛上。果然，那双眼睛顾盼生情，如两汪泉水，仿佛涌动着千言万语，连男人看了都会被吸引，何况是女孩子呢？

赵光荣情不自禁点了点头："路老师，你眼睛里果然有桃花，我刚刚怎么没发现呢？"

路志勤的脸红了，赶紧低下头，仿佛生了一对好看的眼睛，是天大的罪一样，令他无地自容。他想说点什么，为自己辩护，可是又找不到什么证据，人生的路那么漫长，他刚刚起步，未来如何，怎么能凭一双眼睛就判定呢？最后，他选择了沉默，辩解无用，只求赵美荣的话奏效，让彩凤知难而退，让赵光荣放过自己……

彩凤同样难堪，脸色红一阵白一阵的，眼泪噙满了眼眶。她心里知道，娘横拦竖挡的，也不无道理，路志勤眼中有桃花，可偏偏那桃花不是她。最让她难过的是，对方连逢场作戏都不愿意，那自己还奢求什么未来呢？归根结底，人家是天上的龙，自己只是窝里的鸡，天上人间的差距，注定是分道扬镳的节奏。

想到此处，彩凤闭了闭眼睛，把羞辱的眼泪咽回肚子，犹如封存自己的初恋。然后，她端起酒杯，与路志勤桌上的杯碰了一下，哽咽着说："就此别过……祝你飞黄腾达，桃花朵朵开！"

说完，一饮而尽。然后，转身离开，走出众人的视线。

"看看，我赵光荣的外甥女，拿得起放得下，豪爽！"赵光荣打了个哈哈，事情到了这个地步，再继续也是无趣，保护彩凤的名声要紧。"大家都听着，把刚刚那篇都翻过去，如果让我听到，村里有谁议论我外甥女，休怪我赵光荣不客气！"

在座的人赶紧答应着，有的人信誓旦旦，保证不会讲出去，否则天打五雷轰；有的人更圆滑，说刚刚只顾着喝酒，没看到发生什么事啊！

路志勤表示感谢，众人也纷纷鼓掌，夸赵光荣大人大量，不与后辈论短长。万宝山在他的带领下，未来一定是良田沃土，肥猪满圈，粮满仓，幸福绵长。

至此，赵光荣心满意足，举起酒杯做了结束语："来来来！杯中酒，就此别过，祝路老师学业有成，桃花朵朵开！干杯！"

"学业有成！干杯！"

"桃花朵朵开！干杯！"

就这样，一场热闹的欢送会，以荒诞的结局收场。

路志勤百感交集，觉得人活着，实在太难了。那么身体有残缺的刘堇，会不会更难呢？他想着想着，不知不觉走向外婆家。

外婆虽然不在了，他依然跟村民一样，习惯称这里是外婆家，因为在大家眼里，刘堇实在太柔弱了，犹如秋风中摇曳的扫帚梅花，怎么看都很单薄，根本支撑不起一个家。

屋内，刘堇正坐在炕沿上，认真地绣着鞋垫，心里满满的离愁别绪，对生产队的事一无所知，也没有发现院外的路志勤。

路志勤考上大学，刘堇比谁都高兴，她激动地忙碌着，希望在他返城之前，能赶出三副鞋垫。鞋垫很精致，分别绣着不同颜色的三色堇：鲜艳的红色，代表思念；明丽的黄色，代表忧喜参半；高雅的紫色，代表无条件的爱。三种颜色汇到一起，就是她的全部心意。如果时间来得及，她还想绣一个坐垫，陪着他每天上课，形影不离……

隔着一个院子的距离，路志勤看到刘堇的身影很孤单。刘堇度过最初的痛苦阶段，她慢慢振作了起来，知道不能总麻烦朋友，就让麻雀搬回家住。麻雀担心她，她说西屋还有舅舅呢。更何况，麻雀总有一天要出嫁，到那时候，刘堇还是要独自面对，因此长痛不如短痛，咬牙学会适应吧。

凝视此情此景，路志勤鼻子一酸，眼睛有些湿润，刘堇的要强，比孤单更令人担忧。每个人，都有各自的生活，但愿刘堇能扛得住。努力擦掉眼泪，他走进了外婆家的院子。

即将返城了，他想约刘堇去万宝山，跟长眠在那里的外婆告别，顺便也跟栓柱告个别。最主要的是陪她去寻找七色堇，那是外婆留下的传说，路志勤希望这传说真的有魔力，至少让刘堇心存希望，一个人的日子，也不停止寻找的脚步。

当然了，除了寻找七色堇，他还要告诉刘堇：等到四年后，他参加工作就好了，到时候将外婆家翻新——房子盖成小洋楼，小菜园变成小花园，让刘堇快快乐乐，过世外桃源般的生活。

离别的日子，从八月末开始，当路志勤步入大学校门后，刘堇的日历便沉重地翻过，一页页堆积到一起，串联起漫长的等待。

起初的日子，还算好过一些，天上有暖阳，园里有果蔬，屋里屋外忙碌起来，思念也只剩下夜晚那么长。刘堇睡不着觉的时候，就在灯下刺绣；绣累了，就趴在被子里，看那些文化课本；看烦了，就读路志勤留下的诗集。可是，眼睛熬出了血丝，黑眼圈如大熊猫，她还是无法入眠。

日子只一晃，就是两个多月，她开始坐立不安，因为，她还没收到路志勤的信。临分别前，她千叮咛万嘱咐，让他记得写信，别让她惦记着。他也反复答应着，到大学有了准确地址后，一定第一时间来信，里面还会夹邮票，免得她心疼邮费，不给他回信。

最初那些天，刘堇解劝自己：大学是高等学府，学习一定非常忙，没时间写信，很正常。

一个月的时候，她开始担忧，路志勤是不是病了？或者遇到什么事了？旋即，又不停地怪自己，怎么净往坏处想呢，如果真生病了，他家就在省城，应该也有人照顾的。即使真遇到什么事，家里人也会替他分忧的。

一个半月的时候，她又开始胡思乱想：他是高分考进去的大学生，学校肯定会很器重，那么除了学习，还会有其他工作。接触的人也很多，认识四面八方的同学。对了，那些女生一定很优秀，既有文化，又长得漂亮，衣着也肯定很时髦，他一定眼花缭乱，早把自己忘了……

到了两个月的时候，刘堇实在忍不住了，徘徊了很久，傍晚的时候，终于鼓足勇气，走到大队办公室，问是否有自己的信。

当时值班的，正好是副队长袁城。见刘堇胆战心惊的样子，他顿时瞪着两只青蛙般的眼睛，好像在看什么怪物似的问："丫头，除了张林，你还有别的亲人吗？"

刘堇顿时语塞，仿佛自己做错了事一样，支支吾吾半天，也没敢说出"路志勤"三个字。而心里无比苦涩：他只是"朋友"，而非血缘亲人，凭什么非得给自己写信呢？比如，石头和泥鳅，自己不是拎得很清楚，能不麻烦他们的，就不麻烦吗？还有最亲密的麻雀，自己再怎么心烦意乱，不是也都藏在心里，没轻易打扰她的快乐吗？

刘堇转身离开，脚步沉重，谁料眼前一黑，脸色惨白，摇晃了两下，就向地上倒下去。

别看袁城身材肥胖，反应却很灵敏，一个箭步蹿到刘堇身旁，伸出粗壮的胳膊，拦腰扶住了她，同时紧张地喊："丫头，丫头，你这是咋的了？"

很快，刘堇的眩晕过去了，她轻叹一声，缓缓睁开眼睛，发现袁城正搂着自己，吓了一跳，用力想挣脱出来："副队长，你……你……"

袁城并没有松开手，而是把她按到凳子上，略带责备地说："你这丫头，刚刚脸色惨白，差点晕倒在地。生病了咋的？外婆不在了，你一个人过，更得好好爱惜自己啊。"

刘堇缓过神来，下意识地摸摸额头，刚刚不知道什么原因，突然头晕目眩的，该不会是真生病了？心里担忧着，赶紧站起身道谢："谢谢副队长。没事，没事，我先走了。"

袁城脸色一沉，再一次把她按在凳子上，然后拎起水壶，边往茶缸里倒水边说："头晕可不是小事，叔给你倒杯热水，你先坐这稳稳神，万一路上再晕倒，咋办？"

刘堇接过茶缸，鼻子一酸，就有些眼泪汪汪的。许是连日来的思念，许是连日来的失眠，许是连日来的怨念……总之，所有的委屈，都在这杯热水的蒸汽里，融化成了苦涩的泪。

"唉，你这丫头，遇到啥难事了？"袁城很自然地伸出手，在刘堇的头上轻拍了两下，声音温柔得像外婆。"跟叔说说，只要能帮的，叔一定帮你。"

刘堇心里一哆嗦，想起路志勤第一次走进外婆的小院，也像袁城这样伸手拍她的头，当时的感觉那么美妙！可是如今时过境迁，路志勤的手不在了，人也音讯皆无，为什么会这样？她心里想着，本能地向后闪身，迅速把茶缸还给袁城，然后缩着脖子站起身："没难事，没难事，不用帮……"话音未落，逃也似的冲出办公室的门。

袁城有些措手不及，茶缸里的水飞溅出来，落到了他圆滚的手背上，瞬间留下一片微红。水很烫，他却没有感觉到疼，望着刘堇的背影，忍不住自言自语："没想到啊，这个'秃爪子'丫头，竟然出落得如此水灵。嘿嘿，真是女大十八变，越变越好看啊……"

刘堇自然没听到，更没看到身后的目光。她只顾着一路小跑，逃回自己的家，然后扑到炕上，泪水如断线的珠子一样往下落。为什么如此悲伤呢？顺着珠子往上梳理，答案很清晰，那就是路志勤。

回忆如电影，与泪水同时喷涌而出，又化成梦境，带着刘堇流连其中。

那是临别的前一天，她跟路志勤来到万宝山，在葱郁的林间漫步，手牵手寻找七色堇，阳光透过树叶的缝隙，落在她的脸上，也落在他的脸上。

那天的万宝山，是明亮欢快的，努力驱赶着离愁。于是，他们被大自然感染了，尽情嬉戏着，在对方的脸上捉"阳光"。他的手碰到她的脸颊，那么温热，那么痒，让心儿跳得欢快；她的手碰到他的脸颊，两根手指的抚摸，同样令他欣喜，让他的心儿也跳得欢快。

后来，他握住她的手指，放在唇边，轻轻地吻着，给予它们至高无上的尊重。

后来，他的唇离开手指，落到了她的额头上，在那里印下阳光，让她至今感到温暖。

再后来，他的唇离开了额头，印到她的双唇之上，把一种叫甜蜜的味道，传遍她周身的每个细胞。

那一刻，山上的扫帚梅开得绚烂，舞姿前所未有的妩媚，她只觉得天旋地转，心情如花朵般绽放，她只想紧紧拥抱他，沉醉在无边的温存里，享受前所未有的幸福……

"小堇，小堇，你怎么了？"突然，张林推门走进来，紧张地呼唤着。

刘堇赶紧止住哭声，把脸埋在臂弯里，假装睡着了，此时此刻，她跟谁也不想说话，何况是自身难保的舅舅呢？

自从外婆走后，张林用"菜刀事件"，把自己逼到了绝境。赵美荣搬进三间大瓦房后，又垒起高高的院墙，还在墙上安装了铁丝网，时刻防备张林行凶。彩凤更不用说，完全不在意这个爹，偶尔在路上遇见了，根本不屑打招呼。

张林的脚伤不重，在刘堇的照料下，伤口早就痊愈了，走路稍微有些踮脚，但不影响大局。只是，张林心里的伤更重，他像变了个人似的，整日沉默寡言，年轻时令赵美荣神魂颠倒的眼睛，已经变得呆滞黯淡，还不到四十岁，头发已经白了一半，颓废得像个小老头。

有时候，刘堇很心疼舅舅，觉得他怪可怜的，就鼓励他去山上找王栓柱，不必管别人说什么，过自己的日子，怕啥？有时候，她又恨铁不成钢，觉得他是自作自受，能不出去就少出去吧，免得旁人说三道四，图啥？

无论刘堇说什么，张林都点头，在他的心里，外甥女很强大，比老婆孩子都强，足以成为他的主心骨。有一件事，计他一直悬着心，那就是路志勤。

张林虽然窝在西屋，但房子太小了，又四处漏风，一点儿也不隔音。更何况，进出东屋的人屈指可数，他即使闭着眼睛，也能分辨出是谁的脚步声，谁的说话声。麻雀是女孩子，不存在伤害性，可以忽略不计。

至于石头和泥鳅，那都是村里的本分孩子，在对刘堇的态度上，也跟小时候一样，关心程度没变，伤害性几乎为零。可是路志勤不同，说话、办事都不按常理出牌，最重要的是，刘堇看他的眼神不同，说话时也柔声细语的，双颊还会飞上红晕。张林是过来人，不用问也知道，路志勤是危险分子，"勾"走了外甥女的心！

张林承认，路志勤是省城的文化人，各方面确实优秀，尤其"菜刀事件"时，他能够挺身而出，说明人品也不错。这样的男人，不要说在万宝山一带，即使到了省城，将来也是佼佼者。也正因为如此，他再回过头来，掂量掂量外甥女的分量，无论反着比还是正着比，都是天壤之别，用赵美荣骂他的话，就是癫蛤蟆想吃天鹅肉。

当初他娶了赵美荣，村里多少同龄人羡慕，认为他攀了高枝。可是只有他清楚，攀高枝的滋味不好受，自己是哪根葱，就应该在哪个坑里，否则只会被人瞧不起。在监狱的时候，他也反省自己的行为，出轨肯定是错的，但他自认骨子里并不是"淫贱"之人。或许，当初如果没攀高枝，娶的是"门当户对"的媳妇，他会踏实过日子，不至于胡思乱想……

自己的失败人生，已经不值得盘点了，张林扇了自己一个耳光，让自己回到现实。可是刘堇还年轻，人生才刚刚开始，千万不能步自己的后尘，门不当户不对的婚姻，想保持平衡，实在太难了。

有几次，他想跟刘堇谈谈，提醒她认清身份，把握分寸，不要误入歧途，让自己受伤害。可是每次话到嘴边，他都没讲出口，有时是心疼，看着刘堇单纯的幸福，实在不忍心泼冷水，就退一步想：反正路志勤要离开了，从此两人天壤之别，自然就没啥联系了。有时是因为自卑，自己的人生一败涂地，有什么资格指点别人呢？

就这样，他一面反思，一面观察，时刻监督着东屋的动静。终于，初秋的风呼啦啦地吹来，带走了危险分子路志勤，外甥女虽然很失落，但每日屋里屋外忙活着，看起来状态还不错。张林这才放下心来，小孩子忘性快，难过几天就没事了。可是今天，这孩子从外面跑回来，到家就失声痛哭，情况变得很紧张了，张林的心立刻又悬了起来，所以忍不住走过来，想知道发生了什么事。

"小堇，有什么事，别憋在心里，跟舅舅说说……"张林见刘堇不吭声，小心翼翼地又问了一句。

"说什么说？跟你说有用吗？你不帮倒忙，就算烧高香了！"刘堇原本忧伤的心，因为舅舅的追问，变得更加烦躁，再也控制不住情绪，脱口而出。

张林怔在原地，被外甥女怒怼，这还是第一次。自从出狱后，人间唯一的温暖，都来自这个外甥女，所以他的关心，也都放在她身上。他悲哀地意识到，对于任何人来讲，自己都是多余的，生存没有任何价值。

张林犹如被霜打了的茄子，顿时蔫了下来，垂头丧气地走出屋门，朝万宝山的方向移动。张林苦涩地想：幸好在那座小山上，还有一个善良的王栓柱，只有他不嫌弃自己的落魄不堪，也能理解自己的苦闷孤独。现在就去找栓柱吧，吐吐胸中的苦水，然后一醉方休……

袅袅炊烟飘向云端，送走了昏昏欲睡的夕阳，万宝山的夜幕悄悄降临了。刘堇哭累了，迷迷糊糊睡着了，梦里与外婆相聚，那么多儿时的快乐，瞬间联结成最温馨的画面，让她分不出是现实，还是梦幻，恋恋不舍，不愿意醒来。

窗外的月色更浓，将大地映出一片银白，消退了秋日里的繁华，留下一份初冬的静谧。整个万宝山，仿佛都进入了梦乡。刘堇一动不动，躺在自己的土炕上，哭累了，就迷迷糊糊睡一会儿，睡醒了，又接着流泪。

秋天的夜晚，没有烧火的炕，让悲凉显得更加深重，她忍不住打了个哆嗦，忽悠悠从梦中醒来。可是身边没有被子，她平时爱整洁，每天早晨起来，都把被子整整齐齐叠好，放到柜子上罩起来。外婆说，农村灰尘大，贴身贴脸的东西，都要尽可能注意卫生，否则吸到鼻子里，容易生病。

如果外婆在就好了，总能在第一时间，帮她盖上被子，再摸摸她的额头，担心她感冒；或者麻雀在也好，准会边帮她盖被子，边叽叽喳喳地责备她一番；再或者，路志勤在也好，一定会心疼地抱着她，关心她在想什么……

想到这些，她再次泪如泉涌，一颗心被猫爪挠着，四分五裂地疼。真冷啊，可是她不想起身，只能裹紧单薄的外衣，然后蜷缩着身子，犹如一只受伤的猫咪。原来，盛夏与隆冬的距离，只隔着一场绚丽的秋季，当沉入心底的冰冷袭来，她感觉心如刀割，既恐惧又疼痛。

"吱呀"一声，耳边传来开门的声音，极轻，极轻。刘堇暗暗猜想：一定是舅舅起夜，担心惊扰到她睡觉，才会蹑手蹑脚地，可惜木门太老旧，再怎么小心翼翼，也难以掩盖门轴发出的微响。

唉！仔细想想，舅舅也并非一无是处，在失去外婆的院子里，至少还有一个成年男人，以保安人员的身份，护佑着小院的夜晚，她不必请麻雀做伴，不必担心野猫、野狗，更不必担心坏人。

因此，听到开门声，刘堇没有动，继续闭着红肿的眼睛，沉浸在悲伤之中。

只是她万万没料到，此时舅舅并不在家，而鬼鬼祟祟潜进屋子的是一个色胆包天的男人！她更没有想到，这个男人的意外出现，又掀起命运的狂澜，她再次被推到风口浪尖上，随时面临被狂风巨浪吞噬的危险……

此时的张林，醉意微醺，眼神却如电，奔跑着从万宝山上下来，正踏着凄清的月色，急匆匆地跑在回家的路上。他的心悬到了嗓子眼，恨不能长一双飞毛腿，一眨眼就蹿回那个破旧的小院……

不得不承认，能与王栓柱喝酒，是张林此生最快意的事，因为无论张林说什么，王栓柱都能认真倾听，还能从对方的角度去分析，最后帮他梳理好心情。更何况这一次，张林的烦恼来自刘堇，对刘堇那孩子，王栓柱比张林更关心，所以今晚听得也更仔细。

听着听着，王栓柱并不同情张林，相反地愈加担忧刘堇。在他的印象中，那是个坚强的丫头，能让她痛哭的，除了外婆，应该只有路志勤了。虽然他是单身，但年纪和阅历在那里，对男女之间的微妙之事，还是心知肚明的，当初他们抬着外婆来山上，王栓柱察言观色，就发现二人关系不一般，尽管介绍时说是"朋友"，但言谈举止，完全超越了"朋友"的界限。

看得出来，路志勤是个优秀的人，就像山上最拔尖的树，令万宝山所有的男子都逊色。王栓柱既为刘堇高兴，也隐隐为她担忧，毕竟两人身份和地位有别，这丫头投入感情越多，恐怕将来受到的伤害越大。可是，他是个内敛的人，只把担忧放在心里，并没有冒昧地打扰刘堇的快乐，也没有跟外婆提及此事，因为外婆重病在身，有些事情已经无能为力。

后来，路志勤返城前夕，还陪刘堇来道别，王栓柱心情变得更复杂，可是什么话也不能说，只能默默祝福刘堇好运。算起来，路志勤离开有两个多月了，刘堇如此伤心，那么原因可能有两个——不是对方杳无音讯，完全把刘堇忘掉了，就是对方寄来了绝交信，两人彻底分道扬镳。只是有些事，关系到刘堇的隐私，包括张林这个亲舅舅，不到迫不得已，王栓柱也不想提起。

苦水倒得差不多了，张林依旧唉声叹气，苦大仇深的模样。

王栓柱看了看天色，心里就有些焦急："也难怪小堇怨你，你这个舅舅就是不合格。"

张林不服气："我怎么不合格了？听到她哭，我就过去询问了，难道还不关心她吗？"

王栓柱问："那我问你，那孩子吃饭了吗？"

张林怔了怔："每天都是她做饭，我不知道……"

王栓柱气不打一处来："真是气死人！你这么大个人，能在桌上伺候赵美荣，怎么就不知道心疼亲外甥女？还说得那么轻松，天天等着吃闲饭，你到底想啥呢？”

张林无力地辩解道："那孩子嘴刁，嫌我做饭不好吃……"

王栓柱把饭碗扔到桌上，脸色沉了下来："你要这样说彩凤，我信；你要说小堇嘴刁，我呸！你就是个没良心的舅舅，亏了小堇收留你！"

张林被骂得酒醒了一半，瞪着王栓柱说："难道你的意思，我不应该跑你这来，而是留在家里给她做饭吃？"

王栓柱指着天上的月亮，气哼哼地说："难道不是吗？把女孩子一个人扔家里，自己跑我这蹭吃蹭喝的。张林啊，看看这天多黑了，你能不能长点儿心？"

张林不以为意："你别拿孩子说事，心疼我吃你喝你了，直说呗，下次来我赔你……"

王栓柱急了，只好把话挑明："难怪赵美荣不要你了，活该！吃喝是小事，半夜三更的，空荡荡的院子，就小堇一个人，难道你一点儿也不担心吗？万一有野猫、野狗……主要是，村里有些不着调的老爷们儿，真把孩子……吓着怎么办？"

一语惊醒梦中人，张林一拍大腿，面色惨白地站起身："天啊！我来时天还大亮的，就没拴大门，小堇只顾在炕上趴着哭，也没插门闩……要是哭睡着了……老天爷啊，我现在就回家……"

王栓柱一瘸一拐地跟了两步，见张林如风般跑走了，只能在身后追加了两句："到家没啥事的话，给小堇弄口吃的，你这个当舅舅的，得心疼外甥女……"

张林隐约听见了，远远地答应了一声"知道了"。他不知道，栓柱是否能听见，只有深秋的落叶唰唰飘落，应和着两个心情紧张的人……

一路上奔跑，张林心急如焚，仿佛已经看到在自家小院，有一场可怕的悲剧正在上演。如果真的那样，张林发誓绝不能轻饶对方，哪怕再去坐牢，也要为小堇讨个公道。

想到这里，他又想到了翠花，那个让他犯了错的女人，是否也如此咬牙切齿，要为她自己讨个公道？不！事情怎么能一样呢？当初翠花是自愿的，可小堇是无辜的，哪里有什么可比性呢？更可恨的是，翠花后来反咬一口，把自愿说成被迫，完全歪曲了事实，让他哑巴吃黄连，妻离子散不说，还害了亲娘，也因此拖累了外甥女。

思绪伴着奔跑的脚步，争先恐后地拷问着张林。外甥女多懂事啊，都怪自己不称职，从小没有善待她，还不如王栓柱这个外人。

今晚回去，好好给她煮碗疙瘩汤，让她知道，以前有外婆疼，现在有舅舅爱，她在这个世界上并不孤独。再安慰她，鼓励她，即使那个路老师变心，那也不要害怕，命是自己的，必须好好活着。

然后呢，从明天开始，他要抢着做饭，都说"娘亲舅大"，他要像对待自己的女儿那样，让小堇体会到亲情。王栓柱说得对，老婆孩子嫌弃他，如果没有小堇收留，他在这个村子里，真的就没有待下去的借口了……

院门就在眼前，只要再向前跑两步，然后推开门走进去，就真正到家了。张林放缓了脚步，夜风微冷，吹在额头的汗珠上，留下清冽的凉意，他情不自禁打了个冷战，视线也变得无比清澈。突然，月光下的窗子里，有个男人的身影从灶间闪过，正要推开东屋的门！

张林又吓出一身冷汗，以为被王栓柱吓的，自己出现了幻觉。他赶紧揉揉眼睛，定睛再望向屋子，灶间早已恢复了一团黑，什么也看不清了，而东屋非常安静，没有任何响动。他的心怦怦乱跳，越安静，反而越令人不安，他双腿紧张得打战，颤抖着手推向木门，可是胳膊发软，一点儿劲也使不上。

怎么办？怎么办？

张林想大声喊出来，让刘堇提高警惕。可是，目光下意识地望向隔壁，翠花的遭遇令他心生恐惧，他担心惊动左邻右舍，闹出无法收拾的后果。如果屋里真有男人，真发生了见不得人的事，那无论小堇

186

是自愿，还是被迫，今后的名声都毁了，还怎么在村里抬头？如果是自己眼花，原本没什么大事，半夜三更这么一嚷嚷，也容易让人浮想联翩，所谓人言可畏，受非议的还是小堇……

慌乱之中，他努力让自己镇定，不要因为一时冲动，而误了外甥女一生。思路清晰了，力量也回归了，他终于轻松地推开院门，蹑手蹑脚地向屋子靠近。可是离屋子越近，他的心跳越快，因为他已经确定：并非自己眼花，东屋的门框处，真的站着一个男人！

此时此刻，东屋炕上的刘堇，听到了吱呀的开门声，猜想是舅舅又来关心她，因此继续把头埋进衣领，假装睡得很沉。

身后门框处，开门声过后，突然安静下来，只有被掩饰的呼吸声。刘堇心里祈祷着：舅舅啊舅舅，你就知难而退吧，别再打扰我的悲伤，就让我所有委屈的泪，都在今晚流干算了……

然而，身后的呼吸声并未离开，反而越来越粗重，像是受到某种刺激，在努力地下着什么决心似的。与此同时，她隐约听到院门开了，有蹑手蹑脚的动静传来，一点点地向屋门靠近。刘堇蓦地一惊，悲伤随之被覆盖，有一种巨大的恐惧，由屋内延伸到屋外，令她毛骨悚然！

怎么办？怎么办？刘堇的内心翻江倒海，不知所措。

身后的人如果是舅舅，也应该听到外面的动静了，自然会看看院子里发生了什么事，那么自己就是安全的，不用急着行动了，可以静观其变。

身后的人如果不是舅舅，那会是谁呢？听到院子里的动静后，应该也会被惊动，那么他会不会及时跑掉，别再吓自己？

怕只怕，身后的人不是舅舅，外面的也不是舅舅。天啊！难道舅舅不在家？

这个猜想一出现，刘堇仿佛跌进了地狱，再也无法保持沉默，起身大声呼喊："舅舅，救命啊……"夜半时分，如此拼尽全力的喊声，显得那么凄厉和惊恐，屋内屋外的人都听到了。

与此同时，屋内的男人既看到了外面的张林，也听到了屋内的呼救声，见势不妙，赶紧哐当一声推开门，闪电般向后门方向跑去。张林下午离开的时候，前后门都没有插，这既为主人出行提供方便，也为坏人逃跑提供机会。

　　院子里的张林，听到刘堇的喊声，顿时不再犹豫，随手抄起窗台边的烧火棍，便拉开前门冲进了去，嘴里还嚷嚷着："小堇不要怕，舅舅来了……"

　　这就是微妙的时间差，当前门打开之际，那个身影已经冲出后门；当张林追赶到后门，那个身影已经消失。

　　张林向四下张望，路上并不见人影，说明对方并没有跑远，便在自家的后院认真寻找。此时的小院已经萧条，除了一个简易的厕所，只剩下一人高的柴垛，张林猜想，白花花的月亮下面，坏人只能躲到这两个地方，于是拎着棍子，警惕地检查这两个地方。可是，竟然都没有。

　　他又趸摸了好几遍，确认连个鬼影也没有，就有些犯迷糊，怎么可能呢？他挠挠脑袋，自己开前门的瞬间，明明看到一个黑影跑出来，只可惜速度太快，没看到对方的脸，只知道身材有些微胖。真可恶！张林恨恨地骂了一句脏话。

　　自己家院里没有，按这样的逃跑速度，很可能是躲进邻居家了。张林有心跳过墙头，到邻居家继续找，可是这个念头一出，立刻打了退堂鼓。西院的翠花家，是万万不能招惹的，否则定会被误解，认为他还惦记着人家寡妇。至于东院邻居，也是万万不能打扰的，否则人家嘴巴一歪，可以说他活不起了，想要去偷窃……

　　思潮翻滚，仿佛是件很漫长的事，实际上从拎起烧火棍，到望着邻居家打怵，也就是几分钟的事。最后，意识到捉坏人很重要，而刘堇的安全更重要，万一自己离开院子，坏人再返回来怎么办？所以，有了放弃追赶的理由，张林顿时不再纠结，转身回到屋子，并反手拴好门闩，避免坏人再悄悄钻进来，这才奔回东屋，看看外甥女是否受到伤害。

此时的东屋，依然漆黑一团，刘堇像一只被吓坏的小兔子，缩在墙角瑟瑟发抖。刚刚喊出"救命"，仿佛已经用尽了全力，当张林及时地回应传来，她犹如抓住了救命的稻草，惊恐之余，更多的是惊喜，幸好有个舅舅，幸好舅舅回来了！

接下来，刘堇也想追出去，跟张林一起捉坏人。可是，白天的悲伤、傍晚的饥饿、此时的恐惧……所有的负面情绪汇聚到一起，导致她浑身无力，双腿抖得站不起来，只能挣扎着躲到墙角，听着屋外的脚步声，等待舅舅英勇出手，让事情快点儿结束……

"小堇，小堇，我是舅舅，别怕……"张林点亮灯，看到外甥女白纸般的脸，一定是被吓坏了。

因为没有生火，屋子冷冰冰的，张林迅速扫了一下屋子：炕席很破旧，但擦得干干净净，跟他下午离开前一样，还没有铺被子；再看看刘堇的衣着，头发有些凌乱，眼皮又红又肿，脸上既有泪痕又有压痕，应该是一直躺着所致，布鞋还穿在脚上，衣衫也很规整。因此张林断定，并非刘堇私会男人，而是有人图谋不轨，在还未得逞时，被及时赶回来的张林吓跑了。

"有坏人……抓到了吗？"见张林站在面前，刘堇战战兢兢地问。

"一溜烟，没逮到，也没看清脸……小堇，他没怎么着你吧？看清是谁了吗？"张林结结巴巴，想问又不敢问，不问又不行。

刘堇摇了摇头："没有。他没怎么我，我也没看清他……"

"对不起小堇，都怪舅舅，我不该去找栓柱，把你一个人扔家里，对不起……"张林真正放下心来，放下了手中的烧火棍，边自责边帮刘堇铺被子。"你先躺被窝里暖和暖和，舅舅这就烧炕，再给你煮碗热乎的疙瘩汤……"

窗外的夜更深了，因为季节更替，变得越来越清冷，仿佛连那轮明月也怕冷似的，显得苍白而清幽。

窗内的夜变亮了，因为亲情关爱，变得越来越有温度，仿佛简陋的家具也感受到了光亮，在橘黄中散发着朴素的味道。

刘堇被舅舅前所未有地关怀抚慰着，有那一瞬间的恍惚，她感觉外婆回来了，正屋里屋外忙碌着，担心她冷，担心她饿，担心她害怕，担心她不开心。哦，外婆，真的是你吗？刘堇的眼泪又涌了上来，如果时光能够倒流，那该多好啊！

"小堇别烫着，尝尝香不香？"张林动作迅速，再次推门进来时，手上端着一只大碗，碗里的面球均匀如珍珠，汤上飘浮着几叶绿香菜末，还有星星点点的红辣椒。

刘堇心头一暖，感激地看了舅舅一眼，然后拿起汤匙尝了一口，味道很熟悉很纯正，完全是外婆的味道。刘堇还没来得及评价，突然感觉胃中翻滚，一股酸水直涌口腔，毫无征兆的恶心之感，促使她下意识地弯下腰，趴在炕沿边吐了起来。

"怎么，不好吃？"张林第一个反应，是自己做得不好吃。"看来栓柱说得对，我是得经常做饭了，不然连疙瘩汤都做不好了……"

刘堇直起身，摇了摇头："好吃好吃，就是不知道咋回事，有些反胃……"

张林伸手，摸了摸刘堇的额头："是饿过劲儿了吧？还是发热了？"

刘堇不想让舅舅担心，连说没事，没事，就又拿起汤匙连喝三口，觉得身子有了丝丝暖流。刚想再喝几口，谁知恶心感又涌上来，她连忙拍拍胸口，希望把反胃的感觉拍下去，可是不管用，最后还是吐了出来，直到吐得只剩下酸水，难受极了。

张林不知所措，赶紧端来水让她漱口。

看着舅舅忙碌的身影，刘堇一时苦笑无语，她最喜欢吃香菜，也酷爱吃辣椒，今晚怎么如此反常，引起反胃呢？她想不明白，就请舅舅把碗拿走，然后和衣躺在被窝里，就那样望着窗外直到天亮。

彼年那时，她年纪太小，阅历太浅，没有娘亲的指导，而外婆在离世前，也没来得及告诉她——女子呕吐的原因，究竟有多复杂。为了生存，连日来她起早贪黑，努力参与队里的秋收，让自己显得有价值，因此根本没想起来，每月必来的"例假"，已经很久没有光顾了……

多年以后，刘堇想起1980年的冬天，依然想逃避那种残酷，而这台穿梭机很执着，以自己固执的姿势，复原着那些无法抹去的深刻画面，让她每回望一次，就被深深地伤一次，直到遍体鳞伤。

事情的发生，还要从学校讲起。

路志勤拒绝了彩凤，赵光荣心情不爽，因此并未兑现承诺，没有让刘堇去代课。入冬后，有一位老师突患重病，没人给学生上课了，副队长袁城就提议，不如让刘堇试试。赵光荣犹豫不决。袁城又说："先解决眼前问题，如果她讲得不好，明年春天就不让她干了。"赵光荣觉得有理，实在没有别的人选，最后勉强同意了。

当袁城走进外婆家，喜滋滋地把消息告诉刘堇，她不敢相信这是真的。

袁城笑眯眯地强调，事情是真的，是他反复跟领导推荐，并且做了担保，才得到这个难得的机会。

刘堇连连鞠躬，连声说着感谢。

袁城哈哈大笑，并顺势拍了拍她的头，希望她好好工作，别让他失望。

刘堇赶紧直起身，下意识地向后退了半步，巧妙地躲开袁城的大手，红着脸说自己会努力的，不让领导失望。

袁城意味深长地笑了。

第一次登上讲台，刘堇热泪盈眶，她想起了上学时的情景，想起了自己的老师，也想到了路志勤。当然，她并不知道路志勤找赵光荣的事，她只是觉得这里亲切，他曾经在这里当过老师，所以每一桌一椅，仿佛都有他的影子。她甚至无数次幻想：寒假的时候，路志勤会回来，与她手牵手，漫步在校园的小路上，在洁白的雪地里，留下深深浅浅的脚印……

她万万没料到，走上神圣的讲台，只是噩梦的开始。袁城隔三岔五来学校，不是到备课室嘘寒问暖，就是坐在教室后面听她讲课，美其名曰——考察把关，免得她经验不足，误人子弟。

这样的理由冠冕堂皇，最初让刘堇很激动，觉得领导如此重视，自己必须加倍努力才行。她心里甚至幻想着，某一天靠实力转正，成为有编制的人民教师。日久天长，她心里隐隐有些困惑，觉得袁城的目光很复杂，每次盯着她看的时候，眼神里都像有钩子似的，要把她的衣服硬生生地划破，令她忐忑不安。每当这时，她恨不能找个地缝钻进去，或者干脆逃离学校，再也不要碰到这个人。可是，她实在珍惜代课的机会，做不到轻易放弃，因此只好自己劝导自己：人家是领导，监督教学很正常，自己切莫胡思乱想，把学生教好最重要。

然而，担心什么来什么。有一天上午，她正在备课，袁城突然推门而入，偏巧屋里只有她一个人。刘堇顿时一阵紧张，不由自主地哆嗦了一下，她假装镇定地吐出两个字："领导……"

见此情景，袁城得意地一笑，随手关上了备课室的门，说经过考察，感觉刘堇整体不错，只要她肯听话，转成正式代课老师，是大有希望的。

听闻此言，刘堇眼前一亮，惊喜之情溢于言表："谢谢领导，谢谢领导。我一直很听话，以后争取……"

袁城一步步向她靠近，突然伸出手，放肆地抚摸着她的脸："空嘴说谢没用，得来点儿实惠的……只要你肯听袁叔的话，将来别说代课老师，就是转正也是有可能的。丫头，你懂吗？"

袁城画出的大饼，真的无比诱人，对困苦中的刘堇来说，简直做梦都不敢想啊！记忆在翻江倒海，因贫困尝过重重的苦楚，被迫辍学后的不甘，失去外婆后的伤悲……如今，她即将拥有一份稳定的工作，她能真正自力更生了，再也不会被人瞧不起了。甚至，在身份和地位上，离路志勤更近了一步……

可是，美好的幻境只是梦，此刻，一双肉滚滚的手正伸向她，混合着土腥和叶子烟的味道，在她细嫩的脸颊上游走着，仿佛一只吐着毒丝的蜘蛛，令她浑身起鸡皮疙瘩。

刘堇触电般打了个激灵，强烈的反感瞬间涌上心头，无论如何盼着转正，也做不到"听话"二字。"啊——呕——哇——"刘堇只觉得胃部翻滚，还没反应过来是怎么回事，呕吐物已经奔涌而出，以迅雷不及掩耳之势，喷到了袁城的脸上！

事发突然，袁城怔在了原地，双手胡乱地抓自己的脸，嘴里骂骂咧咧地说："这什么东西？好你个'秃爪子'，竟然吐我……"

刘堇趁机推开袁城，夺门而出，疯狂地跑向教室。那里学生正在上课，众目睽睽之下，谅袁城也不敢再纠缠。或许由于情绪太紧张，或许由于天冷路滑，或许校园的积雪太刺眼，马上就到教室了，她只觉眼前一黑，旋即晕了过去……

学生们惊呼起来，有的去请校长，有的速度快，直接跑回村请大夫。当她醒来的时候，看到可爱的学生，还没来得及展开笑容，却听到有声音传来，内容犹如五雷轰顶，令刘堇震惊不已："校长，我行医这么多年，是否怀孕是弄不错的，快四个月了……"

"什么？刘老师怀孕了？她还没结婚呢，怎么可能？"大家立刻议论纷纷，都不相信是真的。

刘堇的脑袋"嗡嗡"地叫，怀孕？自己怎么可能怀孕？自己又怎么可以怀孕？不会的，大夫一定看错了，不是真的，肯定弄错了！刘堇挣扎着想坐起来，身在万宝屯，"清白"二字比天大，她必须为自己辩解，她还要在这里生存啊！然而还没坐稳，却急火攻心，她又晕了过去。

这次晕倒，时间有点儿长，当她终于醒来时，已经躺在自家炕上，炕沿边放着一碗温热的疙瘩汤，只是不见舅舅张林的影子。她下意识地望向自己的肚子，忍不住伸手摸了摸，难道这里真的有个小生命？她不敢相信，这孩子来得真不是时候啊！摸着摸着，她又隐约盼着是真的，那是她爱情的结晶啊！同时，又极度恐惧，万一是真的，她该怎么办？百感交集之中，她多么希望是一场梦，自己沉睡在梦中，再也不要醒来，就什么都不用担心了，什么都不需要解决了。

刘堇怀孕的事，令副队长袁城无比震怒，没想到这个小丫头在他面前装成贞洁烈女，却早就跟别人暗度陈仓了！哼！自己得不到的东西，也不能便宜了别人，最好的办法，那就是毁掉她！

于是，袁城强压妒火，第一时间找到赵光荣，说老百姓都急眼了，如此伤风败俗，这还了得？要求大队必须严惩刘堇，不仅要让她离开学校，还应该查清怀孕真相，将刘堇驱逐出村，还万宝山一片净土……

从赵光荣那里听到流言，赵美荣的第一感觉认为绝不可能。可是赵光荣说，袁城说得有鼻子有眼，不像是假的。

流言飞啊飞，彩凤当然也听说了。第一感觉，她觉得特别恶心，无论事情是真是假，她都鄙视刘堇，认为她活该。

不到半天时间，连山上的王栓柱都听说了。凭直觉，他完全不相信这是真的。然而，这只是王栓柱的想法，其他人并不这么想。赵光荣本来就不待见刘堇，因此顺势而为，决定严肃处理此事。

太阳还没落山的时候，刘堇的美梦彻底破灭，名声扫地，被嫌弃地赶出了学校，永不再录用。她还没来得及擦干眼泪，以袁城为首的调查组来了，软硬兼施之后，强行逼迫刘堇，追问孩子生父是谁？

刘堇哑然，惶恐地低下了头，无论如何不能开口，否则会害了另一个人。如果可以，就让自己变成哑巴吧，把所有的真相都隐藏，把所有的苦难都担下！然而，落井下石之人却很多。这时，有人悄悄告密，说跟刘堇接触的男人，除了石头和泥鳅，再有就是路志勤，没准孩子与这三人有关。然后还有人说，曾经看到路志勤跟刘堇上万宝山，按怀孕的日子推算，时间很相符……

袁城经过分析，认为石头一家本分，石头又胆小，有贼心也没贼胆，不敢做出这样的事；泥鳅一家心眼多，但多少有些势利眼，不可能招惹"秃爪子"，否则一个村住着，摆脱不掉。说来说去，路志勤的可能性大，因为他就是过路客。

于是，袁城换了招数，质问刘堇，对方是不是路志勤？

刘堇沉默不语，但明眼人看得真切，答案十有八九是肯定的。

袁城又威逼利诱，说只要刘堇供出男人的名字，就不再追究她的问题，还可以让她继续代课。

还能继续代课？刘堇的心忍不住动了一下，继续代课，就有转正的机会，她的梦又有希望了。然而，袁城真的会放过自己吗？刘堇的心又渐渐往下沉，对此话将信将疑，对方的话即使是真的，也不能轻易供出路志勤，因为无法断定，接下来袁城要如何对付他。

浪费了很多时间，依然得不到刘堇的口供，最后袁城恼羞成怒，咬牙切齿地说："看来，真是那个路志勤！绝不能轻饶他！我现在就向上级汇报，由咱们大队出面举报他！我呸！他不是考上名牌大学了吗？好，好，好，未来等着他的是牢狱之灾，看他还妄想飞黄腾达！"

说完，袁城摔上门，带着人气急败坏地离开了。

刘堇惊恐万分，蜷缩在炕上瑟瑟发抖，事情怎么会发展到如此地步？她实在是想不明白：如果爱一个人有错，那她宁愿从来不认识路志勤；如果爱是一种担当，那她愿意默默吞下苦果，绝不能牵连所爱的人！

正在这时，麻雀轻轻地走了进来，想说些什么，又不知道从何说起，干脆就坐在炕边，默默地陪刘堇流泪。

刘堇无声地落泪。怎么办？自己一个柔弱的女子，要怎么做，才能保护所爱的人呢？实在没办法，她抚摸着自己的肚子，突然产生了一个念头——事情由孩子而起，如果孩子不在了，谁还会追究此事呢？那样一来，路志勤就无忧了，万宝山也就安静了。

"麻雀，只有你能帮我。帮我把孩子拿掉，好吗？"刘堇下定决心，定定地看着麻雀。

麻雀无比震惊，认为那是一个生命，怎么能说不要就不要呢？

刘堇痛苦地说，一个无名无分的生命，即使留下来，将来也是痛苦的事。

麻雀瞪大眼睛，一拍大腿："对啊，有名分就没问题了！我这就去找路志勤，让他给孩子名分……"

刘堇紧张地摇头："不行，不行！绝不能牵连到他，那样袁城就会去举报，他被大学开除怎么办？为了大学梦，他宁愿放弃工作，宁愿来下乡受苦，如果毁了前程,他会恨我的。那样的话,我们还有未来吗？"

麻雀直皱眉："小堇，你爱得太卑微了，真的值得吗？孩子毕竟是他的，让他负责，难道有错吗？退一万步讲，得让他知情吧？"

刘堇继续摇头："他已经走了四个月，一封信也没有……如果再以孩子威胁他，只能让他更反感，逼他离我更远。像我这样的人，根本不敢奢望爱情，更不敢谈名分……"

麻雀生气地跺脚："你这个傻瓜，既然不敢奢望，为什么要跟他……如今孩子都有了，哑巴吃黄连吗？"

刘堇苦笑着："孩子是意外，不能全怪他。行了，行了，你快点儿想办法，帮我解决掉这个意外，不就没有麻烦了吗？"

麻雀既心疼又无奈，暗暗思量着:如果瞒着刘堇，悄悄去找路志勤，那结局会如何呢？或许，对方真爱刘堇，不顾家庭反对，不顾学校评价，给刘堇一个名分;或许，对方心疼刘堇，但梦想大于天，无能为力;或许，对方矢口否认，完全与刘堇划清界限;或许，对方反咬一口，告刘堇敲诈勒索……

掂量来掂量去，麻雀心乱如麻，回忆过往的林林总总，路志勤对刘堇的态度，自始至终都很有分寸，除了刘堇的几个小伙伴知道，村民们甚至没有发觉。原来，姓路的心机很重啊，只是刘堇太单纯，并未分清真情和假意，傻傻地献出了最宝贵的青春……

"你说得没错，他至今连封信都没有，怎么可能为了你和孩子，抛弃拥有的一切呢？"麻雀狠了狠心，咬牙切齿地说，"既然他无情，休怪咱们无义，打掉孩子，一了百了吧。"

刘堇不再言语。她比任何人都想给孩子一个名分，甚至想立刻飞到路志勤身旁，与他共建一个温馨的小家，一起把孩子养育成人。可是，她又非常惶恐，他至今杳无音讯，如果真忘了自己，怎么办？或者，误会自己拿孩子威胁他，怎么办？甚至，他不承认这个孩子，连点儿念想都不留，又怎么办？她不能给他添麻烦，也不能让他误会，更不能失去他，那么唯一能做的，就是以他的利益为重，自己打落牙齿只往肚里咽吧……

思前想后，刘堇心如刀割，一面对孩子说对不起，一面努力自我安慰。无论路志勤薄情还是寡义，眼前她都无路可走。如果路志勤对她有真爱，来日方长，他们还会有"爱情的结晶"；如果路志勤对她无真情，长痛不如短痛，何苦让无辜的孩子，承受无端的苦难？

接下来的事，就是硬起心肠，找到合适的方法，打掉孩子。

麻雀听说，村东头的郑家媳妇，站在炕沿上搭衣服，结果一失足掉了下来，三个月的胎儿就没了。于是，刘堇就站到炕沿边，用力往地上蹦，可是反复蹦了多次，肚子还是安然无恙。刘堇一面抚摸肚子，安慰里面的宝宝别害怕，一面又催促麻雀另想办法。

麻雀又听说，村西头老冯家媳妇，弯腰捞酸菜的时候，肚子硌到缸沿上，结果胎儿也滑掉了。于是，刘堇就来到酸菜缸前，故意把肚子贴紧缸沿，用力地硌来硌去，可是鼓捣了半天，还是没动静。麻雀趁机劝道："这孩子命真大，要不你再想想？"刘堇眼泪汪汪，忍住不哭出来，下嘴唇都要咬破了，最后挤出几句话："有多残忍，就有多不舍，自己身上的血肉，我能不疼吗？没路可想，没路可想了……"

这回，麻雀可犯难了，道听途说的方法没用，接下来怎么办呢？她突然又想起来，听说有的医院里，特殊情况下能做手术，不过必须得有结婚证，或者村里开的介绍信，可是刘堇都不符合……

刘堇更加愁眉苦脸，一个小生命投奔她而来，她却要剥夺其生的权利，麻雀说得没错，自己实在不配当娘啊。罢罢罢，既然自己没资格当娘，那就以命还命，用绝食的方式，饿死自己，陪可怜的孩子一起死去吧！看看袁城还怎么刁难她。

正在这个节骨眼上，袁城凶神恶煞地又带着检查组来了，后面跟着一群村民，大家叽叽喳喳，都想第一时间看热闹。

当着全村人的面，袁城先是虚伪地安慰她，说别看她是孤儿，但全村人都把她当成亲人，不会不管她的。然后，他正义凛然地说："即使刘堇死了，大队也不会善罢甘休，会控告路志勤。因为刘堇生是万宝屯的人，死是万宝屯的鬼，大队必须为村民伸张正义，不能放过狗胆包天的浑蛋！"

不知内情的村民，被袁城忽悠得感动起来，一面夸大队主持公道，一面劝刘堇想开些，日子再难也要挺着，有乡亲们帮忙，总能熬过去的。

自始至终，赵光荣都没有出面，但了解整个过程，包括细节。

自此，刘堇被钉到耻辱柱上，想活着没那么容易，想死就更难了。她整天以泪洗面，最后眼泪几乎哭干了，脑袋也时而麻木，时而空白，似乎始终用力在想计策，却又什么也想不清楚。连绝食都做不到，她还能怎样做？

麻雀眼睛都哭肿了，实在无计可施，她只好悄悄找石头和泥鳅商量。

石头满面愁容，既心疼刘堇，恨不能像麻雀那样，每天陪在刘堇身边照顾她，叹息声中，又有几许酸楚，埋怨刘堇犯傻，怎么能未婚先孕呢？然后又直跺脚，瓮声瓮气地追问麻雀，那孩子到底是不是路志勤的？或者是其他哪个人的？

泥鳅一翻白眼，认为无论孩子是谁的，都是刘堇自找苦吃。再怎么喜欢一个人，也不能不顾后果，如今闹得满城风雨，她今后还怎么抬头做人？甚至，连朋友都感觉抬不起头……

麻雀气得打了他们两拳，别人可以说三道四，但是作为刘堇最好的朋友，怎么能置之不理，甚至幸灾乐祸呢？当务之急是想办法，帮刘堇渡过难关。

然而，石头和泥鳅除了长叹，什么办法也没有。

麻雀最后恨铁不成钢地说："真不够哥们！小堇算白交你们做朋友了！"

泥鳅不服气地反驳："那你说什么叫够哥们？难道把她娶回家不成？"

麻雀眼前一亮："对啊！这办法好，孩子有名分了，小堇有家……"

泥鳅冷哼一声："麻雀，你大白天说什么胡话？再胡扯，别怪我不认你这个朋友！"说完，拍拍身上的灰尘，扬长而去。

见石头一直没吭声，麻雀又不甘心地盯着他，试探道："石头，泥鳅是个滑头，咱们不理他！那你呢，你以前喜欢小堇，还算不算数？"

石头用力地垂着头，脸涨得比高粱穗还红，最后嚷嚷了一句："泥鳅主意多，不能让他跑掉……"说完，就迈着沉重的步伐跑开了。

回过头来，再说张林。他更是如坐针毡，眼睛都憋出了血丝，同样无计可施。更让他提心吊胆的是刘堇和麻雀研究"流产"，却屡试无果，他知道这不是法子，容易伤了刘堇的身体，那只能找个名分吧。望向远处的万宝山，张林心中有了主意……

时光，真的是一台穿梭机，仿佛已经走了很远，又似乎停在某个时间点，让人频频地驻足回望。对于刘堇来说，最深刻的那次回望，定格在1981年1月20日。

那一天是大寒，全年最后一个节气，万宝山一年中最冷的时期。

就是在那样的气候中，18岁的刘堇出嫁了——丈夫不是别人，正是大她22岁的王栓柱。

婚礼极其简单，用麻雀的话说："简单得令人心疼。"没有举行任何仪式，没有彩礼，也没有嫁妆，更没有村民们的礼物和十里八村的祝福。

幸好，刘堇还有三个小伙伴——麻雀、石头和泥鳅。

燃放了几响炮仗，三个小伙伴就护送着刘堇登上万宝山，一路上冰天雪地，除了遇见几个忙着拾粪的村民，剩下的只有刺骨的寒风。新房是王栓柱看林的小屋，除了"家徒四壁叮当响"，似乎没有更合适的言语，能形容那间小屋的简陋。

多年后，回忆起自己出嫁的场景，刘堇并没有太多画面感，想到的更多的是"蜡树银山炫皎光，朔风独啸静三江"这句话。

幸亏有石头！幸亏有泥鳅！在那个巴掌大的小屋里，帮着王栓柱修缮倾斜的棚顶，堵住漏风的墙壁，加固松动的木门。

幸亏有麻雀！烧了一大盆热水，一面用大刷子在炕席上"振臂狂舞"，一面叽叽喳喳地说，真不知道王栓柱在这"猪窝"里怎么过的。王栓柱只是"嘿嘿嘿"地笑着，挠几下脑袋，也挠不出一句像样的回答。

看他这样窘迫，麻雀又把话收回来："唉，你这身体也不容易，我不是怪你埋汰。算了算了，好歹以后你俩有个照应，需要我帮忙的，吱一声就到。"

刘堇木然地蹲在屋子的一角，石头的脚、泥鳅的脚、麻雀的脚，走过来，走过去，晃得她眼睛都花了，她干脆闭目养神。仿佛这里的一切，跟她都没有任何关系，她只是偶尔进来蹲一会儿，避一避风，暖一暖手，然后就随三个小伙伴离开一样。至于王栓柱，她一个正眼都没瞅，并非不屑一顾，而是不敢碰触。更确切地说，不是害怕王栓柱，而是害怕"结婚"这个字眼。

其实，王栓柱也不敢瞅刘堇，他不是害怕"结婚"这个字眼，而是心疼这个可怜的姑娘。除了连连说"谢谢"，王栓柱在自己的小窝儿里，一时感到手足无措。

对于石头、泥鳅和麻雀，春天的时候一起给刘堇过生日的情景，王栓柱永远也忘不了。他既羡慕刘堇拥有知心朋友，又庆幸自己有机会走近他们，能成为其中的一员，感受到纯真如水的情谊。

除了友情，更令王栓柱羡慕的，是路志勤和刘堇的爱情，被他们眼神里的"话语"震撼了。那种眼神的交流，不同于普通的夫妻之情，不同于翠花和情夫的月下风流，不同于张林的出轨事件。王栓柱小时候读书有限，找不到浪漫的诗句，只是觉得跟那首歌正相配，是甜蜜蜜的味道，一直甜到心里，甜到梦里……

羡慕也罢，欣慰也罢，当时的他绝没想到，有一天刘堇来到他的小屋，跟他同住一个屋檐下。甚至，这感觉比做梦都缥缈，王栓柱一时缓不过神来。

还记得那天，张林呼哧带喘地爬上山，没头没脑三连问："你觉得小堇是好孩子，对吗？"

王栓柱发自内心地点头。

张林又问："你一直很关心她，对吗？"

王栓柱非常肯定地点头。

张林最后问："她遇到难处，你一定愿意帮她，对吗？"

王栓柱毫不犹豫地点头："只要能做到，我一定！"

"好兄弟，我没看错人！"张林扑通一声跪倒在地，恳请王栓柱帮忙。"现在小堇面临绝境，只有你能救她……求求你，救救她！"

王栓柱莫名其妙，边往起拉张林，边疑惑地问："你这是干啥……我除了看山护林，啥也不会，就是想帮，恐怕也帮不上啊……"

张林摇着头，不肯起来："我说能帮，就一定能帮上。你如果不答应，我就跪着不起来！"

王栓柱拗不过他，也扑通一声跪下："你说吧，我答应你。"

于是，张林拉着王栓柱跪坐在地上，讲述了这两天刘堇的情况，包括"流产"未果，以及袁城的逼迫，还有各种后果和担忧。

王栓柱非常担心："你说吧，我应该怎么帮小堇？去找姓袁的讨公道，还小堇清白？还是去找姓路的，给小堇一个名分？"

张林苦笑着说："咱们小门小户，既没有背景又没有靠山，能拧得过袁城这条大腿吗？至于姓路的，至今音信皆无，找了就能有用吗？"

王栓柱眉头紧锁："那怎么办？难道就轻易地放过他们？"

张林说："君子报仇，十年不晚，早晚我会找到证据，收拾姓袁的！至于姓路的，寒假时若是还不来，那就没啥指望了。关键是小堇放不下人家，否则现在去学校找他，至少要点儿生活费……"

王栓柱点点头，又摇摇头："真是苦了小堇……"

张林突然脸色严肃，郑重其事地说："所以说，别人不管小堇，咱们不能不管。所以栓柱，你做孩子的爹吧！你不用担心，就说我娘在世时，早就给你们订了婚事，而且你的人品好，跟小堇又都有残疾，门当户对的，别人也就不能再说啥了。"

王栓柱很惊讶，他没想到张林说的办法，竟然是这样的："那怎么行，小堇还是孩子，我都半老头子了，配不上她的。"

张林急得直瞪眼睛，打断他的话："栓柱，你想什么呢？我是让你做孩子的爹，没让你做小堇的丈夫。也就是说，暂时给孩子一个名分，既能好好地保护小堇，也能有时间再等等路志勤。总之一句话，不是让你们做真夫妻，你不能胡思乱想，听懂了吗？"

王栓柱终于明白了，一颗心缓缓放下，认真梳理思路：按眼前的局面，再综合刘堇的个人意愿，或许只能这样做了。于是，他拍拍胸脯，大义凛然地说："张婶对我有恩，如果这样能报恩，我愿意当孩子的爹！"

张林感恩戴德，但还是不放心，反复跟王栓柱确认——只当爹不当夫，不能占刘堇便宜！王栓柱对天发誓，保证不欺负刘堇，并全力以赴保护她，努力让她快乐。

于是，张林匆匆下山，回家说服了刘堇。

于是，风雪万宝山，就有了今天的婚礼。

此刻的王栓柱，既兴奋又紧张，内心五味杂陈，又翻腾起以前的旧事。

记得当初外婆刚生病的时候，王栓柱第一次没经批准，就一瘸一拐地跑下山，送来一些有用的草药，还教刘堇怎么熬药。

后来，刘堇多次去万宝山，王栓柱在前边带路，一边聊外婆的病情，一边努力帮她寻找草药。有几次，还提前采好了药，静静地等着刘堇来取。

他一直在山上默默祈祷，希望外婆早日好起来，至少能自己照顾自己，多陪伴刘堇走一段日子。万万没想到的是，日渐康复的外婆，却在张林出狱之际，情绪受到大喜、大悲、大怒的多重撞击，让原本脆弱的心脏和血管无法承受重荷，突发脑出血和心绞痛，在不舍中撒手人寰。

得知这个噩耗，王栓柱像失去亲人一样悲痛，再一次没经大队批准，就一瘸一拐地跑下山，去看望可怜的刘堇……

作为一个被边缘化的残疾人，在这孤独的万宝山上，王栓柱接触最多的人，就是外婆和张林。而其他村民，偶尔有过接触的，讲的内容也大多与刘堇有关，譬如，她的爹娘、她的四根残指、她的求学梦、她对外婆的孝心、她绝美的刺绣……换句话说，不同的人在用不同的方式，帮助王栓柱关注着刘堇，"看"着她一点点长大。

失去外婆的打击，孤独无依的现状，前路迷茫的恐惧，这些体会王栓柱都感同身受。可是他忽然发现，自己很没用，除了远远地望着她，其他的什么都做不了。于是，王栓柱把希望寄托在别人身上，希望那个多才多艺的路志勤，用爱情之手抚慰刘堇的悲痛，帮她早日振作起来，再去追寻美好的大学梦……

"王栓柱，小堇，过来，过来。终于除掉了堆积多年的尘垢，这炕上也能勉强坐人了。你俩快过来，好歹新郎也得给新娘戴个红头绳吧。"

麻雀叽叽喳喳的声音，打断了王栓柱飘远的思绪，也让蹲在地上的刘堇一激灵。刘堇不情愿地睁开眼睛，看到麻雀做事很有条理，炕席刷干净了，事先帮自己收拾的行李，也端端正正地摆好了，那床被单虽然不是新的，但很干净，至少躺下休息是不成问题了。

"你木头桩子似的，杵在地中央干吗呢？凡事讲究个吉利，更何况结婚这么大的事。"见王栓柱一动不动的紧张样儿，麻雀有点儿急眼了："你没吃过猪肉，还没见过猪跑吗？结婚典礼得在中午前办完，赶紧过来！"

王栓柱一步步往炕边蹭，眼角的余光发现，刘堇还蹲在原地没动，他心里七上八下的，知道刘堇心里肯定不乐意。唉，到底应不应该听麻雀的话呢？他又求助似的，把目光移动到石头身上。

那次刘堇过生日时，王栓柱认真观察过每一个男孩，发现石头看刘堇的目光，跟泥鳅不太一样，也有很多复杂的东西，只不过没有路志勤的明朗、炽烈、浪漫罢了。此刻，石头作为"娘家人"，跑到山上来送亲，会不会帮自己一把，将刘堇从墙角扶起来，完成这个"仪式"呢？

无论如何，在王栓柱的骨子里，还是很在意麻雀的话——凡事图个吉利，他自己是无所谓的，但刘堇那么年轻，需要"吉利"地走好每一步，奔向未来的好日子。

石头一直闷闷不乐，自从到了山上后，就一直在"哼哧哼哧"地干活，目光不敢停留在刘堇的身上。屋里的活儿忙得差不多了，石头又拉着泥鳅跑到外面的木堆旁边，抡起斧子瞪圆眼睛，像砍仇人似的劈了很多木柴。然后，把木柴垛规整了一下，又把屋子附近的雪铲了一圈，尽量堆到更远一些的地方。

泥鳅以为这回完事了，刚要回屋里歇歇，石头又叫住他，说得给刘堇搭个厕所。

泥鳅说，这里树木丛生，到处是天然的大厕所，干吗多此一举。石头的脸被风刮得通红，说天然厕所对男人行，对刘堇绝对不行。

泥鳅拗不过他，只好跟在石头身后，一起到另一个木头堆里，挑了一些稍长的木板和木条，然后"哼哧哼哧"地在屋子后面，钉了一个简易的厕所。

本以为这回该结束了，谁料石头四处趿摸，找来几块破麻袋片，小心翼翼地围在厕所四周。边忙碌着，边自言自语："能挡一丝风，就尽量挡一下，不能把刘堇冻感冒了。"

泥鳅忍不住调侃道："万一有野狼出没，麻袋片子也挡不住！"

石头一愣，显然没想到野狼的事，他望向远处的淹死狼沟，又环顾一下四周，琢磨要怎么做才能更安全。

泥鳅见石头当真了，赶紧又说："我已经多方打探，万宝山上根本没有野狼，那条河之所以叫淹死狼沟，是因为老百姓一代代给传错了。原本叫颜良沟，据说是大金朝时的一条航道，金兀术打仗的时候曾经路过这里。"

石头面色凝重，瓮声瓮气地说："哼！野狼好防，色狼难防。绝不能大意……"

泥鳅见石头如此执拗，就使出最后一招："咸吃萝卜淡操心！'山神'会保护刘堇的，你放心吧！"

石头眉头紧锁："你小子咋也信这个？'山神'只是糊弄人的传说罢了，这么多年谁见过？"

泥鳅一时语塞，关于"山神"的话题，确实解释不清楚，尤其跟石头这种人。于是泥鳅不再言语，气得不再理石头，一个人回屋子歇脚去了。

石头使劲儿挠脑袋，可是发现自己太笨，一时半会儿，真想不出什么"防狼术"，只好抱着一些木块，满腹忧虑地返回屋子里。

对于王栓柱求助的目光，石头开始真没反应过来，寻思王栓柱瞅自己干吗，难道认为自己劈的柴不合格？可是，当麻雀的话叽叽喳喳地响起，石头这才恍然大悟——新娘子刘堇，应该"起驾"了！

石头咬了咬牙，走到刘堇身边，用有力的大手攥住那纤细的胳膊，微微一使劲儿，刘堇就被迫站了起来。可是，刘堇蹲得实在太久了，双腿已经麻得像针在扎，她趔趄着险些摔倒，石头见状赶紧一收手。刘董不偏不倚，正好倒在他的臂弯里。石头的臂弯真有力啊，胸膛宽厚如一堵温热的墙！刘董来不及挣脱，只觉得眼前一黑，晕了过去……

当刘董再次睁开眼睛的时候，已经躺在了小屋的炕上，麻雀正跪在她的枕边，紧张地掐着她的人中穴，一声声呼唤令人心碎。石头庞大的身躯立在炕沿边，泥鳅站在中间，王栓柱的目光从另一个角度传过来。每双眼睛里面，都写满了焦急和担忧，让刘董心生感动。

"我没事了。"刘董终于说了第一句话，她稳了稳心神，慢慢地坐了起来。

此刻，面对伙伴们的关爱和疼惜，她心中充满深深的歉意，大冷的天，所有的人都在为自己操劳，都想逗自己开心，而自己在做什么呢？脚上的泡是自己走的，有什么资格跟别人装冷漠？

麻雀放下心来，把红头绳递给王栓柱，示意他给刘董扎上。

王栓柱脸一红，颤抖着粗糙的双手，笨拙地把头绳绕来绕去，终于绑到刘董的辫子上。

麻雀带头鼓掌，眼眶里有泪光闪动，那应该是心疼的泪，是不甘心的泪，是祝福的泪。

石头和泥鳅也跟着鼓掌，不过两个人的表情不同——石头面如死灰，仿佛失去了最喜欢的珍宝，目光呆滞，神情恍惚，精神颓废；泥鳅则不然，神色隐约有些酸楚，但不影响目光中的精气神。

刘董心中毫无波澜，好像这是别人的婚礼，而她只是一个木偶，帮着别人完成一个程序。接下来，无论如何心若死灰，也要面向王栓柱，她努力扬了扬嘴角，试着让自己笑一下，毕竟对方是恩人。只是，她的笑容很难看，尽管没有照镜子，她也能体会到哭的味道……

多年后，刘董回望自己的婚礼，每次都会有所领悟：那一天的麻雀很像外婆，力所能及地帮她张罗着"婚事"。麻雀还剪了大红的"囍"字，一张贴在火炕的正上方，一张贴在木门里面，一张贴在木门外面。只是，山上的风很大，麻雀三人前脚刚离开，后脚门外的"囍"字，就被吹得手舞足蹈，最后飞啊飞，被远处的一棵大树截住，挣扎了几下，又挣扎了几下，不甘心地落到树下的雪窠子里了。

还有一个人，也如外婆般心疼着她，那就是舅舅张林。尽管在别人眼里，找王栓柱做救命稻草，不一定是正确的；尽管在赵美荣眼里，他依然一无是处；尽管在彩凤心里，他是一个无能的"废柴爹"，但经历了一次次波折，他认识到什么是亲情，勇敢地担起了舅舅的责任。至少在那一刻，他觉得能为外甥女做的，全力以赴都做了。不过婚礼现场，他没勇气参加，独自一人跑到山的那边，跪在外婆的坟前痛哭流涕，再多的忏悔，也洗不掉身上的罪过……

从此，刘堇的生活再一次改变，开始在万宝山过日子。起初，她并没有任何感触，直到多年后回首，才蓦然顿悟：那个平凡的王栓柱，何尝不像外婆呢？在简陋得不能再简陋的环境里，力所能及地呵护着她，恨不能永远把她捧在掌心里，将全世界的幸福都送给她。

第六章　宛若故人归

心心之间，念念之远，春风与秋水，温柔且深情。时间，拥有最强大的力量，把光阴切成碎片，细细渲染，再一点点过滤，披荆斩棘地拼接。

每个人都有自己的渡口，没有谁能逃过成长。就像万宝山，历经风吹雨打，依然是原来的样子，开心时晴天朗日，不开心时雾霭缭绕，犹如丝丝缕缕的炊烟从村庄飘了过去，最后山与村庄融为一体，似梦非梦。"与君初相识，宛若故人归"，只是既美好又浪漫的意象。

20世纪90年代的骄阳，把万宝山涂抹得生机盎然，昔日闭塞落后的万宝屯，沉浸在热烈的节日气氛中。成群结队的新生穿着新衣服，簇拥在万宝山小学的校牌前，神情庄严地与迎风招展的国旗合影。

刘堇的女儿王堇纭，就是众多新生中的一员。

万宝山小学今非昔比，两排红墙碧瓦的全砖房，一个平坦宽阔的大操场，两个崭新的篮球架，一块开阔的足球场，一圈线条清晰的环形跑道，一个个菱形的水泥花坛，一簇簇五颜六色的鲜花。间间教室都是窗明几净，桌椅皆为崭新的橙黄色，黑板漆得墨黑墨黑的，工整的粉笔字雪白雪白的，新买的黑板擦端正地放在讲桌上。

女儿能在这样好的环境中读书，时光如果倒退十年，刘堇连想都不敢想啊。自从孩子出生后，她一直在忧虑中度过，由于生活的拮据，孩子万一像自己那样，失去上学的机会怎么办？因此，她一直在想办法赚钱，跟外婆一样精打细算，勒紧自己的裤腰带，恨不得把一分钱掰成几瓣花。可是，日子依然很艰难，外债一直像个无底洞，怎么也还不完……

"小堇，出来取豆腐啊。"院门外，传来麻雀叽叽喳喳的声音。虽然已经当妈了，麻雀还是跟小时候一样，说话语速特别快，连珠炮似的不喘气。刘堇连忙放下手中的花撑子，拿着小铝盆迎了出去。

说心里话，刘堇很羡慕自己的这位好朋友。从前，刘堇一直以为麻雀会嫁给泥鳅，或许也该跟石头是一对。可是，麻雀听了连连摇头，说青梅竹马太熟悉了，跟亲兄弟姐妹似的，只适合"两肋插刀"，没法一起过日子。麻雀没提"爱情"两个字，不过刘堇听懂了，对爱情和婚姻，每个人都有自己的认知和定位，外人看到的，只是表面。

麻雀姐妹四个，三个姐姐都出嫁后，她作为最小的女儿，招了个上门女婿。说起来，麻雀的做法很"前卫"，被万宝山一带传为佳话，因为麻雀选女婿的条件，是完全公开透明的："不要金，不要银，木匠瓦匠豆腐匠，均可。没有手艺者，勿扰。"麻雀上学的时候，数学就特别好，对待未来的生活，心中有自己的小九九。这个时代变化快，光靠体力劳动过日子的时代一去不复返了，只有掌握一门手艺，才是永远的饭碗。

对于泥鳅和石头，麻雀也不是没考虑过。按理说，泥鳅是一个脑筋灵活的男孩，小时候鬼点子就特别多，凡事没有他想不到的，捣个蛋惹个祸，还能笑呵呵地收拾干净。不过，这是优点也是缺点，太滑头了就会不务实，这几年在生产队干活时，麻雀就暗中观察过，泥鳅完全靠一张嘴皮子，动手能力很差。而石头与泥鳅正相反，憨厚朴实得有些笨笨的，与他的名字完全符合，凡事不会转弯，不会变通，生气的时候就憋得脸红脖子粗，丝毫不会动脑筋。生产队长喜欢这样的劳力，夸石头干活儿不藏奸，可是麻雀以为，这样的话就是忽悠人，石头累死都不知道咋死的。所以，麻雀考虑再三，把两个青梅竹马都放弃了。谁都渴望爱情，麻雀也一样，但刘堇死去活来的爱情，给麻雀的心里留下了阴影，因此，她要在相对满意的情况下，选择一种脚踏实地的婚姻。

麻雀的丈夫姓蔡，来自七里外的蔡家村，是个豆腐匠的儿子。跟泥鳅和石头都不同，小蔡性格内向温和，人前人后被称为"小菜一碟"。当初媒婆介绍的时候，麻雀就被这个外号逗笑了，哈哈大笑后一打听，对方不傻不病不残，不吸烟不喝酒不赌博，就是温顺柔弱了一些，缺少阳刚强悍之气。麻雀想象一个"娘娘腔"，就有些起鸡皮疙瘩，暗自拿泥鳅和石头比较，感觉还不如石头呢。

因此，这件事就放下了，当麻雀几乎忘了的时候，小蔡竟然主动"打"上门来，手里还拎着二斤干豆腐和两根大葱。那天中午，麻雀爹刚从外面干活回来，正是饥肠辘辘难以忍受之际，见到干豆腐眼睛就放光了。小蔡手疾眼快，三下两下，就把卷好大葱的干豆腐递上去；麻雀爹动作更快，三口两口，就把干豆腐吞进了肚子里。或许是好久没闻到豆腐腥了；或许是那天麻雀爹太饿了；或许是小蔡的干豆腐太好吃，反正麻雀爹"吃人的嘴短"，悄悄跟女儿说，这个豆腐匠可以考虑。

麻雀也不吭声，揪了一块干豆腐塞进嘴里，香、鲜、韧、薄，竟然有一股熟肉般的味道。于是麻雀斜睨着眼睛，质问小蔡："真是你做的？"小蔡连连点头，两只眼睛倒是很有神，自信满满地发出邀请："不信，现在你就跟我回家，我当面做给你看！"麻雀脱口而出："你谁呀？我凭什么跟你回家？"小蔡根本不像传说的那样软弱，脸虽然涨得通红，但话语依然清晰："我……是来应招上门女婿的……"

缘分就是如此奇特，后来麻雀跟刘董讲述的时候，脸上洋溢着羞涩的笑容。她也不知道，为什么会接受小蔡的邀请，第二天就跟爹去了蔡家村，亲眼观看小蔡做豆腐。只见小蔡有模有样，雪白的豆腐花被他舀起，很均匀地搅碎，轻轻地泼在豆腐上，很薄很薄的一层；然后，续一层干净的豆腐，再泼一层白嫩的豆腐花。长一米、高半米的木框被铺满后，又在上面盖上厚厚的木板，再压上一些大石，用大木梁和绳子固定好，不停地拧、绞，让木框里的豆腐花承受重压，把清水都淌净，最后，变成一张张又薄又筋道的干豆腐。

看着看着，麻雀突然产生了一个念头，让她自己都羞红了脸："或许柔弱的小蔡，就是又水又嫩的豆腐花，需要她的指导和重压，才能变成有筋道的干豆腐。"于是接下来的事情，就显得顺理成章了，小蔡带着手艺入赘麻雀家，开了间夫妻豆腐坊，还生了一对双胞胎女儿，跟豆腐花一样水灵，人见人爱。如今，小日子越来越红火，成了万宝山一带的"万元户"……

"小堇，跟你说个事儿，你可别上火。"麻雀接过刘堇手中的小铝盆，小心翼翼地用铲刀，把一块大豆腐铲起来，平稳地放进盆里。

刘堇用掌心托着豆腐盆，好奇地问："啥事，神秘兮兮的？"

麻雀犹豫了一下，摆摆手推着车要离开："算了算了，八字没一撇的事，先不说了，免得徒增烦恼……"

刘堇伸手拉住豆腐车，执拗地瞅着麻雀。她太了解这个好朋友了，越是说得轻松，可能越是很严重。而且这样子，肯定跟自己有关。会是什么事呢？前些天隐约听说，土地要进行二次微调了，原则是"大稳定、小调整"，人口不增不减的家庭，影响不大，可她家的人口有增有减，肯定会受到很大的影响。她家每年的主要收入，就靠那几亩地了，万一被抽走，这日子就更难了。

"唉，不是土地的事。是……"麻雀皱着眉头，瞅着刘堇半天，终于还是说了出来。"之前我跟你说过，电视上反复播的希望工程，记得不？你还羡慕说，万宝山啥时候能实施，啥时候能真正实现让所有儿童都享有平等的受教育权利，让农民的孩子都有书读……"

刘堇认真地听着，点着头。确实有这样的事情，她家里虽然还没有电视，但麻雀总是及时捎来相关新闻，春节的时候，还邀请她们娘儿俩去看春节联欢会呢。难道是万宝山小学，也要实施希望工程了？

"校长说，比咱们学校贫困的地方，还有很多，希望工程一时还到不了。"麻雀艰难地回答着，又开始犹豫不决，她比谁都了解刘堇，懂得想供女儿求学的愿望。那么，是否要残酷地泼一瓢冷水，浇灭刘堇眼中亮晶晶的希望？

"哦，这样啊。不过没关系啊，小学离家近费用低，我一个人供堇纭读完小学，应该没问题的。"刘堇略有失落，说起话来也有些语无伦次。"这几年我会好好刺绣，争取快点儿把欠你的钱还上……初中要去乡里读，就得让堇纭住校了，可不能像我当年那样折腾了，路远不说吧，庄稼没踩的，一个女孩子太危险了。我就怕万一饥荒还不完……如果初中能实施希望工程，堇纭就有希望了。不！无论如何，得让堇纭读书，还有好几年呢，到时候我再想办法……"

"小堇你放心，我早就说过，堇纭上初中上大学，我都会帮你的。"麻雀心疼地打断刘堇的话。"我要说的，是另一码事儿——那个人要回来了，据说，类似于希望工程……"

那个人是哪个人？什么是类似于希望工程？刘堇一时有点儿蒙，怔怔地望着麻雀，大脑有些空白。似乎明白了麻雀的意思，又似乎什么也没有捕捉到。

"路志勤。那个人就是路志勤。"麻雀不再兜圈子了，刘堇迟早要面对，还是早做个心理准备为好。

刘堇没想到，一个名字——竟然还会有如此大的威力，手中的豆腐盆掉到了地上，雪白的豆腐立刻碎成了豆腐花，在黔黑的土地上颤抖着。她顾不得豆腐和盆，转身就往院子里跑，只想快点儿逃回屋子，就当什么事情也没发生过，就当麻雀没有来过，就当她一直在屋子里刺绣……

"小堇，你这样不是办法。"麻雀捡起地上的小铝盆，抖落掉上面的泥土，又铲了一块豆腐放进去，跟着刘堇走进了屋子。"还是那句话，逃避不是办法。这么多年，你就知道逃避，到最后苦的是谁？还不是你自己？当年我那么费尽苦心地帮你，还不是因为我了解你？还不是因为我知道，你比爱自己都爱人家？现在机会来了，究竟怎么做……唉，你好自为之吧。"

刘堇趴在炕梢,身下红蓝格子的炕革,还是麻雀给的,终于替换掉了当年那张破旧的炕席。屋子里的家具,依然是外婆在时的老样子,唯一增添了的,是小孩子的衣物和用品。不,还有一台旧缝纫机,那也是麻雀借给她的。其实说白了,也就算给的。刘堇确实需要缝纫机,早年在村里的成衣铺干活,大家都知道她手艺好。后来成衣铺黄了,还有人经常找她做衣服,所以,麻雀夫妇抬来了自家的缝纫机。麻雀说自己整天做豆腐,基本用不着,刘堇除了说感谢,只能悄悄地把这份情记在总账本上了,寻思以后慢慢还。

麻雀该说的都说了,拍了拍刘堇搭在炕沿上的大腿,然后走出屋子,继续吆喝着卖豆腐去了。刘堇没有去送麻雀,也没有起来刺绣,就那样一直趴在炕上,眼泪顺着两根指尖,滑落到炕革上。良久,终于抑制不住悲伤,放声痛哭起来。

在刘堇的记忆中,这样放声痛哭的次数很少,就像痛痛快快地笑,也不太多。或许麻雀说得对,在感情问题上,自己就像一只鸵鸟,只知道把脑袋埋进沙子里,一颗心却任风雪摧残,任骄阳暴晒,根本解决不了实际问题,反而把事情弄得越来越糟糕。

然而,不躲又能怎么样呢?

对于爱情,原本只想在心底开出一朵花,最后却意外结了一个"果",令尚不谙世事的她惊慌失措。如果外婆在,一定会帮助她走出困惑;可是外婆太累了,心力交瘁地离开了这个世界。那么她怎么办?"惆怅东栏二株雪,人生看得几清明",当凄清悲凉成为唯一的背景,要怎样穿针引线,才能绣出惊世骇俗的作品呢?

尽情地释放完悲痛,刘堇渐渐止住了哭声,迷迷糊糊地睡着了。梦里,依然是最熟悉的画面:春阳正暖,一切生机盎然。路志勤踏着春光而来,送给刘堇生日惊喜,跟伙伴们一起抬着外婆,爬上了村外的万宝山。

梦里的外婆，永远是开心的样子，春风吹乱了她的头发，也吹乱了她的发音——"呜呜哇哇"，但外婆不在乎，乱舞着不听使唤的胳膊，用力表达着亢奋的心情。久卧病榻，最痛苦的不是身体，而是心灵，能够走进大自然，再次登上万宝山，是外婆梦寐以求的事啊！

多年以后，刘堇更深切地读懂了外婆的心情：表面看起来，在家里和在山上无差别，外婆的行动都不能自理，但万宝山的存在，俨然已经成为一种念想，无论是否有七色堇，她都会觉得有些许寄托。

于是，刘堇常常浮想联翩：或许，每个人的心里，都应该有一座山吧！与高度无关，只要能督促人不放弃，努力向上攀登，用希望填满生活的缝隙，那么这座山就是伟大的山！

遗憾的是，外婆生病前，刘堇还少不更事，没有多了解一些信息，比如，外婆与万宝山，除了挖野菜充饥，挖草药治病，还发生过哪些故事？外公与外婆，还有娘与爹，是否也手牵手，在万宝山上寻找七色堇？还有啊，外婆那么惦记栓柱，真的只是同情吗？

那天在万宝山上，外婆颤抖着手，讲出了生病后最清晰的一句话："我死后……就埋在山那边……"

刘堇含泪握紧外婆的手，心中生出更多好奇，遗憾也接踵而至，一座山的魔力，真的那么神奇吗？只可惜，她再也走不进外婆的内心，再也无法了解过去的故事。唯一能做的，就是努力完成外婆的遗愿，让她永远睡在山旁边。或许还能做的，就是在山上山下，多种一些扫帚梅花，让它们与外婆做伴……

梦里的场景，与梦外的泪水交融，常令刘堇分不清梦里梦外，每当梦到种扫帚梅，三色堇就会像一只只小猫，笑眯眯地出现在眼前，热烈的红色，温柔的黄色，深沉的紫色，笑得她头晕目眩。甚至为了烘托气氛，路志勤的歌声总会适时响起，深情如润物的春雨，清透甜美如阳光的温柔，娓娓道来的《甜蜜蜜》，一直流淌在刘堇的心窝儿里……

那一天的万宝山，吹着世界上最妩媚的风，因为一群可爱的人，而变成刘堇最幸福的回忆。最爱她的外婆，那一刻最可爱；最呵护她的栓柱大叔，那一刻最慈祥；她最喜欢的路志勤，那一刻最心有灵犀；最要好的三个伙伴，那一刻最体贴。

什么样的梦，能一做就是十年？

什么样的人，能走进心海，便拔不出来？

什么样的情，能种在生命中，就再也抹不掉？

刘堇醒来后，总是怅然若失，扪心自问。答案在脑海中浮沉，她一个也抓不住，因为完满的时光太短暂，那一刻再也找不到了。

一晃，整整十年。

一晃，物是人非。

一晃，生离死别。

刘堇不敢回忆那些美好，一直刻意忽略那些光景。她以为这样，就能忘掉那十年。结果她发现："十年生死两茫茫，不思量，自难忘。"原来古人早有定论，一个人就是一场狂风，一个名字就是一场浩劫。无论多长时间，只要一跌进耳朵，立刻就会掀起惊涛骇浪。

路志勤乘坐着吉普车，由省城一路西行，观赏着沿途的美景，那一望无际的恢宏之美，令他诗情澎湃。终于回来了！踏着大平原的斑斓秋色，他终于回到了阔别已久的万宝山。

万宝山依然淳朴，给了他意料之中的热情，也给了他意料之外的震惊。首先是人事上的变动。

赵光荣已经调到乡政府，任主管农业生产的副乡长。

铁蛋早就入了党，接了赵光荣的职务，像当年赵光荣那样，由他负责全面工作。

赵美荣连任几年妇女主任，据说万宝山一带的计划生育工作，被她搞得"有声有色"。

彩凤仍在供销社上班，风吹不着，雨淋不着，优哉游哉。不过，令路志勤诧异的是彩凤的婚姻——竟然与泥鳅是夫妻！

秋风渐凉，吹落了万宝山的几片黄叶。

村子里的两条主路，被往来的车辆压得光亮而结实，像是天然的柏油路似的。村路两侧，新增了很多红墙碧瓦的全砖房，像当年赵美荣家的三间大瓦房一样，窗框有的漆成了天空蓝，有的漆成了树叶绿。房子的前脸，用花岗石装饰成不同的几何图案。院墙用红砖堆砌一人高，菜园里的果蔬基本罢园了，主人正在清理那些枯枝，准备腾出足够大的地方，摆放大田里收回来的玉米。大门与房子风格一致，钢筋铁条电焊工艺，两扇门相对独立，都打开后能进一台车；连在一起，则拼成"出入平安"之类的吉祥图案；关上后加一把锁，又与外界相对独立，与过往的行人隔门相望。

有的人家，购置了小巧的手扶拖拉机，条件再好些的，开回了红车头的四轮车，张扬地停在院子里，在秋阳下闪闪发光。主人对新机器非常爱护，如今个个整装待发，只待秋霜来临，就"突突突"地开着它们去地里，把一年的希望收回来。

从村子东头走到村子西头，再从前街走到后街，几乎每家每户都有新变化。

而唯一没变的，是外婆家的院子。都说时过境迁，外婆已经不在，但刘堇现在生活的地方，依然是当初的院落；那三小间茅草屋，依然落魄可怜；区别于外界的红砖墙，依然是木栅栏；窗台上的摆设，依然是两个草编的鸡窝；窗框上的装饰，依然是几串红辣椒。

小院的陈旧，与整个村子的变化，形成了鲜明的对比，仿佛这是远离尘烟的地方，时间被定格在十年前。路志勤凝视着这幅图景，鼻子有些酸楚，心情极其复杂，不知道这十年，刘堇经历了什么？又似乎隐约知道，这十年光阴，刘堇经受了什么！

该面对的，总是要面对。他躲得过初一，躲不过十五，外婆的小院就在眼前，他必须鼓起勇气，迈动沉重的双腿，一步步向心中的人移动……

一步，两步，三步。

一下，两下，三下。

屋外的人数着步伐，屋内的人数着心跳。

犹如秋风拍打窗棂，细数着岁月，每一下都烙在心上。

家里来了不速之客，刘堇一直沉默不语。她知道，该来的，总会来，她躲着不去学校，但躲不过自家的小院。好吧，那就听听来者何意，又何妨？

前门没有关，脚步声越过门槛，穿过灶间，正向东屋逼近。终于，一只黑皮鞋迈了进来，同时带进一条深蓝色的腿。刘堇的心跳莫名地加快，真的是他吗？真的是他啊！

是的，简陋的小屋里，赫然出现的男人，正是那个印在她骨子里的人。仿佛昔日重现，又陌生得令人心痛——当初的喇叭裤，换成了深蓝色西装；当年的长头发，剪成了如今的"三七分"；当年那副大墨镜，换成了腰间的传呼机；当年的青涩张扬，变成了如今的稳重成熟。

沉默，良久的沉默，除了屋外的风声，剩下的就是心跳声。

然而，一直沉默也不是办法，有些话，还是要说一下的。

刘堇盯着手中的刺绣，心里开始翻江倒海，气氛尴尬得心疼，怎么办？既然找不到话题，那就先找点儿事做，打破这种尴尬才行。

可是，做什么呢？她放下手中的刺绣，屋里屋外踅摸了半天，精选了一些沙果，在灶台边细细地洗净，然后安静地放到炕沿上。故意拖慢速度，她的心终于平稳下来，倚着北墙的大柜站着，与路志勤保持着适当的距离。

炕头有个小坐垫，垫面是刘堇绣的桂花树，旁边绣着两个娟秀的字："尘缘。"

路志勤抚摸着那些纹理，内心一阵思潮起伏，因为垫面的图案他认识，取自热播剧《八月桂花香》，《尘缘》是其主题曲。作为一个文艺青年，他也爱这首沧桑的歌；作为一个爱过恨过的人，他理解刘堇构图的初衷，明白她刺绣时的复杂情感，读得懂她怅然若失的心声。

"尘缘如梦，到如今都成烟云"，路志勤又何尝不感叹呢？泪水夺眶而出，他承认自己的心还是柔软的，尤其是面对刘堇的时候，情不自禁袒露心扉，倾吐这十年间自己的思念。

当年他如愿考上大学，恋恋不舍地告别刘堇，到学校安顿好一切后，第一时间激动地给她写信，告知入学情况和学校地址，鼓励刘堇赶快振作起来，明年一定回去读书，因为考上大学后，世界真的不一样了。

他还特意跑到花坛边，收集了很多三色堇花瓣，小心翼翼地夹到词典里，打算以后每封信都夹一瓣，传达只有他们懂的思念……

然而，所有的信件都石沉大海，路志勤反复核对地址，是万宝屯没错啊，为什么没收到呢？再说了，如果地址不对，信应该被退回来，至今一封也没收到，说明地址没问题。

那是什么原因呢？路志勤猜测，会不会是刘堇不好意思回信？于是换了个方法，试着给麻雀写信，请对方转给刘堇。结果，同样没有任何回音。

有几次，他想请假到万宝山看看，可是学校制度严格，认为万宝山只是他"下乡"的地方，没有亲人和家属在那里，所以"探亲"理由不足。路志勤急了，想直接说回去看"女朋友"，可是话没说出口，又咽了回去。他担心校方敏感，调查来调查去的，刘堇的手还有问题，到时候满校风雨，凭空会增添很多麻烦。

还有一个原因，是路志勤不想惊动家人。因为刘堇的存在，完全是个秘密。至少在上大学时，他没想告诉父母，他非常清楚，家人不会接受刘堇的双手。这就意味着，未来有很多变数，他的学业刚刚开始，无论生活费，还是将来成家立业，都需要家庭支持。

辛辛苦苦考上了大学，吃的苦和受的委屈，只有他自己知道，因此在顺利毕业之前，他不想出现任何意外。更重要的一点，他心里并未确定，将来与刘堇走到什么程度，唯一确定的，是等自己赚钱了，一定要帮助刘堇改善生活。

就这样思念着，忐忑不安着，路志勤纠结过后，很快厘清轻重，就不再思前想后。他认为来日方长，暂时放弃"探亲"，是为了全身心投入学业，等期末拿到奖学金，再回万宝山度假，也能给刘堇买点礼物……

多年后，路志勤才明白：有些时候，抉择只在一念间，而最后的结局，却相差千里。

当寒假终于来到，他打算先去万宝山，然后再回家过年。结果一出校门，姐姐就冲过来，把他拉进了医院。原来，父亲摔伤了大腿，术后必须住院，母亲和姐姐都要上班，那么放假了的路志勤，理所当然要在医院陪护。

于是，回万宝山的计划搁浅，路志勤守在病床前，尽心尽力照顾父亲。俗话说，"伤筋动骨一百天"，更何况重伤的手术呢？结果时间飞逝，春节就过去了，父亲终于能拄着拐杖，在室内轻微行走了，路志勤也要开蹽了。他心急火燎，谎称学校要"下乡"考核证明，便提前两天离开家，踏上了万宝山"探亲"路。

一路上的期待，盼望，自不必说。当他一路辗转，下了火车换汽车，下了汽车换马车，下了马车又步行一段路，马不停蹄地来到万宝屯，却发现外婆家的门锁着——人去屋空！

怎么回事？他趴在窗子上，瞪着眼睛看，室内没人；又眯着眼睛看，依然没人；轻轻喊了几声，同样没人回应。最后，他只好跑去找麻雀。

麻雀眉头紧锁，怒气冲冲地质问他："你还知道来？为什么才来？"

路志勤一脸难堪，试着解释："对不起，一直想来，可是各种事碰到一起，脱离不开。我给刘堇写过信，也给你写过信，可是都没人回信，急死我了……"

麻雀白了他一眼："还给我写过信？真的假的，谁知道你是不是在撒谎！"

路志勤举手发誓："是真的，当然是真的，如果我说谎，天打五雷轰！"

麻雀便不再追问："真的假的，你对得起自己的良心就行，再翻旧账，也不重要了。说说吧，今天突然来，想干啥？"

路志勤真诚地说："我特意来，就想看看刘堇……看看她怎么样。"

麻雀没好气地反问道："就看看吗？看完以后呢？"

路志勤说："看完就得回学校，马上开学了，等暑假的时候再来……"

麻雀阴阳怪气地问："真是个大忙人啊！那我问你，你到底对刘堇啥意思？看来看去的，是否愿意娶她？"

路志勤脸上一红，吞吞吐吐地说："肯定喜欢……可结婚是大事，我还没想那么远……"

麻雀冷哼一声，严肃地盯着他的眼睛："别支支吾吾地，现在我问你——假设你不娶刘堇，她就会因你而死，那你怎么决定？"

路志勤脱口而出："在校学习期间擅自结婚，那是要被退学的！我不能荒废了梦寐以求的理想啊……"

麻雀怒火中烧，当即扇了他一耳光："你就是个陈世美！刘堇遇见你，算是倒了八辈子血霉，瞎了眼睛都不知道！"

路志勤被打得莫名其妙，心中的火气也往上蹿，不过他忍住了，麻雀是刘堇最好的朋友，听说自己不娶对方而生气，也情有可原。也怪自己说话太实在，不懂得迂回婉转，所以他又放低声，想跟麻雀再解释一下："你千万别误会，我的意思是，学业很重要，刘堇也……"

麻雀懒得听他的解释，直接将其推到了门外："要解释，你也得去找刘堇，跟我说有什么用？去追求你的理想吧，少在这里恶心人！"

路志勤灰头土脸："麻雀，我是想找刘堇解释，可是她不在家，你能告诉我她的下落吗？"

麻雀想了想，隔着门缝儿又抛出一句话："她曾反复叮嘱，不让任何人打扰她。唉，我知道她一直在等你，这个可怜的傻子！姓路的你听着：如果你现在能娶她，就到你们私订终身的地方去找她；如果不能收拾你种的恶果，那就赶紧走吧，别再害她！"

"私订终身！种的恶果！"

这八个字犹如当头棒喝，击得路志勤连连倒退了几步，以为自己听错了。

旋即，他又像明白了什么似的，冲出麻雀家的院子，顺着大路，直奔万宝山的方向跑去。他的心里，反复呼唤着刘堇的名字，只想快点儿跑到她的身边，验证自己的猜测到底对不对？问问刘堇，自己离开后，到底发生了什么事？

……

讲到这里，路志勤发出长长的叹息，诸多遗憾和悔恨，一言难尽："后来的很多个夜晚，我常常梦到那天的狂奔，并且从狂奔的梦中惊醒，累得双腿发软，浑身是汗，却一次也没跑到过万宝山顶，一次也没见到过心中的你。然后，接下来的暗夜，我就再也无法入睡，只能点一支烟，喝一口酒，在苦涩中回味梦境，在自责中忏悔灵魂……"

刘堇站在原地，静静地听着，心里却难以平静。路志勤的讲述，与麻雀后来的转述基本相同，他在学校确实有难处，在家人面前也不容易，似乎是可以原谅的。可是这些年，有一点她想不明白：当时自己明明在山上，但并没有见到奔跑而来的他，为什么呢？

那些年，刘堇也曾心生疑窦，究竟是什么原因，导致她没见到路志勤？按理说，万宝山不高也不大，除了人为的因素，或者极特殊的情况，否则只要想上山，即使速度慢点儿，也终归是能到达的。

难道，会是栓柱从中作梗吗？潜意识里，她怀疑过栓柱。因为他是护林人，通过瞭望塔，能第一时间看到上山的人；同时，又是她名义上的丈夫，有权利拦住骚扰她的人。

然而，路志勤给出的答案，与栓柱无关。"'凡事都有定数'，如果那天我跑得再快些，或者再慢些，在经过供销社时，就不会遇到张彩凤。那么我应该就会跑到山顶，应该就能见到你了。"

张彩凤？怎么牵扯到了彩凤呢？刘堇下意识地皱眉，悄悄抚摸着自己的手指，眼中充满了惊讶。从记事起，她就被彩凤笼罩着，喜怒哀乐的重要记忆，似乎都与之有关，难道冥冥之中，真的有"定数"？刘堇不由得心绪起伏，想起多年前的往事，想起彩凤让她帮着绣手帕的情景，唉，或许从那一刻起，恩怨纠葛就埋下了伏笔，只是她身在局中，并没有看清罢了。

或许，那天遇到别人，情形都会有所转变，可命运偏偏如此安排，让彩凤撞见了路志勤，并且拼命拦住他，不顾天寒地冻，只管添油加醋，将刘堇渲染成世上最恐怖的女子。

"唉，都怪我！明知道她的性格恶劣，被我拒绝后一定怀恨在心，我就应该敬而远之，干吗要停下脚步，听她胡说八道呢？"路志勤肠子都悔青了，抬起右手，给了自己一记耳光，讲出了事情的原委。

彩凤似乎知道他的来意，因此一张口，就讲到刘堇当代课教师的事。当然，关于副队长袁城的环节，彩凤并不知晓，因此胡编乱造，说外婆去世后，刘堇一个人实在太可怜了，光靠参加生产队劳动，根本分不到几个钱，日子穷得掀不开锅。外人可以看笑话，但她俩毕竟是表姐妹，彩凤绝不能坐视不管，就悄悄去央求赵光荣，让刘堇到学校代课，增加点收入，快些把饥荒还上……

路志勤听到这里，暗自琢磨：原来是赵光荣作祟，当面收下他的礼物，并答应让刘堇去学校代课，结果等自己离开万宝山后，对方并没有履行承诺，实在是假公济私的恶人啊！

彩凤见路志勤不语，心下很解气，继续"编排"着刘堇："我知道她没钱，而且特别要面子，就想资助她一些物资，先把外面的饥荒还上，可是她跟头犟驴似的，说什么也不肯接受，非说要自己想办法。都怪我，当时我如果再坚持一下，或者把钱放下就走，她也许就不会想歪门邪道……可是我如此单纯，打死我也想不到，她会不走正道。"

路志勤一脸惊疑，忍不住追问道："歪门邪道？什么……什么意思？"

彩凤无限惋惜，无比悲痛地摇着头："唉，都怪我愚笨，没想那么多。你想想看，一个女孩子，孤独无依，双手又残疾，能有什么办法可想呢？无论老少……路老师你想想，饥荒是需要还，可作为一个女孩子，实在太丢人现眼了，唉，害得我这个做表姐的，都觉得抬不起头来……"

"不会的，刘堇不会这样的，怎么可能呢？你在胡说八道，我不相信……"路志勤摇着头，刘堇那么清纯可爱，怎么可能变成这样呢？

然而，彩凤说得声情并茂，泪光闪闪："不要说你不信，全村人谁也不信啊！可事实就是事实。天啊，我说不出口，实在太可耻了，我都替她无地自容！"

路志勤更震惊了："彩凤，你给我住嘴，住嘴！"

彩凤挤出一滴眼泪，恨恨的声音，带着"地狱"般的残酷："我说的都是真的，现在你明白了吧。"

仿佛当头棒喝，路志勤险些跌倒："不可能，绝对不可能！"

彩凤见路志勤如此，心里甚是过瘾，继续说道："不信，你去问校长，去问全校师生，去问大队领导！"

路志勤摇晃了两下身子，努力让自己不要摔倒，外婆家确实空空如也，那冷冰冰的锁头，让彩凤的话显得真实可信，一切似乎都不容置疑。

"我知道，你接受不了，那我呢？"彩凤继续叹息，语气变得有些正义凛然。"如今，万宝山一带，她是出名了，没把她轰出去，已经是最大的宽容了！"

路志勤望着万宝山的方向，感觉一种无形的压力袭过来，脑袋像有无数只蜜蜂在"嗡嗡"直叫，一个他曾经珍爱过的女孩，竟然落得如此不堪，要他怎么向校长求证？

可是，彩凤不依不饶，依然在耳边讲着："你若不信，可以自个儿到山上看看。"

路志勤的精神被彻底击垮，他没有勇气再上山了，不知道此情此景，如何面对彩凤口中那个"刘堇"？如果一切是真的，那刘堇不值得他牵挂；如果一切不是真的，那以他的状态，也不适合去见她。

他心里也明白，以前他拒绝了彩凤，导致彩凤心存芥蒂，胡编一些事情，也不是没有可能。然而，事情太严重，只要自己稍加打听，就一定会有蛛丝马迹的。怎么办呢？是现在就去求证，还是等查明真相，再酌情处理？

见路志勤心生恶魔，彩凤终于出了口气，也不再纠缠："好了，该说的和不该说的，我都告诉你了。毕竟，我对你心动过，这也算是对过去的我，有个交代。至于你，来一趟不容易，最好去找校长求证，也算给自己一个交代。"

路志勤被心魔驱使着，告别万宝山的方向，然后一步三挪，鬼使神差地回到了万宝山小学，敲开了校长办公室的门……

"这个恶毒的女人！"听到这里，刘堇愤怒至极，忍不住骂了一句。

路志勤很尴尬，他宁愿刘堇骂的人，是他这个恶毒的男人。如果重新来过，当初他是否会当机立断，直接回去"探亲"呢？如果时光倒流，他是否会直接跑到万宝山，直接面对刘堇，而不是到别处寻求答案？

这些年，他一直在拷问自己的良心，当《尘缘》的旋律传遍大街小巷，瞬间把他的心给撕碎了——"回头时无风也无雨"，可是那场风雨留下深深的遗憾，即使满腹相思都沉默，人间还有他残梦未醒，空留悔恨……

"这些沙果，是小园那棵沙果树上的。外婆虽然走了，却留下一季又一季的果实。"刘堇转移话题，掩饰胸中的怒火。见路志勤一直在抚摸那个坐垫，知道他读懂了那个刺绣的深意，于是心变得柔软了一些。其实，那个坐垫是她有意放到炕头的，虽然嘴上说不想见面，其实潜意识里，还是想见的。至于见了以后说什么，她没想好。

路志勤缓过神来，把小坐垫抱在怀里，像是抱着一个失而复得的礼物。然后坐在炕沿上，拿起一个红绿相间的沙果，轻轻咬了一口，甜中带酸的味道，让他鼻子一阵发酸："一晃，外婆已经走了十年。你，还好吧？"说完这句话，路志勤就后悔了。外婆走了十年，他何尝不是走了十年呢？明知道刘堇过得不好，还问什么废话？

刘堇没有回答，这些确实都是废话，因此反问了一句："你认为，什么是好，什么是不好？"

路志勤语塞了。

有人说过，活着就是幸福。

可是面对一脸沧桑的刘堇，他觉得这句话一点道理也没有。

如果说，他后悔当初"跑"了，那么此刻，他庆幸自己来了。与刘堇当初相遇的感觉还在，那一针一线的刺绣抱在怀里，依然令他怦然心动。从今往后，他要用实际行动呵护她，让她活得好一点儿，离幸福近一点儿，再近一点儿。

"这些钱，先盖间新房吧。听说你还欠生产队一些饥荒，放心吧，我帮你还。"路志勤边说边掏钱包，为自己终于有能力帮助刘堇而激动，声音充满了自信和力度。"如果你想离开这里，我可以帮你弄个农转非户口，办个'大集体'工作……"

当一沓崭新的人民币，放到外婆家的炕沿上，刘堇终于被激怒了！

她愤然离开外婆的大柜，大步冲到路志勤面前，用左手拎住他的衣领，挥起右臂，想抽他一个耳光。可是最后，刘堇只是恨恨地瞪着杏核眼，无力地放开了手。

打他有什么用呢？如果是五根手指，还能凑成一巴掌，打起来也解恨些。

可是，两根手指像蜻蜓点水，打了他，他也不长记性。

"你以为你是谁？凭什么到这里指手画脚，决定我的生活？我为什么要盖房子？你为什么要办农转非？为什么要办'大集体'？饥荒是我的，凭什么用你还？你以为有几个臭钱，就了不起吗？你以为你是谁啊，凭什么到这里自作多情？"刘堇愤怒地质问着，一句句比耳光还有力度，砸到路志勤的心上。

"刘堇，你误会了……我就是想弥补……希望你能过得好点儿……"路志勤解释着，刘堇的反应在他意料之中，如此倔强的一个人，怎么可能轻易地收下他的钱呢？可是他也是真心的，只有尽力弥补过去，才会在午夜梦回的时候，能再心安地睡去。

"弥补？哈哈，告诉我，你做错了什么？你又要弥补什么？"刘堇一阵狂笑，这么多年，曾想象了很多种重逢的场面，唯独没想过的，就是这一沓羞辱性的金钱。"路志勤我告诉你，金钱买不回我的青春！金钱也换不回过去的十年！想用金钱买心安吗？哈哈，休想用金钱收买我，就让你永远承受良心的审判吧！"

一句句反问，如利箭刺向路志勤心田，根根带着血牵着肉，使他彻底被击败了。

在人的一生中，会有很多时刻，有过纯粹的爱，比如，爱一朵三色堇，爱一缕清晨的风，爱一次落日的绚丽，爱一场冬雪的洁白……后来，遇见刘堇，没考上大学的那段时光，他愿意像刘堇那样，也为她奉献和付出，爱万宝山的矮小，也爱七色堇的传说。

可是，那些"纯粹"的时光，总是稍纵即逝，当时间和空间发生变化，当前途和命运掺杂其中，当必须面临一些取舍，他就变得自私。原来那些"爱"着的，就会被无情之剑，一个个"腰斩"而亡，没有遍体鳞伤，只有奋不顾身。更重要的是，他认为这种取舍是正确的，至于道义与良心，可以忽略不提……

归根结底一句话：他可以舍弃工作，但无法舍弃梦想；他可以舍弃风花雪月，但无法舍弃美好前途。因此，麻雀提出生死攸关的问题时，他尽管心有所悟，却不愿意挑明，不愿意追问，害怕"既定的事实"，影响梦寐以求的理想。

因此，心底深处，他在寻找一个出口，只是他自己并不知道，出口在哪里。而彩凤的话语，给了他冠冕堂皇的理由——轻信彩凤的一面之词，加上校长不知情的佐证，以便让自己怒发冲冠，理直气壮地"转身"，毅然决然地"抛弃"……

感情里最大的遗憾，就是失去后才知道，错过那个人是永生的痛。

路志勤无法原谅自己，但是他希望得到刘堇的原谅。

此时此刻，刘堇就在自己的眼前，透过那张暴怒的面孔，他读懂了那颗依然柔软的心。所以，他必须勇敢地伸出双手，搂紧这个遍体鳞伤的女孩，错过的时光已然无法再回头，未来的岁月里，不能再有遗憾。

万宝山虽小，但沾了十月的缤纷，层林尽染，万紫千红。枫叶像一团团红色的火焰，令人情不自禁地想走近它，张开双臂拥抱这个激情的世界，然后一起燃烧，一起升腾。

然而，越往山上走，景色变化越突兀，终于一步步爬到山顶，路志勤的激情瞬间被熄灭，随之而来的，是一片令人触目惊心的画面。

怎么会变成这样？

当年郁郁葱葱的树木，如今很多已经彻底死掉，根部快腐烂了；还有一些正在死掉，枝条光秃秃地或伸着，或垂着，每年春天只能长出零星的几片叶子，证明这些树还在苟延残喘。矮树桩一个连着一个，是当年被烧死的树木留下的根。

除了这些所谓的"树木"，剩下的风景，就是成片的杂草地和灌木丛，一簇簇扫帚梅花在秋风中摇曳，粉、白、红、紫互相衬托着，向路志勤微微摇头，轻轻讲述着八年前的那场灾难。

1982年的深秋，生产队的庄稼都收割完了，作为一名能挣完整工分的社员，刘堇终于可以歇一歇，不用顶着强烈的妊娠反应，山上山下来回折腾了。可是王栓柱却不能歇息，万宝山进入了秋季防火期，他必须严格遵守护林准则，每天都要认真巡逻，不能有半点儿疏漏。有时候半夜风大，他也要赶紧起来出去看看，生怕出现一点儿险情，造成不可想象的后果。

怀孕五个多月了，刘堇感到肚子快速地变大，身体也越来越笨拙。一起干活儿的几个妇女，歇脚的时候就愿意研究她的肚子，说感觉刘堇干活越来越偷懒，模样却越来越好看了，那凭经验分析，这胎怀的肯定是丫头，俗话说："丫头都打扮妈，小子都让妈变丑。"

刘堇羞涩地抚摸着肚子，心中有点儿失落，她特别想生个儿子，帮王栓柱接户口本。

麻雀的观点正好相反，她以事实为根据，拿张林和刘堇做对比，又拿她们姐四个跟翠花的三个儿子对比，最后得出结论：女孩比男孩更懂得孝顺父母，尤其像王栓柱那样的人，更适合有个贴心的女儿，到老了才不会被嫌弃。

刘堇觉得麻雀说得很有道理，所以不再纠结生儿生女的问题。

王栓柱更是想得明白，颤抖着粗糙的大手，小心翼翼地抚摸着刘堇的肚子，只觉得眼泪都要流下来了。他从来不敢想象，自己今生能有可爱的妻子；从来不敢奢望，自己今生有当爹的机会。刘堇的降临，无疑是命运的恩赐，让他有机会成为真正的男人；而肚子里的孩子，更是上苍的恩典，让他有机会承担一种责任，完成一种使命。他只怕幸福来得太快，今生报恩都来不及，哪有资格挑剔男孩女孩呢？他唯一希望的就是孩子健全，手啊脚啊都是全科的，精神上也不要有啥缺憾，就是他们一家最大的福分了……

每当晚上月色迷蒙，躺在被刘堇收拾一新的小炕上，枕着刘堇绣的并蒂莲枕头，盖着刘堇绣的鸳鸯被子，王栓柱总感觉像在梦中。

从决定跟刘堇"结婚"那一刻起，他就反复提醒自己"守规矩"，不能冒犯这个可怜的丫头。浪漫的爱情，他讲不明白含义；但做人的底线，他有自己的坚守——那就是绝不能乘人之危。小时候渴望有个家，那是对爸爸妈妈的情结；如今四十不惑，突然有了一个"家"，他一定要珍惜这段"父女情"，用相差20岁的年龄，守护好这个从小看着长大的"女儿"。

最初那段时间，王栓柱也确实是那样做的。

比如说"结婚"那天，当麻雀三人前脚刚走，他就一瘸一拐地出去找木板，想在墙角搭个临时床铺，把小炕单独留给刘堇。

可是刘堇太善良了，把他手中的木板接了过去，放到了小炕的中央；然后又在中间拉了个布帘，做成"软间壁"。刘堇说屋子里这么冷，没有火炉的地方就像冰窖，她不能自私地把主人赶到冰窖里。

王栓柱站在地上，连大气也不敢出，心里盘算着该怎么办。一个炕上，一个地下，这样的距离刚刚好；可是若都在炕上，一块布帘的距离，近得连呼吸都听得一清二楚，作为一个成熟的男性，他到底能否承受得了那样的"心跳"？

这时，刘堇又轻轻地说话了："心中有楚汉，自然不会过界。栓柱大叔，小堇从小就相信你。"

一句"栓柱大叔"，让王栓柱冷静了很多；一句"相信"，让他坦然了很多。

记不清过了多少个日子，王栓柱跟刘堇就这样"隔帘相望"，各自守着自己的梦，度过了一个又一个相安无事的夜晚，迎来了一个又一个崭新的黎明。王栓柱很满足这样的生活，感觉每天回到小屋，有了盼头；每天出去巡逻，又特别有劲头。

当第一根柳芽冒尖的时候，他会亲手折下来做一个柳笛，兴奋地奔回小屋，想让刘堇吹响春之声，可是刘堇头都不抬一下，只顾一心一意地绣着花，肯定是觉得这玩意很幼稚。王栓柱想劝些什么，又怕惹出她的烦恼，只能面带失望地走出去。没走多远，身后一阵清脆婉转的柳笛声传来，王栓柱的心立刻灿烂了。

当第一颗野菜闯进眼帘，王栓柱就会小心翼翼地连根拔起，手舞足蹈地跑回小屋，告诉刘堇准备好工具，明天就领着她出去挖野菜。刘堇喜欢吃野菜，更怀念跟外婆挖野菜的时光，眼神变得一会儿明朗，一会儿迷离的。王栓柱理解她的忧伤，就又张罗着编了个兔笼子，鼓励刘堇养两只小白兔，分散一下注意力，心情才能好得快些。刘堇也不吭声，目光掠过王栓柱的手，不知道又琢磨什么呢。几天后，王栓柱从外面回来，看到了笼子里多了两只兔子，从此刘堇说话的次数也变多了。

当第一朵三色堇绽放的时候，王栓柱立刻想起了路志勤，想起了就是因为这样的花朵，让刘堇坠入了路志勤的眼神里。王栓柱有些犯愁了，自己尚且"睹物思人"，更何况刘堇呢？刘堇的心情正在恢复阶段，不能再让这些花影响她了。于是王栓柱当机立断，拎起铁锹满山坡踅摸，看到一株就铲掉一株，然后统统埋到了一棵大树下，绝不能留下后患。可是往回走的时候，却发现没有花朵点缀的山路，显得很单调乏味，刘堇那么喜欢花儿，哪天在山中散步，会不会觉得寂寞呢？王栓柱想来想去，觉得扫帚梅花正合适，因此第二天他又沿着山路，撒下很多扫帚梅花籽。

当一簇簇扫帚梅花争相吐艳，刘堇终于开心地笑了。很小的时候，她曾经以为，外婆家大树下的那簇扫帚梅花，是世界上最美丽的风景；上小学后，她又一度认为，校园花坛里的扫帚梅花，是世界上最大的花园；如今满眼满山的扫帚梅花，让刘堇惊艳地认识到：原来世界很大，而她的思维很小。

在刘堇的笑容里，王栓柱由一个愚笨的护林员，变成了一个懂得经营浪漫的人。

他坐在大树下，学着用扫帚梅花编花环，粉的、白的、红的、紫的花朵娇艳欲滴，然后再点缀几朵嫩黄的蒲公英。当芬芳的花环戴在刘堇头上时，她忍不住跑到镜子前端详——那个曾经笑靥如花的女孩，仿佛又"活"过来了！在"活"着的刘堇身旁，王栓柱不知不觉间，男人的心思也"活泛"了。有很多次，他用最光滑的狗尾草，一遍又一遍地学着编草戒指，等终于成功了，却悄悄放进衣兜里，根本不敢送给刘堇。

一切都在不知不觉间变化，渐渐地，王栓柱感受到了很多"不同"：自己那床又硬又旧又破又脏的被褥，里面的棉花轻柔了许多，被单和褥单变得干净清爽，残留着好闻的洗衣粉的味道。

一个春暖花开的早晨，一双新布鞋放在他的枕边，上面的针脚细密而结实。

一个夏天的中午，一件崭新的"的确良"衬衣又舒服又合身，换掉了身上穿了又穿、破得无法缝补的旧背心。

秋天的一个黄昏，一个绣着扫帚梅花的枕头放在炕沿上，里面换成了干燥的新稻草。

冬天的一个夜晚，单薄的被子上多了一条压脚的新棉裤，第二天穿在身上，只觉得双腿变得年轻有力量了……

心绪平和的日子里，王栓柱和刘堇同时发现：万宝山的风景，其实一直很美；身边的人，其实一直很暖。

于是，在初夏的一个恬淡的夜晚，月辉清亮亮地洒到万宝山上，刘堇忍不住好奇之心，问王栓柱是否遇见过"山神"。

王栓柱说没遇见过，那只是个传说罢了，世上哪有神仙啊？

刘堇微微地摇头，外婆说只要相信，就会遇到，所以她愿意相信有。

王栓柱没有再反驳刘堇的话，如果相信能让她觉得有盼头，那么他愿意与她一起相信。

听了王栓柱的这句"表白"，刘堇有些感动，第一次对他说出心里话，并且讲了七色堇的传说。刘堇还特别强调，这是她跟外婆的秘密，只讲给过两个人听。

王栓柱知道，自己是两个人"之一"，那另一个人应该就是路志勤，因此明白了七色堇的意义，心里五味杂陈。

刘堇并不知道王栓柱的心情，继续回忆着小时候，第一次见王栓柱时，有点儿被他的样子吓到了，无论如何也想不到，他会成为她的避风港，今生会睡在一铺炕上。

王栓柱闻言沉默了，"癞蛤蟆想吃天鹅肉"，说的可能就是他吧。

刘堇又说，其实缘分这东西很奇特，如果早知道，见到第一眼就注定了结局，人生就会少走很多弯路，少承受很多痛苦。

王栓柱静静地听着，刘堇所说的"弯路和痛苦"，皆因为另一个男人，有股酸酸的味道从心底涌上来，他发现自己竟然吃醋了！

而这时，刘堇忽然动情地说："小时候，一直盼着外婆带我见'山神'，可惜再也没有机会了；而近段时间，我忽然有些错觉，仿佛你就是外婆说的'山神'，在我最无助时接纳了我，并且时刻保护着我……"

几句话落进耳朵里，猛烈地撞击着王栓柱的心坎，顿时令他热泪盈眶。

这是怎样的一种赞美啊！

一向被世界忽略的他，竟然成为别人眼中的"山神"，这样的评价既令他惭愧，也让他感到伟大。原来，自己不是可有可无，至少在刘堇眼中，自己如此重要。如果万宝山的传说是真的，那一定是"山神"护佑，让他的残腿也能站得有力量，从而有机会成为刘堇的依靠，有机会付出爱和关心，有机会接近那神圣的光芒！

刘堇悄悄伸出手，试着移向布帘的另一侧，试着靠近那颗火热的心灵。

或许，那个初夏的风太柔软了，透过窗子抚摸着皮肤，有一种奇异的躁动。

或许，那晚的明月太皎洁了，照亮了小屋里的幽暗，隔着布帘，不仅能看清王栓柱吃醋的神情，还能看到他被感动的泪光。

或许，那一刻的氛围太和谐了，当布帘随着夏风起伏摇曳，当刘堇的小手触碰到他粗糙的大手，王栓柱如惊鸿一瞥——望见了刘堇含笑的目光。

于是，一切发生得有些突然，他想躲闪，却舍不得避开目光。

于是，一切显得如此水到渠成，他的大手攥紧了那只小手，再也不愿意松开。

炕中央的木板，被撼动了；两床被子，合到了一起；两颗孤独的心，合而为一。

他与她紧紧相拥，从此成为真正的夫妻，从此都不再漂泊无依……

多年后，每每想到这个画面，刘堇心中除了甜蜜，更多的是深深的自责。如果没有那晚的谈心，没有那晚的柔情蜜意，很多事情就不会发生，即使发生了，也可能会是另一个结局。至少，王栓柱不会知道七色堇，接下来的日子里，就不会执着地帮她寻找，也不会发生那场恐怖的火灾。

可是，人生没有"如果"，两个同病相怜的人相遇，注定会有事情发生。她与王栓柱惺惺相惜，彼此依赖，已成为不能改变的事实；王栓柱为她守护、寻梦，也成为不能改写的历史；那个深秋的夜晚，也定格为永远回不去的日历，没有时光机能穿梭回去，改动上面的某一个细节……

是的，在那个枫叶飘零的晚秋，刘堇在小屋的灯下一边刺绣，一边等着王栓柱巡山归来。

王栓柱见天色已晚，就提着马灯从山顶的瞭望台出来，深一脚浅一脚地准备下山，目光习惯性地在花丛中逡摸。突然，他发现不远处的草丛中，有一朵特别绚丽多彩的花，仿佛有七八种颜色的样子——不会是传说中的七色堇吧？王栓柱激动地奔向那朵花，结果忘记留心脚下的路，一下子被树枝绊倒了，马灯也从手中抛了出去。

那盏马灯像忠实的伙伴，从护林那天起就陪伴着他，可是那个晚上却很调皮，划了一个漂亮的抛物线后，选了一块尖尖的石子，重重地落了下来。

在刘堇的记忆中，外婆对万宝山的定义，就是一个比较大的土坡——长得并不险峻挺拔，连石头都很稀少的土坡。然而当火灾发生后，刘堇才明白："稀少"不等于完全没有，造成致命后果的，往往是最容易被忽略的细节。那片王栓柱走了千百遍的山林，那块不易觉察的小尖石子，穿透了马灯久经风霜的玻璃罩，让那点星星之火瞬间燃成了一片火海……

"天啊！原来是这样！"听到这里，路志勤下意识地指着眼前的一个个树桩，惊呼之余又恍然大悟。"这么多树木都是集体的，火灾造成的损失很大啊。所以，你如今才会负债累累？"

"是的，赔偿经济损失的话，能减轻王栓柱坐牢的期限，我别无选择。"刘堇冷冷地看着路志勤，情绪依然非常抵触。"所以，你并未真正了解过去的我，又何谈弥补过去，珍惜未来？"

路志勤艰难地解释："我只知道……你欠了很多饥荒……时间太仓促，麻雀应该还没来得及说……"

"如果八年的时间还算仓促，那么请告诉我，多久才不仓促？十八年？二十八年？或者一生？"刘堇打断这些无谓的话。

路志勤赶紧解释："我不是那个意思……我是觉得，你太傻了，是他烧了山林，理当受到应有的刑罚，而不应该由你来承担……"

"住口！你如此自私自利，没有资格说这样的话！他是我的守护神，给了我重生的机会，我只有用这样的方式，才能回报他的恩情！"刘堇眼神冰冷，她之所以答应带路志勤上山，只是想对往事做个交代罢了。"其实，你压根没想真正了解我，因为你觉得，那段时光是我自作自受，跟你无关是不是？"

路志勤无语了。什么时候，刘堇变得如此洞察一切，句句如刀砍在他的心上，令他无处遁形。或许是他错了，原本她与他就心有灵犀，所以当初才会相知相爱，此刻才会相误相杀。几乎是乞求着，路志勤对刘堇说："带我去祭奠一下外婆，还有……栓柱，好吗？"

"祭奠的理由？"刘堇淡淡地问，听不出悲伤，也听不出期待。

"我……想告诉他们，以后我会照顾你的，请他们安息。"路志勤目光深情如昨，无比动情地说，"跟我离开这个伤心地，咱们重新开始。"

"跟你走？去哪儿？什么理由？"刘堇走近路志勤，盯着他的眼睛，像是要读一本翻过很久也读不懂的书。"什么身份？你要娶我吗？"

"那个……呃……我媳妇下个月生产，我不能让孩子一出生就没有爸爸……"路志勤突然被问住了，目光像被秋风拂过的柳丝，不再充满魅力，却还是不甘心错过。"不过请你相信我，我真的是想弥补你。小堇，跟我走吧！我带你到外面的世界看看，你原本应该属于那里，原本应该过更好的生活……"

"哈哈，路志勤，你就是个十足的混蛋！竟然也知道孩子不能没有爸爸？那么当初我最需要你的时候，你干吗去了？你伤害了我的青春，还想用所谓的弥补来绑架我整个人生吗？你凭什么如此无耻，是在幻想金屋藏娇吗？外面的世界无论多精彩，你都没有资格在我的面前出现！"

刘堇怒吼着，两根手指落在路志勤的脸颊上，同样是脆响的耳光。

如果说在此之前，刘堇不忍心打路志勤，是因为打在他身上，疼的是自己的心。

此时此刻，她的巴掌终于落了下去，无关力道大小，只是为了尊严。

从此恩断义绝，相忘于江湖。

挥别，是为了新的开始。刘堇寻找到"原委"，一颗心逐渐硬了起来，有些想法也在转变，开始思考接下来的人生，该如何度过？

日子不紧不慢，替她梳理着时光。两个月后的阳历年，她喝了一杯酒，觉得浑身慢慢有了底气，这才迈动步伐，第一次去拜访赵美荣的三间大瓦房。

在刘堇的记忆中，在万宝山一带，以前人们更注重春节，而对元旦的关注和在意，还是近几年的事。特意选择这一天登门，刘堇希望新年新气象，与赵美荣一家的关系有个新状态，与万宝山的关系有个新起点，自己的人生有个新转折。

说心里话，鼓足勇气走进这扇大门，确实是很艰难的事。

按血缘关系，这家人是她在这个世上唯一的亲人；可按照亲疏关系，这家人带给她的伤害却最深。如果有可能，她想永远避开这一家，就当陌生人去忽略。但十年之后，路志勤的重新出现，给她上了一课，她觉得逃避不是办法，很多事情必须面对。譬如，她跟彩凤的恩怨。

三间房子，中间开门。

进去后，是一个小方厅，光滑的水泥地擦得能照人。

方厅的后面，是孩子的小房间，里面放着两张单人床。

东屋的门紧闭着，赵美荣吃完饭出去打麻将了。

西屋的门开着，屋地铺着暗红色大方格图案的地革，许是怕来来往往踩脏了，又在上面铺了一些硬纸壳，彩凤锃亮的皮鞋就放在纸壳上。紧靠窗台的墙边是两个蓝白相间的皮革沙发，西墙边是一套明黄色的大组合家具，左边一组是梳妆台，中间一组放着彩色电视机和录音机，右边一组是装衣物的柜子。

电视屏幕闪动着，正播放着每晚最准时的新闻联播，彩凤趴在丝绸面的炕被上看电视。她家的炕跟外婆家的不同，是半截小炕，并且靠着北墙而不是南墙，上方半悬着两块水粉色的隔帘。

对于刘堇这个不速之客，彩凤确实很震惊，她迅速从炕上坐起来，瞪着眼睛直喇喇地问："是你？你来干吗？走错地方了吧？"

"没错，来找你。需要脱鞋吗？"刘堇说完，瞅着自己脚上的黑色棉布鞋，刚刚在院门口时，她就用力掸掉了鞋边缘沾着的雪，到房门前又蹭了蹭鞋底。这是从小外婆培养的习惯，即使在自己家里，也是保持相对的干净。

"那个……不用了，踩纸壳，别踩地革就行。"彩凤也盯着她的棉鞋，想直接说不让她进屋，又实在有些说不出口。"这大过年的，找我有啥事？不会是借钱吧？"

刘董小心翼翼地踩着纸壳，坐到了沙发上。她心里冷冷一笑，彩凤的性格一点儿也没变，无论什么事，总是先把钱放在第一位。她很想回敬一句"即使借钱，也求不到你的门槛"，可转念一想，又咽了回去。自己今天是来谈判的，而且是谈大事，不能一开场就剑拔弩张的。

"放心吧，不借钱。只是想跟你聊聊路志勤的事，还有那些被你拦截的信，是不是应该还给我了？"本来这些内容，来的时候想酌情处理的，此刻见泥鳅不在家，刘董就临时改变了战术，先声夺人，打彩凤一个措手不及。"今天来，就是跟你讨个说法，要个公道。"

彩凤毫无思想准备，又不甘心被刘董质问，立刻反驳道："你瞎说什么呢？谁拦截那些乱七八糟的信了？路志勤跟我有什么关系，你们死灰复燃是你们自己的事，别到我这臭显摆！"

刘董不想纠缠于过去，那些已经毫无意义了。泥鳅不一定什么时候回来，有些话不到迫不得已，该给彩凤留的颜面还是要留的，因此必须快刀斩乱麻，挑重点问题解决。

刘董盯着彩凤的眼睛，咄咄逼人："少跟我赖账！你倚仗你舅舅是干部，就滥用私权，收买了邮递员，村里人所有的来信，都必须先让你过目。尤其是路志勤邮来的，不论是写给我的，还是写给其他人的，都被你扣留了，对不对？也就是说，他考上大学后，是你胡搅蛮缠，封锁了他与万宝山的联络，是不是？"

"你……你别胡说，说话可要有证据……谁能证明？"彩凤原本还想狡辩，后来心里一琢磨，那个路志勤如今出息了，想调查当年信的事，应该也轻而易举。罢罢罢，既然如此，干脆承认算了，时过境迁，谁也不能把自己怎么样。"行，我承认是我拦截的！但你别忘了，凡事有个先来后到，是你先夺人所爱，我才会如此报复。用法律的话解释，你是第三者，我属于'正当防卫'！"

刘堇嘴角泛出冷笑。她这样问，只是诈一诈彩凤而已，其实路志勤哪有那么用心，根本没有去调查，就像当年拂袖而去，根本没有了解她的遭遇一样。

之所以旧事重提，刘堇是觉得委屈，她非常心疼当年的自己，有必要寻求一个真相，给那个苦苦等待的自己一个交代。至少证明，在那个特定的时间段，路志勤并非绝情，并没有忘记自己，那么她选择"嫁"给王栓柱，也就不是傻到极致了。同时，这是她此行的"砝码"，可以给彩凤一个下马威，然后进行一场新的"交易"。

"只怪当时年少轻狂，很多事情不是我的本愿。你认为是我夺人在先，当年能解释的，我也都说过了，如今再说什么你情我愿，只能是笑谈。反正我没有想夺人，信不信由你吧。倒是你，不应该拦截那些信，不应该在他面前中伤我，不应该阻止我们见面，更不应该诋毁我的人格。咱们原本是表姐妹，何苦为一个男人，闹得跟仇人似的？唉，想想真是不值得……"如今经历了心灰意冷，刘堇很理解彩凤愤怒的心情，路志勤的突然出现，同时伤害了两个无辜的少女，说起来都是孽缘。

"别跟我提人格！阻止你们见面怎么了？我得不到的，你凭什么得到？从小到大，你外婆把你当个宝，完全忽略我这个亲孙女的存在，凭什么？那个路志勤也跟你外婆一样，满眼睛都是你，凭什么无视我的爱情？'秃爪子'你听着，如果放在今天，我还是会破坏你们。你如今的下场，就是报应！"彩凤越想越气，其实这么多年来，这个心结一直没放下，即使跟泥鳅成家立业了，心底还是有一个痛点存在。

又是一句"秃爪子"，刘堇微微闭了闭眼睛，提醒自己不要动怒，因为冲动是魔鬼，什么问题也解决不了。能走进赵家门，这需要多大的勇气啊！她不想让刚刚的酒白喝，不想让这两个月的思考白费，不想让过去的十年白被欺负。

想明白这些，刘堇冷冷地说："我来之前一直想，泥鳅如果知道了你做过的事，会怎么想？他可能还不知道，当初的他，只是你的一颗棋子；他也不知道，你现在心里，还装着别人；他更不知道，自己的枕边人，竟然如此恶毒。彩凤你说，是我告诉他，还是你自己坦白？"

"'秃爪子'，你……你究竟想干什么？"彩凤恼羞成怒，腾地跳到地上，冲到刘堇面前。"当初你破坏了我的初恋，如今又来破坏我的家庭，难道想找死吗？"

"彩凤，其实泥鳅真不错，你确实应该珍惜。"刘堇眯着眼睛，借着几分酒意，她并不害怕彩凤，继续一语双关，一半真心祝福，一半不得已地要挟。"别像我这样，等什么都失去后，一切悔之晚矣……"

刘堇冷静得可怕。

能有胆量坐到彩凤家的沙发上，是因为她太了解泥鳅了，从小到大的伙伴，虽然有些油嘴油舌，但人品绝对正直，眼睛里不揉沙子。

当初路志勤拒绝彩凤后，彩凤架不住面子，急需找个人做"道具"，为自己树立威信。在全村的适龄男孩中考量后，只有泥鳅能与路志勤抗衡。一来泥鳅长得还算顺眼；二来脑瓜灵活，口才厉害。因此，彩凤把目标锁定在泥鳅身上——刘堇抢走她的心上人，她就要抢走刘堇的"死党"，以牙还牙。

只是彩凤没想到，接触时间长了，发现泥鳅的优点越来越多，不像张林那样窝囊，遇事思路清晰，都能说出个"一、二、三"。交往的时候，对她并非言听计从，偶尔发生争执，也能很快把她哄开心。总之，虽没有路志勤的风流倜傥，令她心猿意马，但能让她心安，时刻感受到愉悦和舒适。

日久生情说得果真没错，在与泥鳅的交往中，彩凤发觉自己动情了，已经离不开泥鳅了。所以，当刘堇嫁给了王栓柱，当路志勤彻底离开万宝山，彩凤也把这段初恋压在了心底，跟泥鳅走进了婚姻殿堂……

"哟，小堇？你怎么来了？"泥鳅的声音很响亮，看得出来，在这个家里，他这个上门女婿并非低声下气，比当初软弱的张林强多了。

"泥鳅回来了？我今天来，是求你和彩凤办点儿事，没想到彩凤这么爽快就答应了，是吧，彩凤？"刘董心平气和，笑眯眯地看着彩凤。

彩凤有些着急，生怕刘董起坏心眼，当面讲出不堪的往事。路志勤早就成为过去式了，在心里的那点儿痕迹，也都是一阵过眼云烟，不过是可以忽略的伤痛罢了。这十多年来，看着娘形单影只的样子，彩凤既心疼又无奈。反观自己的婚姻，至少现在，她还非常满意，也非常珍惜。她可不想像她娘那样，活生生地把丈夫逼走，把好端端的家亲手拆散了。

"什么事啊？我猜猜……呃，应该是土地调整的事吧？"泥鳅进门前，没有听到之前的内容，只听到刘董夸他的话，因此心情很不错。

"是，但不全是。这次土地微调，你这个领导怎么决定，我都没有意见。你也知道，当初栓柱癌症晚期，疼得汗珠滚滚，也舍不得咽下最后一口气，就寻思快点儿分地。他走了，也能帮我们娘儿俩多增加点儿收入，可是队里就是迟迟不分地，他还是没挺到最后……"刘董说道王栓柱，声音就有些哽咽了。"再说董纭这孩子吧，本来到足月了，就是不肯从肚子里出来，急得我每天直跺脚，寻思好歹分一亩地，将来也算有个依靠。结果这孩子不争气啊，头天分完地，她第二天才降生……"

"是啊，当时我们都跟着着急，可是谁也帮不上忙，这爷儿俩一前一后，都错过了分地。放心吧，土地微调的事，我会跟上级汇报一下，一定给你个满意的结果。"泥鳅的鼻子也有些发酸，从小到大见证着刘董受的苦，经历的难，作为朋友真的很心疼。"你刚刚说不全是，那还有什么事，说吧，只要我能办到的，一定帮你。"

"秋天的时候，我上了一次万宝山，看到山顶的状况，心里特别难受。这些天，我经常梦到栓柱，他比我更难过，一脸忏悔的表情，说对不起万宝山，所以我考虑再三，打算搬到万宝山上去住，看山护林的钱，我一分也不拿，都还欠生产队里的饥荒吧。当初，村里的刘二承包了万宝山，可他一棵树也没栽，什么也没做，一座山就那样荒芜着，实在太可惜了。我想为万宝山做点儿事，就当是为栓柱赎罪，也为我自己赎罪，因为他做的一切，都是为了我……"

刘堇声音哽咽，回忆往事仍然有些激动，跟彩凤讲了那么多开场白，如今总算正式过渡到正题了。因为承包山林，是全村的大事，甚至是整个大队的大事，泥鳅的权力还不够大，必须有铁蛋的批准才行。刘堇担心彩凤阻挠，所以才出此下策。

"你……你简直是疯了，竟然跟我……"彩凤明白了，气得指着刘堇的鼻子，刚想骂她无耻，可是想到她有小辫子在刘堇手里，又不得不改口："你一个女人，住到荒山野岭，疯了还是傻了？你是女人，那有多危险，难道你不知道吗？"

"彩凤，咱们刚刚不是说好了吗？没事的，山上没有狼，也没有狐狸，只要'山神'护佑，不发生火灾和滑坡，能有啥危险？"刘堇主意已定，无论如何，都要承包到万宝山。"请你们二位帮忙，我想跟大队签30年合同，一棵树苗一棵树苗地补栽，等合同到期的时候，我要替栓柱还债，一定还给队里一个不一样的万宝山！"

泥鳅沉吟了片刻，与彩凤交换了一下眼神，又各怀心事地望向刘堇。

其实刘堇说得没错，万宝山作为一个象征性的地理位置，自从多年前那场火灾过后，每个人心里都很遗憾。村民刘二承包后，还没动手植树，就被"下海"的浪潮吸引了，跟着亲戚跑到南方做生意去了。

泥鳅当上生产队长后，也经常揪心这件事，可是刘二的合同没到期，生产队也不好干涉太多。如今赶上土地微调，刘堇突然提出自己的想法，或许时机刚刚好。泥鳅的大脑飞快地运转起来，或许是时候，研究一下万宝山的事了，只是刘堇人单力薄，还身有残疾，能担此重任吗？

"放心吧，我的手指虽少，但不等于不能劳动，栽花种树没问题的。外婆在世时常说，不怕慢，就怕站，只要我不停下来，树就会一年年多起来，花就会一年年艳起来。泥鳅，你想想啊，万宝山一共有多大，就是跑着、走着、爬着，都没问题，只要还能挪动身子，手指还能摆弄那些树种花种，我相信日久天长，总能让那小山变样！"

"你还爬着……我看你真是疯了……"彩凤情不自禁，又脱口而出。"再说了，你一个人在山上，有野男人起坏心眼儿，怎么办？"

"看来，你还挺惦记我啊！"刘堇自嘲地笑笑，来此之前，她的心中早就有了主意。"我都想好了，我会把舅舅找回来，有他做保护神，你还不放心吗？"

彩凤怔在原地，显然没想到，刘堇会提到张林。

这些年，时不时有人传言，有的人说在县城见到张林了，破衣烂衫，俨然一个流浪汉；有的人说，在省城见到张林了，在大街上乞讨；也有的人说，张林遇到车祸，可能早就死掉了……赵美荣和彩凤也备受折磨，但最终也只是折磨，都没动过找回张林的心思。

"你……竟然想把他找回来，难道不怕别人笑话吗？"彩凤有些语无伦次地说道。

"他是我的亲人，我不能总让他在外面漂泊着……"刘堇态度坚定，没有过多解释，没有过多埋怨，字里行间，令彩凤惭愧。

走出那三间大瓦房的时候，刘堇下意识地望向院子西侧，那里陈列着一排仓房，同样是红墙碧瓦油漆门框，只是比正房矮很多，依稀能分得清哪里是猪圈，哪里是鸡舍，哪里是狗窝。

刘堇的心蓦地一紧，十年前的画面再次浮现，外婆离世时的悲痛，再次袭上心头，眼泪险些夺眶而出。她闭了闭眼睛，把眼泪忍了回去，此刻不适合落泪，等有一天她的腰杆挺起来，能替外婆理直气壮地生活时，她一定要再来赵家，问问赵美荣——"究竟是哪根檩子，要了外婆的命"？

冬季凄清的月光，在这个阳历年深思着，映得刘堇的双眸亮晶晶的。她用力甩甩头，像是要甩掉过去，也甩掉悲伤。

女儿堇纭那么可爱，还在家里等妈妈，刘堇必须快点儿回到女儿身旁，一面在灯下刺绣，一面给女儿讲生动的故事。然后，娘儿俩相依相偎，一起进入梦乡。

从此刻起，刘堇种下一个念想：要努力做到心无杂念，睡前原谅一切，醒后不问过往。相信吧，只要心中有希望，明天太阳就会照常升起，给生活一个崭新的开始。

第七章　寻找七色堇

一针一线思华年，悲欢离合总关情。走过山穷水尽，刘堇中年后的记忆，依然离不开万宝山，离不开七色堇。尽管世界并不完美，她依然心如花木，向阳而生。

不怨天，不尤人，接受这个世界所有的伤害。看清复杂残酷的现实后，依然要扬起嘴角微笑。苦和甜来自外界，努力突破内心的枷锁，才能创造迥然不同的自己。

万宝山浅红淡白间深黄，簇簇新妆阵阵香。刘堇穿过云海，终于觅到了神奇的七色堇。她觉得，自己真像慈祥的外婆。

1996 年 8 月 28 日，农历七月十五，立秋后第一个月圆的望日，是中国民间传统节日中元节，也是农作物收获的季节。在刘堇的印象中，万宝山一带很重视这个节日，村民们坚定地相信，祖先会在此时返家探望子孙，外婆也相信。

不过，跟其他村民不同，外婆在世的时候，总有自己独特的祭祀方式，将施祭与祈望丰收联系在一起：每当秋气新来时，外婆就会提前绣好两件绣品，端端正正地放在柜中的筶箩里。接着，房前屋后准备时令佳品，除了精心挑选的脆甜果蔬，还有新收的农作物。外婆在农作物的穗子上，缠绕一些剪成条的五色纸，然后小心翼翼地放到阴凉处的筶箩里，不让任何人碰触，包括刘堇。外婆说这叫"香枝"，只等中秋月圆时，把它们插在小园的地上，插得越多越好，以此象征着五谷丰登。

那时的中午，外婆把能找到的食材进行调配，做上一顿小刘堇眼中的"美味佳肴"。然后把四角的方桌放到炕中央，先摆上五双筷子五只碗、一壶酒四个小酒盅，再把香喷喷的饭菜端来，摆在方桌的中间位置。另外三副碗筷，是给外公、爹、娘准备的；由于食物太匮乏了，外婆忙忙碌碌一上午，也只是做了一些"家常便饭"，分别盛到不同的小瓷碟里罢了。然而，经过外婆的设计，那样郑重地摆到桌上，就显出了跟平常不一样的仪式感。多年后，刘堇慢慢懂得，越是在贫瘠的日子里，越要努力寻找仪式感，才会给自己一个希望。

"筵席"摆好了，尽管刘堇已经"垂涎三尺"，外婆也不让她轻举妄动，因为还要先点三炷香。外婆用火柴把香点燃，脸上是前所未有的虔诚和凝重，等刘堇用四根手指握牢后，再让她冲着方桌恭恭敬敬地拈香跪拜，请先人来品尝"丰盛"的祭宴，同时保护她康健平安。从小到大，都是同样的仪式、同样的话语，外婆从没为她自己祈过愿，唯一希望的，就是小刘堇能越来越好……

"妈妈，花束都扎好了，咱们去看望爸爸和太婆吧。"堇纭甜美的声音，打断了刘堇的回忆，她悄悄地把外婆藏进心底，然后转过头，温柔地望向女儿，一抹欣慰的笑意从心头泛起，情不自禁地挂在嘴角上。

堇纭今年已满15岁，身材跟刘堇一样修长，皮肤跟她一样白皙，眼神比她的还灵动，头发比她的还乌黑发亮。更重要的是那一双小手，十根手指完美无缺，不仅能写一手端正的汉字，还能写出非常棒的作文，那篇催人泪下的参赛作品《妈妈的手》，获得了全市小学生作文大赛第一名。

"堇纭，你知道妈妈小时候，最大的心愿是什么吗？"刘堇与女儿手牵手，走在飘着花香的山路上，堇纭的个头已经跟她差不多了，刘堇在这个"小大人"面前，忽然有很多话想说。

"嗯……难道妈妈也想当作家？"堇纭歪着头想了想，然后否定了自己的猜测。"我们老师说，当作家需要良好的语文基本功，包括语言、文学、文字、写作，还要读万卷书，行万里路，这样才能下笔如有神。你从来没走出过万宝山，啥样的风景也没见过，所以当不了作家。"

"谁说我没走出过万宝山啊？像你这么大的时候，我每天往返15公里去上学，春夏秋冬风雨不误，啥样的风景没见过？"听着女儿故作成熟的话，刘堇很是忍俊不禁，所以也孩子气的，享受着跟女儿斗嘴的快乐。

"我们老师说的这个风景，不一定是大自然真的风景，应该是……呃……对了，老师说是人生阅历，也就是得有故事可说。"董纭努力回忆着老师讲过的话，试着给自己的妈妈讲一些"道理"，话里话外透着满满的自信。"我们老师还说，像我这样有情怀的孩子，将来才能成为作家。"

听女儿讲出"情怀"两个字，刘堇不禁对女儿刮目相看了，暗自感慨现在的教育比以前有了质的变化，想当初，15岁的自己确实稚嫩，根本就没听过"情怀"二字为何物。不过关于"故事"这个话题，她却不肯向女儿服输——如果连自己的经历，都不能称为"故事"，那么什么样的经历才算故事呢？

"董纭，你记住，每个成年人都是一本书，可能封面相同，但都有自己独一无二的故事，都是无法复制的。"刘堇的神情变得有些严肃，或许是时候，有选择地给女儿讲讲"真实的故事"了。

"我的天啊，想不到我妈妈说的话，也有名言的味道哦。我一直以为，你就会讲那些童话故事呢，嘻嘻嘻……"董纭大惊小怪地笑着，一脸的阳光和爽朗，完全不像当初刘堇那样拘谨，也不像当年路志勤那样张扬。

我的天啊，此时此刻此景，怎么莫名其妙想到那个家伙？刘堇暗暗生自己的气，赶紧故作轻松地说："小破孩儿，竟然敢小瞧你妈妈。快点儿走，今天我就让你见识一下，什么是真正的人生故事！"

"好嘞，本公主拭目以待！"董纭听说有故事，立刻产生了兴趣，跟着妈妈的速度加快了脚步。"哦，用错词了，应该是洗耳恭听，嘻嘻嘻……"

秋日的暖阳透过树叶间的缝隙，在林间洒下铜钱般大小的光斑，照亮了一路红的、白的、粉的、紫的扫帚梅花，也照亮了万宝山的另一侧——最偏僻的、无人光顾的山脚下，两块安静的木质墓碑。

刘堇和女儿伫立在墓碑前，恭敬地献上花束。外婆那边，是紫色的扫帚梅花，代表着外婆性格的冷静，和在刘堇心目中的尊贵。王栓柱这边，是白色的扫帚梅花，代表纯洁的、包容的大爱，包含着光谱中所有的色彩。祭奠这两位亲人，刘堇刻意没选粉色的花，因为在她心里，粉色扫帚梅花应该属于娘和爹，属于那方题着诗歌的手帕。至于红色太过热烈，刘堇觉得不适合祭奠。

"堇纭，跟妈一起给太婆磕头吧。记住，无论将来你走多远，是当作家还是诗人，都不能忘记这位慈祥的长者，没有她就不会有咱娘儿俩。现在，妈妈就把我外婆的故事，讲给你听。"刘堇边说边跪在墓前，外婆走的时候日子太艰难，没有留下一张照片，不过墓碑上有名字，向世间讲述着一个属于她的故事。

"我外婆跟你一个属相，也是属猪的，比你整整大 60 岁。身材偏矮偏瘦，不像东北女性那样强壮，自带江南女子的纤细柔弱。可她骨子里硬朗仗义，绝不缺少东北女子的热情豪爽。那时候的女孩地位低下，几乎都没有自己的名字，可我外婆的名字很好听。她出生在 1923 年，那时百姓的生活苦不堪言，东三省的战争还没结束，据说死伤特别惨重。那一年，万宝山一带大刀土匪猖獗，普通百姓家无宁日，人心惶惶，伴随着外婆清脆的啼哭声，陆军步兵第十旅从天而至，到万宝山一带剿匪来了。乡亲们觉得是我外婆给万宝山一带带来了福气，就给她起了个名字叫田静，希望万宝山从此安静祥和，幸福甜蜜。揭不开锅的日子，大家却东拼西凑些食物，保证不能让她饿死……"

堇纭听话地磕完头，然后倚在刘堇身边，第一次有机会走近家族史，确实令她的心灵感到了震撼："太婆真幸运。那我爸爸呢，他是个什么样的人？"

刘堇的视线，定格在王栓柱的墓碑上，这是一个什么样的人呢？他的出生，他的父母，他的家乡，他所有的过去，除了福利院三个字，几乎没有人知道。可是，刘堇却觉得，有很多话想说给女儿听。

"不是所有的生命，都像太婆那样轰轰烈烈地出生；但正是这个平凡的生命，拯救了你的妈妈，然后又跟妈妈一起创造了你。你的爸爸跟我外婆一样，与世无争，骨子里有一股韧劲儿，什么悲苦都咬牙咽回肚子里，再艰难的日子也不放弃生活。他的右腿不灵活，可是不影响他爱我们。记得刚怀上你的时候，他激动得把我抱起来，想像其他人那样转圈。结果，我们一起摔倒了。当时可把他吓坏了，真怕由于他的冲动和残腿，伤害到你这个小家伙……嘻嘻，亲爱的女儿，谢谢你顽强的生命力，否则你爸爸一定会自责一生。"

堇纭的眼睛不自觉地湿润了。

"爸爸"这两个字，对于她如此陌生，从小到大都不敢碰触，却又那么强烈地渴望，甚至有几次见到石头和泥鳅，想叫他们爸爸，结果害得刘堇打她屁股。她也曾试着问过妈妈，想了解爸爸的一切，可是妈妈总是避而不谈，有时候被追问得不耐烦了，就用一句"等你长大再告诉你"，就把她打发了。今天，妈妈主动跟她讲爸爸的事，让她很感动。

"妈妈，你知道吗？小时候很多孩子，骂我是没爹的孩子，我恨不能把他们的鼻子打歪。"堇纭流着泪，讲着属于她自己的小故事，小心酸，"可是后来我还是没动手，因为你告诉过我，武力解决不了根本问题，只有自己变强大了，才会让别人闭嘴"。

听了女儿的话，刘堇的眼泪倾泻而出。

如果说，对于逝去亲人的祭奠，是一种遥远的怀念和告慰，是对那些滋养过她的人的感恩，那么，来自女儿的理解，是对现实生活的希望，对所有经历过的苦辣酸甜的感恩。此时此刻，刘堇忽然很激动，觉得再也找不到更合适的词，能超越"感恩"二字，来解读自己长久以来的心情。

或许，换一种心境，一切就会有新意义，所有经历的，也都变成了最好的给予。

刘堇泪眼婆娑，对女儿说，更是在对多年前的那个自己说："堇纭，过两天你就要去住校了，过相对独立的生活，记住妈妈的话，未来你的路还很漫长，无论遇到什么事什么人，无论经历什么艰难困苦，都要怀着一颗感恩之心，那样才不会被自我营造的情绪困住，一切也会豁然开朗。"

堇纭年龄还小，一时还不能完全理解妈妈的话，但刘堇相信，总有一天女儿会懂的。她自己不也是经历了万水千山，才悟出这一点人生哲理吗？无论快慢，只要能悟出来，就不晚。

"妈妈，我以前挺害怕中元节的，因为同学们都说是'鬼节'，还讲各种鬼故事吓唬人……不过今天我不害怕了，因为我明白了一个道理。"堇纭望着太婆和爸爸的墓碑，脸上是一种超越这个年龄的恬淡。"其实，我们只是借这个时间点，思念离去的亲人，思念初见时的模样。即使他们不在身边，但想起来，就会觉得温暖。是这样吧，妈妈？"

"堇纭说得对。祭奠，其实更是一种感恩，感恩生命，感恩土地，感恩粮食，妈妈更感恩有你的陪伴，让我觉得现在如此美好，未来如此值得期待。"刘堇用力地点头，与女儿同时悟出一个道理，看来，自己的智商和情商果然比女儿逊色很多。"来吧。咱们借此机会，再祭一下魁星，祝愿我女儿在求学的路上一帆风顺，将来考上理想的大学。"

"谢谢妈妈。我一定好好学习，争取天天向上。"堇纭调皮地搂住妈妈，然后站起身，抱着拳向四周一阵祭拜，口中念念有词。"祈祷万宝山'山神'护佑，我不在家的日子里，一定要保护妈妈平安……"

"放心吧孩子，'山神'会护佑妈妈的。还有你爸爸，还有太婆，他们都会一直守护这片山林的。"刘堇搂住女儿，心里很是感慨。

一阵秋风吹过，树叶"沙沙"作响，像是在回应母女二人的对话。刘堇和女儿牵着手，恭敬地后退两步，再次向墓碑深深鞠躬，然后循着山路，小心翼翼地返回。

穿过郁郁葱葱的树林，山路上的花正芬芳，母女俩忍不住又停下脚步，采了一些五颜六色的花，这才走向山那边的小家。

"谁——你在干什么？"再走几步路就到家了，刘堇突然看到一个身影在林间晃动，立刻吓了一跳，赶紧把堇纭拉到身后，然后厉声质问道："谁在那边？"

听到声音，那个身影瓮声瓮气地回答："是我。我在盖房子。"

石头？真的是儿时伙伴——石头吗？

刘堇跟女儿面面相觑，赶紧跑了几步，走到近前一看："石头，真的是你？你不是在南方打工吗，什么时候回来的？为什么……要在这里盖房子？"

"堇纭去上学，山上就你一个人，我不放心，万一有狼出没怎么办？"石头放下手里的木板，眼睛不敢瞅刘堇，而是巡视着四周。"可是我脑子笨，想不出啥好办法，只有搬到这里住了。或许真正的'防狼术'，就是我来做'山神'，日日夜夜保护你……"

刘堇与女儿瞬间怔住了。因为关于狼的传说，在泥鳅当生产队长时，就被"攻克"了，泥鳅还特意向大队申请，用"引宝河"三个字，代替了原来的淹死狼沟，显得有文化多了，也有从外面引资源进万宝山一带的寓意。此刻石头突然出现，显然是找不到其他借口，只能以狼为说辞，听起来很幼稚，可又显得那么真诚可爱。

刘堇有那么一瞬间的恍惚，觉得眼前这个男人，似乎有着与王栓柱一样的表情；有那么一瞬间的恍惚，眼前这个坚定的男人，仿佛真有"山神"一般的魅力，风吹不动。

石头很笨拙，但也很可爱，如此木讷的男人，竟然用一句话，让刘堇热泪盈眶。

时光荏苒，岁月如梭，转眼又是六年匆匆而逝。

女儿堇纭经过勤奋努力，终于不负刘堇的期望，考到了上海某知名大学，即将开启新的旅程，刘堇趁此机会走出万宝山，到省城为即将远行的女儿送行。

此时正值白露时节，火热的夏天已渐渐远去，花草树木的绿色茎叶或花瓣上，早晨密集的一层层晶莹剔透的小水珠，此刻经太阳光的照射，已经消失得无影无踪。

一路上刘堇感慨万千，当初的公社，如今早已改名为乡政府；当初只有两排平房的中学，如今已是窗明几净的教学楼；当初坎坷不平的土路，如今已经实施"村村通工程"，变成了光滑宽阔的水泥路；当初需要用双脚丈量的 15 里路，如今只需要花几块钱车费，就可以轻松搭乘汽车到达，既方便快捷又省心省力；当初那个遥不可及的省城，也只需要乘坐绿皮火车，三个多小时就能到达目的地。

道路两旁除了挺直的白桦林，还有一排排的银杏树。那银杏叶铺就的一条条黄金大道，令刘堇无比惊艳，暗暗琢磨着，难怪村民们跑出来打工就不愿意回去，原来省城里跟农村真不一样。

望着一座座高楼大厦，南北贯穿的立交桥，车水马龙的繁华街道，刘堇悄悄地跟女儿嘀咕着："听说翠花家三个儿子，就在省城的一个工地干活，没准儿就在附近的哪栋楼里呢。还有泥鳅的弟弟，听说在一个小区当保安，我瞅那边的楼挺高的，会不会是在那里？"

"嘻嘻，老妈你的想象力太丰富了！省城这么大，楼那么多，哪能那么巧就在咱们眼皮子底下？"堇纭的目光也有些不够用了，之前在县城里读书，除了教室就是宿舍，放假立刻坐车回家，根本没有时间看风景。再说了，县城的风景也无法跟省城里比，楼房没有这里的高，道路没这里的宽，车辆没这里的多，人也没这里多。

董纭的眼中充满了期待，那是更远的期待。"老妈，连省城都这么豪华，你说上海得有多漂亮啊？"

"是啊，外面的世界真精彩，不来不知道，一来吓一跳。"刘董的一只肩膀上，扛着女儿的行李，另一只手紧紧牵着女儿，生怕被人群冲散了。"董纭啊，你看看这些人穿的，再看看你身上的衣服，我看着都太土气了……离火车发车时间还有一会儿，咱们找个近点儿的商店，得帮你挑一身时尚点儿的衣服，不然到了上海，同学们会笑话你是东北来的'土包子'。"

"妈，不用的，我这身衣服挺好看的。"董纭懂事地拉住妈妈的胳膊。家里的经济困难她知道，六年来妈妈在山上省吃俭用，一棵树苗一棵树苗地栽培，一朵花一朵花地孕育，一亩田一亩田地耕耘，可是欠的债还剩下很多。能上大学已经很幸运了，怎么能再给妈妈添负担呢？

"对不起啊董纭，这么多年，你跟妈受苦了。要不是有大学生助学贷款，你即使考这么高的分数，恐怕妈也没能力供你……好歹，国家政策好，没耽误我女儿上理想的大学。放心吧，妈在家会努力赚钱，不能让你一上学，就被饥荒压得喘不过气来……"刘董的心情变得很沉重，女儿靠自己的努力，敲开了著名大学的校门，可四年的求学路依然艰难，前途依然未知。

"妈妈，现在日子越来越好，干吗要说丧气话呢？是你遗传给我的高智商，又培养了我强大的抗压能力，我才能考出这么好的成绩。新闻已经公布，今年国家设立了国家奖学金，你的女儿如此品学兼优，在大学一定会凭自己的努力，得到这笔奖学金的。"董纭的眼睛是单眼皮，但长长的睫毛忽闪着，流露出积极乐观。"再说了，我已经20岁，在国外早就要独立生活了。到学校适应后，我马上勤工俭学做兼职，那样读完四年大学，还不是轻松加愉快的事？"

女儿阳光般的笑容，令刘董倍感欣慰，眼睛有些湿湿的，她赶紧把视线从董纭脸上移开，漫无目的地瞅着四周。

此时的车站里人头攒动，南来北往的旅客穿着各种时尚服装，头发也染成五颜六色，发型更是五花八门，令人眼花缭乱应接不暇。社会发展太快了，再不出来看看，都跟不上时代步伐了！

刘堇把东西放下，然后拉着女儿的手，一面感慨着，一面反复叮嘱着："堇纭，上海那么大，你孤身一人可要多加小心啊。俗话说，林子大了啥鸟都有，你一个农村小丫头，最容易上当受骗……"

"老妈，从接到通知书那天起，你都说多少遍了？放心吧，我会时刻小心的。"作为80后的堇纭，虽没有妈妈的感慨多，但非常理解"儿行千里母担忧"的心情，因此略带调侃地安慰刘堇。"要不，你跟我一起去吧，到上海滩开开眼界，顺便寻找一下'梦中情人'许文强……"

"臭孩子，总跟我没大没小的。呵呵，哪有什么'梦中情人'啊，就是没事的时候，你麻雀阿姨跟我闲说话罢了。不过那个电视剧真好看，没有不喜欢看的。"刘堇被女儿逗笑了，心情瞬间轻松了许多。"倒是你，长得这么水灵，肯定会有男孩子喜欢你。妈妈希望你以学业为主，别那么快谈恋爱，感情的事啊，最容易让人受伤……"

堇纭的眼神里有一种慈祥的温暖，不像是女儿，更像是当年的外婆："妈妈，不用担心我。你要答应我，对自己好一点儿，行吗？既然不到上海滩找许文强，那就在身边找一个吧。石头叔叔蛮不错的，这么多年如'山神'般守着你，你却那样对他，又何尝不是一种伤害呢？"

刘堇一路控制着的分别的泪水，瞬间夺眶而出，原来被女儿关怀的女人，竟然这么容易变得脆弱。

这么多年，她从未在女儿面前谈论过男人的问题，善解人意的堇纭也从来不问。这或许就是母女间的"懂"吧，不问不代表不关心，不说不代表不理解。女儿不知道妈妈之前的故事，但她能猜到一点：妈妈至今单身，其中一个重要原因，就是担心影响自己的学习，影响自己的前途。

刘堇确实也是这样想的，她这一生被感情所困，后悔已经来不及了，绝不能再走错一步，给女儿造成不良影响。刘堇选择住在万宝山，过着离群索居的生活，那个相对封闭独立的空间称不上是"世外桃源"，至少能落得个耳根清净，不至于被一些闲话，弄得心烦意乱。

至于石头的问题，六年前，他自作主张要搬到山上住，刘堇怎么拦也没拦住，只好搬来泥鳅当救兵，可是石头油盐不进，固执得像块真正的顽石。最后，泥鳅也没办法了，从供销社带上来一些啤酒，几袋花生米，跟石头一边喝一边谈，希望他酒后吐真言，酒醒后如一场梦，跟他一起下山回家。

石头拎起酒瓶子，眼神迷茫地先干了两个，然后从小时候讲起，绕不开的话题，其实都是刘堇。

石头说自己愚笨，很多事情都比泥鳅慢半拍，学习上左耳听右耳冒，劳动上只知道出苦力，感情上缺根弦后知后觉。从某种意义上来说，刘堇如今的现状，跟他有很大关系。

泥鳅不明白，路是刘堇自己选的，跟他能有啥关系？

石头说关系很大，如果早知道自己喜欢刘堇，他就不会让别人钻了空子，害得刘堇生活得这么悲惨。

泥鳅说刘堇与路志勤是真心相爱，即使有石头的存在，也阻挡不了他们相爱，事情的结局也改变不了。

石头摇头，无比懊悔，如果他再勇敢一点点，就能抢到路志勤前面，把刘堇娶回家了，为人妻的刘堇就不会爱上别人了。可是，当初石头爹强烈反对，石头就没再极力坚持，寻思等日后慢慢劝劝爹。之所以没坚持，不是要放弃刘堇，而是觉得心里有底。反正，大家都嫌弃刘堇"秃爪子"，除了他也没人愿意娶她，那么就不急于一时。石头自信满满地想，只要他不变心，刘堇就永远属于他。

"如今想想，我活该受折磨，因为骨子里，我竟然也曾看轻过刘堇，认为没有人会稀罕她。说白了，被我爹骂得次数多了，我也隐隐觉得，娶她多少有点儿犯傻……"石头讲到这里，一脸的自责，流下了难过的泪水。"所以，我是有过犹豫的，才会那样闷着不吭声。直到那个春天，咱们一起陪外婆上万宝山，路志勤给刘堇唱歌的时候，开始我还在鼓掌呢，鼓着鼓着突然发现，他们的眼神里有了某种东西，那是我一直想要的爱情啊……就在那天，那些猫脸花燃烧了他们，却刺痛了我的心，泥鳅你知道那滋味吗？真疼啊，牵着骨头连着筋似的，滋啦滋啦地疼！"

"我懂，我懂。"泥鳅看着小伙伴痛苦的样子，也跟着一起难过。"我终于明白了，为什么在路志勤消失后，你没有挺身而出，帮刘堇渡过难关……还记得小时候，咱们有一次也骂过她'秃爪子'，虽然是唯一一次，但对她的伤害肯定非常大。现在想想真浑啊，其实在传统观念里，咱们跟大家一样狭隘，对于她的手都挺在意的，是不是？"泥鳅喝了一大口酒，面色也带着愧意。"多亏有了栓柱，他比咱们伟大！不然真难以想象，刘堇现在会是什么样子，你说是不是有可能，已经不在这个世上了呢？"

"我就是个懦夫！之前如果错过也就错过了，可是，在刘堇最需要帮助的时候，我竟然……我就是个混蛋，眼睁睁地看着一切，然后亲手把她推到栓柱怀里……"石头继续忏悔着，想到是自己亲手送刘堇"出嫁"的，他扇了自己一个耳光，简直肠子都悔青了。"说心里话，我原以为刘堇只是在栓柱那躲一躲，谁知道后来，他俩竟然真有了感情，成了真夫妻。那段时间，我经常到山上来，想保护刘堇，可是我错了，栓柱把刘堇保护得很好……每当看到他们恩爱的样子，我嫉妒得都要疯了！然而，一切都晚了，我除了逃跑，什么也做不了……"

火车一声长鸣，打断了刘堇痛苦的回忆，石头和泥鳅的话，也瞬间从耳畔消失。她赶紧收回思绪，帮女儿整理一下衣服，理顺一下长发，然后又千叮咛万嘱咐，眼睛里闪着晶亮的泪光。

堇绘抚摸着刘堇脸上的细纹，然后伸出双臂搂住妈妈，眼圈不自觉地红了："对不起妈妈，我这次要走得更远了……"

刘堇什么话也说不出来，紧紧搂住这个比她还高的女儿，双手轻轻地拍打她的后背，像是在回味董纭儿时的甜蜜时光，怀念曾经的旧时光。如今那个襁褓里的婴孩，已经变成了20岁的大姑娘，有着自己当年姣好的容颜，更有着她没有的睿智、才华、冷静、成熟和独立。

她一面看着女儿的成长，一面又无比困惑，因为在女儿身上发生的变化，与上一代人实在太不相同了。要怎么解释这种困惑呢？刘董一时理不清楚，只能在心里默默祈祷，祝愿女儿学业有成，将来找到真心相爱的男生，度过幸福快乐的一生……

再怎么依依不舍，也要挥手告别。望着女儿渐行渐远的身影，听着火车渐渐远去的鸣笛，刘董的心情此起彼伏，既有孩子长大成才的欣慰，又有目送孩子远行的失落，更有家长恒久的担忧。刘董再次向远方挥挥手，火车完全消失在视线中，向南方那个大城市挺进。

刘董擦掉眼角的泪水，向车站外面走去，心中却心神不定，想起新闻中曾说过：如今这一代年轻人，大多数是独生子女，具有改革开放带来的鲜明个性，小学时唱"太阳当空照，花儿对我笑"，一脸的天真无邪；初中时，一边学着人体生理卫生，一边看古惑仔，研究金庸武侠小说；高中时，一边传着纸条看着漫画，一边练习各类模拟试题。他们学过唐诗宋词，也接触日渐流行的网络小说；他们看过《新白娘子传奇》，也看过《还珠格格》；他们喜欢过"四大天王"，也喜欢唱《双节棍》的周杰伦。他们被两代人注目着、宠溺着，在一点点地蜕变着，走向充满生机的青年。

无论如何，未来是属于董纭这一代年轻人的，自己的女儿赶上了好时代，她这个当妈的除了高兴，更应该学会在恰当的时候转身，大胆放开孩子的手。或许放手，才是母爱的最高境界……

"刘董——刘董——"突然，一个熟悉又陌生的声音传过来。

刘董蓦然回头，路志勤赫然出现在眼前。

怎么这么巧，第一次来省城，竟然在这茫茫人海中遇见了他？

刘董有些不相信自己的眼睛，可是，确实是那个男人。

原以为可以相忘于江湖，却原来"转山转水转佛塔"，相识的人真的会再相逢。

在刘堇的记忆中，对于西餐的概念，正是来自那个白露为霜的时节。

只是那时候，她并未能品出西餐的真正味道，用惯了筷子的农村孩子，在骨子里，很抵触这种以刀叉为餐具的就餐方式。多年后她才明白，其实用什么餐具并不是重点，重点在于一起就餐的那个人。

至今回忆起来，她还会被自己滑稽的样子逗笑：跟随穿着得体的路志勤，迷迷糊糊地走进一家西餐厅，里面一个顾客也没有，只有一首不知名的英文歌曲，在整个餐厅中低婉流淌。

还未来得及看一下四周的环境，只见一名领位者前面带路，在一个视野良好的位置前站住。

刘堇不知所措地搓着手，路志勤轻轻拉开一把椅子，示意她从左侧入座，等她的身体刚碰到桌子时，路志勤又慢慢把椅子推了进来，双手很自然地落到她的肩上，轻轻一按示意她坐下来。那双手的指尖真软真柔，后来有很多个夜晚，她都仿佛感觉到肩上有一双温柔的手，令她辗转反侧，难以成眠……

路志勤显然知道，刘堇对这样的环境太陌生，所以主动帮助她做各种事：把白色餐巾打开，先往内折三分之一，接着将剩下的三分之二平铺在她的腿上，盖住膝盖以上的双腿部分。

如此近距离地被对方照顾着，刘堇只觉得面红耳赤，只能把目光定格在桌子上，生怕一抬眼就碰到那双温柔的"泉眼"。

路志勤把餐巾铺完，收起双手之前，很自然地在她的头上拍了一下——像当年那样亲昵，顿时让刘堇的心乱了方寸，无数只小兔子又开始跳来蹦去。

路志勤没有发现她的窘态，回到桌子对面的座位，开始耐心地示范着，教她如何摆放和使用刀叉。幸好，刀叉的使用方法，两根手指完全能掌控。那一刻，刘堇莫名地想，不知道路志勤来此之前，是否想过"手"的问题，万一自己应付不来，那会是一种怎样尴尬的局面？

"嗯，能带你来，就已经考虑了各方面的问题。你一直那么出色，只要肯尝试，没有什么不可能的。"路志勤的"泉眼"仿佛有透视功能，轻而易举地看透了刘堇的心事，并且大有赞许的意思。"比如，这家西餐厅的装饰，本身就是大胆的尝试，你看看那边的老式缝纫机、收音机、黑色的双卡录音机、暖光黄的台灯，是不是感觉仿佛回到了从前一样？"

刘堇顺着路志勤的提示，认真观察着周围的一切，果然在欧洲古堡的风格中，找到了20世纪80年代的感觉，尤其是那暖暖的黄色灯光，几乎撒满了各个角落，包括路志勤的脸上和眼睛里，瞬间令她有一种久违的亲切。

"原以为电视里说的西餐厅，都是很西方的样子，没想到这里的设计如此复古，会有一种熟悉的味道。"刘堇由衷地感慨了一句，许是环境导致心情的变化，声音里竟然飘出一种别样的温情。

路志勤定定地瞅着刘堇，似有千言万语，又似乎此时无声胜有声，只需要用眼神交流，就能传达各种情绪。刘堇被瞅得有些发慌，赶紧掩饰地说："那个……点餐吧。跟堇纭天没亮就出发了，现在还真饿了……也不知道堇纭在火车上，吃东西没有。"

路志勤微笑着一挥手，服务员就陆续过来了，美食被次第摆放到合适的位置：面包黄油、鲜嫩的牛排、意大利肉酱面、花生沙冰、蔬菜沙拉，还有特色鹅肝和烤鸡翅。

刘堇模仿路志勤的样子，试着切牛排，可是看似简单的操作，切起来并不是那么顺畅。路志勤笑眯眯地瞅着她，因为他知道，那不是手的问题，而是因为第一次吃，对刀叉的用法完全陌生。所以，他很自然地握住她的手，轻松地把外皮焦黄的牛排切成薄片，露出中间淡粉色的肉质，看着就令人垂涎欲滴。

见刘堇津津有味地咀嚼着，路志勤很开心，用叉子扎起一层烤薯皮，回忆起以前的事情："一会儿你再尝尝这个烤薯皮，这是我每次都要点的，薯皮边缘很酥脆，里面却是糯糯的软，就像在万宝屯烤的土豆，吃上一个立刻感觉浑身温暖。"

刘菫微微地笑了笑，听着他的回忆，思绪也被牵回到从前的时光。只是她很清楚，彼时的烤土豆是为了充饥，而今时的烤薯皮是为了怀旧，很多味道再像，也跟当初有本质的区别了。想到这里，刘菫稳定了一下心绪，转移了话题："谢谢你！今天带我参观了那么多地方，一下子开阔了视野。"

"呵呵，客气啥，应该的。其实早就想邀请你来，又怕你拒绝，所以趁菫纭上学之机，与你发生一次'偶遇'。"路志勤很满意自己的安排，自从有了手机后，他就一直跟泥鳅保持着联络，也一直关注着菫纭的高考。"上午见到你们娘儿俩，我就想过来打招呼，可是又怕吓到孩子，你会怪我……孩子长得跟你一样好看，活生生就是年轻时候的你。"

说道女儿，刘菫脸上泛起自豪的光芒，每个孩子都是母亲创造的艺术品，更何况菫纭既懂事又优秀呢。不过，她不想过多地跟路志勤谈女儿，于是又一次转移话题："你带我参观的那家民间手工艺坊，确实对我启发很大，回去后我就琢磨，如果能组织村里的妇女都参与进来，那应该会有很大前景吧！"

"是的，这也是我急着见你的原因。现在国家政策越来越好了，给普通人发展的机会，让一部分人先富起来，因此谁能抓住机遇，谁就赢了。你也许不知道，在柏林电影节上，中国某演员一袭带有中式风格的肚兜式晚礼服，让中国风服装大放异彩，跻身世界时尚前列。2001年上海APEC峰会上，20位各国领导人统一身穿大红色或宝蓝色中式对襟唐装集体亮相，这一情景通过电视瞬间传遍全球，唐装迅速走俏全球。"路志勤讲起时事政治，显得头头是道，思路异常清晰。"这些现象说明什么，刘菫，你想过吗？"

刘菫微微皱了皱眉，思索了一下："说明咱们国家在世界上，越来越有地位了？"

"对！"路志勤点了点头，旋即又摇了摇头，"但我想说的是另一个意思——机遇。如果我的直觉没错，未来的日子里，人们的物质生活基本得到满足后，就会回归自然、返璞归真，越来越趋于个性化，也越来越重视文化色彩。那么之前被忽略的东西，可能就要发光出彩了，比如，包括刺绣在内的传统手工艺。"

听到刺绣，刘堇的眼睛顿时亮了，像两颗星星在黄暖的灯光下闪烁："听你这么一说，好像真有点儿道理……虽然我没完全听懂，但文化与物质的问题，我还是懂的。比如，我早些年的绣品，在万宝屯没有销路，因为大家生活都很艰难，家里有没有绣品，日子都一样过。而货郎捎到外面的绣品，大多是卖给生活条件好的人，那些人吃喝不愁了，才讲究一下生活品质。"

"孺子可教，一点就通！所以，不要再单打独斗了，一个人的力量是有限的，你绣得再快，也不能让经济飞速增长。"路志勤竖了竖大拇指，眼睛笑得弯成了月牙，充满诱惑力。"把你的刺绣形成一个体系，重塑万宝山传统民间手工业的价值，让更多村民创造和享有更多的劳动价值。我设想，将来的你负责培训即可，而不是自己整日拿着花撑子，跟外婆一样累坏眼睛。"

刘堇由衷地露出崇拜的眼神，感觉到路志勤像个老师，让她醍醐灌顶，豁然开朗："我决定报名，参加你说的那个成人函授，系统学一下美术设计，在构图上更有创新，才会更有市场。"

"好的，我帮你报名，祝你早日圆了大学梦！"看到刘堇兴奋，路志勤的情绪也特别高涨，挥了一下手，有一名服务生礼貌地走了过来，弯腰俯身听他讲了些什么，然后又礼貌地退下。紧接着，路志勤举起红酒，款款深情地凝视着刘堇，说道："我知道在你的心里，始终有一个上大学的情结，就像牵挂一个人，曾经沧海难为水，除却巫山不是云，怎么也放不下，对吧？"

路志勤的话仿佛一颗石子掉入心湖，刘堇瞬间被击中了。

在这有些暧昧的灯光里，在这充满怀旧风格的餐桌旁，在这温情脉脉的眼神里，刘堇不得不承认——眼前这个男人，仍然是她一直放不下的牵挂。

她赶紧低下头，胡乱地用刀叉切鹅肝，可是那鹅肝不听话，在盘子里滚过来滚过去。刘堇干脆放弃，然后用叉子卷起几根面条，放进嘴里细嚼慢咽着，掩饰心中的心慌意乱……

音箱里原来播放的那首英文歌曲，不知道什么时候停了下来，突然换成了一首《有多少爱可以重来》，声嘶力竭的男歌手对于爱情追忆的悔恨丝丝入扣，瞬间揪住了刘堇脆弱的心灵。

路志勤轻轻地跟着旋律唱着，然后动情地攥住刘堇的手，仿佛那首歌是他的心声，他在每句歌词中寻找自己的过去。"小堇啊！有时候回忆，会感觉幸福甜蜜；有时候，却是突然的伤感，时间一去不复返……小堇，告诉我，爱可以重来吗？"

刘堇想挣脱路志勤的大手，却发现对方的手太有力，她的努力只是徒劳，最后在那无限温度中，一点一点地放弃了挣扎。

"还记得22年前，我跟堇绘一样，接到梦寐以求的大学录取通知书，你也像今天一样早早准备，如此隆重地为我送行……"路志勤眼睛里闪着泪光，相信那段回忆是真的刻骨铭心，每每回首都敲击着他的灵魂，令他热泪盈眶。"小堇，对不起……"

路志勤眼中流下两行泪水，无声地滑落到嘴角，刘堇不由得抬起头，在无声中与路志勤对视着。

一晃22年了，竟然那么久了？人生能有几个22年呢？

路志勤的"泉眼"仿佛时光穿梭机，映射着万宝山上的旧时光，映射出那个梳着两根麻花辫的自己，纯真朴实得令人心疼。

那段时间，外婆刚刚过世，路志勤每日悄悄陪伴着她，用爱情抚慰着她的创伤。接到大学录取通知书后，刘堇特意绣了三副鞋垫，图案分别是红、黄、紫三色堇，算作庆祝，也为了送别。

当激动之情被离愁别绪笼罩，路志勤的心情也沉重起来，为了哄刘堇开心，就带她去万宝山找七色堇。走着走着，路志勤突然跑到一棵大树下，说自己发现了七色堇，刘堇信以为真，也蹲下来观看，两个人的手，就那样很自然地碰到了一起。当他们发现时，都是暗暗一惊，但谁也没有松开的意思，只想那样静静地彼此握着。

也不知过了多久，路志勤终于鼓足勇气，伸出有力的臂弯，把娇小的刘堇搂在了怀里。仿佛是小时候，外婆那温暖的胸怀，刘堇幸福地依偎着，毫无防备地依偎着，融化在路志勤的亲吻里……

然而刘堇不知道，那一刻，有一颗生命的种子，悄悄在她的身体里生根、发芽，期待着慢慢长大。

路志勤说得没错，刘堇跟外婆一样，重视仪式感。只是那年那月那时，她奉献的"仪式感"太隆重了，以至于需要用整个人生来承担。22年来，她常常在噩梦中追问：如果外婆还在，她会不会走错路？到底是空虚导致的恶果，还是真爱结下的苦果，刘堇一直没有答案……

"小堇，想知道这家餐厅的设计师是谁吗？"路志勤帮刘堇擦干眼泪，神秘兮兮地问。

刘堇从回忆中缓过神来，愣了一下，路志勤的表情很明显，难道是他设计的？

"你进来的时候，服务员没拦你，知道为什么吗？"路志勤读懂了刘堇的眼神，得意地点点头。"不瞒你说，这家西餐厅是我自己的。里面的装饰，就是为了有朝一日迎接你的到来，而特意设计的。"

刘堇皱了皱眉，服务员为什么要拦自己？难道因为自己是乡下人，穿得不时尚，就不让进来吃饭吗？还有，这家餐厅是为自己设计的，什么意思？他怎么知道自己会来？

"一般情况下，进入西餐厅都要穿着得体，不过我这里没这么多规矩。之所以服务员没拦着你，是因为我之前交代过，今天除了你，什么顾客也不接待。"为了今天的"约会",路志勤确实花了一番心思,因为在一个乱哄哄的公共场合,不适合与刘堇"再续前缘"。

"你的?怎么会呢?你不是有工作单位吗?"刘堇还是有些转不过弯,当初路志勤那么全心全意地考大学,就是为了有一个"铁饭碗",如今怎么开起餐厅了呢?

"早就停薪留职了。孩子出生后不久,她得了妇科肿瘤,各种放化疗,医药费实在太昂贵了,孩子还那么小,单靠工资,根本不够用。"路志勤的眼神变得很压抑,近几年,变故突然袭来,任这样一个高大的男人,同样措手不及。"不过还好,停薪留职不影响文艺创作,我还可以坚持当初的梦想,也算唯一能支撑我前行的动力吧。"

这次被震撼的是刘堇:"啊……她现在,什么情况?"

"医生说,很不乐观,随时可能离开……"路志勤鼻子酸酸的,声音有些哽咽。"小堇,你能想象,我过的是什么生活吗?表面风风光光,实际上一塌糊涂。我知道,一定是命运在惩罚我,是我罪有应得……"

刘堇一阵心疼,看到这个男人在吃苦,比她自己吃苦都难过。可是,又找不到任何语言来安慰,只好说些最无力的话:"没事的,会好起来的,好好照顾她,现在医疗水平越来越先进,一定会好的……"

"回来吧,小堇,咱们重新开始,好吗?"路志勤紧紧攥着刘堇的手,像是要把她揉进自己的血液里,再也不放她出来。"只要你愿意,这家西餐厅随时欢迎你做老板娘!"

"我当老板娘,她怎么办?"刘堇的眉心,跟当年外婆的"川"字一样,拧得深深的。

"她活着,好歹孩子有个妈,至于家里其他的事,就不用她参与了。"路志勤讲着自己的计划,完全没有注意到刘堇的神情变化。"什么时候她离开了,咱们就结婚。"

刘堇冷冷地盯着路志勤:"放开我的手。放开!"

路志勤吓了一跳,赶紧松开:"小堇,怎么了?是不是弄痛你了?"

"面对一个结发妻子，你竟然如此冷血！我真后悔曾经认识你！更后悔今天又遇见你！"刘堇端起桌子上的红酒，泼到路志勤脸上："没人稀罕做你的老板娘！永不相见！"

一顿"装腔作势"的西餐，在刘堇的悲愤交加中不欢而散。多年后，每听到"西餐"二字，刘堇耳边总会响起那首声嘶力竭的歌曲。

其实，何须再问？曲终人散后，时过境迁，曲中人早已知晓答案。

在刘堇的记忆中，春节一直是蒙着阴影的，丝毫没有什么快乐可言。

直到2010年，女儿带着男朋友从上海回来，她才终于感受到什么是喜庆，什么是团圆，什么是彻夜的欢腾，什么是无尽的祝愿和期待。董纭的男朋友也是东北人，两个人读研究生时认识的，又一同参加了工作。

刘堇从不担心女儿的学习，唯一放心不下的，就是找男朋友问题，所以隔一段时间就打电话问问。

随着时间推移，话题也从"不要过早处对象"，变成"赶紧找个男朋友"，后来把董纭烦的，只要看到妈妈的电话就头疼。刘堇可不嫌烦，眼瞅着麻雀的两个女儿都当妈了，泥鳅也当爷爷了，她能不急吗？

可是董纭说："大城市都流行晚婚，很多人快40岁了还单身呢，独立的生活更自由。"

刘堇说："流行的不一定就最好，女孩子30岁前生育最合适。"

董纭调侃妈妈太保守，谁说结婚非得生孩子，二人世界更潇洒。

刘堇在电话里急眼了，警告女儿别没正形儿，赶紧把男朋友的事放到日程上，否则自己就到上海去"催婚"。

董纭一面笑妈妈封建家长意识，一面轻言细语地反驳："你不是总谆谆教导我，爱情是靠缘分的，日久见人心，千万不能随便遇到个人就一见钟情吗？"

刘堇顿时语塞，这话她不止一次说过，而且从女儿上大学后，她把自己都唠叨烦了。

每个家长可能都一样吧，总希望把自己的人生经验，用各种方式传递给孩子，希望孩子少走弯路，能比自己更顺利更幸福。她自己就吃亏在"一见钟情"上，自然不希望女儿如此草率，可是话又说回来，此一时彼一时，自己当年才十七八岁，是个情窦初开的懵懂少女，而且生在农村没见过世面，身边又没有亲人指点，那么"误入歧途"倒情有可原。

可是董纭不同，她是新时代的研究生，虽然生于偏僻的农村，但接受了良好的教育，又在大都市开阔了眼界，还有亲妈"指导"，那么二十大几的人了，基本不会发生"走眼"的现象。

于是，董纭就着这个话题，故意逗电话那端的妈妈："好，既然老妈这么说，那我春节就随便拉个男人回去，你若审核通过，我们立刻就在万宝山闪婚，也免得你总牵肠挂肚的，怎么样？"

刘堇被气笑了，俗话说"将在外，君命有所不受"，硬的不行只能来软的了："好，这个春节我就杀猪宰羊，把亲朋好友都请来，只等着你把男朋友带回来'审核'。"

董纭在电话那端答应着，心里悄悄地笑了，其实她已经在热恋中了，只是怕妈妈担心，暂时没说。

农历庚寅虎年春节前夕，董纭事先没有通知妈妈，就直接把男朋友带了回来。

刘堇当时正在绣红鞋垫，看到两个"金童玉女"从天而降，惊喜地被绣花针扎了手指。

董纭亲昵地搂住妈妈，然后大方地介绍男朋友："妈妈，这是小陈，您未来的姑爷，学建筑设计的，可以帮您规划一下万宝山。小陈，这就是你一直仰慕的刘堇女士，至于叫妈还是叫阿姨，你自选。"

小陈的个子足有一米八，穿着一件黑色羽绒服，一条蓝黑色牛仔裤，举手投足间竟然有路志勤的风范。只见他礼貌地对刘堇一鞠躬，用很温润的嗓音叫了声："阿姨，其实我特别想叫您妈。不过，还没通过您的审核，所以不敢冒昧。早就看见您的照片，也总听董纭念叨您，所以今天见到您感觉很亲切。未来的日子，请您多批评。"

"你看看这孩子，啥批评不批评的，只要你俩对心情，我就跟着开心。"刘堇被这突如其来的幸福闹得手忙脚乱，看一眼未来的姑爷，有模有样文质彬彬，是心目中的样子；再看看调皮的女儿，一脸的幸福不像是装出来的。刘堇放心了，这个男孩不像电视剧演的那样，是冒充董纭男朋友来骗自己的，看来女儿真恋爱了。

好事啊，喜事啊，刘堇心中的一块石头总算落了地，那么还能做什么呢？此时的刘堇，除了笑还是想笑——这笑容啊，实在是发自肺腑，明知道与姑爷初次相见，做丈母娘要沉稳庄重，不适合一个劲儿地傻笑，可就是怎么也抑制不住。

"妈妈，猪杀了吗？羊宰了吗？亲戚请了吗？"董纭见妈妈笑眯眯的样子，知道自己的男朋友过关了，于是冲男朋友眨眨眼睛，然后歪着脖子打趣道："我可是领了军令状的，难道妈妈要食言吗？"

"你这丫头，咋不提前通知我一声？你看看，这猪还没杀，这羊还没宰，你说说你……"刘堇用手刮了一下女儿高挺的鼻梁，嗔怪道："你和小陈赶紧歇歇，我现在就打电话，请你泥鳅叔叔他们来帮忙，咱们家要杀猪宰羊，欢欢喜喜过大年喽！"

"妈妈，不急的。我先帮你把头发染一下颜色，过年了喜庆喜庆。"董纭笑着搂住妈妈，其实她回来前已经打过电话了，只有妈妈不知道而已。妈妈头上的白发又增多了，眼角的皱纹也变密了，自己在大城市打拼，独自留下妈妈在万宝山，她心里挺不舍的。

刘堇心头一暖，眼睛就有些热热的、湿湿的，有女儿在身边的感觉，就是特别踏实。不过，染头发不着急，晚上娘儿俩没事慢慢聊，当务之急，是趁着没外人在，先说一些私房话。

刘堇俯在女儿耳边，悄悄嘀咕着："董纭啊，你确定跟小陈是真想结婚吗？如果是骗我开心的话，就不用请大家来了。咱们万宝山讲究这个，男朋友见了女方家亲戚，就等于承认这门婚事了。你可不能草率行事，将来被人笑话……"

"既是一见钟情，又是相濡以沫，还是肝胆相照，因此想执子之手，与子偕老。"董纭也俯在妈妈耳边，轻轻应答着："母亲大人完全可以放心，现在起就可以绣喜被了，盖着妈妈一针一线亲手刺绣的被子，才会拥有稳稳的幸福……"

刘堇被女儿的幸福感染了，声音激动得有些颤抖："只要你们不嫌弃，妈绣啥都开心，一定绣一床最好的锦被，祝愿我女儿幸福一辈子！"

"瞧这娘儿俩亲的，可想坏了吧？"这时门开了，石头瓮声瓮气的声音挤进来，语气里充满了喜悦。"董纭回来了，快让叔叔看看，又长高没？"

"我已经不是小孩子了，过年也不长个儿喽。"董纭赶紧松开妈妈，微笑着转身迎向石头，然后把小陈介绍给他。"石头叔叔好，这是小陈。小陈，这就是我经常跟你说的'山神'叔叔！"

小陈礼貌地跟石头打招呼。

石头有些反应迟钝，"山神"二字看似调侃，却又沉甸甸的，让他百感交集，忍不住悄悄瞄了刘堇一眼。

刘堇则假装没听见，目光望向自己的脚尖。

石头不好意思地挠挠脑袋，董纭的男朋友名正言顺，而他这个"山神"的身份嘛，就颇有些尴尬和微妙，此刻闯进人家的房间，就似乎有些不恰当了，好像要图个"名分"似的。

"石头叔叔，今年是你本命年，看看我给你买了什么礼物？"董纭边说着，边打开行李箱，取出一个精致的礼品盒，递到石头面前。"给您的，打开看看。"

这丫头常年在外，不仅记得自己的本命年，竟然还有礼物？石头顿感受宠若惊，双手攥紧了又松开，松开了又攥紧；一会儿左手搓右掌，一会儿右手搓左掌;时而看看刘堇,时而瞅瞅堇纭,嘴里反复叨念着:"这咋说的,呵呵……你们能回来我就高兴,咋还给我买礼物?上海那么大,东西那么贵,干啥都得用钱,不像咱们万宝山,遍地是宝……"

"孩子有心,你就收下吧。"刘堇心里也很惊讶,女儿真是个善良的孩子,竟然记得石头的本命年。同时,又觉得对女儿很亏欠,没有体会过父爱的孩子,在成长中就是一种缺憾,但愿小陈用宽厚的胸怀,做爱人的同时,能像父亲那样宠她,弥补女儿的遗憾吧。

得到刘堇的"指令",石头这才颤抖着粗糙的大手,接过那个精致的小盒,小心翼翼地打开礼盒,里面露出一个粉红色的貔貅饰品,龙头、马身、麟脚,形似飞翔的狮子。石头虽然没戴过,但在泥鳅的办公桌上见过。那是一个黄色的神兽,赵美荣说是开了光的,黄色代表财富,代表蒸蒸日上,能助力泥鳅事业有成,官运亨通。

"这……这东西太金贵了。堇纭啊,还是给你妈妈戴吧,我一个粗糙的大老爷们儿,戴着实在可惜了。"石头眼睛盯着礼物,喜欢得不得了,可又觉得收下不合适,急得左右为难。"你妈妈皮肤白,戴这个粉红的,一定更显白净,可好看了……"

堇纭和小陈相视一笑,石头憨厚的样子实在太可爱了,而再看妈妈,双颊似乎被饰品映红了,两朵桃花已经爬了上去。

见两个孩子瞅自己,刘堇有些难为情,只好嗔怪地白了石头一眼:"你说你这个人,孩子送你的礼物,不在钱多少,关键是心意,干吗扯上我呢?"

堇纭实在忍俊不禁,但是又知道石头叔叔面子薄,所以强忍着没笑出声:"是啊,石头叔叔,这是我跟小陈走了很多家店,精心挑选的本命年礼物。貔貅是祥瑞之兽,不仅能将邪气赶走,带来欢乐及好运,而且这个粉红色还有特殊的讲究,您如果不要,呵呵,可别怪我没提醒你哦。"

石头眼前一亮,显然被小丫头的话吸引了:"嘿嘿,赵美荣说,她那个黄色的能保佑发财。如果这个也是发财，那给你妈妈正合适，她这位万宝山当家带头人多多发财。嘿嘿，我这个打工者，也就跟着沾光了。"

刘堇又白了石头一眼，假装赌气似的说道："说的什么话呀？我看你是沾了赵美荣的光，张口闭口钱的，就不能说点别的？瞧你推三阻四的样儿，不要拉倒，我戴！"刘堇说完，做出抢礼物的动作，样子滑稽得像个小孩子。

看着妈妈跟石头叔叔斗嘴，堇纭觉得特别欣慰和幸福，她的脸上泛着微笑，应该像极了当年慈祥的太婆。是的，此时此刻的刘堇，自己都没有意识到自己像个小孩子，常年为开发万宝山而操劳，各种情绪都压抑在心里，人前人后展露的都是坚强的笑容。那份脆弱和孩子气，那份温情和依赖性，只有当心中的"小棉袄"回来，她才不自觉地释放出来。堇纭以一个业余作家的情怀，在刘堇的眉眼间寻找着、解读着、感动着，更感恩着。她希望自己能成为妈妈的依靠，帮她排忧解难，帮她圆一个或者几个梦。

"停！停！停！刘堇女士，我想你还不了解这个粉红色的含义吧？那么有必要先提醒你一下，免得你怪我哦。"堇纭故意卖着关子，能在短短的几天春节假期，带给妈妈尽可能多的快乐，她愿意尝试并努力去做。"粉色散发着温和而吸引人的光芒，可以增强自身气场里的粉红色光，可协助改善人际关系，增加异性缘，招桃花运，鼓励佩戴者去努力追求自己内心的幸福。因此这个饰品非常难得，是最佳的爱情之石。那么刘堇女士，你确认还想要吗？"

刘堇被女儿闹得很尴尬，红着脸放下了手。

石头见状，来了精神："嘿嘿，那个堇纭，我看这个粉色宝石，挺适合我的……还是送给我吧，帮我增强一下自身气场，改善一下人际关系，至于那个……桃花运就不用了，我只想帮你妈妈找到七色堇，现在咱们的刺绣越来越有名，南来北往的客户越来越多，待人接物就是个大事。我这个'山神'——不，我这个当保安的，嘴太笨脑子太拙，有时候不会处理人际关系，常常让你妈妈失望。如今有了这个宝石助力，嘿嘿，我就有信心了。"

听了这番话，刘堇的心头一软，便不再跟石头较劲了。她回到自己的卧室，找出一套红色内衣，还有一双红袜子、一条红腰带，然后回到客厅，交给董纭："这些东西，原本是以你的名义准备的，怕你事情多，忘记石头叔叔的本命年。现在，你也交给石头叔叔吧。唉，早知道你买了礼物，我就不悄悄准备了……"

董纭会心地冲石头一笑，那眼神分明在说——瞧瞧，瞧瞧，礼物这么快就发挥作用了，桃花运来了吧？

石头第一次变得耳聪目明，一下子就领会了董纭的眼神，只觉得幸福来得太快，像在做梦似的："嘿嘿，过年真好，总收礼物。如果天天过年，多好……"

小陈帮石头把饰品戴上后，石头立刻精神抖擞，感觉跟小陈的关系拉近了，兴致勃勃地领着他出去干活了。

刘堇却把石头的话收到了心里，是啊，如果天天过年，多好啊！想想女儿春节假期屈指可数，心里顿时又泛上一些酸楚，刚刚相聚就升起了离情别绪。接下来，就是乐乐呵呵过年，珍惜跟女儿在一起的每一寸时光。

刘堇拉着女儿的手，如今家里的日子缓过来了，不仅外债还清了，还有了一些积蓄。不过，上海的房价实在太贵了，暂时只能帮女儿付房租，一时半会儿还买不起房子。她会继续努力赚钱，现在已经有一些外商想来投资，所以将来万宝山的生意会不断扩张，效益也会越来越好的，希望将来能帮他们付个首付，也就略感欣慰了。

董纭搂着妈妈一个劲儿地摇头，她一不要房租，二不要首付，只希望妈妈能健康快乐。董纭说她绝不做"啃老族"，至于房子的事，那是需要她跟小陈奋斗的。人的一生，要走好自己选择的路，而不是只选择好走的路，靠自己拼搏出来的生活，才会有幸福感。将来经济稳定了，有一个固定的居所，会把妈妈接过去同住，一家人快乐地生活。

无论未来是否能去上海，听了女儿的话，刘堇都很欣慰。

只是刘堇没想到，娘儿俩天南地北地聊着聊着，女儿突然提出一个惊心动魄的问题："刘堇女士，能谈谈路志勤吗？我想知道，他跟我的关系，我还想知道，他是否配得上妈妈所受的苦难。"

刘堇顿时呆若木鸡。

二十多年来，她一直以为这是个秘密，至少对女儿来说，应该是个永久的秘密。

可如今发现，她只是自欺欺人，世上本没有秘密，只有无尽的选择。

辛弃疾说："我见青山多妩媚，料青山见我应如是。"然而，一切，真的"如是"吗？

2015年端午节前夕，刘堇身着淡雅的旗袍，捧着七彩绣线和花撑子，登上了知名电视台的访谈节目。

镜头由远及近，划过刘堇鬓边的银丝，一双残手定格成特写，在一针一线间，以素朴的万宝山为背景，牵引出七色堇的秘密，梳理人世间千缕情丝，万种风情。

几乎就在一瞬间，人们记住了七色堇的名字。

也就在这一瞬间，刘堇成了万宝山一带的"名人"。

节目播出的过程中，观众反响异常热烈，跟随真实的画面，心灵受到强烈冲击，忍不住联络电视台，表达复杂激动的心情。

有的观众由衷地说，自己是个心硬的人，轻易不会掉眼泪，没想到被刘堇感动，一双残手看似废柴，却偏偏天生灵巧，竟然绣出了七彩世界，实在是不可思议，令人震撼。

有的观众惭愧地说，自己作为健全人，常常抱怨生活不易，此刻与刘堇相比，经历的苦简直不算什么。唉……实在有些无地自容，令人佩服。

有的观众哽咽着说，自己也是残疾人，不止一次怨恨命运不公，觉得生无可恋，此刻透过刘堇的故事，终于点燃了希望，以后也要自力更生，用力活着。

有的观众非常热情，自称是天下无双的"红娘"，拼尽全力，也要帮刘堇物色一个品学兼优的良配，既知疼知热给她温暖，又能独当一面帮她创业，妇唱夫随。

还有的观众无比真诚，亮出成功人士的名片，表示愿意与刘堇合作，既可以开拓外围市场，又可以投资研发，扩建万宝山旅游胜地，助其事业更上一层楼……

电视台征得刘堇同意，又多次重播这期节目，并在节目的最后，公布了万宝山的二维码，只要诚心诚意者，均可扫码取得联络，进行相关业务的洽谈。

一时间，万宝山也跟着沾了光，成为那个县级市的"名山"。

一时间，万宝屯也跟着沾了光，成了远近闻名的"文明村"。

很多人慕名而来，专程跑到万宝山看刘堇，顺便买些七色堇，或者购一些土特产。于是，刘堇的"梦工厂"宾客云集，俨然一处"网红打卡地"。

作为万宝屯的主要负责人，泥鳅看在眼里，喜在心上。为配合电视台的节目，他真是颇下功夫，叮嘱彩凤全程接待记者。他再三强调：一定要珍惜机会，配合刘堇把节目做好，就是把万宝山的事业做好！

彩凤的工作，也真是尽心尽力了。当节目播出的时候，她跟大伙儿一样，早早来到山上，围坐在刘堇的身旁，随着电视节目的画面，体会着什么是"心灵的洗礼"。回想当初，她第一次上山见刘堇，衣兜里可是偷藏着打火机，抱着"鱼死网破"的心情，随时准备点燃万宝山，发誓要与刘堇同归于尽……

早在供销社改制的时候，彩凤就濒临"下岗"的局面，可是她不相信命运如此残酷，死守着售货员的位置不舍得离开。后来，供销社彻底解散了，彩凤自怨自艾了好长一段时间，大有怀才不遇之感。后来，在舅舅赵光荣的帮助下，彩凤办了个农转非户口，又在市里的五金厂办了个"大集体"，平时实在闲着没事，可以坐车去上班散散心；如果本人有事，一个月不去也没人管。

于是，彩凤又重拾优越感，她想让泥鳅也办一个，然后夫妻双宿双飞，过"城里人"的神仙生活。可是泥鳅不同意，一是觉得每月不到200元的工资，无法承载一家人的支出；二是认为这种工作是在浪费生命，早晚会变成第二个"供销社"。

泥鳅舍不得脚下这片黑土地，总感觉有一天，这里会变成他施展拳脚的地方。彩凤辩论不过泥鳅，就以"夫妻不宜分居"为由，心安理得地闲在万宝屯，等发工资的时候，再准时去一次单位。

后来，泥鳅的话应验了——国有企业职工的"下岗潮"，再一次把彩凤抛到了岸上，一个从未珍惜上班机会的人，任是赵光荣也无能为力了……

工作不顺利，自然导致心情不顺，彩凤变得有些不可理喻，跟赵美荣顶嘴，跟孩子发火，跟泥鳅找碴儿。无名之火发完了，就一个人窝在沙发上看电视，跟着剧中人又哭又笑，喜怒哀乐情绪饱满，害得赵美荣都暗地里骂她"神经病"。

电视剧看多了，就容易与现实对号入座，彩凤的注意力从鸡毛蒜皮的小事上，慢慢转移到了泥鳅的作风问题上，感觉他整日里跟村民打得火热，其实都是可疑的行为，很可能是对某个年轻媳妇有意思。

最后，她按电视剧情展开分析，用排除法一一排除后，目标竟然锁定到刘堇身上。因为电视剧里说了，这世上没有无缘无故的事，泥鳅跟刘堇青梅竹马，事无巨细有求必应，死活赖在万宝屯不去县城，时刻谋划想帮刘堇脱贫……种种迹象表明：刘堇就是"小三"！

想起赵美荣的遭遇，想到张林的下场，彩凤只觉得无比惊悚。

电视剧里说了，婚姻出现危机，女人不能卑微地委曲求全，因为爱不是任何取悦，缘分也不需要任何勉强。作为拥有独立人格的新女性，她绝不能再走赵美荣的老路，因此彩凤模仿电视剧情节，在一个安静的午后，跟泥鳅"郑重"地摊牌，然后主动提出了离婚。泥鳅被弄得莫名其妙，撕掉了离婚协议书，找石头去借酒浇愁。

后来，麻雀笑着跟刘堇说起这件事，带着调侃的口吻："小堇啊，你被'小三'了！"

刘堇觉得问题很严重，一来关系自己的名声，二来关系泥鳅的名声，三来关系表姐彩凤的幸福，四来关系自己事业的发展。于是她请麻雀捎信，约彩凤到万宝山上谈心，必须把彩凤的疑虑和心结打开。

彩凤第一次走到刘堇的山上，衣兜里悄悄放了一个打火机，是怀着"鱼死网破"的心情的。

不过，刘堇温柔地走向她，四根手指捧着一方手帕，上面绣着一只五彩鸟，"鸡头、蛇颈、燕颔、龟背、鱼尾"，纹路华美丰满，形体大方，气韵生动，仪态优美。

彩凤认识，这就是传说中的凤凰。一行娟秀的小字跳进眼帘——美凤衔同心结图。彩凤这才注意到，那栩栩如生的凤嘴上，衔着一个金色的同心结。彩凤的心，不由自主地跟着动了一下，面部表情变得不再那么硬朗。

"彩凤啊，你不知道，你的名字多么华贵，从小就让全村的女孩羡慕。凤凰不仅能给人们带来幸福和吉祥，也包含了爱情的幸福，在唐代就有铜镜《美凤衔同心结图》，象征着夫妻同心相爱。到了北宋，还流行以赠送凤钗来定情。到了明代，凤冠上点缀着凤凰。即使是现代，结婚的时候也点龙凤花烛。"于是，刘堇拉着彩凤坐下，跟她讲这幅刺绣的来历："为了绣这幅图，我特意上网查阅了一下，这凤凰象征意义太神圣了，代表着和美、和谐，代表着对爱情的忠贞。今天，我把这块手帕送给你，真心希望你能珍惜当下，赶快振作起来，做一只挺胸展翅的凤凰，跟泥鳅恩恩爱爱过一生"。

彩凤从小没读多少书，对自己名字的概念，就是赵美荣从小灌输的说法——五彩的凤凰。而对自己名字的理解，彩凤也跟赵美荣差不多——做万宝山一带的百鸟之王。文化局限了思维，家庭教育影响了胸怀，即使网络在农村全覆盖之后，她也从来没想过这是个学习的平台，能够涉猎更多文化知识，哪怕是研究一下名字的内涵，也会是一种收获和成长。

接下来，没有更多的惊心动魄，没有想象中的争执不休，彩凤取出衣兜里的打火机，什么也没说，交给了刘堇。一颗年轻又迷惘的心，被刘堇绣的这只"彩凤"唤醒了，在彩凤从小就挑剔的单眼皮中，洋溢着明亮的光。

"古人常说'栽下梧桐树，自有凤凰来'，现在我想叫你一声彩凤姐。"刘堇收下打火机，像是收下了彩凤一个承诺，然后再次捧着手帕，真诚地向这位亲人发出邀请。"万宝山上已经栽好了花草树木，可惜缺一位主打市场的业务经理。不知你这只彩凤是否愿意飞过来，助妹妹一臂之力？"

彩凤接过手帕，认真地点着头，终于冰释前嫌，伸出双臂拥抱了自己的亲表妹。接下来的日子里，彩凤凭借胆大心细、爽朗大方、心直口快、绝不吃亏的性格，成为刘堇的私人助理，帮助刘堇独当一面……

看着女儿的变化，赵美荣感慨万千。节目播出前，她几乎走遍了家家户户，四处替刘堇宣传。当着她的面，人们点头哈腰附和着，而背后，都直戳她脊梁骨，一脸不屑的神情。

不过，赵美荣不在意别人的眼光，依然我行我素，有时间就跟彩凤说，跟泥鳅说，跟石头爹说，跟麻雀说，几乎是逢人便说，直夸刘堇的好。可是无论怎么夸，总感觉说得还不过瘾，表达得还不够淋漓尽致，心中还塞满很多东西，不吐不快。最后，实在忍不住了，她就在端午节的早晨，端着亲手包的粽子，一步步登上了万宝山。

对于赵美荣的到来，刘堇确实有些意外，她坐在窗前，设计着一个新图案，心里却无法平静。细数以前的点滴过往，每段刻骨铭心的黑色记忆，似乎都离不开这个亲"舅妈"，因此在刘堇的心里，如果说有过些许的恨意，那么很大程度上源于赵美荣。

然而，毕竟赵美荣主动来了，在这个粽叶飘香的传统佳节。

然而，毕竟一切已成为过往，恩怨似乎都如烟般淡化。

那么，刘堇应该怎么做呢？她在纸上画了根檩子，最想质问赵美荣——哪根檩子要了外婆的命？画完之后，她又撕掉了，再犀利的质问都显得毫无意义。毕竟人死不能复生，当外婆已然化为尘土，赵美荣却仍以"舅妈"的身份存在着，令人悲愤难过的同时，剩下的只有无可奈何。

"不知道你外婆在世时，是不是跟你说过，早年间，我曾经帮你算过一卦，说你是山林之兔，舌尖口快，身闲心不空。那时候，你外婆说只要心不空，将来定会有出息，我打死也不信，还不懂事地争论了一番。"

赵美荣自然了解刘堇的心境，因此也不怪她的冷漠，把粽子放到刘堇身边的桌子上，然后自顾自地坐下来，自顾自地说着憋在心中的话。"俗话说，'秃爪子老鹰——抓不住芦花大母鸡'，你说你一个黄毛丫头，幼年微带小疾，少年贫穷，中年也必定奔波劳碌，能出息到哪儿呢？没料想啊，没料想，你靠自己的文化和毅力，自珍自爱自强自信，竟然真靠勤俭兴了家，还有了这么大名声。真是没想到……"

听到这里，刘堇"唰"地抬起头，冷冷地盯着赵美荣，真不理解这个女人为什么如此可恶，明明摆着一副"道歉"的样子，说出的话却依然如此不中听。既然从骨子里还是看不起自己，那么今天就没有必要过来，真是不可理喻。

"那个小……小堇啊，你别这么瞅着我，怪吓人的。舅妈知道，以前都是我不好，做了那么多过分的事，放在谁身上都不能原谅。舅妈也不求你谅解。我今天来，就是想谢谢你，真心的，彩凤是我的心头肉，可从小让我溺爱坏了，变成了一个'滚刀肉'，蛮横无理又没啥思想。多亏你帮助她啊，如今她脱胎换骨，活得也有精气神了，舅妈真是打心眼里佩服你。"赵美荣知道自己说话不受听，赶紧往回缓和语气，试着表达自己心中的真实想法。

刘堇收回了冷冷的目光，排除所有恩怨，如果单从彩凤的角度，她愿意接受赵美荣作为母亲的谢意。

"其实，我早就该来了，只是放不下面子……几年前，你把张林——不，你舅舅从县城找回来，劝他跟我重新过日子，舅妈嘴上不说，这心里一直记着你的好……"赵美荣说得诚心实意。

刘堇没有吭声，心里却想了很多。张林是自己的亲舅舅，外婆在世时，他对自己的外甥女很冷漠，确实令她很伤心。但外婆去世后，他意识到了错误，也用实际行动，尽量保护她，虽然有时候会帮倒忙，但那份如父如母般的疼爱，她是能真实感受到的。尤其是承包万宝山后，张林知道自己还能帮助外甥女，激动得眼泪哗哗地往下流，让刘堇觉得在这个世界上，自己并不是孤苦无依的。在某种程度上，舅舅就是外婆的化身，与她彼此支撑着，在山上度过了艰难的岁月。

难忘这些年，舅舅不仅是保护神，还是"长工"，只要刘堇有什么想法，他都会努力去实现。

山上山下，一起运树苗，舅舅就是大力士，扛着或粗或细的小树，瘦弱的身躯充满无穷的力量。

在山上栽树种花，舅舅就是运水员，哪里需要灌水，哪里需要滋润，他扁担里的水就及时洒到哪里，绝不会误了生长期。

在山上建木屋，舅舅就是建筑师，长木头、短木头，在他的锯子和板斧下，慢悠悠地变得顺手。

她和女儿生病的时候，舅舅就是"外婆"，无微不至地照顾着她们，用亲情托起最朴素的天空。

刘堇无法想象，承包山林的初期，如果没有舅舅的存在，凭她一个人的力量，是不是能很快让万宝山变模样？

由此，她又想到石头。如果几年后，石头没有回来，没有像舅舅一样，既做大力士、运水员，又做建筑师和"外婆"，用友情撑起最厚重的天空，那么凭借残疾的她和变老的舅舅，那些树啊花啊，能否长得那么茂盛？万宝山的建设，能否如期进行？

当然，她也想起那些风雨夜，自己为了保护花花草草，滑倒在泥泞的山坡上，险些摔到山下；她也想到了那些大雪天，为了保护那些小树苗，险些被冻伤手脚；她也忘不了，扛着树苗艰难前行，肩头被压出一道道血痕；她更忘不了，那个副队长袁城，和村里的一些坏男人，偶尔如鬼影般出现，幸亏舅舅及时出现，幸亏石头全力保护，她才没有受到侮辱……

所以，舅舅不仅是亲人，石头不仅是朋友，他们还是合作伙伴，是生命中最重要的一部分。如今有了经济实力，她坚持自己的决定：分给舅舅和石头每人一笔股份，让张林终于挺起腰杆，做万宝山一带最令人羡慕的老头儿，让石头终于舒展眉心，做万宝山一带最骄傲的男人……

"当年的事真作孽啊，谁能想到，翠花的情夫竟然是副生产队长！那个挨千刀的，他利用翠花设下圈套，只要我哥哥偏袒张林，他就会借机扳倒我哥，然后他自己当一把手。想想翠花也是可怜，被人利用了，本想傍着大树好乘凉，却死心塌地爱上人家了；可人家呢，能指使她跟别人睡觉，根本没把她当回事。最后翠花幡然醒悟，一刀捅断了副生产队长的肠子，也算替天行道了。"赵美荣三言两语间，就把那个断送了外婆性命、让张林坐牢、改变了刘堇命运的"出轨"事件讲完了。

"那些陈年旧事，不提也罢。"刘堇反感地摇了摇头。

"得提，得提啊！如果没有那个恶人，你舅舅也不能坐牢，你也不能耽误上学，你外婆也不能那么早去世！唉……"赵美荣继续叹息着。"幸亏袁城良心没丧绝，判刑前悔过，交代了多次骚扰你的事……"

"够了！我说不要再提，就不要再提了！"刘堇怒火中烧，厉声打断了赵美荣的话。要知道，那是她生命中最耻辱的时光，尽管如今真相大白，但世间的冷酷可见一斑，想想依然令人心寒。

赵美荣知道，刘堇还在恨她，所以继续请求原谅："对不起，是我的错，对不起！现在想想，一切不怪别人，都怪我太无知，对不起你，对不起你舅舅，更愧对你外婆……我没脸请求你们原谅，只能今后慢慢补偿。以后，我会把你当成亲闺女，跟彩凤一样看待。小堇，舅妈给你跪下了！我啥也不求，只希望死了以后，你外婆别再怪我……"

"你——这些话，还是到外婆的墓碑前，亲自对她说吧。"刘堇赶紧起身，搀住了膝盖即将落地的赵美荣。

如果说之前还有恨意，那么此刻赵美荣这一跪，已经将刘堇的心折磨得七零八落，不知道应该说些什么。轻易原谅，过不去外婆那道坎儿；若不原谅，人家说得如此诚恳，反倒显得自己不通人情。

"快起来，快起来。以后，对我舅舅好点儿，你们都好好的吧……"想到这里，刘堇又补充了一句。

赵美荣知道，善良的刘堇已经原谅她了，这才缓缓地站了起来。

刘堇抹了下鼻子，把复杂的泪水抹进袖中。然后，指了指山的那边——那里是外婆的墓碑，35年的漫长岁月，作为外婆唯一的儿媳妇，赵美荣竟然一次也没去过，实在令人心寒。

赵美荣用力点了点头，脸上顿时挂满悔恨的泪水，然后走出屋门，一步步向山那边走去，向自己的婆婆去忏悔。

屋子里只剩下自己，刘堇再也控制不住眼泪，"哇"的一声哭了出来。积压了几十年的忧郁，或者说从小到大，赵美荣施加给刘堇的心理阴影，终于慢慢消散了，为了等这一天的到来，她经山历海，度过了多少水深火热的四季啊！都说时间是最好的医生，但愿一切真的安好，外婆听到儿媳妇的忏悔，在天国里能略感欣慰吧……

"嘟——嘟——嘟——"

突然，手机发出微信的视频提示，刘堇知道是女儿发来的，因为她的手机设置，只接受女儿的视频聊天。她赶紧擦干眼泪，对着手机屏幕整理一下妆容，这才接通微信。

"我的老妈，怎么这么久？赶紧打开电视，找我最爱的那个选秀节目，刚刚主持人报幕时说，有个路志勤为刘堇献歌！快点儿，快看看……"

又是一个突然袭击！

刘堇只觉得大脑一片空白，双腿不受控制，分不清状况。只能按照女儿的指挥，打开电视调出频道，木呆呆地望着屏幕上，透过那熟悉又陌生的脸庞，捕捉音箱里飘出的歌词。那双眼睛依然如"泉眼"，那些歌词字字如针尖，在她心灵的绣布上扎一下，再扎一下，瞬间就是千疮百孔，绣出一朵朵红、黄、紫的三色堇，在屏幕那边妖娆地冲着她眨眼睛……

"我的老妈呀！这个男人太有范儿了，简直是男神！如果当初你们没错过，他就是我爸了，真是太遗憾了……"董纭显然被路志勤沧桑的嗓音震撼了，一时之间口无遮拦，忘记妈妈的心是什么感觉。"这首《唱给自己的歌》选得太贴切了！'旧爱的誓言像极了一个巴掌，每当你记起一句就挨一个耳光，然后好几年都闻不得女人香'……老妈啊，看来，他还爱着你，怎么办呢？你要不要再考虑一下？"

刘堇拿着手机，一颗心早已被歌曲搅得稀碎。已经 56 岁的路志勤，像当初唱《甜蜜蜜》时一样潇洒，只是那沧桑的胡须，不得不承认他已不再年轻。一字一句，他在电视机里倾诉，她在电视机外聆听，电波连着一种叫"疼痛"的东西，那是路志勤一声声地追问："岁月你别催，该来的我不推，该还的我还该给的我给；岁月你别催，走远的我不追，我不过是想弄清原委……"

刘堇心如刀割，时间是贼，早已偷光了一切选择，那么，还能弄清什么原委呢？有些东西一旦失去，能找回来吗？比如外婆的生命。有些东西一旦给了，能还得了吗？比如自己的爱情和青春。

"老妈，我知道你一定在流泪，其实我也在流泪，能在众目睽睽之下向你倾诉，真的勇气可嘉，毕竟他也是社会中人，身边也有亲朋好友……"堇绘声音哽咽着，给妈妈提出一些温馨建议，希望刘堇早日走出那些阴影，真正快乐起来。"歌词写得对，情爱里无智者，你奈人生何？或者，亲爱的老妈，给他打个电话吧。无论他是否配得起你受的苦难，但此刻我觉得，他至少配得起你的牵挂，也配得起知道我哥哥的事……"

刘堇默默关掉了女儿的视频，而电视里的旋律还没走远，敲击所有爱过恨过的灵魂——"只有合久的分，没见过分久的合"。刘堇长叹一声，或许，是时候给路志勤一个"原委"，也给自己一个"放下"。

2019年暑假，刘堇因绣艺方面的卓越贡献，得到了一个重量级荣誉——国家级"非物质文化遗产传承人"。不仅各新闻媒体争相采访她，还应邀到省内外高校举办讲座，她朴素的语言、真诚的故事和创业的历程，感动了无数听众和观众，她的名字与七色堇融为一体，成为省、市、县各级的共同"名片"。

与此同时，万宝山也由于刘堇的存在，而得到社会各界的广泛关注，在各方面的大力支持下，在刘堇等人的精心筹备下，"七色堇梦工厂"即将挂牌剪彩！

从此，万宝山不再只是石头稀少的土坡，而是一个远近闻名的旅游风景区，由刘堇任法人代表、泥鳅任总经理、全体村民为股东的集团公司，不仅要大力研发刺绣艺术，还要拓展草编艺术、东北民俗等项目，把万宝屯打造成著名的"旅游度假村"，引领并带动全市新农村的发展建设。

作为第一批道贺者，路志勤接到邀请函后，就顶着盛夏的倾盆大雨，迫不及待地从省城出发，率先来到了久违的万宝屯。

整个村子旧貌换新颜，水泥路铺遍了每一个胡同，再也不用担心泥泞和肮脏。家家吃上了自来水，户户清一色的红砖碧瓦，清一色的红砖围墙。从村东头到村西头的主街两侧，几乎家家户户都挂着营业的牌子，有一些是特色鲜明的家庭旅馆，朴素又干净，彰显"家"的味道；有专门制作黏豆包等东北特色食品的；有专门晾晒各种东北干菜的；有专门饲养土鸡肥鸭笨鹅的；有专门饲养农家猪的；有专门做豆腐和加工豆制品的；有从事草编、柳编工艺的；有擅长剪纸和编中国结的；有擅长做布鞋、拖鞋的；有喜欢大棚扣蔬菜的，供旅游者采摘；有喜欢养殖小动物的，供旅游者购买……

而外婆那个小院子，变化是最大的。

两年前，赵光荣被相关部门调查，铁蛋也受到了牵连。

泥鳅被选为村支部书记后，充分认识到文化的重要性，也意识到刘堇带给万宝屯的意义，因此对外婆的小院进行了认真规划，征用了周边一些闲置的危房，然后倾力打造成村文化广场——外婆家的小院是广场的中心，包括翠花家在内的屋子统统拆掉，建成了健身区、娱乐区、休闲区和农家书屋区。

依照泥鳅的本意，想把外婆的小院，命名为"刘堇旧居"，说这样更适应新媒体时代，对打造刘堇和七色堇的知名度更有推动力。可是刘堇坚决不同意，没有外婆就没有她，更不会有七色堇，如果一定要命名，这里只能叫"外婆家"。泥鳅尊重了刘堇的意见，并请刘堇自己题写了匾牌："堇色年华，岁月静好。"她把外婆和自己的名字，融为一体，怀念那些与外婆相依为命的苦乐年华。

室内的摆设，依然保持原来的风格，只不过墙上多了一幅幅精美的绘画和刺绣，像一帧帧动画片，记录着记忆中外婆的样子，老屋的样子、小院的样子、万宝山的样子，令每一个走进屋子的人，既温暖又感动。

房屋的土墙已经新抹过了，看起来比以前结实多了；房顶也苫了最好的茅草，上面还压了几块青瓦，显得不那么弱不禁风了；两个烟囱依然东西各一个，有村民定时到这里打扫卫生，便会冒出久违的炊烟，仿佛外婆还在老屋前，守候那个每日往返30里乡路，奔跑逐梦的刘堇……

大雨渐渐停了下来，路志勤眼睛里的泪水，却止不住地想落下。抚摸着外婆家的一草一木，就像是在与昔日对话，与17岁的刘堇对话。他再也受不了这种"怀旧"，跑出了外婆家，百感交集地走向万宝山。

阔别多年，万宝山已经今非昔比，被雨水洗刷过的一切，清新得令人赏心悦目，路志勤简直怀疑自己爬错了"山头"。

万宝山的四周，用结实的防护网加固着，保证了整个山体不滑坡；人工搭建的木头阶梯，早已代替了原来的土路，两侧还安装了蓝色的护栏，既安全又美观。

沿着阶梯一路向上，两边的树木郁郁葱葱，叶子上的水珠正挣扎着，最后一阵风吹来，都滚到树根下的草丛里。

七转八转终于来到山顶，当初被火烧毁的那块山地，如今变成了一座假日山庄，大门上方是"七色堇梦工厂"六个大字，两侧是刘堇自己撰写的对联："堇色如织七彩梦，静听花开万籁声。"精致的十四个字，既包含刘堇和外婆的名字，又道出了她对梦想的理解和追求。

整个山庄的设计理念，以游客感受为导向，通过植物、景墙、假山等造景，设置了相对隔离又彼此衔接的小亭、长廊，形成独立、静谧的休闲空间，既方便游客行走，又兼具遮阳挡雨、避风避寒之效。

最令路志勤惊叹的，是那些当初焦黑的树墩，并没有像想象的那样被挖走，而是做了一些必要的工艺处理，既防止树根腐烂，又变成了天然的木椅，供游人惬意歇息。

沿着长廊前行，里面竟然别有洞天——几间小小的木屋和树屋，如童话般出现在眼前，分别是小巧玲珑的书吧、茶吧、绣吧。每个小屋的设置不同，但墙壁上都题着相同的诗句，那是当年刘堇娘绣在手帕上的《咏扫帚梅》：

纤枝细叶护娇梅，白衬红粉熠熠辉。

蝶萦蜂绕飘香气，绿树荫浓绣花蕊。

风来妩媚翩翩笑，雨落何惧滚滚雷。

扫去烦忧结伴开，格物致知梦相随。

　　最令路志勤佩服的创意，是一条绿藤花簇缠绕的铁索吊桥，把万宝山与远处的引宝河连到了一起，从此山不再孤单，河不再寂寞。游客既可以在山上观光，还可以沿桥而下，到引宝河旁垂钓或戏水。山与河两两相望，附近都有配套的服务设施，风景优美，方便舒适。

　　最令路志勤欣喜的，是万宝山设有不同的赏花区，每个区域都是同一种花朵，绝不掺杂其他花卉，中间那块面积最大的，是扫帚梅花，红的、白的、粉的、紫的，既相对独立，又彼此相连；围绕四周的，是北方常见的各种花卉，其中竟然包括三色堇。

　　路志勤之前听闻，当初王栓柱怕刘堇"睹花思人"，就把所有的三色堇都铲掉了，刘堇也默认了这种做法，从此万宝山再也没有三色堇。

　　而今三色堇再现万宝山，路志勤有些泪眼蒙眬，这些被"赦免"了的花朵，此时此刻笑靥如初，可是他却不知道意味着什么……

　　"听说，你来了。"刘堇从路志勤的身后出现，跟他一起站在三色堇花前，同时递过来一支高脚杯，里面是剔透诱人的红酒，"欢迎你"！

　　路志勤蓦然转身，眼前的刘堇身着水粉色的半袖旗袍，旗袍的左上方有一朵七彩的扫帚梅花——不！不应该叫扫帚梅花，而应该叫七色堇。

　　路志勤知道，几十年来，刘堇一直在苦苦寻找七色堇，但至今也没有找到。

　　她甚至在万宝山上精心培育，年年采摘不同颜色的花，尝试用各种方式嫁接，还是没有发现一朵让她满意的花。

在此期间，刘堇像当年描绘三色堇那样，在纸上勾勒了很多种图案，最后发现花型有千万种，却唯有扫帚梅花最令她动心。

于是，她又像当年那样，按自己的理解进行涂色、修改，再画、再涂色、再修改，让每个花瓣都相对独立，而七种色彩又有机衔接，完成黄、红、蓝、绿、橙、紫、青的自然交融。

如今，"七色堇"作为一个品牌，成为刘堇的注册商标，怎么看都觉得浑然天成，路志勤暗暗感叹，传说中的七色堇，就应该是这个样子。而创造了这种花朵的人，就应该像刘堇此刻的样子——半高跟的白色凉鞋，高高挽起的乌黑发髻，面带温婉优雅的微笑，如摇曳在夏风中的扫帚梅花，集七种色彩于一体，显得既纯洁又热烈，既优雅又高贵，既单薄柔弱又固执坚强。

接过那支高脚杯，路志勤微微怔了一下。前些天，他在电视节目中看到她的影像；而今天，他在万宝山上见到了真人。

他能想象到刘堇的笑容，能想象到她服饰的风格，却想象不到，酒杯上印着一朵三色堇，那调皮的"猫脸"定定地瞅着他，似笑非笑，似问非问，似远又近，深深地刺着他的心。

"祝贺你！听说下个月，你应邀去国外参加展销会，祝你像万宝山一样光彩夺目！"路志勤压住心中的疼，端详着心中的女孩。

许是服饰的缘故，许是化了妆的缘故，许是梦想成真的缘故，或许，是思念太久的缘故，路志勤只觉得，56岁的刘堇显得比以前还年轻，那微笑就像他初见时一样美好。唯一不同的是，当年的刘堇是一朵平凡的小花，需要路志勤用爱情的力量照亮她；而今天的刘堇，已经活成了她自己的太阳，照亮了万宝山上的百花，也意味着，她再也不需要路志勤的光芒了。

"谢谢你。从自学到创业，很多与民间艺术有关的思路，都来自你的启发。"刘堇真诚地说着，语气平淡谦和，无风无浪无波。"堇绘一家三口正在路上，她一直想见见你。这孩子很固执，不止一次说过，其实我更应该感谢你，把我从一个少女变成了少妇，最终成长为今天的外婆。"

面对刘堇这样的感谢，路志勤无力地笑了笑，他更怀念当初她那个温柔的耳光，怀念当初她泼过来的那杯红酒，怀念她那震怒的眼神和悲愤的责问。因为那样的刘堇是"活"的，对他是有感情的，恨的背后是爱，冷的背后是暖。如今的礼貌，其实是释然后的一堵墙，说明她的心门已经慢慢关上了，要拒他于千里之外了。

"这些年，我一直听你的话，努力让自己做不冷血的丈夫，陪她四处治疗，尽可能地带着她看世界，三年前的冬天，她走得很安详，临终前说谢谢我……如今服丧期已过。"路志勤努力平复心绪，试着讲出自己的心声，无论结果如何，不能再给彼此留下遗憾了。"对不起，一直欠你一个婚礼……如今你未嫁，我单身……婚纱已经准备好，我还有机会牵你的手吗？"

刘堇的心漾起一阵温柔的涟漪。

是的，她承认，面对路志勤，她心里依然会有涟漪，只是不再波澜壮阔。

她微笑着看着眼前的三色堇，声音轻轻地飘进路志勤的耳朵："你知道吗？其实，你早已经给了我一个婚礼，那么何须再备婚纱？何须再纠结能否牵手？你不觉得，我们早已心手相牵了吗？"

路志勤有些不理解，刘堇这么说，到底什么意思。

"在遥远的天国，爱神丘比特是个小顽童，手上的弓箭具有爱情的魔力，射向谁，谁就会爱上他第一眼看见的人。有一天爱神一箭射出，忽然一阵风吹过来，箭竟然射中了无辜的堇菜花，花心顿时流出了鲜血与泪水。这血与泪干了之后，再也抹不去了，从此纯白色的堇菜花，变成了今日的三色堇。"刘堇笑了笑，像当初外婆给她讲故事那样，轻言细语地说道："这是三色堇的传说，你当初把它带给我，以那么惊心动魄、一眼万年的方式，用鲜血与泪水绣出忧喜参半的年华，浇灌出眼前这绚烂的万宝山，难道不是世上最隆重的婚礼吗？"

路志勤有些懂了，当初爱情在心底盛放如花，是他亲手葬送了花期，如今再想追，春天已经不再属于他。可是他执拗地不愿意接受，谁说只有春暖花开？此刻盛夏时节，花朵反而开得更缤纷，正如眼前的三色堇，如此热烈地看着他们，难道不是一种希望吗？

"我常常有一种错觉，或许我们的儿子太贪玩了，刚一出生就跑到天上，化身为丘比特帮我俩乱射箭，所以你选择了东，我选择了西……"刘堇的双眸泛上一层薄雾，像当年外婆那样，仿佛一切都笼上了朦胧的纱。"你的人走了，却留下了他；我想把他生下来，可是世俗容不下他；天地那么大，除了栓柱的小屋，我竟然无处藏身……那惊恐交加的日子里，他肯定吓破了胆，所以出生的时候，怎么打他屁股也不哭，我和栓柱都哭成了河，可他黑紫色的嘴唇紧闭着，身体也慢慢变得冰冷……"

"对不起，对不起……"路志勤泪流满面，一个孩子因为他的冲动而来，又因为他的不负责任而去。"能带我，去看看他吗？"

"你可能早就忘了当年属于我们的那棵大树，但栓柱比我们记得清晰，所以，帮我把他葬在了他来的地方，也就是——你眼前这片三色堇花区……"刘堇吸了吸鼻子，不想哭，却情不自禁地流泪。"有时候我觉得，栓柱不单是堇纭的爸爸，还是一位洞察秋毫的隐士，更像是传说中的'山神'。你跟我，翠花跟副生产队长，包括整个万宝山的动态，他在山上都看得一清二楚，只是他从小养成了缄默的性格，凡事从不多言。就像此刻，你仿佛看不到他的存在，其实他一刻也不曾离开，一直在守护着我，护佑这一方山林的平安。"

路志勤苦苦追寻的"原委"，此刻终于有了答案，可是也瞬间击垮了他，双腿一软跪在了花坛上，抱着脑袋哭成一块颤抖的树桩。

初相遇，他以为跟她之间隔着一双残手，所以可以同情她；大学时的探亲，他以为跟她之间隔着王栓柱，所以可以抛弃她；再次重逢，他以为跟她之间隔着家庭，所以可以忽略她。这次上山之前，他以为跟她之间隔着石头；当看到这一片三色堇，他以为跟她之间再无距离；而此时此刻，路志勤终于明白，他与她之间始终隔着一道无法逾越的墙，那是一个无辜的小生命。

为什么会造成这样的局面呢？

路志勤又继续扪心自问，其实一切答案都是表象，究其最本质的根源，是因为他的自私自利所致：与外婆相比，他是渺小而卑微的；与王栓柱相比，他是卑劣无耻的；与石头相比，他是自私自利的。

外婆的爱，王栓柱的付出，石头的守护，已然升级为"山神"的化身；而他的离弃和背叛，注定要与孤独为伴，注定一生被禁锢在忏悔的牢笼，灵魂要接受道德的惩罚。原来"一念天堂，一念地狱"，说的就是他和他们的差别，只可惜他明白得太晚了……

"深情不及久伴，懂得无须多言。我不再怪你，你也不必再追悔莫及。堇纭分析得没错，我仍然爱你，但就像爱麻雀、爱泥鳅、爱石头、爱舅舅和爱彩凤一样，因为你们陪伴我成长，都是我生命中不可或缺的一部分。我相信，外婆和栓柱也会赞同我的想法。"刘堇伸出手，轻轻地落到路志勤花白的头发上："哭吧，哭过以后就好了。就像有一首歌唱的那样，年少的梦就像一朵永远不凋零的花，陪着我们经过风吹雨打，每个人都要为自己的选择，付出爱的代价。而我们总要学会自己长大，给心灵找个栖息的家。"

路志勤渐渐止住了哭泣，抬起哭红的眼睛，长长地叹了一口气，然后把杯中的酒撒到三色堇花瓣上，轻声地请求着："我心灵的家，就在这里。以后，我能常来看看吗？"

"当然可以啦，路叔叔，我和妈妈随时欢迎您！"身后传来一个清澈的女高音。同时，伴着一个春笋般的女孩声，娇滴滴地令人爱怜。"外婆，斯堇想你了！"

刘堇的笑容瞬间被照亮了，下意识地把酒杯交给路志勤，然后也顾不得他是什么表情什么心情，张开双臂，迎向自己最尊贵的客人："我的小宝贝，外婆可等到你了！快过来，让外婆亲亲！"

一个粉嘟嘟的小女孩，扑进了刘堇的怀里，眉眼间有着堇纭的俏皮，也有着小陈的俊朗，更有着刘堇小时候的好奇："外婆，外婆，妈妈说这里有'山神'，还有一种奇异的花，可漂亮了，是真的吗？"

"是真的！那'山神'像石柱一样，给我们安全感。至于那花名嘛，叫七色堇。"刘堇眯起杏核眼，学着当年外婆的样子，轻轻刮一下外孙女高挺的鼻梁，轻言细语地说："你名字的堇，就是那个堇。"外孙女也刮了一下刘堇的鼻梁，咯咯咯地笑着："妈妈名字的堇，也是那个堇；外婆名字的堇，也是那个堇。"

于是，刘堇也笑了，眼睛渐渐弯成了一条缝。如果说，七色堇是她一直牵挂的梦想，那么怀里的外孙女，就是她寻梦路上最真实的收获。当年，外婆牵着她的小手，漫步在绿油油的万宝山上，找寻传说中的七色堇；如今，她变成了外婆，牵着外孙女的小手，漫步在百花齐放的万宝山上，传递着关于七色堇的传说。

"外婆快看，那边有一朵七色堇！"斯堇边说边挣脱刘堇的怀抱，向那一大片扫帚梅花跑去。"我要七色堇，外婆快帮我找！"

"斯堇慢点儿，刚下过雨，小心摔倒。"刘堇顺着外孙女指的方向，恍惚看到一朵花很显眼，分明是七种颜色，茕茕孑立于百花丛中，微笑着向她招手。刘堇紧跟着外孙女的步伐，向那朵花的方向扑过去。多年的梦，竟然在外孙女的帮助下实现了，她激动得有些心跳加快。

可是置身于花丛间，刘堇紧张地左瞧右看，却怎么也找不到刚刚那朵花。"咦，怎么不见了呢？"斯堇在一旁，摘下一朵又一朵，也发出跟刘堇同样的疑问。刘堇捡拾着外孙女扔掉的花朵，不甘心地仔细检查，又沮丧地放下，自言自语着："不能没呀，不能。再仔细找找，肯定有的，肯定有……"

"妈妈，斯堇，快看彩虹！"堇纭跟路志勤在远处聊着天，突然看到两道彩虹挂在天边，惊喜地招呼女儿和妈妈观看。"是两道彩虹桥哦，咱们赶紧拍个照片做纪念！"

刘堇抬起头，天上果然出现了两道明暗不同的彩虹。她知道，那条较明显的是虹，而外面那一道暗一点地称为"霓"，颜色顺序恰好与虹相反，这两道统称为"霓虹"。她暗自惊叹：要多少颗小水珠，才能折射出如此奇异的景象？

"外婆，我的眼睛都看花了。如果咱们能到彩虹桥上住，该多好啊！"

刘堇低下头，笑着抚摸外孙女的头，那乌黑发亮的发丝上仿佛落着一道彩虹。其实，彩虹把她的眼睛也晃花了。其实已经有一段时间了，她的眼睛经常"花"，就像当年外婆一样，常年刺绣导致视力模糊，眼前经常雾蒙蒙的。她继续寻找着七色堇，发现身边的扫帚梅花变得无比生动了，每一朵都披着彩虹的外衣。

外婆把七色堇的传说讲给她听，或许只是想告诉她，内心丰盈，才懂得慈悲的爱。"堇堇物之所有"，或许世上本没有七色堇吧，那只是一种信念之花，坚持的人才会找到。就像万宝山的冬天本没有雾，人们在心灵迷路的时候，才会显得迷雾蒙蒙一样。就像万宝山本没有"山神"，相信的人就会遇到。

万物皆有自己的色彩，刘堇理解了"山神"的真谛，博爱、信念、坚守，生命皆有自己的追求。她学着当初外婆的样子，告诉自己的外孙女："每一朵花都有绽放的权利，那才是春天该有的模样。"